Franka Neubauer

Before the Sun Shatters

FRANKA NEUBAUER

before the SUN shatters

Loewe INTENSE

FSC
www.fsc.org
MIX
Papier | Fördert gute Waldnutzung
FSC® C014496

ISBN 978-3-7432-2037-9
1. Auflage 2025

Umschlag-, Innenklappen- und Farbschnittgestaltung: Christian Keller
Umschlag- und Farbschnittmotive: © Rolau Elena/shutterstock.com, © Irina Primavera/shutterstock.com, © MelamoryB/shutterstock.com
Innenklappenmotive: © DaLiu/shutterstock.com, © Andrey Sayfutdinov/shutterstock.com, © vvoe/shutterstock.com, © phipatbig/shutterstock.com, © charobnica/shutterstock.com, © MelamoryB/shutterstock.com
Instagram-Symbole: © freepik.com
Redaktion: Mareike Förster
Druck und Bindung: GGP Media GmbH, Karl-Marx-Straße 24, D-07381 Pößneck

www.loewe-verlag.de

Liebe Leser*innen,

dieses Buch enthält potenziell triggernde Inhalte.
Deshalb findet ihr auf der letzten Seite eine Content Note.

Achtung: Diese enthält Spoiler für die gesamte Geschichte!
Wir wünschen euch das bestmögliche Lesevergnügen.

Eure Franka und das Loewe Intense-Team

Für Tinto, meinen Co-Writer.
Wenn ich die Augen schließe, höre ich dich mauzen.
Und schnurren, aber darin warst du schon immer Weltmeister.
Du fehlst mir jeden einzelnen Tag.

Und für M. Weil du meine persönliche Sonne bist – an all den dunklen Tagen, aber besonders an den hellen.

Playlist

I Can Do It With a Broken Heart – Taylor Swift
Nothing New (feat. Phoebe Bridgers) (Taylor's Version) (From The Vault) – Taylor Swift, Phoebe Bridgers
Gilded Lily – Cults
Daddy Issues – The Neighbourhood
The Smallest Man Who Ever Lived – Taylor Swift
Born To Die – Lana Del Rey
Timothée Chalamet – Lena&Linus
Gasoline – Halsey
Young and Beautiful – Lana Del Rey
Panic Room – Au/Ra
teenage dream – Olivia Rodrigo
Idontwannabeyouanymore – Billie Eilish
Block me out – Gracie Abrams
The Archer – Taylor Swift
War of Hearts – Ruelle
Wildest Dreams (Taylor's Version) – Taylor Swift
Never Felt So Alone – Labrinth
Zombie – The Cranberries
I Wanna Be Yours – Arctic Monkeys
The Alchemy – Taylor Swift
Softcore – The Neighbourhood
This is what the drugs are for – Gracie Abrams
Die Sonne in deinem Zimmer – Edwin Rosen
Atlantis – Seafret
Matilda – Harry Styles
everything I wanted – Billie Eilish
I Hate It Here – Taylor Swift

Unbekannt
Du hast dich mit der falschen Person angelegt, kleine Sonne.

Wärst du nicht gewesen, dann hätte die Rolle mir gehört. Du hast sie mir gestohlen und damit alles zerstört. Und jetzt werde ich dich zerstören.

Es wird Zeit, dass die Welt erfährt, was für eine herzlose Bitch du eigentlich bist.

Tick, tack, dein Untergang naht … 😘

scandalous secrets

Loraine Lewis erobert Hollywood im Sturm

Erst vor einigen Wochen haben wir bekannt gegeben, dass Hollywoods Sonnenschein Loraine Lewis eine Nebenrolle in der düsteren Märchenadaption von Dornröschen spielen wird, und heute haben wir direkt die nächsten News: Loraine Lewis hat die Hauptrolle der Haven in der HBO-Verfilmung des *New York Times*-Bestsellers *Smoke of Water* erhalten! An ihrer Seite Samuele Romeo Rossi, unser liebster Italiener, dessen Schauspieldebüt bei *The Young and the Beautiful* uns immer noch im Kopf herumschwirrt. Die Dreharbeiten sollen noch diesen Sommer starten und wir können es jetzt schon kaum erwarten, die beiden auf der großen Leinwand anzuschmachten.

Für Samuele ist es bereits die dritte große Rolle seiner Karriere und auch Loraine ist von der Leinwand und den Glanzprojekten Hollywoods nicht mehr wegzudenken. Mit ihrem kurzen, aber sehr einprägsamen Auftritt in *Before You Go* hat sie bewiesen, wie viel Tiefe und Emotion sie verkörpern kann, bevor sie uns mit ihrer ersten Hauptrolle in *Dear Sweet Innocence* schließlich endgültig verzaubert hat. Nicht umsonst hat sie dafür sowohl den BAFTA als auch den People's Choice Award gewonnen. Wir haben immer noch Gänsehaut allein bei dem Gedanken an den Film und ihre Leistung!

»Es ist unglaublich, die Hauptrolle in einem so begehrten Projekt spielen zu dürfen, vor allem wenn es an der Seite eines begabten Schauspielers wie Samuele ist«, sagte die 21-Jährige im Interview mit uns über *Smoke of Water* und beantwortete zudem eine unserer größten Fragen. »Ja, mir wurde auch die Hauptrolle in *Aurora's Thorns* angeboten und es wäre bestimmt eine sehr spannende Aufgabe geworden. Doch zu dem Zeitpunkt hatte ich bereits meinen Vertrag mit HBO unterzeichnet. Ich wollte zeitliche Überschneidungen vermeiden und glaube auch ehrlich, dass Cecilia James die bessere Wahl war – sie ist so bewundernswert!«

Wir sind uns sicher, dass da noch einiges auf uns zukommen wird, auch wenn wir uns noch gedulden müssen, bis wir Loraine als Haven sehen können. Aber wie heißt es so schön? Vorfreude ist die schönste Freude!

Welche Projekte sich auch noch ergeben werden – wir wünschen erst mal viel Erfolg bei den Dreharbeiten zu *Smoke of Water* und sind uns einer Sache ganz sicher: Loraine Lewis erobert Hollywood im Sturm und wir lieben es!

I

Burn bright, little Sun

Loraine

Ich würde verbrennen. Jede Sekunde würde ich umkippen und in Flammen aufgehen.

»Fucking hell!«, fluchte ich und versuchte verzweifelt zu atmen, wobei ich mir wild mit der Hand Luft zufächelte. »Ich habe die ganze Zeit gedacht, die Reaktionen der anderen wären übertrieben, aber shit, das ist … shit.« Ich wusste gar nicht, was ich dringender brauchte: Luft oder irgendetwas, um das Feuer in meinem Mund auszulöschen.

Ich befand mich gerade beim Dreh von *Let's get spicy*, einer amerikanischen Show, die in den letzten Jahren enorme Beliebtheit gewonnen hatte. Ihr Konzept war es, Kandidaten verschiedenste scharfe Snacks und Gerichte zum Essen zu geben und daraufhin pikante Fragen zu stellen. *Spicy* im wahrsten Sinne des Wortes also.

Chris Jones, der Moderator der Show, lachte mich aus, während er sich lässig in dem türkisen Sessel zurücklehnte. Ich musste dahingegen meine Nägel in den pinken Stoff des Sofas graben, um nicht zu schreien. Wäre ich nicht gerade vor Schmerzen vergangen, hätte ich etwas nach ihm geworfen. Doch meine Servietten konnte ich nicht hergeben, schließlich warteten noch zwei weitere Überraschungen darauf, gegessen zu werden. Allein bei dem Gedanken daran, dass es noch schärfer werden würde, drang ein gequältes Wimmern über meine Lippen. Die blauen Takis waren bereits schlimm gewesen, von den Habañero Chips, die es immer zum Super Bowl gab, ganz zu schweigen.

»Das ist nicht lustig, Chris! Wie schaffst du das nur? Wie kannst du dich regelmäßig hierhinsetzen und diese Qual durchleben?«

»Die Opfer, die ich bringe, um interessante Gespräche zu führen.« Chris wischte sich den nicht vorhandenen Schweiß von der Stirn, bevor er mittels eines Strohhalms, an dem ein pinker Flamingo prangte, einen Schluck Milch trank. Ich hatte meinen eigenen Becher bereits so oft geleert, dass ich aufgehört hatte zu zählen.

»Anfangs wollte ich den Strohhalm mit dem süßen Panda noch mitnehmen, aber der würde mich wohl immer wieder an diesen Moment erinnern.« Ich schüttelte den Kopf. Für kein Geld der Welt würde ich das hier noch mal machen. Niemals. Unter keinen Umständen. Ich sah direkt in die Kamera und sagte: »Cecilia, es tut mir leid, dass ich behauptet habe, ich würde das easy schaffen. Ich schaffe es nicht, bitte rette mich.« Eine Träne lief mir über die Wange, ehe ich sie mir lachend mit einer unbenutzten Serviette wegwischte. Augenblicklich legte ich meinen Kopf in den Nacken und versuchte, mich nur auf die kahle Decke zu konzentrieren. Würde ich jetzt in die Studiobeleuchtung blicken, würden meine Augen bloß noch mehr tränen.

»Hilft es, wenn ich dir sage, dass bisher noch keine einzige Frau aufgegeben hat?«

»Das hilft mir überhaupt nicht, jetzt sterbe ich nicht nur vor Schärfe, sondern vor Scham, womöglich als erste Frau zu versagen. Von wegen Frauenpower und so.« Ich lachte erneut, auch wenn es viel mehr wie ein Schluchzen klang. »Weißt du, Chris, ich habe diese Show immer unfassbar gern geguckt. Kaum jemand stellt derart spannende Fragen und ist dabei auch noch so respektvoll wie du, aber das hier … das hier hat nichts mit Respekt zu tun, das ist Folter!«

Im Hintergrund hörte ich die Produktion kichern und ich warf einen Blick hinter die Kameras in den einladenden Raum. Als ich ihn betreten hatte, war da direkt ein wohliges Gefühl gewesen, was gewiss an der verspielten Einrichtung gelegen hatte. Doch von der anfänglichen Euphorie über die neonfarbenen Möbel war nichts mehr übrig. Zumindest bei mir nicht. Die Mitglieder der Produktion standen dagegen mit einem breiten Grinsen auf den Lippen da. Genau wie Karla, die in ihrer kobaltfarbenen Bluse deutlich herausstach.

Karla war die persönliche Assistentin meines Managers Griffin und träumte davon, irgendwann ihr eigenes Management zu eröffnen. Gerade gab sie sich aber noch damit zufrieden, Arbeit für andere zu erledigen, wobei sie immer mehr Verantwortung übernahm. Wie mich nach Los Angeles zu begleiten. Mit ihr an meiner Seite war dieses Business oftmals deutlich erträglicher.

»Bist du bereit für den vorletzten Bissen?« Chris hob die Brauen.

»Habe ich eine andere Wahl?«, jammerte ich.

»Du kannst jederzeit aufhören.«

»Und als erste Verliererin rausgehen? Niemals. Okay, Augen zu und durch.« Mit zittrigen Händen griff ich nach dem Cracker und tauchte ihn in den Dip, denn natürlich folgte nach den viel zu scharfen Snacks eine Soße, die mich in meine Albträume verfolgen würde. Vielleicht bildete ich es mir nur ein, aber ich glaubte, meine Finger bereits kribbeln zu spüren. Mein Herz schlug definitiv schneller, als es sollte, während ich einen Blick auf das Etikett warf. »Widow Maker? Oh Gott, das kann ja nichts Gutes heißen.« Ich atmete einmal tief ein, bevor ich einen kleinen Bissen nahm. Kaum berührten meine Lippen die Soße, fing alles wieder an zu brennen. Und leider wurde es mit jeder verstreichenden Sekunde ein wenig schlimmer.

»Loraine, wir sind heute nicht nur hier, um über *Aurora's Thorns* zu sprechen, der bald Premiere feiert. Du hast gerade auch die Dreharbeiten zu *Smoke of Water* beendet. Es war zwar nicht deine erste Hauptrolle, aber dennoch deine bisher größte. Und dann auch noch in einem Fantasy-Epos vom Produktionsriesen HBO. Wie fühlst du dich mit alldem?«

Die ehrliche Antwort war: erschöpft. Anfang letzten Jahres hatte ich das Angebot bekommen. Eine unglaubliche Gelegenheit. Nicht nur, weil es sich dabei um die Verfilmung eines *New York Times*-Bestsellers handelte, sondern vor allem wegen dem, was HBO plante. Schließlich wollten sie am Erfolg von *Game of Thrones* anknüpfen und neben *House of the Dragon* noch etwas Neues schaffen, das Fans abholte. Dass ich vor den Dreharbeiten jedoch auch noch eine Nebenrolle in *Aurora's Thorns* gespielt hatte – einer düsteren Adaption von Dornröschen –, hatte zu einem harten Jahr geführt. Nach den Dreharbeiten zu *Aurora* war mir nur ein Wochenende geblieben, um meine Taschen in Schottland zu packen und nach Kroatien zu reisen, wo der Dreh mit HBO auf mich wartete. Als auch dieser geschafft war, hatte die *Aurora*-Pressetour begonnen, für die ich zwar nicht so wichtig wie die Hauptdarsteller war, jedoch trotzdem gebraucht wurde.

Doch nach der Premiere würde ich schlafen. Mindestens

eine ganze Woche, vielleicht auch einfach einen ganzen Monat. Das würde ich brauchen. Denn sollte *Smoke of Water* im November – passend zur kalten und düsteren Jahreszeit – gut laufen, würde es im Frühjahr weitergehen. Dreharbeiten, Pressearbeiten und alles von vorne. Und von vorne. Und von vorne. Mir wurde schwindelig. Und dieses Mal nicht nur wegen der Flammen, die immer noch meinen Mund erfüllten.

Doch nichts von alldem sagte ich nun, stattdessen bemühte ich mich um ein breites Lächeln und erklärte: »Es ist eine riesige Ehre, diese Rolle spielen zu dürfen, ehrlich. Ich glaube, es gibt kaum etwas Schwierigeres als gute Buchverfilmungen, weil die Erwartungen ganz andere sind. Schließlich kennen die meisten die Story schon und wollen, dass wir sie genau so umsetzen, was aus vielen Gründen leider nicht mögli– bloody hell!« Ich hustete und griff erneut zur Milch. Die kalte Flüssigkeit schenkte mir zumindest für einen kurzen Moment einen Hauch von Erlösung. »Also, auch wenn nicht alles exakt übertragbar ist, haben wir unser Bestes gegeben. *Ich* habe mein Bestes gegeben und von dem, was ich bisher sehen durfte, war es meine stärkste schauspielerische Leistung jemals. Und das, obwohl ich keinen Charakter so gefühlt habe wie Quinn in *Dear Sweet Innocence*. Das ist bis heute die Rolle, auf die ich am stolzesten bin.«

Dear Sweet Innocence hatte ich meinen Durchbruch zu verdanken, er hatte mich jedoch emotional einiges gekostet. Schließlich hatte ich eine Neunzehnjährige gespielt, die sich in einen älteren Mann verliebte und von diesem langsam, aber sicher zu der Frau geformt wurde, die er sich wünschte. Da Quinn ohne Vater aufgewachsen war, fand sie in ihm die Liebe, die sie zuvor nie empfunden hatte. Eine harte Rolle, wenn man selbst aus ähnlichen Verhältnissen stammte.

»Und bald können sich die Fans auch selbst eine Meinung über *Smoke of Water* bilden«, fuhr ich fort, ehe ich erneut hustete. »Wenn das Interview ausgestrahlt wird, ist bereits der erste Teaser online und ich kann die Reaktionen kaum noch abwarten!«

Chris nickte interessiert und ich fragte mich, ob er vielleicht mittlerweile sämtliche Nerven in seinem Mund durch dieses bescheuerte Format weggeätzt hatte. »Du hast uns den Teaser ja bereits vorab gezeigt« – er pausierte kurz, bevor er sich zur Kamera drehte und die Moderationskarten an seine Lippen hob – »keine Sorge, mein Team und ich schweigen wie ein Grab! Aber er ist genial und wird die Fans sicher abholen. Konntest du denn etwas Wertvolles für dich aus dem Dreh mitnehmen?«

»Aus dem heutigen? Ja, dass ich absolut nicht gemacht bin für scharfes Essen. Ich sterbe schon fast bei japanischen Gerichten, selbst wenn ich darum bitte, meinen Ramen nicht zu stark zu würzen.«

Dieses Mal fing Chris wieder an zu lachen. Er hatte mir wirklich zu viel Spaß für meinen Geschmack. »Du hast es gleich geschafft. Bist du bereit für den letzten Dip?«

»Das letzte Mal, dass ich in meinem Leben etwas Scharfes esse? Oh verdammt, ja!« Mittlerweile klang mein Lachen so verzweifelt, dass ich mich vermutlich wie eine sterbende Robbe anhörte. Und so fühlte ich mich auch.

»Okay, Loraine, wir haben uns vor der Show in Ruhe deinen Instagram-Account angeschaut und es gibt da ein Bild, das definitiv mehr Kontext braucht. Kannst du uns erklären, was hier auf dem Foto passiert?«

Mein Mund würde zu Asche zerfallen. Jede Sekunde war es so weit. Der Schweiß lief mir über die Stirn und Schläfe, die Härchen standen auf meinen Armen und jetzt rann nicht nur eine Träne über meine Wange, sondern ein gefühlter Sturzbach. Schnell nahm ich erst einen weiteren großen Schluck Milch, dann einen noch größeren von dem O-Saft und zum Schluss noch mal von der Milch.

»Also. Das Foto«, begann ich schließlich und warf einen Blick auf den Bildschirm, den Chris mir hinhielt. »Das ist tatsächlich bei den Dreharbeiten zu *Smoke of Water* entstanden, während einem unserer freien Wochenenden. Wir hatten uns einen kleinen Wettbewerb überlegt, für den jeder das hässlichste Shirt anziehen musste, das er finden konnte.« Auf dem Foto sah man mich mit einem Top, auf dem ein riesiges Foto von Taylor Lautners Kopf abgedruckt war, das ihn mit seinen langen Haaren aus dem ersten *Twilight*-Film und einer schlecht gephotoshoppten Herzchensonnenbrille zeigte. »Das Shirt war ein Geschenk von meinem Drehkollegen, Samuele. Bitte, Chris, lade ihn als Nächstes ein. Sami ist die größte Mimose, die ich kenne. Ich brauche sein Interview mit dir!« Allein der Gedanke daran, meinen Co-Star leiden zu sehen, gab mir genug Kraft, um nicht zusammenzubrechen.

Samuele Romeo Rossi war unfassbar attraktiv und genauso charmant, wie es sein Zweitname ahnen ließ. Und einer der wenigen Freunde, die ich in diesem Business hatte. Durch die gemeinsamen Dreharbeiten in den letzten Monaten waren wir deutlich enger zusammengewachsen und Sami war fast zu dem Bruder geworden, den ich nie hatte. Und deshalb zog ich ihn auch so gern auf.

»Wenn du dir das wünschst, Loraine. Aber es könnte sein, dass er dich dann für seinen Schmerz zur Verantwortung ziehen wird.«

Ich schüttelte den Kopf, um die Schärfe loszuwerden, bevor

ich nickte, weil ich Chris doch zustimmen wollte. »Das ist mir egal, mir ist alles egal. Nichts ist schlimmer als das, was ich gerade fühle. Fuck, fuck, fuck.« Mittlerweile wusste ich nicht mehr, ob ich lachte oder weinte oder was noch in meinem Körper vor sich ging. Das Einzige, das ich noch wahrnahm, war dieses alles verzehrende Feuer.

»Loraine, du hast es geschafft. Wir sind fertig.«

Eine gute Stunde – und mindestens zehn Minuten mit meinem Gesicht unter kaltem Wasser – später saß ich mit Karla und unserem Fahrer Sean endlich im Auto. Während wir die Straßen von Los Angeles passierten, vorbei an den hohen Gebäuden und den Palmen, erlaubte ich mir, für einen Moment die Augen zu schließen. Die Klimaanlage pustete mir kühle Luft ins Gesicht, was nach den Dreharbeiten und bei den warmen Außentemperaturen mehr als wohltuend war.

Vorgestern waren wir erst in New York gelandet, wo am Abend das Interview mit dem ganzen *Aurora*-Cast in der *Tonight Show* mit Jimmy Fallon stattgefunden hatte. Am nächsten Tag war ich früh aufgestanden, um direkt in einen Flieger nach L. A. zu steigen, um erst ein Interview mit süßen Welpen zu geben und anschließend zu *Let's get spicy* zu fahren. Morgen ging es auch schon wieder nach London, wo die Premiere auf mich wartete. Nur noch dieser eine Abend und dann hätte ich vorerst Urlaub. Zumindest bis zum Sommer, weil dann die richtige Pressearbeit für *Smoke of Water* beginnen würde. Allein bei dem Gedanken daran wurde ich noch müder. Ich spürte die Erschöpfung in meinen Knochen und jeder einzelnen Faser meines Körpers. Keine Ahnung, wann ich das letzte Mal Ruhe gehabt hatte. Richtig durchgeschlafen und einfach gar nichts getan hatte. Allerdings schlief ich ohnehin seit Jahren nicht mehr richtig durch. Nicht seit –

Mein Telefon klingelte und ich verdrängte die aufsteigenden Erinnerungen, bevor es zu spät war. Als ich sah, dass meine beste Freundin mich anrief, huschte zumindest der Hauch eines Lächelns über meine Lippen.

Lilah und ich hatten uns bei den Dreharbeiten zu *All Our Sanity* kennengelernt, einem total abgedrehten Psychothriller, in dem ich die Hauptrolle gespielt hatte. Meinem Manager Griffin war es damals wichtig gewesen, dass ich so viele verschiedene Rollen wie möglich annahm, um mir ein großes Standing aufzubauen. Er wollte erst gar nicht zulassen, dass ich in eine Schublade gedrängt wurde und man mich für ein süßes Mäuschen hielt. Der Thriller, der so konzipiert war, dass er mit dem Verstand der Zuschauer spielte, hatte mir dabei einiges abverlangt. Mehr noch als die Rolle der Quinn.

Während dem Dreh von *All Our Sanity* war vor allem Lilah schnell zu einer Stütze geworden. Bei uns war es wie mit einem Puzzle gewesen, bei dem man auf Anhieb zwei passende Teile fand – es hatte sofort geklickt. Zwei Jahre war es nun her, dass wir durch unsere Vorliebe für Kaffee mit zu viel Sirup ins Gespräch gekommen waren, und seitdem war sie aus meinem Leben nicht mehr wegzudenken. Persönlich hatten wir uns seit unserem gemeinsamen Urlaub im letzten Sommer jedoch nicht mehr gesehen, was bald ein Jahr her war. Umso glücklicher war ich, dass wir heute endlich zur selben Zeit in derselben Stadt waren.

»Hi, Lilah! Na, hast du dich schon entschieden, wo du nachher essen möchtest?«, begrüßte ich sie lächelnd.

Doch als ihr schmales Gesicht mit den immer leicht roten Wangen und der kleinen Stupsnase vor mir auftauchte, runzelte ich die Stirn. In ihren blonden Haaren, die meinen eigenen sehr ähnelten, befanden sich Clips und eine Visagistin trug ihr Make-up auf. Und auf ihren Zügen lag ein schuldbewusster Ausdruck.

»Es tut mir so leid, Lori, so, so leid! Du weißt doch von dem Tanzfilm, den Disney aktuell plant? Na ja, meine Agentin hat mir kurzfristig doch noch einen Platz im Casting besorgt. Als sie mich gestern Abend angerufen hat, ist das komplette Chaos über mich hereingebrochen. Ich wollte dir schon längst geschrieben haben, aber zwischen Koffer packen, Text lernen, Flug erwischen, noch mehr Text lernen und dem Casting habe ich es total verpeilt. Bitte sei nicht sauer!« Zerknirscht schob sie ihre Unterlippe nach vorne.

Enttäuschung breitete sich in mir aus. Ich hatte mich so sehr nach gemeinsamer Zeit mit ihr gesehnt. Doch beim Blick in ihre flehenden Augen konzentrierte ich mich schnell auf das, was jetzt wirklich zählte: Freude.

»Lilah, das klingt toll!« Und das tat es wirklich. Griffin selbst hatte mir vor ein paar Wochen erzählt, dass das Projekt das nächste große Dance-Franchise werden sollte. Natürlich hatte er damals mich für eine der Rollen gesehen. Doch ich brauchte wirklich dringend eine Pause. Und jetzt war ich froh, nicht gegen meine beste Freundin konkurrieren zu müssen.

»Es ist zwar nur ein Nebenpart, aber angeblich suchen sie gerade schon für den zweiten und dritten Teil! Wenn das Casting gut läuft, könnte die nächste Hauptrolle mir gehören. Ich weiß, ich weiß, ich darf mir nicht so viele Hoffnungen machen, sonst bin ich noch enttäuschter, wenn es nicht klappt. Aber Lori, ich habe die Beschreibung für den Charakter gelesen und es würde so perfekt passen. Keine Ahnung, worum es im zweiten Teil gehen wird, aber ich will die Hauptrolle! Das könnte so vieles ändern.«

Bei jedem ihrer Worte wurde ihre Stimme etwas schneller und aufgedrehter, was mich endgültig meine Enttäuschung über das geplatzte Treffen vergessen und stattdessen schmunzeln ließ. Wenn Lilah etwas wirklich begeisterte, wurde sie zu einem kleinen Wasserfall, der nicht aufhörte zu sprudeln. Und wenn es eine Sache gab, von der ich nie genug bekommen würde, dann dabei zuzuhören, wie meine liebsten Menschen über Dinge sprachen, für die sie brannten. Die Begeisterung anderer greifen zu können, war eines der schönsten Gefühle der Welt. Und auch wenn ich dieses Glück als Schauspielerin mit sehr emotionalen Fans oft erleben durfte, war es bei Lilah noch mal etwas anderes. Immerhin war sie das Einzige, was für mich einer Familie nahekam.

»Du weißt, wie ich dazu stehe: immer positiv denken! Allein dass du so kurzfristig noch zum Casting darfst, ist doch großartig. Das würden sie nicht machen, wenn sie nicht Potenzial in dir sehen würden. Potenzial, das du verdammt noch mal hast – und genau das wirst du ihnen jetzt beweisen! Fingers crossed!« Ich hielt meine verschränkten Finger in die Kamera, was sie zum Lachen brachte.

»Danke, Lori. Ich bin in einer halben Stunde schon dran und sterbe gleich vor Aufregung. Deshalb habe ich dich auch angerufen … wenn ich noch einmal über den Text gehe, kotze ich vor Nervosität.« Sie verzog das Gesicht und hielt das Skript in die Kamera.

»Du schaffst das, mach dich nicht so verrückt!«

»Das ist leichter gesagt als getan, vor allem von dir. Du

bekommst die Rollen ja einfach, weil du *du* bist«, entgegnete sie. Mir war klar, dass sie die Worte keineswegs böse meinte, schließlich wusste ich, woher sie kamen, wie sehr Lilah in dem Business zu kämpfen hatte. Dennoch spürte ich, wie mein Lächeln erlosch.

Denn das war nicht die Wahrheit. Zumindest war sie das nicht immer gewesen. Für meinen Erfolg hatte ich einen großen Preis gezahlt … vielleicht einen zu großen. Ich hatte keine Beziehungen in die Filmwelt gehabt so wie Lilah mit ihrem Onkel, der als VFX-Spezialist an großen Projekten mitwirkte. Ich hatte gar keine Beziehungen gehabt, weil ich bereits seit meiner Kindheit auf eigenen Beinen stand. Nicht weil ich es wollte, sondern weil ich keine Wahl gehabt hatte. Schließlich hatte ich meinen Vater nie kennengelernt und meine Mutter hatte sich herzlich wenig für mich interessiert.

Lilah schien meinen Stimmungswandel nicht zu bemerken, denn sie fragte immer noch aufgeregt: »Wie liefen deine Interviews? Erzähl mir alles, vielleicht lenkt mich das ab!«

Ich schüttelte die Gedanken ab und meinte lächelnd: »Es lief gut! Das Welpeninterview ist und bleibt einfach das beste Interviewformat der Welt. *Let's get spicy* kann ich wiederum echt nicht empfehlen. Mein Mund brennt immer noch und ich glaube, meine Lippen sind taub.« Jetzt schnitt ich eine Grimasse, was Lilah schmunzeln ließ.

»Du siehst auch echt fertig aus. Wie nach einem Marathon.«

»Die letzten beiden Dips waren auch ein Marathon. Oder besser gesagt: ein Spießrutenlauf durch die Hölle persönlich.«

»So schlimm ist das bestimmt gar nicht. Also ich würde es gern mal ausprobieren. Aber viel lieber wäre ich bei den Hundewelpen dabei.« Erneut schob sie ihre Unterlippe nach vorne und blickte mich mit großen Augen an.

»Irgendwann drehen wir wieder gemeinsam einen Film und dann sorge ich dafür, dass wir ein Interview mit kleinen Hundewelpen bekommen. Versprochen!«

»Das wäre schön. Du, sei mir nicht böse, aber ich muss auflegen. Ich sollte die Szene vielleicht doch noch einmal durchsprechen.«

Ich legte den Kopf schief, um meine beste Freundin besser mustern zu können. Der Schmollmund war verschwunden und nun nahm Traurigkeit ihr ganzes Gesicht ein. Wie gerne wäre ich jetzt bei ihr gewesen, um sie zu unterstützen. Wenn ich früher gewusst hätte, dass sie heute so einen wichtigen Termin in New York hatte, dann hätte ich die Termine in L. A. rausgezögert. Für mein eigenes Wohlbefinden wäre es gewiss auch nicht schlecht gewesen. Nur hatte Lilah ja selbst erst gestern von dem Casting erfahren.

»Du schaffst das, Lilah. Ich glaube ganz fest an dich und bin in Gedanken bei dir, okay?«

Für einen Moment sagte sie nichts, bevor sie seufzte und schließlich nickte. »Du hast recht, ich bekomme das schon irgendwie hin. Danke, Lori.«

»Wofür? Dass ich dich daran erinnere, wie super du bist? Gerne.« Ich grinste in die Kamera, was sie zum Lachen brachte.

Lilah verabschiedete sich von mir und kurz darauf wurde der Bildschirm auch schon wieder schwarz. Dass wir uns nicht sehen würden, sorgte immer noch für ein schmerzhaftes Ziehen in meiner Brust. Ich hätte alles für einen entspannten Abend mit meiner besten Freundin in ihrer Wohnung hier in L. A. getan. Pizza essen, zu viel teuren Wein trinken und für einen Moment vergessen, wer wir eigentlich waren. Nun würden wir das ein anderes Mal nachholen müssen.

Aber vielleicht könnten wir dann auch direkt auf ihren Erfolg anstoßen.

Ich ließ mein Telefon zurück in meinen Schoß und meinen Kopf gegen die Scheibe sinken, die nicht mehr so kühl war wie zu Beginn unserer Fahrt. Erneut schloss ich die Augen. Nachdem ich mich heute nicht mit Lilah traf, würde ich den Abend im Zimmer verbringen. Mit teurem Essen und noch teurerem Wein, im Bademantel und mit der besten Gesichtsmaske, die ich finden konnte. Ganz entspannt.

»Was ist hier los?«

Karlas Stimme riss mich aus meinem kurzen Powernap. Ich blinzelte ein paarmal, da drangen auch schon die vielen Geräusche zu mir durch. Vor dem Hotel, in dem wir übernachteten, befand sich eine riesige Masse an Menschen. Das Blitzen unzähliger Kameras blendete mich schon durch die getönten Scheiben und ihre Rufe nach mir jagten mir eine Gänsehaut über die Arme.

»Anscheinend wurde geleakt, in welchem Hotel Miss Lewis untergekommen ist. Warten Sie.« Unser Fahrer Sean drückte auf den kleinen Knopf in seinem Ohr, mit dem er mit dem restlichen Sicherheitspersonal verbunden war. Ich konnte die hektischen Stimmen am anderen Ende hören. Mein Puls beschleunigte sich. »Wir können nicht durch den Hintereingang, dort ist die Lage sogar noch kritischer als hier. Ich werde umdrehen und Sie vorerst an einen anderen Ort bringen, bis sich alles beruhigt hat.«

»Wenn es sich überhaupt beruhigt. Sie wissen, dass ich hier übernachte. Bis sie mich nicht gesehen haben, werden sie nicht verschwinden. Ist schon okay, Sean, lassen Sie mich hier raus.«

Sean warf mir einen skeptischen Blick durch den Spiegel

zu. Sofort drehte Karla sich zu mir um. Sorge zeichnete sich auf ihrem Gesicht ab, und auch ohne etwas zu sagen, wusste ich, dass sie das für keine gute Idee hielt.

»Wollen wir nicht lieber irgendwo etwas essen gehen, bis sich die Lage entspannt? Hier gibt es doch dieses neue Café, das du ausprobieren wolltest. Das mit den japanischen Soufflé Pancakes?«, schlug sie vor und schaute mich fast schon flehend an. Sie meinte es nur gut, das wusste ich. Aber alles, was ich wollte, war eine kalte Dusche und vielleicht einen Besuch im Spa des Hotels.

»Ich habe nicht wirklich Appetit und will einfach nur meine Ruhe. Das ist eine Hürde, die ich auf mich nehme. Ich werde es ganz einfach so machen wie immer, wenn die Paparazzi mir auflauern. Sie lächelnd ignorieren, ihnen keinen Grund für schlechte Presse geben und meine Aufmerksamkeit nur den Fans schenken.« Ich tätschelte beruhigend Karlas Hand. Dabei war mir klar, dass es nicht so leicht war, wie ich es klingen ließ.

Sie seufzte. »Wie du meinst.«

Sean sprach kurz in sein Funkgerät, ehe er sagte: »Die Security ist informiert und wird Sie aus dem Wagen ins Hotel begleiten. Für Ihre Rückreise werden wir noch mehr Personal organisieren.«

Ich nickte und hoffte, ich würde die nächsten Minuten schnell hinter mich bringen. Für die Fans – die echten Fans, die nicht nur auf ein gut verkäufliches Autogramm oder Foto aus waren, sondern mit mir reden oder mich umarmen wollten – taten mir solche Situationen immer am meisten leid. Denn diese Fans erreichten mich oft gar nicht erst.

Mein Blick war auf die Menschen vor mir gerichtet, die bereits tausende Fotos schossen, obwohl ich mich noch im

Inneren des Wagens befand und überhaupt nicht zu sehen war. Doch niemand wusste, wann ich aussteigen würde, und sie wollten keine Sekunde verpassen. Schließlich war jede meiner Sekunden, die sie auf Kamera bekamen, für sie Gold wert.

»Okay, Sie können los«, sagte Sean.

»Pass bitte auf, Lori«, bat Karla mich, wobei Sorge ihre Stimme einnahm.

Ich legte meine Hand auf ihre Schulter, bevor sich auch schon die Tür des Wagens öffnete. Sofort schlugen die Geräusche auf mich ein. Die Kameras klickten noch mehr als zuvor schon und von allen Seiten hörte ich meinen Namen.

»Loraine! Schau zu uns!«

»Dreh dich nach hier, nach hier!«

»Lächle doch einmal für die Kamera!«

»Wie stehst du zu den Schwangerschaftsgerüchten?«

Am liebsten hätte ich die Augen verdreht und dem Fragesteller meinen Mittelfinger gezeigt. So stand ich zu diesen albernen Gerüchten, die immer dann hochkochten, wenn ich drei Gramm mehr auf die Waage brachte. Doch ich ging nicht darauf ein.

»Warum ist Samuele nicht bei dir?«

»Was sagst du dazu, dass er eure Beziehung öffentlich gemacht hat?«

In diesem Moment passierte mir der größte Fehler, der mir hätte passieren können. Ich blieb stehen. Dabei war eine der wichtigsten Regeln, die ich im Umgang mit Paparazzi gelernt hatte, niemals stehen zu bleiben. Man durfte ihnen unter keinen Umständen eine Angriffsfläche bieten.

Die Traube von Menschen drängte sich immer enger zusammen, um einen Blick auf mich zu erhaschen, und da passierte der zweite große Fehler. Die Security aus dem Hotel wurde von mir getrennt. Ich hatte keine Ahnung, wie das geschah, doch ehe ich michs versah, war die schwarze Gestalt, die mich sicher zum Eingang bringen sollte, einen Meter von mir entfernt. Und dann noch einen. Die beiden Sicherheitsmänner merkten es selbst erst, als es zu spät war. Auch wenn sie mit aller Mühe versuchten, an mich ranzukommen, befand ich mich plötzlich in einem Kreis aus Kameras und Schreien, die alle auf mich niederhämmerten. Mir wurden Fragen zu Samuele und mir gestellt, deren Ursprung ich einfach nicht verstand.

Im Geschrei der Menge hörte ich nur raus, dass anscheinend ein Foto von uns publik geworden war, das unsere Beziehung bestätigte. Eine Beziehung, die nicht existierte. Und mit ihrer Behauptung, dass Samuele irgendwas mit der Veröffentlichung zu tun hatte, hatten sie genau die Reaktion von mir bekommen, auf die sie aus gewesen waren. Ich hätte es besser wissen müssen.

Mühsam versuchte ich, mich durch die Menge zu kämpfen, um zurück zu meiner Security und ins Hotel zu gelangen. In mir brodelte es und mein Hass auf Paparazzi wurde noch größer. Wie konnte man so geil auf Geld sein, dass einem das Leben anderer vollkommen egal war?

Gerade wollte ich nach der Hand von einer der beiden Securitys greifen, die sich wieder zu mir zurückgekämpft hatten, da ging ein Ruck durch die Menge und ich stolperte. Verlor das Gleichgewicht und konnte mich nur noch mit Mühe auf den Beinen halten. Kaum hatte ich mich gefangen, gab es einen weiteren Ruck. Kaltes Plastik erwischte mich an der Stirn.

Und im nächsten Augenblick wurde alles schwarz.

2

Screaming with my head under cold, cold water

Loraine

Ich spielte mit dem goldenen Ring an meinem Zeigefinger, drehte ihn von links nach rechts und wieder zurück. Nur mit Mühe unterdrückte ich den Impuls, an meiner Nagelhaut zu knibbeln. Einen Impuls, der mit jeder verstreichenden Sekunde stärker wurde. Andererseits: Lieber zupfte ich an der losen Haut an meinen Nägeln, als das Risiko einzugehen, meine Schläfe zu berühren, wo das Pflaster klebte.

Quietschend öffnete sich die Tür des Büros, in dem ich auf meinen Manager wartete. Der Regen prasselte gegen die große Glasfront, hinter der sich die Skyline Londons erhob, und erinnerte mich daran, was ich gerade lieber tun würde: mich auf meinem Sofa unter der riesigen Kuscheldecke verkriechen und erst wieder aufstehen, wenn ich meine aktuelle Serie beendet hatte. Oder einfach gar nie wieder aufstehen, das wäre vielleicht sogar der beste Plan.

»Loraine, meine Liebe, wie geht es dir?« Griffin West trat in den Raum und zog mich zur Begrüßung in eine Umarmung. Sofort hüllte mich der Geruch seines teuren Parfüms ein, das er bloß im Büro trug. Bis heute hatte ich den Sinn hinter seiner Duftstrategie nicht verstanden, auch wenn er sie mir noch so oft erklärte. Für jeden Anlass gab es ein eigenes Parfüm. Er wollte damit einen Wiedererkennungseffekt kreieren. Doch war man nicht erkennbarer, wenn man immer den gleichen Duft trug, der einen ausmachte?

Als wir uns aus der Umarmung lösten, nutzte Griffin den kurzen Moment der Nähe, um mich gründlich zu mustern. Sofort fiel sein Blick auf das Pflaster und die zarte Schramme auf meiner Wange. Sanft berührte er mein Kinn, was mich zusammenzucken ließ, und drehte mein Gesicht zur Seite. »Tut es noch sehr weh?«

Ich schüttelte bloß den Kopf. »Ist schon okay.«

»Gut. Das ist gut.« Er ließ mein Kinn los und schenkte mir sein charmantestes Lächeln, bei dem jeder schwach wurde. Dann wandte er sich von mir ab, um an die luxuriöse Küchenzeile zu treten. Das italienische Marmor sah immer noch aus wie neu, was vermutlich daran lag, dass Griffin es regelmäßig austauschen ließ.

Ich ließ mich zurück auf den Stuhl fallen, in dem ich zuvor gesessen hatte. Sowohl der Jetlag meiner kurzen Reise sowie der … Zwischenfall mit den Paparazzi steckte mir immer noch schwer in den Knochen. Es ging mir gut. Ich war einfach nur schrecklich müde.

Griffin trug ein weißes Hemd, das er bis über die Ellenbogen hochgekrempelt hatte, wodurch seine gebräunten Unterarme zum Vorschein kamen. Auf seiner Brust prangte das Armani-Logo. Genau wie auf dem Gürtel, der seine schwarze Hose festhielt. Es war der gleiche Look wie immer, nur fand sich jeden Tag eine andere Luxusmarke auf seinen Klamotten wieder. Schließlich galt es in unserer Welt als ein Verbrechen, zwei Tage das Gleiche zu tragen.

»Möchtest du einen Kaffee oder Espresso? Ich kann auch meine Assistentin losschicken, um dir etwas zu holen. Ich weiß ja, wie sehr du diese süße Plörre magst.«

»Ich nehme nur einen Tee«, murmelte ich, denn ich hatte mir fest vorgenommen, meinen Koffeinkonsum etwas runterzufahren. An den schlechtesten Tagen war ich immerhin bei sechs Tassen. An den guten reichten manchmal drei.

Sofort wanderten Griffins Augenbrauen in die Höhe. »Kein Kaffee für dich? Normalerweise muss ich nach einem Termin mit dir meine Nespresso-Kapseln auffüllen.«

Ich zuckte bloß mit den Schultern, woraufhin sich sofort eine Falte auf seiner Stirn bildete. Als immer noch keine Antwort kam, drehte er sich noch einmal zu seiner Maschine und reichte mir kurz darauf eine Tasse mit heißem Wasser. Ich hatte keine Lust, ihm zu erklären, dass die ganzen Schmerztabletten dafür sorgten, dass mein Magen rebellierte. Noch mehr Mitleid in seinen Augen ertrug ich nicht.

»Minze«, sagte ich, bevor er mich nach der Sorte fragen konnte.

Ein Lächeln zupfte an seinen Mundwinkeln. Vermutlich freute es ihn, dass ich immerhin meinem Tee treu blieb und noch nicht komplett durchgedreht war.

»Das Geschenk auf dem Tisch ist übrigens für dich«, erklärte er, als er mir eine Tasse reichte. »Von Samuele und seiner Managerin. Sie fühlen sich schrecklich wegen dem Vorfall.«

Ich verdrehte die Augen, weil es lächerlich war. Sie konnten nichts dafür, dass das verfluchte *Scandalous Secrets* – ein billiges Online-Magazin, dessen Inhalt noch billiger als ihre aufdringlichen Mitarbeiter war – einen Artikel voller Lügen gedroppt hatte. Darin wurde behauptet, dass Sami unsere

Beziehung verkündet hätte. Dass er bereits nach einem Ring gesucht hätte. Und – natürlich – dass das gewiss etwas mit meinem wachsenden Babybauch zu tun hätte.

Lügen. Lügen. LÜGEN!

Auch Sami hatte ich bereits in mehreren Nachrichten versichert, dass ihn keine Schuld traf. Er hatte sogar nach L. A. fliegen wollen, um mich im Krankenhaus zu besuchen, was ich sofort abgelehnt hatte. Schließlich war das wirklich nicht nötig, immerhin war ich mit einem kleinen Kratzer davongekommen.

»Danke«, sagte ich trotzdem und zog das kleine Paket zu mir, ohne es zu öffnen.

Seufzend ließ Griffin sich auf den Stuhl mir gegenüber fallen. Jetzt trennte uns das Mahagoni seines Schreibtischs und am liebsten hätte ich mich hinter dem Monitor zu meiner Linken versteckt. Denn Griffin musterte mich immer noch und mittlerweile erkannte ich den Ausdruck auf seinem Gesicht als Sorge, was mir ganz und gar nicht gefiel. Ich hob die Tasse an meinen Mund und pustete ein paarmal, sodass sich kleine Wellen auf der Oberfläche bildeten. Das hatte schon immer eine beruhigende Wirkung auf mich gehabt.

»Ich bin wirklich froh, dass es dir so weit gut geht und du keine größeren Verletzungen davongetragen hast.«

Ich zuckte mit den Schultern. »So schlimm war es jetzt auch nicht.«

Seine Augenbrauen wanderten in die Höhe. »Loraine. Dich hat einer der Paparazzi mit seiner Kamera erwischt und du warst für kurze Zeit bewusstlos. Du hättest dein Augenlicht verlieren können oder sonst was!« Seine Stimme wurde lauter und ich sofort kleiner. Auch wenn er recht hatte, wollte ich die Realität nicht so vor Augen geführt bekommen.

»Es war ein Unfall. Unfälle passieren.«

»So etwas sollte nicht passieren. Niemals. Wir können von Glück sprechen, dass du nur eine Nacht im Krankenhaus verbringen musstest.«

»Es tut mir leid«, sagte ich leise und sank weiter in den Stuhl. »Aber bis zur Filmpremiere ist die Schramme hoffentlich weg und dort werden sowieso alle mit Cecilia und den anderen beschäftigt sein. Danach ist der Unfall Schnee von gestern.«

Griffin schüttelte den Kopf. »Loraine, es geht mir doch nicht um die Premiere, sondern um *dich*. Die Schramme bekommt deine Visagistin überdeckt, und selbst wenn nicht, Promis sind schon mit schlimmeren Verletzungen in die Öffentlichkeit getreten. Was für mich zählt, ist deine Sicherheit. Und dass ich sie dir nicht mehr garantieren kann.«

Jetzt schüttelte ich den Kopf und ignorierte dabei das leichte Pochen hinter meiner Stirn. »Es ist alles gut. Das war ein einmaliger Fehler, der mir nicht noch mal passieren wird.«

»Nein, das wird er wirklich nicht.« Griffin räusperte sich und rutschte in seinem Stuhl hin und her. Er war nervös. Warum war er nervös? »Es war ja bereits zu erwarten, dass mit der Rolle bei HBO einige Änderungen auf uns zukommen würden. Deine Person erfährt gerade enorme Beliebtheit, noch mehr als sowieso schon.«

Ich hörte das Aber in seiner Stimme, noch bevor er weitersprach, und aus irgendeinem Grund reagierte mein Körper. Mein Herzschlag beschleunigte sich. »Aber?«

»Aber der Vorfall in Los Angeles hat uns gezeigt, dass nicht nur positive Veränderungen auf uns zukommen.« Griffin stoppte, verschärfte seinen Blick.

Ich lehnte mich nach vorne. »Griffin«, sagte ich zögerlich. Seine Mimik und sein Tonfall gefielen mir ganz und gar nicht.

Er schloss die Augen, atmete einmal tief durch. »Karla und ich sind uns einig. Wir haben einen Personenschützer für deine Sicherheit eingestellt, der ab sofort bei dir leben und immer in deiner Nähe sein wird. Für den Notfall.«

Mir wich die Farbe aus dem Gesicht und ich sackte zurück in den Stuhl. Meine Hände umklammerten die lederne Armlehne so fest, dass sie jeden Moment unter mir zerspringen musste. Personenschützer. Das war auch nur eine gehobenere Art zu sagen, dass er einen fucking Leibwächter für mich eingestellt hatte.

»Nein.«

Griffin seufzte. »Loraine.«

»Auf keinen Fall, nein. Ich brauche keinen verdammten Wachhund.«

»Personenschützer«, korrigierte Griffin mich, was ich mit einem Lachen kommentierte, das eher einem Schnauben glich.

»Personenschützer, Leibwächter, Bodyguard. Nenn es, wie du lustig bist, aber ich will keins davon. Nein.« Wie ein trotziges Kleinkind verschränkte ich die Arme vor der Brust.

Seine Augen schlossen sich und er fuhr sich mit den Fingern über die Schläfe. Ich wollte ihm wirklich keine Kopfschmerzen bereiten, immerhin verdankte ich meinem Manager eine ganze Menge, doch bei diesem Thema würde ich keine Kompromisse eingehen.

Wir hatten schon oft darüber gesprochen, der Ablauf war

immer der gleiche. Es war in Ordnung für mich, dass ich für öffentliche Auftritte Security an die Seite gestellt bekam. Jemand, der jeden meiner Schritte verfolgte und mich zu jeder Tages- und Nachtzeit begleitete, war jedoch überhaupt nicht in Ordnung.

»Loraine«, seufzte Griffin auf diese ganz besondere Art, wie es enttäuschte Eltern taten, wenn man ihnen beichtete, dass man sie angelogen hatte. »Es dient lediglich deiner eigenen Sicherheit. Wenn es nach mir ginge, hättest du schon längst einen Personenschützer, aber du wolltest es nie.«

»Und daran hat sich auch nichts geändert. Punkt. Aus. Ende.«

»Normalerweise höre ich auf deine Wünsche und beachte deine Grenzen, das weißt du. Aber über diese muss ich mich hinwegsetzen. Es ist mir egal, was du denkst, dein Bodyguard ist bereits angestellt und wartet auf dich.«

Ich öffnete meinen Mund zum Protest, doch Griffin kam mir zuvor. »Ich tue das nicht, um dir zu schaden, sondern um dir zu helfen.«

»So fühlt es sich aber nicht an.« Ich wollte nicht traurig klingen, konnte jedoch nichts gegen meine zitternde Stimme tun. Das war die eine Sache, die ich nicht wollte, und das wusste er ganz genau. Warum tat er es also trotzdem?

»Sein Name ist Wyatt Carter und er ist gerade einmal ein paar Jahre älter als du. Das war uns sehr wichtig. Ich bin mir sicher, es wird dir leichterfallen, jemandem zu vertrauen, der in deinem Alter ist. Vielleicht siehst du ihn ja irgendwann als Freund und nicht als Angestellten.«

Ich würde niemandem vertrauen, egal, wie alt oder jung er war.

Diese Tatsache las Griffin vermutlich gerade auch in meinem Blick, denn er fuhr fort: »Er war der Beste in seinem Jahrgang. Er hat die Polizeischule mit Bravour abgeschlossen und ihm wurde nachgesagt, der jüngste Detective seit Langem zu werden, weil er eine solch außerordentliche Leistung erbracht hat. Stattdessen hat er sich jedoch für den Weg des Personenschützers entschieden. Die letzten zwei Jahre hat er bei einer Agentur gearbeitet, die vor allem für Politiker verantwortlich ist. Sein vorheriger Arbeitgeber hat ihn bedingungslos empfohlen. Es gab keinen Besseren als ihn.«

Ich sagte wieder nichts, was ihn erneut seufzen ließ.

»Loraine, bitte. Es ist alles schon schwer genug, kannst du da nicht auch noch gegen mich arbeiten?«

»Kein Bodyguard. Das hast du mir versprochen!«

»Ich weiß, dass ich es dir verspochen habe. Aber glaubst du wirklich, ich halte lieber mein Versprechen, um dich nicht zu kränken, als das Risiko zu vermeiden, dich noch mal ins Krankenhaus zu befördern? Nein. Ich weiß, du siehst es nicht so, aber es ist zu deinem Besten.« Griffin streckte seine Hand aus. Legte sie auf den Tisch und schenkte mir ein versöhnliches Lächeln.

Obwohl ich es wirklich nicht wollte, löste ich meine Arme aus ihrer Verschränkung und legte meine Hand auf seine. Und die Geste reichte, um mich ein wenig zu besänftigen. Griffin war all die Jahre nicht nur *an*, sondern vor allem *auf* meiner Seite gewesen. Er hatte alles für mich getan, tat es immer noch, würde es immer tun.

Kurz drückte er meine Hand und lächelte mich an, bevor er sich auch schon wieder abwandte, nach seinem Telefon griff und die Eins wählte. Karlas Nummer. »Karla, du kannst ihn jetzt gerne nach oben schicken. Er hat schon lange genug gewartet und wir sind so weit fertig.«

Seufzend grub ich meine Finger zurück in das kalte Leder der Armlehnen. Die kurze Ruhe war bereits wieder verschwunden. Die Vorstellung, ab sofort rund um die Uhr unter Beobachtung zu stehen, rund um die Uhr meine Sonnenscheinmaske aufrechtzuerhalten, erdrückte mich mehr, als jedes hautenge Kostüm es je könnte. Es war immer mein größter Traum gewesen, erfolgreich, beliebt und glücklich zu sein. Nur fehlte das Glück. Stattdessen war da blanke Angst, die sich ganz langsam in mir ausbreitete. Erst nur in Form meines Herzschlags, der mit jeder Sekunde an Geschwindigkeit zunahm, und dann auch als Kribbeln auf meiner Haut. Ein Gefühl, als würden tausende Ameisen über meinen Körper laufen und ihr Gift verteilen.

Das Klopfen an der Tür ließ mich zusammenzucken. Sofort verstärkte ich den Druck meiner Finger.

»Komm ruhig rein«, sagte Griffin freundlich. »Loraine, darf ich vorstellen, Wyatt Carter, dein neuer Bodyguard.«

Ich drehte mich zu der Person, die nun im Türrahmen stand, und setzte mein Pokerface auf. Mein Schauspielgesicht, das nie zerbrechen würde, egal, wie es in mir auch aussah.

Wie viel Wirkung es jedoch besaß, wenn ein Pflaster, eine blutige Schramme und tiefe Augenringe mein Gesicht zierten, war fraglich.

Wyatt Carter musterte mich genauso eindringlich wie ich ihn. Ich kam nicht umhin, seine muskulöse Statur sowie sein gesamtes Äußeres zu betrachten. Er trug ein schwarzes Hemd, das er bis zur Hälfte seines Unterarmes hochgekrempelt hatte. Unter dem Stoff lugten auf der einen Seite schwarze Efeuranken hervor, die sich bis auf seinen Handrücken zogen, und als mein Blick zum anderen Arm huschte, erkannte ich den Ansatz eines weiteren Tattoos. Eine schwarze Haarsträhne fiel ihm in die Stirn, was ihn jedoch nicht zu stören schien.

Er sah umwerfend aus.

Nur half seine offensichtliche Attraktivität nicht gegen die Tatsache, dass ich ihn nicht hierhaben wollte.

Dennoch huschte mir eine Gänsehaut über die Arme, als er im nächsten Moment sagte: »Freut mich, Sie kennenzulernen, Miss Lewis.« Seine Stimme war tief und trotzdem warm. Sie hatte etwas Scharfes und war trotzdem weich.

Oh Lord.

Schnell verbannte ich meine Gedanken und räusperte mich. »Loraine«, korrigierte ich ihn. Wenn er mich jetzt auch noch die ganze Zeit Miss Lewis nannte, würde ich endgültig durchdrehen.

»Sehr schön. Es freut mich, dass wir alles klären konnten, Loraine. Du kannst gerne schon gehen, während ich noch einige Dinge mit Wyatt bespreche. Er wird dann danach zu dir kommen.«

Das ließ ich mir definitiv nicht zweimal sagen. Ohne mich noch einmal umzudrehen, verließ ich Griffins Büro und ließ die Tür hinter mir einen Takt zu schwungvoll zuknallen.

Griffin konnte dankbar sein, dass ich nicht hier und jetzt anfing, laut zu schreien. Oder einfach in mich zusammenbrach.

3

Are you ready to play?

Wyatt

»Na komm schon, geh ran«, murmelte ich in das Telefon und betete, dass das andere Ende der Leitung mich nicht mehr länger mit Schweigen bestrafen würde. Oder vielmehr mit einem monotonen Piepen, das meinen Puls in die Höhe schießen ließ.

»Was gibt's?«, kam endlich eine Antwort auf meinen Anruf zurück.

»Ich hab den Job«, brach es aus mir hervor. Erst, nachdem ich diese Worte ausgesprochen hatte, konnte ich wieder richtig atmen. Als hätten sie in den letzten Minuten dafür gesorgt, dass die Sauerstoffzufuhr zu meinem Gehirn immer weiter abgeschnürt wurde.

»Shit.« Es war nicht die Reaktion, die ich mir erhofft, aber die, die ich erwartet hatte.

»Du könntest dich auch einfach mal freuen.« Während ich mir das Telefon ans Ohr presste, schaute ich mich auf der Straße um. Ich lebte erst seit Kurzem in London und die Stadt ließ mich jeden Tag an meinem eigentlich sehr guten Orientierungssinn zweifeln. Hätte ich nicht bei meinem besten Freund unterkommen können, der gerade am Handy alles andere als freundlich klang, wäre ich hier noch verlorener gewesen. Mittlerweile wusste ich, mit welcher Linie ich zum Piccadilly kam und wo ich an der Tower Bridge einsteigen musste, um wieder zurück nach Hause zu kommen. Doch in der Gegend, in der sich das pompöse Glasgebäude von *West Actors* befand, war ich noch nie gewesen. Mein Blick huschte von rechts nach links, in der Hoffnung, endlich einen Zugang zur U-Bahn zu entdecken. Um es zu Loraines Wohnung zu schaffen.

Loraine Lewis.

Noch immer hatte ich das Bild vor Augen, wie wir uns vor einer Stunde begegnet waren.

Sie hatte so anders ausgesehen als erwartet. Nicht unnahbar oder berechnend, sondern zierlich. Nicht, weil sie so klein und schlank war, sondern weil sie so fragil wirkte. Aber vielleicht hatte das auch nur daran gelegen, dass sie ungeschminkt gewesen war, Sportleggings und einen zu großen Hoodie getragen und ihr blondes Haar in einem unordentlichen Zopf gebunden hatte. Vielleicht war das ihre Taktik. Fragil zu wirken, damit man nicht erkannte, wie sie wirklich war. Wie grausam.

»Ich kann mich nicht für dich freuen, weil ich es immer noch für einen absolut beschissenen Plan halte«, holte mich die Stimme meines besten Freundes in die Gegenwart zurück. »Was, wenn du auffliegst?«

Ich verdrehte die Augen und war froh, dass das nicht ans andere Ende der Leitung durchdrang. »Dafür müsste ich dämlich genug sein, um das zuzulassen. Etwas, das nicht passieren wird.«

Ein Seufzen erfüllte das Telefon und ich musste das Handy ein Stück von meinem Ohr entfernen. »Bist du dir sicher, dass du das Richtige tust, Wyatt?«

Ich presste meinen Kiefer zusammen. So fest, dass meine Zähne knirschten und sich meine Muskeln verkrampften. »Natürlich bin ich das. Ich habe mir die letzten Jahre nicht den Arsch für nichts aufgerissen«, blaffte ich – worauf ich mit einem Schweigen bestraft wurde, das ich mir vermutlich verdient hatte. »Sorry, das war so nicht gemeint.«

»Es gibt nichts, was ich tun kann, um dich davon abzuhalten, richtig?«

»Nein. Ich muss das einfach tun.« Mit jedem Wort war mein Puls schneller und die Wut, die seit so langer Zeit in meinen Adern kochte, heißer geworden. Es war mir egal, dass ich mit diesem Job alles aufs Spiel setzte, wofür ich die letzten Jahre gearbeitet hatte. Denn eine Stelle als Detective war nie das Ziel gewesen, genauso wenig wie als Bodyguard für irgendeine prominente Göre zu arbeiten, die weder mich noch andere hart arbeitende Menschen schätzte. Die Wahrheit herauszufinden, das war immer der Plan gewesen. Und den würde ich nicht aufgeben, weil ich Angst vor den potenziellen Konsequenzen hatte. Selbst wenn ich dafür meinen eigenen inneren Kompass für die nächste Zeit ausschalten musste. Ich hatte schon Schlimmeres durchgestanden, da würde ein wenig moralisch verwerfliches Verhalten mich nicht aus dem Konzept bringen.

»Versprich mir einfach nur, vorsichtig zu sein, okay? Wenn deine Vermutungen stimmen sollten, dann könnte diese ganze Aktion ziemlich nach hinten losgehen. Du weißt nicht, was dich erwartet.«

»Da hast du recht, aber weißt du, was unser Vorteil ist? Sie wissen es auch nicht.« Ein Grinsen legte sich auf meine Lippen. Und als ich dann auch noch endlich die Tube entdeckte, fühlte ich mich so, als könnte ich alles schaffen.

4

I once believed this life would be golden

Loraine

Ich hasste London. Ich hasste den Trubel, die Lautstärke, die roten Busse, die an jeder Ecke auf einen warteten. Alles war überfüllt von Menschen. Touristen fotografierten jeden Fleck auf dem Boden, als wäre er etwas Besonderes, und drängten sich zu den Sehenswürdigkeiten, als hätten sie den Big Ben nicht schon hundertmal auf Pinterest bewundert. Auf Fotos sah er dabei viel schöner aus als in echt. Alles von London sah auf Fotos schöner aus.

Am meisten hasste ich jedoch den Regen und die Kälte, die nie verschwanden. Wir hatten Anfang Mai und ich musste meinen Mantel immer enger um mich schlingen, um nicht zu erfrieren. Selbst der dicke Hoodie, den ich darunter trug und dessen Kapuze ich nutzte, um mich vor der Welt zu verbergen, bot keinen Schutz. Es regnete, als würde die Sintflut auf uns herabstürzen. So wie gestern. Und vorgestern. Und jeden einzelnen verdammten Tag in dieser verfluchten Stadt.

Vielleicht war ich melodramatisch, doch jetzt gerade verfluchte ich wirklich alles in meinem Leben. Außer vielleicht meinen Fahrer William, den ich gebeten hatte, mich ein paar Straßen früher rauszuschmeißen. Etwas, das meinem Chauffeur generell widerstrebte, bei so einem Wetter jedoch erst recht. Trotzdem hatte er es getan.

Mit dem Wissen, dass ab sofort immer jemand an meiner Seite sein würde, ob ich es wollte oder nicht, hatte ich den Spaziergang zu meiner Wohnung gebraucht. Es fühlte sich an wie der letzte Freigang, bevor ich zur Haft antreten musste.

In den Jahren, seit ich bei *West Actors* unter Vertrag stand und Griffin als meinen Manager bezeichnen durfte, hatte ich viele Höhen und Tiefen mit ihm durchgestanden. Es hatte immer wieder mal Phasen gegeben, während derer die Security vor meinem Appartement verstärkt werden musste oder ich nicht allein in die Stadt gehen konnte. Doch das hier war anders. Für die nächsten Monate würde Wyatt Carter Teil meines Lebens sein. Mir meine Flügel stutzen. Zumindest das, was von ihnen noch übrig war.

Die Straßen von Knightsbridge waren zum Glück relativ leer, was auch der Grund war, warum William mich früher rausgelassen hatte. Zwar mit einem lauten Seufzen und einem Blick, der Bände sprach, doch er hatte es getan. Auch wenn ich bis auf die Knochen durchnässt wäre, bis ich in meiner Wohnung ankam, kostete ich jede Sekunde aus.

Ein weiterer der roten Doppeldeckerbusse, die Touristen nutzten, um so viel wie möglich von London zu sehen, fuhr an mir vorbei. Automatisch zog ich die Kapuze enger und hielt meinen Kopf gesenkt. Dass ich mir eine Wohnung direkt am Hyde Park genommen hatte, war etwas, das alle in meinem Umfeld mit einem verwirrten Blick oder kritischen Naserümpfen kommentiert hatten. Ich solle mir lieber eine ruhigere Gegend suchen, vielleicht sogar außerhalb Londons, wo keine Menschenmassen waren und keine Fans auf mich warten konnten. Doch bei meinem ersten Kaffee am Morgen und der Teatime am Mittag eine Aussicht auf den einzigen schönen Fleck der Stadt zu genießen – das hatte ich mir früher immer gewünscht. Früher, als ich noch davon geträumt hatte, die roten Teppiche der Welt zu beschreiten und vor jeder Kamera das Fotomotiv Nummer eins zu sein. Bei dem Gedanken an mein jüngeres Ich und seine naiven Vorstellungen von der Zukunft entwich mir ein Schnauben. Zum Glück wurde das Geräusch jedoch vom Regen geschluckt.

Little-Loraine hatte einen ganz anderen Blick auf den Ruhm gehabt als ich nun. Sie hatte die Weltstars durch ihre rosarote Kinderbrille angehimmelt, die sie niemals absetzte, weil ihre Realität nicht nur grau, sondern vor allem grausam war. Und weil sie noch nicht ahnte, was sie eines Tages für den Ruhm tun würde.

Aber auch wenn ich London mit jedem weiteren Jahr mehr verabscheute und die Straßen meiner Heimat mir kaum fremder sein konnten, war mein Appartement die eine Sache, die ich nicht verlassen wollte. Vielleicht brauchte ich das für mein inneres Kind, damit es irgendwann Frieden finden konnte.

Als mein Handy klingelte, überlegte ich, es zu ignorieren. Doch ich war zu neugierig, um keinen Blick auf den Bildschirm zu werfen. Es war Karla. Nach kurzem Zögern ging ich ran.

»Loraine, hi! Wie geht es dir? Was macht dein Kopf?« Bei ihrer freundlichen Stimme und der Sorge, die sich in sie mischte, stieg die Wut in mir erneut auf. Diese Farce konnte sie sich wirklich sparen.

»Du hast es gewusst?«, platzte es aus mir heraus. Sofort senkte ich die Stimme wieder, um keine Aufmerksamkeit auf mich zu ziehen.

»Wovon sprichst du?« War ihre Verwirrung ehrlich oder nur gespielt?

»Davon, dass du und Griffin beide der Meinung wart, ich würde einen verfluchten Bodyguard brauchen. Wieso hast du mir nichts gesagt, Karla?« Der Zorn in meiner Stimme schwand langsam. Alles, was blieb, war die Enttäuschung über ihren Verrat.

»Mist, ich dachte, ich könnte vorher mit dir reden. Es tut mir leid, dass du es durch Griffin erfahren musstest, ehrlich. Ich wollte in L. A. mit dir darüber sprechen, aber dann kam alles anders und –«

»Moment mal«, unterbrach ich sie und blieb ruckartig stehen. »Es stand schon vor dem Zwischenfall in L. A. fest? Also war das nur eine blöde Ausrede, um meine Zustimmung zu bekommen?«

»Das … Ich … Es ist nicht so, wie es sich anhört.«

»Ich fasse es nicht. Ich dachte, du wärst auf meiner Seite.« Ohne ihre Ausrede abzuwarten, legte ich auf. Sie konnte mich mal. Sie alle konnten mich mal. Auch wenn ich es niemals aussprechen würde.

Als ich kurz darauf die orangefarbene Backsteinfassade mit den vielen weißen Details erblickte, wurde mein Herz schwerer. Einen Moment spielte ich mit dem Gedanken, doch noch eine Extrarunde zu drehen und einfach die Stille und das Alleinsein zu genießen. Doch ich fror bereits und der Wunsch nach einer heißen Dusche war definitiv größer. Also ließ ich den Regen und die Freiheit draußen und betrat das Gebäude.

Im Inneren begrüßten mich sofort eine angenehme Wärme und der Duft von Lavendel. Auch wenn die Lobby durch ihren eleganten Stil etwas Steriles an sich hatte, beruhigte mich der Geruch jedes Mal. Vermutlich war es nur die Gewohnheit.

So wie immer ging ich direkt zum Fahrstuhl, wo ein Blick reichte, damit die Security mich durchließ. Egal, wer gerade Schicht hatte, ob ich bereits mit der Person gesprochen hatte oder nicht, sobald sie mich sahen, wusste jeder, was zu tun war.

Früher hatte ich immer gedacht, wenn ich in einem dieser luxuriösen Wohnkomplexe leben würde, dann würde ich jede Person kennen, die hier arbeitete. An den wenigsten Tagen besaß ich jedoch genug Energie, um Hallo zu sagen, geschweige denn eine Unterhaltung zu beginnen. So auch heute. Ohne ein Wort stieg ich in den Aufzug und nutzte die Schlüsselkarte, um bis in die oberste Etage zu fahren – das Penthouse. Vermutlich dachten alle hier, ich wäre eine unhöfliche reiche Göre, doch in Wahrheit war ich einfach nur ständig erschöpft.

Ich schlang den schwarzen Bademantel fest um mich und genoss den sanften Stoff auf meiner Haut. Er schmiegte sich perfekt an mich und sorgte dafür, dass ich in meinen kurzen Schlafsachen nicht frieren würde. Eine lange Hose anzuziehen, war keine Option, ich konnte das Gefühl unter der Decke einfach nicht ausstehen. Stattdessen kuschelte ich mich in weiche Socken und den noch weicheren Bademantel, bevor ich das Badezimmer verließ, in dem der heiße Dampf der Dusche das Atmen langsam erschwerte.

»Alexa, spiel Musik ab«, sagte ich meiner Musikbox auf dem Weg ins Wohnzimmer, wo ich mich sofort in die Kissen meines Sofas sinken ließ. Die wolkenartige Couch war eine der besten Anschaffungen des letzten Jahres gewesen, auch wenn sie dafür sorgte, dass ich viel zu oft vor dem Fernseher einschlief.

Die Musikbox erfüllte den Raum und tauschte die fast schon erdrückende Stille gegen zarte Gitarrenklänge. Wenn es eine Sache gab, die ich nicht ertragen konnte, dann war es Stille. Und in einem Penthouse mit Platz für mindestens vier Familien war es immer still. Still und kalt. Vielleicht würde sich dieser Ort mehr wie ein Zuhause anfühlen, wenn ich die überteuerten Möbel in jedem Raum durch persönlichere ersetzen würde. Wenn mich statt schwarzem Hochglanz warmes Holz empfangen und nicht jedes Zimmer mir meinen Reichtum vor Augen führen würde. Doch ich war sowieso ständig auf Reisen und lebte von einem Hotelzimmer zum nächsten.

Als ich es mir auf der Couch gemütlich gemacht hatte, griff ich als Erstes nach dem Paket von Samuele, das William an der Rezeption abgegeben hatte. Im Inneren erwartete mich eine Flasche Limoncello. *Selbst gebraut aus meiner Heimat in Amalfi – hilft gegen Kopfschmerzen und den Hass auf die Welt,* stand in krakeligen Buchstaben darauf, wobei ich mich fragte, wie Samuele in Miami an eine Flasche aus Italien gekommen war. Neben dem Limoncello fand ich noch einige Süßigkeiten, die ich während unserer Dreharbeiten zu *Smoke of Water* inhaliert hatte. Poptarts, Nerds und ein Jahresvorrat an KitKat mit Churros-Geschmack. Ein Schmunzeln zupfte an meinen Lippen, weil er mich so gut kannte.

Ich schnappte mir mein Handy, machte einen Schnappschuss von mir und meiner Beute und sendete es samt Kusssmileys an Sami. Das erste KitKat vernaschte ich direkt, während ich checkte, was ich in den letzten Stunden auf den sozialen Medien verpasst hatte. Auch wenn ich es hasste, Videos über mich zu sehen, die neusten Gerüchte zu lesen oder mit den zahlreichen Kommentaren konfrontiert zu werden, von denen genauso viele gehässig wie lieb waren, konnte ich es nicht lassen. Ich hatte bereits mehrfach versucht, von Instagram abzutauchen, so wie es viele Prominente taten. Doch die Angst, etwas zu verpassen, nicht zu wissen, was über mich erzählt wurde und ob es gerade in war, mich zu hypen oder zu canceln, war schlimmer. Der offizielle Begriff dafür war FOMO – the fear of missing out –, aber ich bezeichnete es lieber als Konfrontationstherapie. Wenn ich wusste, was über mich gesagt wurde, dann war ich für alles gewappnet. Zumindest redete ich mir das ein.

Mein Display leuchtete mich grell an und zeigte mir nicht nur ungelesene Nachrichten, sondern auch mehrere verpasste Anrufe an. Verdammt. Ich war vor einer Stunde mit Lilah zum Facetimen verabredet gewesen. Doch kaum war ich in meiner Wohnung angekommen, war ich auch schon ins Badezimmer geschlüpft und hatte viel zu lange unter der heißen Regendusche gestanden. Dass meine beste Freundin auf mich wartete, hatte ich vollkommen vergessen.

Eilig öffnete ich ihre Nachrichten – zuerst spielte ich eine Sprachnachricht von heute Morgen ab.

»Buongiorno, Bella.« Bei Lilahs Versuch, Italienisch zu sprechen, schnitt ich eine Grimasse. Sie hatte noch einen langen Weg vor sich, um halbwegs überzeugend zu klingen. *»Ich bin gerade gelandet und wurde von dem schönsten Wetter begrüßt. Es ist so warm hier unten und ich werde die nächsten Tage nichts anderes*

tun, als am Pool zu liegen. In Deutschland war es richtig kalt, ich bin echt froh, den Regen gegen die Sonne tauschen zu können und endlich Urlaub zu haben. Ich bin immer noch der Meinung, du solltest mir Gesellschaft leisten; davon bekomme ich dich schon noch überzeugt. Von dem Casting erzähle ich dir später in Ruhe – wann wollten wir eigentlich telefonieren?«

Mist, Mist, Mist. Nach ihrem Vorsprechen in New York hatte Lilah für ein weiteres nach Deutschland fliegen müssen. Zwar hatte sie darauf bestanden, danach sofort zu mir nach London zu kommen, ich hatte sie aber darum gebeten, es nicht zu tun. Auch wenn ich es letzte Woche kaum hatte erwarten können, sie wiederzusehen, hatte ich nach dem Vorfall einfach nur meine Ruhe gebraucht.

Lilah

Bin gerade in meiner Wohnung angekommen, du glaubst nicht, wie sehr ich diesen Ort vermisst habe. Vielleicht sollte ich doch komplett herziehen.

Hole mir jetzt die erste italienische Pasta, ich sterbe ein bisschen vor Hunger.

Wann wollen wir denn gleich telefonieren? 16 Uhr?

Verpasster Videoanruf

Verpasster Videoanruf

Verpasster Videoanruf

Ist alles okay?

Schnell tippte ich eine Antwort, die ich mit einem Sorry voller Os begann und mit ganz vielen Herzen beendete, in der Hoffnung, sie würde so nicht sauer auf mich sein.

Lori
Ich hatte heute einen spontanen Termin mit Griffin und bin gerade erst nach Hause gekommen, es tut mir so leid, Lilah!

Ich biss auf meine Unterlippe und ignorierte dabei den ziehenden Schmerz, während ich beobachtete, wie sich der Zuletzt-Online-Status in *Online* und schließlich in *Schreibt* änderte. Es tat mir wirklich leid, dass ich meine Verabredung mit ihr vergessen hatte. Ich war echt eine miese Freundin.

Lilah
Ach, alles gut, ich hab mir nur Sorgen gemacht! Warum warst du bei Griffin?

Lori
Nichts Schlimmes, es … gab nur ein paar Dinge zu klären.

Lilah
…? Was für Dinge?

Ich klickte auf das Telefonsymbol. Sofort stellte ich das Gespräch laut und wartete nur darauf, dass sie abnahm. Auch wenn mein Energielevel gegen null ging, musste ich all meinen Gefühlen irgendwie Luft machen. Und niemand verstand mich so gut wie Lilah … ganz abgesehen davon, dass es auch niemanden außer ihr gab.

»Lori?«, meldete sie sich sofort. In ihrer Stimme schwang Sorge mit.

»Griffin hat einen Bodyguard eingestellt. Einen richtigen. Einen Leibwächter, der immer bei mir sein wird.« Kaum hatte ich meine Worte ausgesprochen, hielt ich das Handy ein kleines Stück von mir weg.

»Einen Bodyguard?«, kam es irritiert vom anderen Ende der Leitung. »Wegen L. A.? Oder ist noch etwas passiert?«

»Hauptsächlich wegen L. A., ja. Aber Griffin macht sich generell Sorgen und hat sich schon davor dazu entschieden. Immerhin ist noch nicht einmal der Trailer draußen und die Leute drehen schon vollkommen durch.«

»Das hört sich nicht gut an«, meinte Lilah zögerlich.

»Bitte sag mir nicht, dass du Griffins Aktion okay findest?«

»Na ja«, begann sie vorsichtig, »ich denke einfach, dass er realisiert hat, dass die Situation sich verändert. Du spielst die Hauptrolle in dem Projekt des Jahres. Durch das Buch gibt es schon unfassbar viele Fans, die den Film verfolgen, und mit Samuele hast du jemanden an deiner Seite, der ebenfalls viele Anhänger mitbringt. Das wird deine Berühmtheit noch mal enorm pushen. Und damit auch das Risiko, dass dir etwas passiert.«

Ich starrte ungläubig das Display meines Handys an. »Trotzdem brauche ich doch keinen privaten Leibwächter, der jede meiner Bewegungen kontrolliert.«

»Ach, Lori«, seufzte Lilah nur – und das sagte alles.

Ich begann, mit der Schnur meines Bademantels zu spielen. Immer wieder wickelte ich sie um meine Finger und bildete mit ihr viele kleine Kreise. »Ich weiß, dass ich gerade unfair bin«, gab ich schließlich widerwillig zu. »Aber können wir für heute die Fakten einfach ausblenden und uns gemeinsam darüber aufregen, dass Griffin das einfach über meinen Kopf hinweg entschieden hat? Und dass Karla mit von der Partie war? Ich will mich wenigstens noch etwas in Selbstmitleid suhlen«, sagte ich ehrlich. Denn ja, sie hatte irgendwo recht, aber das war mir gerade egal.

»Wie können sie es nur wagen?«, sagte Lilah mit so gespieltem Entsetzen, dass ich lachen musste.

»Es stört mich nur, dass ich das Gefühl habe, nicht die Kontrolle zu besitzen. Schließlich wird Wyatt ab jetzt immer um mich herum sein, sogar hier in meinem Zuhause.«

»Warte mal, was? Er wird bei dir wohnen?«

»Ja, leider«, murrte ich.

»Das ist krass«, gab Lilah zu. »Aber vielleicht wird es ja gar nicht so schlimm.«

»Als ob …«, murmelte ich. Doch dann straffte ich entschieden die Schultern. »Aber genug von mir. Hast du schon Rückmeldung von dem Casting? Für den Tanzfilm?«

»Leider noch nicht«, sagte sie und ich glaubte zu hören, wie sie sich dabei auf die Unterlippe biss. »Sie wollen sich aber bald melden. Was, wenn sie mir absagen? Wenn ich wieder nicht gut genug war?«

»Hör auf, dir so einen Quatsch einzureden, Lilah! Wenn sie dich nicht nehmen, sind sie bescheuert.«

Kurz blieb es still am anderen Ende der Leitung. Ich kannte meine beste Freundin gut genug, um zu wissen, dass sie nach einem passenden Konter suchte, der jedoch nicht existierte, weil ich recht hatte.

Mein Haustelefon klingelte und durchbrach damit das Schweigen.

»Lilah, ich muss auflegen. Irgendwer ruft mich gerade an.«

»Alles gut, wir sprechen die Tage wieder, ja?«

»Machen wir, hab dich lieb!« Schnell legte ich auf und griff nach dem Hörer des Festnetzanschlusses. »Ja?« Nachdem ich mich in meiner alten Wohnung immer mit meinem Namen gemeldet hatte und Fans so per Zufall an meine Nummer gekommen waren, tat ich das nicht mehr. Manchmal lernte ich aus meinen Fehlern.

»Miss Lewis, hier spricht Clarisse vom Empfang.«

Erleichterung breitete sich in mir aus, ohne dass ich die Anspannung wahrgenommen hatte. »Clarisse, hi. Was kann ich für Sie tun?«

»Hier unten steht ein gewisser Mr Carter. Er behauptet, Ihr neuer Angestellter zu sein und Sie würden ihn erwarten? Auch wenn er mir einen Vertrag mit Griffin West gezeigt hat, musste ich nachfragen. Normalerweise kommt Mr West immer persönlich vorbei, wenn es Änderungen gibt, und ich wollte kein Risiko eingehen.« Die Bemerkung, dass sie allein ein Risiko einging, indem sie mich anrief und somit bestätigte, dass ich hier wohnte, schluckte ich runter.

Kurz überlegte ich, sie anzulügen. Sie würde mir sofort glauben, wenn ich behauptete, dass Wyatt log. Und dann würde ich noch etwas länger meine Ruhe genießen können.

Doch ich hatte noch nie zur aufmüpfigen Sorte gehört und würde jetzt nicht damit anfangen. »Er sagt die Wahrheit. Die Entscheidung ist ziemlich kurzfristig gefallen, vermutlich hat Griffin es deshalb nicht geschafft, die Änderungen persönlich abzusprechen. Sie können ihn gerne hochschicken.«

Nachdem ich den Hörer aufgelegt hatte, richtete ich mich auf. Das war's mit den letzten Minuten der Stille für diesen Tag. Bevor die Panik weiter hochkochen konnte, erhob ich mich von der Couch und ging zum Fahrstuhl. Einen Moment spielte ich mit dem Gedanken, mir etwas anderes anzuziehen. Doch das hier war immer noch mein Zuhause. Außerdem hatte ich unter dem Bademantel ja noch etwas an.

Mit verschränkten Armen wartete ich vor dem Aufzug und beobachtete, wie die Zahlen auf dem kleinen Display sich veränderten, bis er mit einem *Ping!* zum Stehen kam.

5

How much will I lose before I lose myself?

Loraine

Als die Türen sich öffneten, blickte ich direkt in Wyatts Gesicht. Er trug mittlerweile eine schwarze Lederjacke und mir fiel auf, dass das die einzige Farbe an ihm war. Schwarzes Shirt, schwarze Hose, schwarze Boots und eine schwarze Jacke. Sogar die Sporttasche in seiner Hand war schwarz. Zusammen mit den schwarzen Haaren wirkte er wie der klassische Bad Boy aus so ziemlich jeder Liebesgeschichte, die ich in meiner wenigen Freizeit gerne las. Meine Mundwinkel zuckten nach oben.

»Besitzt du auch noch andere Farben in deinem Schrank oder muss ich mich an den trostlosen Anblick gewöhnen, Mr Man-in-Black?«

»Ich bin dein Bodyguard und kein Modeaccessoire. Es wäre ungünstig, wenn ich mich wie ein Kanarienvogel kleiden würde«, entgegnete Wyatt ernst, während er mich ebenfalls musterte.

Wie schon bei unserer ersten Begegnung jagte mir seine tiefe Stimme erneut eine Gänsehaut über die Arme und ich war dankbar, dass sie unter dem Stoff meines Mantels verborgen lagen. Ich ignorierte seine Wirkung jedoch einfach und machte auf dem Absatz kehrt. Seine dumpfen Schritte hinter mir signalisierten, dass er mir folgte. Super.

»Griffin meinte, es wäre kein Problem, wenn ich hier einziehe. Von meiner Wohnung bis zu dir würde ich knapp eine Stunde brauchen. Etwas ungünstig, wenn du in Gefahr schwebst und ich zu deiner Rettung eilen muss.«

Ich drehte mich zu ihm und verschränkte die Arme. »Ich muss ganz gewiss nicht gerettet werden und erst recht nicht von dir.«

»Was in Los Angeles passiert ist, beweist das genaue Gegenteil, meinst du nicht?« Seine Miene blieb freundlich, doch in seinen Augen blitzte kurz ein provokatives Funkeln auf, das mich irritierte.

Ich runzelte die Stirn, ehe ich seufzte. Laut und frustriert. »Es gibt zwei leere Schlafzimmer, such dir eins aus. Meins befindet sich ganz am Ende des Flurs. An jedes Schlafzimmer grenzt ein eigenes Bad, ansonsten ist dort« – ich deutete auf eine weitere Tür – »auch noch eins. Du hast von deinem Zimmer aus Zugang zu einem Balkon, der mehrere Räume verbindet, sodass du darüber auch in mein Zimmer kommst. Vom Wohnzimmer gelangt man auf die größere Terrasse.«

Wyatt nickte langsam, doch ich erkannte, wie es hinter seiner Stirn arbeitete. Es war klar, dass ich ihm nicht nur sagen konnte, welche Räume es hier gab. Mir blieb wohl keine andere Wahl, als ihm zumindest das Wichtigste zu zeigen. Das Risiko, dass er nachher doch versehentlich einfach in meinem Zimmer stehen würde, wollte ich nicht eingehen. Unter keinen Umständen.

»Komm, ich führ dich durch die Wohnung. Wir wollen ja nicht, dass du an deinem ersten Arbeitstag scheiterst, mich vor der großen Gefahr in meinem Zimmer zu retten, weil du dich verlaufen hast.«

Ein verräterischer Ausdruck trat auf seine Züge und ich presste meine Lippen zusammen, um nicht zu schmunzeln. Er hätte sich zu hundert Prozent heute noch verlaufen.

»Ich kümmere mich morgen darum, dass du deine eigene Schlüsselkarte kriegst, denn ohne kommst du hier nicht rein. Und ich möchte nicht jeden Abend angerufen werden, weil du unten stehst und reingelassen werden musst.«

»Wir werden ab jetzt sowieso immer zusammen sein, das sollte also kein Problem sein.«

Ich seufzte. »Ja, das ist mir bewusst, danke für die Erinnerung, dass ich mich von meiner Privatsphäre verabschieden kann. Trotzdem solltest du deinen eigenen Schlüssel haben. Man weiß ja nie.«

Er antwortete mit einem Nicken, sonst gab es keine Reaktion. Gott, allein, wie er dort stand, brachte mich fast zur Weißglut. Aufrechte Haltung, fester Stand und die Arme hinter seinem Rücken verschränkt. Er sah aus wie ein richtiger Bodyguard und benahm sich auch wie einer. Großartig.

»Hier lang geht es direkt zum Wohnzimmer und dann auf die Terrasse.« Ich wartete keine Reaktion ab, sondern lief einfach voraus. Für den Moment schlüpfte ich in die Rolle einer Maklerin, die auf dem Sprung zu ihrem nächsten Termin war, da ihr jetziger Kunde zu spät gekommen war. Eine gründliche, aber zügige Maklerin. Das war der Gedanke, an dem ich mich festhielt, denn mich in einen anderen Menschen zu verwandeln, war immer noch meine größte Stärke.

Im Wohnzimmer breitete ich meine Arme aus und eröffnete Wyatt den Blick auf den schicken Raum, der einem

Wohnkatalog entsprungen sein könnte. So wie alles in diesem Appartement.

Wyatt musterte das helle Zimmer, in dessen Mitte das Sofa stand, auf dem ich bis eben noch gelegen hatte. Alles war in sanfte Beigetöne getaucht, auf dem Couchtisch aus Glas stand immer ein frischer Strauß Blumen und die Modezeitschriften rührte ich nie an. An den Wänden hingen Bilder, die mir irgendwer geschenkt hatte, um dem Appartement Leben einzuhauchen. Sie sorgten jedoch nur dafür, dass es noch weniger gemütlich wirkte.

»Schönes Wohnzimmer.« In Wyatts Stimme lag ein Unterton, den ich nicht einordnen konnte. Entweder meinte er die Worte ernst oder das genaue Gegenteil war der Fall. Allerdings war es mir egal, was Wyatt von meiner Wohnung hielt. Immerhin hielt ich selbst nichts von ihr.

»Danke. Von der Terrasse hast du eine schöne Aussicht auf den Hyde Park, das ist das Besondere an diesem Appartement.« Ich geriet ins Stocken. Es war lange her, dass ich mich einfach dorthin gesetzt und geatmet hatte. Als ich bei meiner eigenen Besichtigung dort draußen gestanden hatte, der Hyde Park unter mir und die Ferne vor mir, war es mir vorgekommen, als würde mir die Welt zu Füßen liegen. Jetzt betrat ich die Terrasse nur noch, um die Tauben zu verscheuchen.

»Gut, weiter geht's in die Küche.« Ich drehte mich auf dem Absatz um und betrat den nächsten Raum, den ich eigentlich nie nutzte, aber dennoch tatsächlich mochte. Im Gegensatz zu den anderen Zimmern, die ein Farbenspiel aus Weiß und Beige waren, war die Küche mit Oberflächen aus einem dunklen Holz ausgestattet. Bei meinem Einzug hatte ich mir geschworen, kochen zu lernen. Deshalb befanden sich in den Regalen sämtliche Gewürze, die man sich wünschen konnte, Kochbücher über diverse Küchen und sogar eigene Kräuter. Würde meine Haushaltshilfe nicht regelmäßig nach den Pflanzen schauen, wären diese jedoch bereits tot.

»Hier findest du eigentlich alles, was du zum Kochen brauchst. Tob dich ruhig aus, ich koche sowieso fast nie.«

Keine Reaktion.

Mit gerunzelter Stirn drehte ich mich um, damit ich überprüfen konnte, ob Wyatt mir überhaupt gefolgt war oder ich gerade Selbstgespräche führte. Er war mir gefolgt, stand allerdings vollkommen versteinert im Türrahmen.

»Du besitzt so eine Küche und nutzt sie nicht?« Diesmal erkannte ich den Unterton in seiner Stimme deutlich. Schock.

Verwundert zuckte ich mit den Schultern, was Wyatt mit einem Kopfschütteln kommentierte.

»Wenn ich so eine Küche hätte, würde ich nie wieder woanders essen und alles nur noch selbst machen.« Er ging an mir vorbei auf das Regal mit den Gewürzen zu. Ich sagte nichts, sondern beobachtete ihn nur. »Du hast Trüffelsalz? Und Andaliman-Pfeffer? Und – nein!« Wyatt drehte sich zu mir um und blickte mich mit großen Augen an. »Das ist Aji-Charapita-Chili? Ich habe so viel darüber gelesen, es aber noch nie probieren können.« Seine Stimme überschlug sich beinahe.

»Dann kannst du das ja jetzt nachholen«, antwortete ich, verwirrt, warum er daraus eine so große Sache machte. Ja, ich hatte viele Gewürze, aber über den Blick auf den Hyde Park hätte er sich mehr freuen müssen.

»Was?«, fragte Wyatt.

Ich runzelte die Stirn. »Dann kannst du das jetzt nachholen?«, wiederholte ich meine Aussage. Hatte ich unbewusst in eine andere Sprache gewechselt oder warum schaute er mich an wie ein Auto?

»Loraine, das ist das teuerste Gewürz der Welt. Das kann ich doch nicht einfach verwenden!«

»Entweder du verwendest es oder es wird irgendwann schlecht, denn ich werde es bestimmt nicht nutzen. Wenn ich mit Chili koche, endet das immer in einer Katastrophe.« Mal ganz davon abgesehen, dass ich nach dem Besuch bei *Let's get spicy* für eine ganz lange Zeit genug Schärfe hatte.

Wyatt schüttelte erneut den Kopf und blickte mich fassungslos an. »Du besitzt ein Gewürz, für das vermutlich jeder Sternekoch dich kostenlos bekochen würde, und du weißt es nicht mal.«

Ich hob die Augenbrauen. »Also wenn das so ist, sollte ich damit wohl mehr prahlen. Ich bin nämlich wirklich eine miserable Köchin, aber esse viel zu gerne gutes Essen. Wenn ich mir dadurch das Geld für ein paar Restaurantbesuche spare, sollte ich es mal ausprobieren.«

»Wenn du dir ein Gewürz für über zweitausend Pfund leisten kannst, dann ist ein Sternerestaurant wohl kein Problem.«

Zweitausend Pfund? So teuer war dieses Chili? Oh Mann. Wenn ich Wyatt jetzt noch erzählen würde, dass es ein Geschenk gewesen war, würde er vermutlich umfallen. Eigentlich eine gute Idee, immerhin wäre ich ihn so vorerst los. Doch ich traute es Griffin zu, dass er dann einfach höchstpersönlich ein Auge auf mich hätte. Danke, nein.

»Komm, ich zeig dir den Rest.«

Ich führte Wyatt zu den beiden freien Schlafzimmern, deutete auf die Tür, hinter der sich meins befand, bevor ich ihm den Kinoraum, das kleine Fitnessstudio und den Spa-Bereich zeigte, in dem es sogar einen Whirlpool gab. Doch keiner dieser Räume faszinierte ihn so sehr, wie ein einfaches Gewürz es getan hatte. Was wirklich erstaunlich war. Wer begeisterte sich schon mehr für etwas Chili als für ein privates Kino oder einen Whirlpool?

»Du kannst alles nutzen, als würdest du hier wohnen. Solange du auf die Ordnung achtest, ist es mir egal.«

Er nickte.

»Hast du sonst noch irgendwelche Fragen?«

Er schüttelte den Kopf.

»Okay, dann … keine Ahnung, schau dich einfach noch etwas um oder was auch immer. Ich muss mich um ein paar Sachen kümmern und bin in meinem Zimmer. Wenn etwas sein sollte, dann klopf einfach.«

Wieder nickte Wyatt nur und ich seufzte. Vielleicht würde es jetzt so ablaufen. Ich sagte etwas, er nickte und setzte es um. Das kurze Gespräch in der Küche, währenddessen er fast schon sympathisch gewirkt hatte, war wohl eine Ausnahme gewesen.

Ich wandte mich bereits ab und wollte in mein Zimmer gehen – dass ich noch mal so etwas wie ein Zimmer haben würde –, da räusperte sich Wyatt.

»Loraine, ich hoffe, du weißt, dass ich nicht gegen dich arbeite. Ich arbeite *für* dich.«

Ich drehte mich zu ihm um und jetzt war ich diejenige, die nur nickte.

Ja, ich wusste, dass das alles für mich war. Alles war immer für mich und mein Bestes.

Nur fühlte es sich gerade eher so an, als würde ich einen weiteren Teil von mir an dieses Business verlieren.

Mein Ringlicht strahlte mich grell an und ich wusste schon jetzt, dass ich später nur noch leuchtende Punkte sehen würde. Meine Augen versuchten, die Flut an Kommentaren zu scannen und einzelne lang genug zu lesen, um die Fragen zu beantworten. Doch zwischen den vielen Emojis und Hunderten Nachrichten ging das meiste einfach unter.

»Ihr seid so fleißig am Kommentieren, dass ich gar nicht hinterherkomme.« Ich musste lachen. »Es ist wirklich süß, wie besorgt ihr seid, aber versprochen, mir geht es gut!«

Ich wusste nicht, wie oft ich diese Aussage bereits wiederholt hatte. Der Zwischenfall mit den Paparazzi hatte im Netz ziemlich für Aufruhr gesorgt. Ihre Verhaltensweisen waren schon früher kritisiert worden, doch nach dieser Aktion standen sie noch mehr im Zielfeuer der Öffentlichkeit. Instagram war von Posts überfüllt, in denen Fanpages sich mit mir solidarisierten und beschlossen, sämtliche Paparazzibilder zu boykottieren. Auch das britische Magazin *Scandalous Secrets*, dessen Fotograf mir seine Kamera an den Kopf gerammt hatte, wurde angeprangert. Obwohl es eine Welle war, die wie jede andere irgendwann wieder abebben würde, war es schön, die ganze Unterstützung zu sehen. Wenn ich mich auf jemanden verlassen konnte, dann auf meine Fans.

»Es freut mich echt sehr, dass euch der erste Teaser so gut gefällt! Ich weiß, wie viele von euch das Buch gelesen und geliebt haben. Natürlich darf ich noch nichts verraten …« Ich verdrehte gespielt die Augen, das Schmunzeln verließ jedoch nicht meine Lippen. »Ich weiß, ich weiß, immer diese blöde Floskel, aber ich darf wirklich nichts erzählen! Was ich aber sagen kann: Ich habe das Buch selbst gelesen und bin sehr zufrieden mit dem Film. Sami ist der Hammer und ich finde, ich spiele auch nicht schlecht!«

Heute Abend war der erste kurze Teaser zu *Smoke of Water* online gegangen und das Netz drehte durch. Nicht nur, weil es endlich mehr Neuigkeiten zur Verfilmung des geliebten Bestsellers gab, an dem man seit knapp drei Jahren nicht mehr vorbeikam, sondern vor allem wegen des Casts, den man das erste Mal in Aktion sah. Mein Herzschlag überschlug sich förmlich, weil ich niemals mit all den lieben Reaktionen gerechnet hatte. Besonders nach den vergangenen Tagen tat es gut, mit Anerkennung überschüttet zu werden.

Natürlich gab es neben der allgemeinen Vorfreude auch die übliche Kritik. Ich würde überhaupt nicht zur Rolle passen und wäre die wohl schlechteste Besetzung überhaupt. Mein Gesicht wäre zu süß für einen Badass-Charakter, mein Körper viel zu kurvig und ich würde sowieso nur dafür sorgen, dass die Figur sexualisiert wurde. Dass das nicht meine Schuld war, sondern das Problem eher in der Gesellschaft lag, war den Leuten egal. Sie suchten einen Sündenbock.

Früher hatte ich mir solche Kommentare zu Herzen genommen. Ich hatte sie in mich aufgesaugt wie ein Schwamm, bis ich ihren Worten glaubte. Mittlerweile tat ich das nicht mehr. Wenn *sallybelly111* der Meinung war, dass ich zu hässlich, zu schlecht oder zu blond für eine Rolle war, dann würde ich nicht durch eine andere Schauspielerin ersetzt werden.

Ich überflog die Nachrichten im Chat, wobei mir vor allem eine Frage ins Auge stach, die ich bisher mühsam ignoriert hatte: *Bist du jetzt mit Sami zusammen?*

Ich seufzte und schüttelte den Kopf. »Darlings, weil die

Frage immer wieder kommt: Samuele und ich sind nur Freunde. Sehr gute Freunde, aber mehr nicht. Nur weil wir im Film ein Liebespaar spielen, ändert sich daran nichts. Es tut mir leid.«

Sofort sah ich gebrochene Herzen, heulende Smileys und den Hashtag *Samaine*, der immer unter gemeinsamen Bildern und Videos verwendet wurde.

»Aber hey, vielleicht gehe ich die Tage noch mal live und bekomme Sami dazu, sich mit mir vor die Kamera zu setzen. Als Trostpflaster.« Ich zwinkerte in die Kamera und beobachtete den Chat beim Ausflippen.

Mein Blick huschte zur roten Akkuanzeige meines Handys, die mein eigenes Energielevel widerspiegelte. Auch wenn es entspannt aussah, einfach vor dem Handy zu sitzen und zu reden, war ich jedes Mal elektrisiert vor Aufregung. Man müsste meinen, es wäre deutlich schwieriger, vor einer Kamera zu stehen und zu schauspielern, als lediglich ein paar Fragen zu beantworten. Doch beim Filmdreh blieb alles unter Verschluss. Wenn ich etwas verpatzte, dann würde es vielleicht in einem lustigen Zusammenschnitt mit den anderen Bloopers landen, doch das war's. Wenn ich dagegen in einem Livestream etwas Falsches sagte, verbreitete es sich Sekunden später wie ein Virus im Internet.

»Okay, mein Akku gibt langsam den Geist auf, weshalb ich den Stream für heute beenden würde. Aber eure positiven Reaktionen bedeuten mir wirklich viel. Danke, ich liebe euch!«

Weitere Kommentare fluteten mein Sichtfeld; *Wir lieben dich auch, Du bist toll, Ich kann den Film nicht erwarten* und noch viele weitere Zusprüche, die mein Herz etwas leichter und meinen Kopf deutlich leiser werden ließen.

Ich winkte zum Abschied in die Kamera, beendete, ohne zu speichern, den Livestream und ließ mich mit einem lauten Seufzen in die Kissen meiner Couch sinken. Kaum schloss ich meine Augen, sah ich die Umrisse des Ringlichts flackern, das mich die letzte Stunde beleuchtet hatte. Sofort breitete sich das Pochen hinter meiner Stirn aus, wie immer nach Interviews, Livestreams oder jeglichen anderen Events. So schön es auch war, diese Gespräche führen zu dürfen, es kostete mich immer sämtliche Kraft.

Mein knurrender Magen erinnerte mich daran, dass ich mich auch noch um mein Abendessen kümmern musste. Doch zuerst brauchte ich etwas gegen die Kopfschmerzen. Ich erhob mich von der Couch und verließ mein Büro, das den Namen nicht wirklich verdient hatte. Eigentlich hatte ich es mir nur eingerichtet, um mich besser zu fühlen. Ich wollte auch so einen ästhetischen Arbeitsplatz wie die Creator auf Social Media, doch an dem Schreibtisch in der Mitte des Raumes saß ich nie. Die Couch, die ich mir gekauft hatte, weil ich die romantische Vorstellung hatte, dort meine Skripte durchgehen zu können, war jetzt meine Kulisse für Livestreams und Online-Interviews geworden. Ansonsten war ich nur selten in diesem Raum.

Ich streckte meine Glieder, während ich mich auf den Weg in die Küche machte. Mein Nacken schmerzte und ich spürte ein Ziehen in meinem unteren Rücken, das mir sehr deutlich machte, dass ich dringend an meiner Sitzposition arbeiten musste. Eine weitere Sache, die ich vermutlich niemals angehen würde.

Ich trat in meine Küche und mir stieg sofort der Geruch von Ingwer und Sojasoße in die Nase. Irritiert runzelte ich die Stirn, ehe mir wieder einfiel: Wyatt. Da war ja was. Während des kurzen Streams hatte ich seine Anwesenheit beinahe vergessen.

Bevor ich mich also dem Essen widmen konnte, vergewisserte ich mich schnell, dass ich allein war. Doch von meinem neuen Schatten fehlte weit und breit jede Spur. Daher lief ich zum Kühlschrank, wo ich die Weinflasche rausholte. Sie war noch verschlossen, etwas, das ich jetzt sofort ändern würde. Dankbar darüber, dass ich immer nur Weißwein trank und mich so nie mit den Korken rumschlagen musste, schenkte ich mir ein Glas ein. Ein großes Glas. Ich nahm den ersten Schluck und genoss es, wie sich der herbe Geschmack in meinem Mund ausbreitete. Nach einem weiteren spürte ich bereits leicht die Wirkung. Trotzdem hing mir nach wie vor der Ingwer-Soja-Geruch in der Nase. Neugierig ging ich zum Herd, auf dem eine bedeckte Pfanne stand. Ich stellte mein Glas daneben ab und hob den Deckel. Sogleich intensivierte sich der Duft der Gewürze, und als ich die asiatische Nudelpfanne sah, lief mir das Wasser im Mund zusammen und mein Magen gab ein lautes Grummeln von sich.

»Du kannst dir gerne etwas nehmen, ich habe schon gegessen.« Ertappt fuhr ich herum und ließ den Deckel zurück auf die Pfanne fallen, was die Küche mit einem lauten Klirren erfüllte. Zum Glück hatte ich nicht auch noch mein Glas zerschmettert.

Wyatt stand mit verschränkten Armen in der Tür zur Küche. Mein Herz schlug vor Schreck immer noch viel zu schnell und der Anblick seiner muskulösen, tätowierten Arme war gerade alles andere als hilfreich.

»Mein Gott, Wyatt! Ich dachte, du wärst hier, um auf mich aufzupassen, und nicht, um mir einen Herzinfarkt zu verpassen!« Das Blut rauschte mir in den Ohren und aus Reflex hatte ich eine Hand auf meine Brust gelegt.

Überrascht bemerkte ich ein amüsiertes Funkeln in seinen Augen. »Ich dachte, du brauchst niemanden, der auf dich aufpasst.«

»Ich habe gesagt, ich brauche niemanden, der mich rettet. Wenn du mich schon aufziehen willst, dann bitte mit dem richtigen Wortlaut.«

Kurz glaubte ich, seine Mundwinkel leicht zucken zu sehen, doch dann deutete er bloß mit einem Nicken auf den Topf und sagte: »Solange du nicht gegen irgendetwas aus der asiatischen Küche allergisch bist, kannst du dir gerne was nehmen. Oder alles, ich weiß ja nicht, wie viel Schauspielerinnen so essen.«

Es kostete mich mehrere Wimpernschläge, um wieder im Moment anzukommen. Doch ich ließ mir die Verwunderung über den abrupten Themenwechsel nicht anmerken. »Höre ich da etwa Vorurteile raus?« Langsam schwenkte ich die fast durchsichtige Flüssigkeit in meinem Glas hin und her.

»Müsst ihr nicht immer auf eure Figur und Ernährung achten?«

»Es gibt da so etwas, das nennt sich Sport und ausgewogene Ernährung. Sollte dir bei deinem Körper eigentlich bekannt vorkommen.« Oh Mist. Das hatte ich nicht sagen wollen.

»Das nehme ich mal als Kompliment.«

»Mach das. Es wird das Einzige bleiben, das du von mir bekommst.« Bevor er die Röte sehen konnte, die nun warm in meinen Wangen brannte, drehte ich mich zurück zum Herd. Kurz überlegte ich, die Nudeln einfach aus der Pfanne zu essen. Nur hatte ich wirklich keine Lust auf einen weiteren schiefen Blick von Wyatt. Das Risiko, dass mir wieder ein unüberlegter Kommentar rausrutschte, war zu groß. Daher nahm ich mir einen Teller aus dem Schrank und belud ihn mit einer angemessenen Portion, bevor ich mich auf den Hocker an der Küchentheke fallen ließ.

Wyatt beobachtete mich schweigend dabei. Seine nun wirklich angehobenen Mundwinkel sagten jedoch genug. Verflucht noch mal. Vorhin hatte ich mich noch über seine stoische Art geärgert, doch das hier brachte mich noch mehr aus dem Konzept. Hätte Griffin nicht einen hässlicheren Bodyguard aussuchen können? Oder am besten direkt eine Frau? Der Wein und die Tatsache, dass es ziemlich lange keinen Mann mehr in meinem Leben gegeben hatte, sorgten dafür, dass mir heiß wurde. Und das war nicht gut.

»Möchtest du mir jetzt beim Essen zuschauen?«, fragte ich ihn, während ich mir die erste Gabel in den Mund schob. Nur mit Mühe unterdrückte ich ein Stöhnen, denn scheiße war das lecker. So gutes asiatisches Essen hatte ich zuletzt auf einer Pressetour vor zwei Jahren in einem Restaurant in Tokio gegessen. Das war jedoch etwas, das Wyatt nicht wissen musste. »Du kannst ruhig gehen. Solange du nichts in die Pfanne gemischt hast, sollte ich sicher sein.«

Wieder blitzten seine Augen auf. »Danke für dein Vertrauen.«

»Bleibt mir eine andere Wahl?«

»Wenn du schon fragst, dann nein, nicht wirklich.«

Kopfschüttelnd wandte ich meinen Blick ab und konzentrierte mich auf die leider viel zu köstlichen Nudeln. Ein Teil von mir wollte ihn fragen, wie er sie gemacht hatte, doch diesen Sieg würde ich ihm nicht gönnen.

»Dann gehe ich mal in mein Zimmer. Wenn was sein sollte, sag Bescheid.«

»Wirst du dich jetzt immer mit diesen Worten verabschieden?« Schließlich hatte er mir genau das erst vorhin gesagt. Ich war zwar manchmal vergesslich, aber so sehr jetzt auch wieder nicht.

»Ich nehme meinen Job sehr ernst.«

Mir entwich ein Schnauben, das er nicht kommentierte, als er mich mit meinem Wein und seinem Essen allein ließ.

Dankbar über die Ruhe griff ich nach meinem Handy und öffnete Instagram. Sofort wurden mir die neuen Likes, Story-Erwähnungen und Kommentare angezeigt, die ich in meiner Abwesenheit verpasst hatte. Nachdem der Teaser online gegangen war, hatte ich einen eigenen Post hochgeladen. Auf dem Bild sah man Samuele und mich, wie wir eine Grimasse schnitten. Wir trugen unsere Kostüme und waren beschmiert mit Kunstblut und Dreck, da das Foto an einem der letzten Drehtage entstanden war, an dem wir eine wichtige Kampfszene gedreht hatten.

Zufrieden scrollte ich durch die Kommentare voller Jubel, klickte auf Posts, in denen über die Besetzung gesprochen wurde, und likte ein paar Beiträge von Fanseiten, die natürlich meine ersten Supporter waren.

Nach einigen Minuten öffnete ich die Nachrichten-App auf meinem Handy. Auch dort tummelten sich Glückwünsche zum Teaser von Kolleginnen und Kollegen. Mit einigen schrieb ich regelmäßig, bei anderen war der Kontakt nur noch sporadisch. Auch ich schrieb ihnen, wenn ich sah, dass sie neue neuen Erfolge feierten. Schließlich wusste ich nicht, wann ich wem wieder begegnen würde, und wollte mich mit allen gut stellen.

Mein Finger blieb über einer nicht eingespeicherten Nummer hängen und ich runzelte die Stirn. In meinem Magen breitete sich ein flaues Gefühl aus und ich zögerte. Doch meine Neugier war größer, also klickte ich auf die Nachricht.

Dass ich mein Weinglas fallen gelassen hatte, realisierte ich erst, als es klirrend auf dem Boden zersprang.

6

I know your secret, but will I keep it?

Loraine

In meinen Ohren rauschte es und das Splittern der Glasscherben hallte durch den Raum.

> **Unbekannt**
> Genieß deinen Erfolg. Zumindest solange du noch kannst. Denn bald werden alle erfahren, was du getan hast.

Die Buchstaben ätzten sich in den Bildschirm meines Handys und auf die Netzhaut meiner Augen. Schwarz auf weiß standen sie da und stellten meine gesamte Welt auf den Kopf.

Das konnte nicht sein. Es konnte einfach nicht sein. Ich blinzelte mehrmals, doch der Wortlaut änderte sich nicht. Egal, wie oft ich die Augen schloss und wieder öffnete, die Nachricht blieb.

Mein Blick war starr auf das Display gerichtet und mit jeder verstreichenden Sekunde nahm mein Puls an Geschwindigkeit auf. Ein Teil von mir hoffte auf eine weitere Nachricht, die mich verstehen lassen würde, dass das hier nur ein schlechter Scherz war. Ein Fan, der mich aufziehen wollte. Ein Papparazzo, der im Dunkeln stocherte, ohne wahre Anhaltspunkte. Ein anderer Teil begann, vor Angst zu zittern.

Ich schnappte nach Luft, doch sie kam nicht in meiner Lunge an. Ich sprang auf, hoffte, im Stehen besser atmen zu können, vergeblich. Meine Atemzüge wurden immer hektischer, immer verzweifelter. Luft, ich brauchte Luft. Doch mein Körper gehorchte mir nicht und meine Panik stieg und stieg.

Hinter mir erklangen Schritte, dann ein lautes Fluchen.

»Loraine? Was ist passiert?«

Hände an meinen Schultern. Hände, die mich zu sich drehten, leicht an mir rüttelten.

Wyatt. Das war Wyatt. Verschwommen stand er vor mir. Der Griff wurde fester. Sein Griff. Ich spürte seine Finger heiß auf meiner Haut. Heiß genug, um mich aus meiner Starre zu lösen.

»Hey, was ist los?« Sein Gesicht war meinem ganz nah und in seinen blauen Augen stand ein eigenartiger Ausdruck. Sorgte er sich etwa um mich?

Bei dem Anblick, den ich ihm bot, war das vermutlich kein Wunder. Er war in die Küche gekommen, nur um ein zersprungenes Weinglas und eine aufgelöste Loraine vorzufinden, die er noch vor wenigen Minuten unbesorgt zurückgelassen hatte. Vielleicht interpretierte ich seine großen Augen und kleinen Pupillen jedoch auch vollkommen falsch.

»Loraine?« Er wiederholte seine Frage und verstärkte seinen Griff um meine Schultern.

Ich schüttelte den Kopf. »Sorry«, murmelte ich.

Als ich aufsah, lag seine Stirn in Falten. »Sorry? Warum sorry, was ist passiert? Ich hab das Klirren gehört und dann …« Er brach ab. *Und dann habe ich dich mitten in einer Panikattacke entdeckt, obwohl absolut nichts passiert ist.* Er musste nichts sagen, sein Blick reichte. Er war mir nicht fremd. Ich wollte ihm sagen, dass ich nicht verrückt war, aber das konnte ich nicht. Denn dann hätte ich ihm die SMS zeigen müssen, von der ich immer noch nicht wusste, was genau sie bedeutete.

»Es ist alles okay«, behauptete ich. »Heute war ein emotionaler Tag. Das hier … das passiert manchmal, wenn ich so sehr im Fokus der Öffentlichkeit stehe. In der nächsten Zeit werden wieder mehr Leute über mich reden als sonst schon. Die Innenstadt zu betreten, wird quasi unmöglich sein. Das hat mich gerade einfach etwas überrumpelt.« Meine Worte waren keine Lüge. Auch wenn sie gerade nicht stimmten, waren sie schon viel zu oft meine Wahrheit gewesen. Irgendwann hatte ich aufgehört, die Nächte zu zählen, in denen ich schweißgebadet hochschreckte, weil ich von Paparazzi geträumt hatte, die mich verfolgten. Weil in meinen Albträumen die ganze Welt mich beobachtete und jeden kleinen Fehltritt sah. Weil sie genau das in der Wirklichkeit tat. Und weil da die Vergangenheit war, die niemals ruhen würde, die nicht nur meine Gegenwart, sondern auch meine verfluchte Zukunft bestimmte.

Wyatt schaute mich immer noch nur an. Sein Mund öffnete sich, schloss sich jedoch genauso schnell wieder. Seine Augen huschten über mein Gesicht, versuchten wohl herauszufinden, ob ich log. Anscheinend hatte er vergessen, dass er einer Schauspielerin gegenüberstand, die ihr Leben damit finanzierte, falsche Wahrheiten glaubwürdig zu erzählen.

»So etwas passiert öfter?« Der raue Ton seiner Stimme ließ mich schlucken.

»Tja, willkommen im glamourösen Leben der Stars und Sternchen.« Mir entwich ein bitteres Lachen.

Wyatt trat einen Schritt zurück und löste dabei seine Hände von meiner Schulter. Ich hatte gar nicht gemerkt, dass sie noch immer dort gelegen hatten, doch als die Wärme jetzt verschwand, wurde mir sofort kälter.

Seinen gewonnenen Abstand zu mir nutzte ich, um mich auf den Boden zu knien. Vorsichtig griff ich nach der ersten Scherbe und begann, die zerbrochenen Teile einzusammeln. Ich würde das Glas nie wieder zusammensetzen können. Genau, wie ich nie wiedergutmachen könnte, was ich getan hatte. Nie.

Weil ich in dieser einen fatalen Nacht dafür gesorgt hatte, dass etwas in mir für immer zersprungen war.

»Vorsicht, nicht dass du dich schneidest.« Wyatts Hand stoppte meine und ich blickte zu ihm. Er hatte sich neben mich auf den Boden gehockt und begann nun selbst, die Scherben aufzuheben. »Ich mach das, alles gut. Leg dich lieber hin und ruh dich aus.«

Warum tat er das? Nachdem ich bisher alles andere als freundlich zu ihm gewesen war, obwohl er nichts dafür konnte, dass er hier war, weil er einfach nur seinen Job machte? Der sicher nicht beinhaltete, das Chaos aufzuräumen, das ich anrichtete. Er hätte mich genauso gut mit meinen ganzen Scherben allein lassen können, immerhin war ich das die letzten Jahre auch gewesen.

Als hätte er die Frage in meinem Gesicht gelesen, nickte er erneut. »Ist wirklich okay, Loraine. Du hattest heute einen anstrengenden Tag und die Premiere steht an. Ich kann mir vorstellen, dass da viel Druck auf dir lastet.«

Bei der Erinnerung an die anstehende Premiere hätte ich

mich am liebsten wimmernd auf den Boden geworfen. Ich würde das glückliche Mädchen aus London spielen müssen, das so dankbar für ihr Leben war, während jemand mich bedrohte. Großartig.

»Du hast recht, ich sollte wohl einfach ins Bett gehen. Morgen ist ein neuer Tag«, murmelte ich und erhob mich. Sofort stützte ich mich an der Theke ab, um nicht mein Gleichgewicht zu verlieren. Hinter meiner Stirn pochte es und die Welt um mich herum schwankte mehr, als sie sollte.

Wyatt schaute zu mir hoch, und auch wenn ich meinen Sinnen nicht mehr trauen konnte, war ich mir dieses Mal sicher, Sorge auf seinen Zügen zu erkennen. Ich wandte den Blick ab. Ich brauchte seine Sorge nicht, sein Mitgefühl, bei dem es sich vermutlich eher um Mitleid handelte. Ich musste nicht bemitleidet werden, vor allem nicht von ihm. Mein Leben war toll. Absolut fantastisch.

»Wenn irgendetwas ist, du weißt, wo du mich findest«, rief er mir noch hinterher und ich nickte, drehte mich aber nicht mehr zu ihm um.

Als ich schließlich abgeschminkt und umgezogen in mein Bett fiel, war da nichts außer Stille und meinem rasenden Herzen. Es schlug so heftig, dass ich es in meinem ganzen Körper spürte.

Nach der ersten Nachricht war keine weitere gekommen. Vielleicht war es also wirklich nur ein Scherz gewesen oder ganz vielleicht hatte sich auch einfach jemand in der Nummer vertan. Womöglich war diese Botschaft gar nicht für mich gedacht gewesen. Dass das alles naive Wünsche waren, war mir klar. Wie hoch war die Wahrscheinlichkeit, dass jemand mir aus Versehen schrieb und mit seinen Worten dabei so sehr ins Schwarze traf?

Fieberhaft dachte ich nach. Wer könnte dahinterstecken? Wer wusste davon? Die Antwort war einfach: niemand. Niemand kannte die Wahrheit. Außer Griffin, aber der war es sicher nicht. Hatte es also gar nichts mit damals zu tun? Wollte mich bloß jemand verängstigen? Aber wer? Wer zur Hölle könnte mich derart hassen?

Mit einem Mal war es, als hätte jemand eiskaltes Wasser über mich geschüttet, das mich noch heftiger und unerwarteter traf als bei der *Ice Bucket Challenge*.

Es gab nur eine einzige Person, von der diese Nachricht gekommen sein konnte.

Amelia Young.

Hineingeboren in eine Familie aus Schauspielern stand Amelia schon immer vor der Kamera. Wir hatten uns beim Dreh der Netflix-Miniserie *All Our Mistakes* kennengelernt, in der ich mit einer kleinen Nebenrolle meinen ersten Auftritt und sie einen größeren Part gehabt hatte. Es hatte direkt geklickt. Wir waren Freundinnen geworden und zwischenzeitlich hatten alle gedacht, uns würde nie etwas trennen. Bis es anders gekommen war. Ich hatte seit zwei Jahren kein Wort mehr mit ihr gewechselt.

Warum zur Hölle schrieb sie mir jetzt also? Und dann auch noch mit unterdrückter Nummer? Was wollte sie?

Mir fiel nur ein Grund ein: Rache.

Ich wälzte mich seit bestimmt einer Stunde so sehr in meinem Bett hin und her, dass mein Laken ganz zerknittert und meine Decke völlig zerknüllt war. Wütend strampelte ich sie von mir und sah dabei vermutlich wie eine Schildkröte aus, die verzweifelt versuchte, wieder auf die Beine zu kommen.

Als die Decke endlich fort war, setzte ich mich auf und strich mir mit einem schweren Seufzen eine Strähne aus dem Gesicht. Besser gesagt alle Strähnen, denn mein Zopf hatte sich komplett aufgelöst. Trotz des Weins, der mir normalerweise immer dabei half, meine Nerven zu beruhigen und besser einzuschlafen, lag ich wach. Meine Gedanken drehten sich im Kreis wie ein Karussell, das einfach nicht anhielt und immer schneller wurde. Schneller und schneller, während ich mich an irgendetwas klammern wollte, um nicht zu fallen. Dabei befand ich mich doch längst im freien Fall.

Im Bett zu liegen und mich von meinem Hirn um den Verstand bringen zu lassen, war definitiv nicht die beste Idee, also erhob ich mich und schlüpfte in die weichen Pantoffeln von *Chanel*, die Lilah mir letztes Jahr zu Weihnachten geschenkt hatte.

Mit trägen Schritten schlurfte ich in die Küche, wo ich mir einen Tee aufsetzte. Kamille. Für die Nerven. Wobei ich vermutlich eine ganze Kamillenpflanze brauchte, damit diese sich beruhigten.

Während das Wasser kochte und pfeifend die Stille füllte, öffnete ich Instagram auf meinem Handy. *AmIYoung*. Ich suchte ihr Profil, das ich seit Monaten nicht mehr aufgerufen hatte. Anfangs hatte ich regelmäßig nach ihr geschaut. Fast krankhaft hatte ich mich durch ihre Stories geklickt und nur darauf gewartet, dass sie etwas Neues postete. Keine Ahnung, wieso. Vielleicht aus Angst, sie würde etwas über mich schreiben. Vielleicht aus Neugierde. Vielleicht aber auch, weil ich so Teil ihres Lebens bleiben konnte, obwohl ich es nicht mehr war.

Tatsächlich leuchtete der Kreis um ihr Profilbild, auf dem sie als Kind mit einer übergroßen Sonnenbrille zu sehen war. Mein Herz stolperte, während die Story lud. Doch diese zeigte nichts Besonderes. Ein Sonnenuntergang über den Hollywood Hills. Eine Flasche Champagner. Den Infinity Pool ihrer Eltern. Ein Selfie mit ihrer Schwester, bei dem meine freie Hand sich automatisch zur Faust ballte.

Natürlich verriet ihre Story nicht, warum sie mir geschrieben hatte. Was hatte ich auch erwartet?

Ich knallte mein Handy auf die Küchentheke und vergrub das Gesicht in meinen Händen. Ich drehte allmählich durch. So viel war sicher.

Ich goss meinen Tee auf und lehnte mich gegen die Arbeitsfläche, während ich darauf wartete, dass er abkühlte. Kurz schloss ich die Augen. Um mich herum war alles still und dunkel. Ich war dankbar für die Ruhe. Dafür, allein zu sein, nur für mich. So brauchte ich keine Maske. Keine Schutzmauer. Ich konnte alles fallen lassen und einfach existieren. Einer der Gründe, warum ich mich immer lieber zu Hause aufhielt, anstatt die Cafés und Restaurants der Stadt unsicher zu machen wie früher einmal. Ich war in London aufgewachsen, doch wirklich daheim fühlte ich mich hier nicht. Wie auch, wenn an jeder Ecke eine Kamera darauf wartete, mich zu erwischen?

»Kannst du auch nicht schlafen?«, fragte eine tiefe Stimme und ich zuckte zusammen.

»Bloody hell«, fluchte ich und öffnete die Augen, nur um fucking Wyatt Carter im Türrahmen zu sehen. Schon wieder. Um diese Uhrzeit hatte ich nicht mit ihm gerechnet. Offensichtlich, sonst wäre ich nicht nur in einem kurzen Schlafshirt und einem zu knappen Slip in die Küche gegangen. Ein

Aufzug, über den ich mir bewusst wurde, als Wyatts Augen sich leicht weiteten und er verlegen den Blick abwandte. Großartig, einfach nur absolut großartig.

»Wüsste nicht, was dich das angeht«, fauchte ich, schnappte mir meine Tasse und ging zurück in mein Zimmer.

Ab sofort müsste ich mir immer etwas überziehen, wenn ich mein Zimmer verließ. Einen Bademantel oder eine Hose, völlig egal. Vor allem musste ich immer meine Maske aufsetzen. In meiner eigenen Wohnung. Und ich hasste, hasste, hasste es.

7

Let's play hide and seek

Wyatt

Als Loraines Tür hinter ihr ins Schloss fiel, atmete ich auf. Das hätte knapp werden können. Zum Glück hatte ich gehört, wie sie ihr Zimmer verlassen hatte, und war aus ihrem Arbeitszimmer zu ihr in die Küche gekommen. Wenn ich eine Sache wirklich, wirklich vermeiden wollte, dann dabei erwischt zu werden, wie ich ihre Sachen durchsuchte. Dabei war ihr Arbeitszimmer vermutlich noch der beste Ort, um ertappt zu werden – im Notfall hätte ich einfach behauptet, etwas gesucht zu haben. Einen Drucker zum Beispiel. Vielleicht hätte ich mich noch rechtzeitig in mein Zimmer stehlen können, statt zu ihr in die Küche zu gehen, aber ich hatte nicht riskieren wollen, meine Tür zu laut zu schließen und doch noch aufzufallen. Zumal ich zu neugierig gewesen war, was Loraine um diese Uhrzeit noch auf den Beinen machte.

Jetzt atmete ich tief durch und fasste mir an die Brust, in der mein Herz zu schnell schlug. Zum einen, weil es wirklich knapp gewesen war, zum anderen wegen unseres erneuten Aufeinandertreffens. Egal, wie oft ich Loraine am heutigen Tag begegnet war, ich hatte nie gewusst, was mich erwartete. Fast schon wirkte es so, als würde sie mir jedes

Mal eine andere Person vorspielen, damit ich bloß nicht an ihr wahres Ich kam. War das ihre Taktik, um mich auf Distanz zu halten? Denn dass sie nicht begeistert über meine Anwesenheit war, war mir schnell klar geworden. Scheiße, ich war auch alles andere als glücklich darüber, hier zu sein. Doch ich tat, was getan werden musste.

Was sich allerdings jetzt schon als schwieriger erwies als gedacht. Dabei war ich noch keinen Tag hier.

Loraine Lewis gab sich ziemlich gut darin, sich hinter einer Fassade aus schlagfertigen Kommentaren zu verstecken. Sie hatte etwas an sich, was mich herausforderte und es schier unmöglich machte, professionell und höflich zu bleiben, sosehr ich mich auch anstrengte.

Aber vielleicht war genau das mein Fehler. Vielleicht sollte ich mich noch mehr auf ihre schroffe Art einlassen, mehr Konter geben, freundschaftlicher mit ihr umgehen. Vielleicht würde sie sich mir dann irgendwann anvertrauen. Auch wenn es sich falsch anfühlte, sie derart zu beeinflussen – vor allem nach ihrem Zusammenbruch vorhin.

Ihr Zusammenbruch, der absolut nicht in das Bild passte, das ich so mühsam von ihr erstellt hatte, hatte mich völlig aus dem Konzept gebracht. Sie war ein einziges Mysterium. Und selbst wenn ich nicht alles lösen könnte, würde ich eine Antwort auf die größte Frage finden. Das musste ich einfach.

Als ich mir sicher war, dass Loraine in ihrem Zimmer bleiben würde, verließ ich die Küche. Es war besser, wenn wir uns nicht mehr über den Weg liefen. Immerhin musste ich weitersuchen. Außerdem wollte ich sie nicht noch einmal so sehen wie gerade eben. Keine Ahnung, wer von uns beiden geschockter gewesen war, doch ich hatte nicht damit gerechnet, sie in einem Hauch von Nichts anzutreffen. Dass sie einen schönen Körper hatte, war kein Geheimnis. Nur sollte es ein Geheimnis bleiben, dass ich das auch so sah.

Sofort schüttelte ich meinen Kopf, um das Bild loszuwerden. Ich musste mich konzentrieren. Vorsichtig machte ich mich zurück auf den Weg in ihr Arbeitszimmer, das zum Glück in der anderen Hälfte der Wohnung lag.

Wie alles hier sah der Raum aus wie aus einem Katalog. Ein weißer Hochglanzschreibtisch stand an der einen Wand, auf der anderen Seite befand sich ein kleines Sofa, auf dem sich beige Kissen befanden. Darüber hingen Bilder, die vermutlich mehr kosteten als eine Monatsmiete in meiner Heimat. Neben der Couch war ein Schrank voller Ordner und Akten, das einzig Persönliche.

Ich lauschte noch einmal, ob es auch wirklich still im Haus war, dann griff ich nach dem Ordner, den ich vor meiner Begegnung mit Lori schon in der Hand gehabt hatte. *DSI. Dear Sweet Innocence.* Ich hatte keine Ahnung, wonach genau ich überhaupt suchte. Deshalb startete ich hier. Mit dem Film, mit dem alles begonnen hatte. Dem Anfang vom Ende.

Sorgsam blätterte ich durch die Zettel. Verträge über Verträge über Verträge. Für jedes einzelne Interview. Für die Kampagnen, die sie in dieser Zeit gedreht hatte. Ich suchte nach Informationen zum Casting, doch ich fand nichts. Zumindest nichts Hilfreiches.

»Fuck«, flüsterte ich. Schließlich war dieser Film meine einzige Spur. Vielleicht hatte Caden recht und ich war zu unvorbereitet. Doch ich konnte mich nicht vorbereiten, wenn ich die wichtigsten Informationen nicht besaß. Und diese befanden sich nun mal in den Händen von Loraine Lewis.

Leise schloss ich den Ordner, schob ihn zurück an seine

Stelle, zog einen weiteren heraus. Drei Mal wiederholte ich den Vorgang, blieb jedoch erfolglos. Mist.

Ich drehte mich in dem kleinen Zimmer um. Neben dem Sofa stand ein kleiner Beistelltisch mit einer Vase voll frischer Tulpen und drei Büchern. Mein Herz machte einen Hüpfer. Wären Bücher, die direkt für jeden sichtbar waren, nicht das perfekte Versteck?

Ich griff nach dem ersten Buch. Dem zweiten. Dem dritten. Nichts. Absolut fucking gar nichts! Dieses Zimmer war vollkommen sauber. So sauber, wie Loraine wirkte. Doch sie war es nicht.

Sie. War. Es. Nicht.

Sie konnte es nicht sein. Nicht wenn sie für den Tod einer anderen Schauspielerin verantwortlich war.

8

That's the price you pay for being loved

Loraine

Als ich am nächsten Morgen mein Zimmer verließ, empfing mich der Geruch von gebratenem Speck. Nach dieser Nacht war ich vollkommen gerädert. Stunden hatte ich über Amelia und die Nachricht nachgedacht, mit der sie mir offensichtlich einen Schrecken hatte einjagen wollen. Warum jetzt, verstand ich immer noch nicht. Trotzdem war es besser als die Alternative: dass jemand wirklich mein Geheimnis kannte.

Ich presste die Lippen zusammen und trat in die Küche, verharrte jedoch im Türrahmen, als ich Wyatt erblickte. Er stand am Herd, wo er den Speck gerade in der Pfanne wendete. Auf der Theke vor mir waren bereits zwei Teller mit jeweils zwei Hälften eines English Muffin platziert.

Ich räusperte mich, was Wyatt zusammenzucken ließ. Ein zufriedenes Grinsen konnte ich daraufhin nicht unterdrücken.

»Du bist ja schon wach«, stellte er das Offensichtliche fest.

»Und du stehst schon wieder in meiner Küche.« Es war unser erster gemeinsamer Morgen und die erste Begegnung nach letzter Nacht. Doch während ich mich unweigerlich fragte, wie viel er von meinem Hintern gesehen hatte, ließ er sich nichts anmerken.

»Hast du nicht gesagt, dass ich mich wie zu Hause fühlen soll?«, fragte er grinsend, während er den Speck auf die Brote verteilte. Er war überraschend gut gelaunt.

Skeptisch beobachtete ich sein Vorgehen. Als ich wieder aufsah, musste ich feststellen, dass Wyatt unterdessen mich beobachtet hatte. »Tu, was du nicht lassen kannst. Aber ich hoffe, du glaubst nicht, dass ich anfange, deine Anwesenheit zu akzeptieren, wenn du mich bekochst.«

Er blinzelte überrascht. Mit so viel Ehrlichkeit hatte er wohl nicht gerechnet. Punkt für mich.

»Ich habe mir bloß gedacht, dass ein gemeinsames Frühstück vielleicht ganz nett wäre. Damit wir uns besser kennenlernen.«

»Ich fände es nett, wenn du mir nicht meine Privatsphäre stehlen würdest.« Zum Schutz verschränkte ich meine Arme vor der Brust. Mein Verhalten war unfair. Fuck, das wusste ich. Aber ich war unausgeschlafen, genervt und verflucht verängstigt.

Wyatt zeigte sich jedoch wenig beeindruckt. Stattdessen schaute er mich bloß weiterhin amüsiert an, bevor er sich wieder auf unser Frühstück konzentrierte. *Sein* Frühstück – *seins*!

Als er sich wegdrehte, offenbarte er mir nicht nur seinen muskulösen Rücken, sondern vor allem die Rückseite seiner Arme. Im Gegensatz zu gestern trug er heute bloß ein lockeres T-Shirt, sodass ich seine Tattoos genauer mustern konnte. Würde man auf Pinterest den Begriff *Sticker Sleeve Tattoo* eingeben, würde ein Bild von seinen Armen auftauchen, da war ich mir sicher. Es waren viele kleine Tattoos, alle im Fineline-Stil gehalten. Ich sah die Zahl *444*, direkt darunter befanden sich kleine Sterne, die vermutlich eine Konstellation abzeichnen sollten. Zudem schlängelte sich Efeu über seinen Unterarm. Das war das Tattoo, das mir auch gestern schon direkt aufgefallen war. Jetzt erkannte ich jedoch, dass sich zwischen den Efeuranken kleine Gänseblümchen befanden. Mein Blick huschte zur anderen Seite, wo ich zwei Koi-Karpfen entdeckte, die gespiegelt zueinander waren. Bevor ich allerdings weitere Tattoos betrachten konnte, drehte Wyatt sich wieder zu mir.

Ich hob den Kopf, doch er hatte gesehen, dass ich ihn gemustert hatte. Mist.

»Wenn du nicht mitessen möchtest, dann bleibt dir vermutlich nur ein Kaffee übrig. Dein Kühlschrank ist erschreckend leer, falls du das noch nicht gemerkt haben solltest.«

Ich wollte etwas erwidern, ehe ich realisierte, dass ich keine Ahnung hatte, wann ich das letzte Mal einkaufen gewesen war. »Warte mal. Woher hast du die ganzen Sachen? Ich habe sicherlich keinen Speck im Kühlschrank, und wenn doch, dann solltest du ihn definitiv nicht mehr essen.«

Wyatt lachte. Sein Lachen war tief und warm und leider verdammt attraktiv – was ich, wie alles andere, einfach gekonnt ignorierte und meine Reaktion darauf überspielte. Schließlich war genau das mein Job. Und ich hatte schon mit deutlich heißeren Männern gearbeitet. Zumindest redete ich mir das gerade ein.

»Ich habe gestern Abend noch bei Tesco bestellt, während du deinen Stream hattest. Ich wollte den Lieferservice schon immer mal ausprobieren. Zu mir liefern sie leider nicht.« Während er sprach, ging er mit einem kleinen Topf zu den Tellern und platzierte Eier auf ihnen.

»Hast du die etwa pochiert?« Entgeistert starrte ich ihn an.

»Für gute Eggs Benedict braucht es eben pochierte Eier.«

Er machte verfluchte Eggs Benedict zum Frühstück. Mein Ego wollte das Essen wirklich stehen lassen, wollte ihm beweisen, dass es mehr brauchte, um mich auf seine Seite zu ziehen. Nur leider knurrte mein Magen und bei dem himmlischen Geruch ließ mein Kampfgeist immer weiter nach.

Erneut blickte ich ihn durch zusammengekniffene Augen an. »Glaub nicht, dass es irgendetwas bedeutet, wenn ich jetzt dein Frühstück esse.«

»Keine Sorge, ich habe noch mehr Tricks auf Lager, um dich von mir zu überzeugen, und wenn nötig, hole ich das ganze Repertoire hervor.«

Ich verschluckte mich, was in einem leichten Hustenanfall endete. War die Doppeldeutigkeit seiner Worte ein Versehen gewesen oder … hatte Wyatt Carter da gerade mit mir geflirtet? Falls ja, war das weder die feine englische Art noch das richtige Verhalten für einen Bodyguard. Allerdings musste ich zugeben, dass ich es deutlich angenehmer fand, wenn er mich zum Lachen brachte, als wenn er stocksteif neben mir stand und jeden meiner Schritte beobachtete. Keine Ahnung, warum er auf einmal so locker war. So vollkommen anders als gestern noch. Vielleicht war es seine Strategie, um das Vertrauen seiner Klienten zu gewinnen. Wenn er sich wie ein Freund benahm, würden diese ihn auch irgendwann als einen sehen.

Ich jedoch nicht. So viel stand fest.

Bevor er noch etwas sagen konnte, was mich endgültig die Fassung verlieren ließ, ging ich an ihm vorbei an den Esstisch und setzte mich.

Wenig später gesellte sich Wyatt auch schon zu mir und servierte mir einen Teller – mit den wohl perfektesten Eggs Benedict, die ich je gesehen hatte. Etwas, was ich ungerne zugeben wollte.

»Na, was sagst du?«, fragte er. Anscheinend war ihm mein Blick nicht entgangen.

»Sieht gut aus. Wobei es ja auf den Geschmack ankommt«, erwiderte ich schulterzuckend.

In seinen Augen blitzte es auf, als wäre er sich seines Sieges sicher.

»Ich hoffe, dir ist bewusst, dass ich schon in den exklusivsten Cafés der Welt gefrühstückt habe. Meine Ansprüche sind hoch.«

»Wie gut, dass meine Ansprüche an mein Essen noch höher sind.« Wyatt zwinkerte mir zu. Er zwinkerte mir zu! Er war wirklich wie ausgewechselt.

Trotzdem verdrehte ich bloß die Augen, während ich ein kleines Stück abschnitt, um es mir kurz darauf in den Mund zu schieben. Und fucking hell. Das waren nicht nur die schönsten Eggs Benedict, die ich je hatte, sondern leider auch die leckersten. Sofort nahm ich einen weiteren Bissen, wobei ich mich vor allem darauf konzentrierte, keine Miene zu verziehen.

»Und? Was sagst du?« Wyatt beobachtete mich die ganze Zeit genau.

»Ist okay.« Dieses Essen war mehr als okay und seine hochgezogenen Augenbrauen verrieten mir, dass ihm das auch bewusst war.

»Also wenn du so ein Gesicht machst, wenn du Essen isst, das du okay findest, dann bin ich wirklich gespannt, wie du reagierst, wenn du etwas richtig gut findest. Obwohl, warte mal, ich glaube, gestern Abend habe ich genau das mitbekommen.«

Meine Augen verengten sich.

»Ich mach doch nur Spaß, Loraine.«

»Warum? Wieso tust du so, als wären wir Freunde? Ich meine das ziemlich ernst, dass ich dich nicht hierhaben will.«

Wyatt legte den Kopf schief und schaute mich einen Moment an. Die Sonne, die London uns heute ausnahmsweise mal schenkte, spiegelte sich in seinen Augen, wodurch das helle Blau schon fast wie Eis glitzerte. »Weil ich gelernt habe, dass es immer besser ist, einen Freund an der Seite zu haben als einen Feind. Ich bin nicht dein Feind, Loraine.«

»Ich will dich aber gar nicht an meiner Seite haben«, sagte ich trocken und starrte ihn kühl an. Sollte er ruhig sehen, wie sehr seine Anwesenheit mich ankotzte.

»Das ist leider keine Option. Also, natürlich kannst du deinen Manager darum bitten, jemand anderen einzustellen. Nur löst das nicht dein Problem. Schließlich störe nicht *ich* dich, sondern die Tatsache, dass überhaupt jemand hier ist.«

»Und wenn ich lieber eine Frau hätte?«, schoss ich zurück.

Er schmunzelte und ich fragte mich, was daran jetzt lustig gewesen sein könnte. Schließlich würde er seinen Job verlieren, wenn ich wirklich jemand anderen forderte.

»Du hast ja Griffins Nummer«, meinte er. »Ich hoffe bloß, dir ist bewusst, dass dir dann noch mehr Privatsphäre flöten geht. Ich darf und werde dich nicht auf Toiletten, in Waschräume, in Umkleiden oder an andere Örtlichkeiten begleiten, die nur für Frauen bestimmt sind. Das sieht bei einer weiblichen Personenschützerin anders aus. Also ruf ihn gerne an.« Wyatt deutete mit seiner Gabel auf sein eigenes Telefon. »Du kannst auch mein Handy nehmen.«

Seine Selbstgefälligkeit trieb mich in den Wahnsinn. Dabei war es nicht die Art, wie er genüsslich und sichtlich entspannt sein Frühstück verspeiste, die mich so wütend machte. Sondern die Tatsache, dass er recht hatte. Dass ich mich wehren konnte, wie ich wollte, es würde nichts ändern. Griffin hatte den Entschluss gefasst, dass alles zu gefährlich für mich allein geworden war. Egal, wie ich es sah. Hitze kroch durch meine Adern. Ganz langsam brachte sie mein Blut zum Kochen, meine Glieder zum Zittern, mein Herz zum Durchdrehen. Ich stand in Flammen und ertrank gleichzeitig.

Ruckartig erhob ich mich, wobei mein Stuhl schmerzhaft über das Parkett kratzte. »Danke für das Essen. Ich brauche heute etwas Ruhe. Der Tag morgen wird anstrengend. Komm nur zu mir, wenn es wirklich wichtig ist, okay?« Ohne Wyatt einen weiteren Blick zu schenken, huschte ich in mein Zimmer.

Doch kaum dass ich die Tür hinter mir abgeschlossen hatte, dröhnte die vollkommene Stille wie zu laute Musik in meinen Ohren. Mein Kopf sank gegen meine Hände und ich atmete langsam ein und aus. Ich hatte keine andere Wahl, als mein Schicksal zu akzeptieren. Und vielleicht gab es wirklich schlechtere Menschen als Wyatt Carter an meiner Seite.

Ich war tatsächlich an dem Punkt in meiner Karriere angekommen, an dem ich einen blöden Aufpasser brauchte. Eigentlich ein gutes Zeichen, schließlich bewies es meinen Erfolg. Nur was brachte mir Erfolg, wenn ich keine Freiheit mehr hatte?

9

You can't hide behind this smile forever

Loraine

»Loraine! Loraine! Schau nach hier, schau zu uns!«

»Loraine, ein Interview, bitte!«

»Lächle für die Kamera! Eine etwas zartere Pose!«

»Ernster Blick, wir wollen deine erwachsene Seite sehen!«

»Loraine, hierher! Loraine!«

Mein Kiefer schmerzte barbarisch und meine Augen brannten. Ich konnte jetzt schon nicht mehr lächeln, dabei hatte der Abend gerade erst begonnen. Das Blitzlichtgewitter brachte mich um den Verstand und ich zählte im Kopf stumm die Minuten, bis der verfluchte rote Teppich enden würde. Dann nur noch der Film und die Aftershow-Party und ich wäre frei. Keine weiteren Events, keine Termine, keine Öffentlichkeit für eine ganze Weile. Nur dieser Gedanke gab mir die Kraft weiterzumachen.

Ich reckte mein Kinn nach oben, lächelte noch breiter, stemmte meine Hand in die Hüfte und drehte mich leicht zur Seite. Sekündlich blitzten hunderte Kameras auf und die Flecken tanzten bereits vor meinen Augen. Gott, ich hasste Premieren. Hasste sie so verflucht sehr.

Am Rande des roten Teppichs sowie an den Barrikaden, die die Fans zurückhielten, befand sich ausreichend Sicherheitspersonal, sodass Wyatt Carter zum Glück nicht direkt neben mir stehen musste. Ich hatte keine Ahnung, wo er gerade war, nur dass er anwesend war. Vermutlich observierte er alles aus weiterer Entfernung und behielt mich dabei die ganze Zeit im Auge. Eine Tatsache, die mir einen Schauer über den Rücken jagte. Doch ich blieb ruhig, ließ mir nichts anmerken. So wie immer. Und das obwohl in meinem Leben gerade das reinste Chaos herrschte.

Seit gestern Morgen war ich Wyatt gekonnt aus dem Weg gegangen. Trotz der Versicherung, dass ich ihm vertrauen konnte, blieb da ein zentrales Problem: Ich vertraute niemandem. Außer Griffin, doch der hatte sich dieses Vertrauen über Jahre erarbeitet. Und jetzt wurde von mir erwartet, dass ich einer wildfremden Person nicht nur meine Sicherheit überließ, sondern sie zu jeder Zeit um mich hatte. Und als wäre das nicht genug, ließ mich die anonyme Nachricht immer noch nicht los, auch wenn ich mir inzwischen sicher war, dass sie von Amelia stammte.

»Oh mein Gott, wie toll siehst du bitte aus?«, hörte ich da jemanden neben mir sagen.

Ich drehte mich zur Seite, nur um in das Gesicht meiner Kollegin Cecilia James zu sehen. Sofort zogen wir uns zur Begrüßung in die Arme, was mir etwas Ruhe gab. Cecilia trug ein bronzefarbenes Kleid, das sich eng an ihre Kurven schmiegte und perfekt mit meinem eigenen Outfit harmonierte. Im Gegensatz zu ihr hatte ich ein schwarzes Kleid mit rostroten Details an. Passend zu meinem Make-up. Mein Look war düsterer und erwachsener, schwarzer Eyeliner betonte meine sowieso schon großen Augen und der kupferne Lippenstift zog die gewollte Aufmerksamkeit auf sich.

»Gleichfalls! Ich liebe dein Kleid.« Wir strahlten uns an, ehe wir kurz darauf Arm in Arm in die Kameras lächelten. Ob Cecilia wohl innerlich genauso starb wie ich?

»Wir sehen uns gleich im Saal. Oder auf der Aftershow-Party!«, sagte Cecilia und wir verabschiedeten uns mit einem Wangenkuss, bevor wir beide wieder unseren eigenen Weg gingen.

Ich trat näher an die Masse, wo eine Reporterin mich zu sich winkte. Tief holte ich Luft, bevor ich auf sie zulief. Keine Ahnung, von welchem Sender sie war.

»Loraine, wie fühlt es sich an, einen Abend nicht das volle Zentrum der Aufmerksamkeit zu sein? Es ist ja schon etwas her, dass du nur eine Nebenrolle gespielt hast.« Sie sagte das, als wäre es etwas Schlechtes. Als müsste ich mich dafür schämen, nicht den Lead zu spielen.

»Selbst wenn ich die Hauptrolle gespielt hätte – bei einem so großartigen Cast hätte ich niemals die volle Aufmerksamkeit bekommen. Und das ist auch gut so. Mit tollen Menschen teile ich gerne das Rampenlicht.«

»Gibt es Menschen, mit denen du es nicht teilen würdest?«

Provokante Frage, doch ich hielt mein Lächeln aufrecht. »Hier auf dem roten Teppich ist genug Platz für uns alle.«

Sie kniff die Augen zu schmalen Schlitzen zusammen. Diese Antwort stellte sie offensichtlich nicht zufrieden. Sehr gut.

»Loraine!« Ich drehte mich zu der Stimme um, entdeckte einen weiteren Reporter. »Wie kommt es, dass du allein hier bist? Wo ist Samuele Rossi und warum ist er nicht an deiner Seite?«

Am liebsten hätte ich die Augen verdreht, doch ich entschied mich für eine bessere Methode. »Gute Frage, ich habe ehrlich gesagt keine Ahnung. Aber falls Sie es vor mir herausfinden, dann erinneren Sie Sami doch gerne daran, dass er mir noch einen Drink schuldet. Bei unserem letzten Treffen musste ich nämlich zahlen, weil er mit einer süßen Brünetten abgehauen ist.« Ich zwinkerte in die Kamera, bevor ich weiterging. Dass die Gerüchteküche für diesen Spruch noch mehr brodeln würde, tat mir fast schon leid. Doch Samuele konnte mit dieser Aufmerksamkeit umgehen.

Konzentriert darauf, mir keinen Fehler zu erlauben, schritt ich weiter. Posierte, lächelte und kam mir dabei wie die Puppe vor, die ich war. Mittlerweile war der Teppich gefüllt, alle wichtigen Personen waren da und ließen sich bestmöglich fotografieren. Als ich schließlich das grelle Rot hinter mir ließ und in das Innere des Kinos trat, konnte ich endlich wieder atmen.

Das *ODEON Luxe* am Leicester Square war unter den Schauspielenden das beliebteste Kino. Allein der Eingangsbereich war atemberaubend – mit seinen vielen goldenen Elementen, dem riesigen Lichtkegel, der an der Decke ein Zitat anleuchtete, und den edlen Absperrbändern. Das Fischgrätenparkett, das in dem pompösen blau-goldenen Barbereich verlegt war, trug weiter zum Luxusgefühl bei. Ich verstand, warum alle ihre Premieren hier feiern wollten. Das Kino war riesig, das Ambiente modern und exklusiv. Mich erschlug es jedoch. Denn so groß, wie das Kino eben war, so viele Menschen erwarteten einen hier auch. Es wimmelte nur so vor Reportern und Besuchern, die entweder wichtig waren oder sich so fühlten. Da war mir das kleine *Regent Street Cinema* mit seinem altmodischen Stil lieber.

Immerhin schmeckte der Champagner, den mir eine Kellnerin in schwarzer Bluse und dazu passender Anzughose gerade reichte. Mein Blick schweifte über die Menge der Anwesenden, die alle ihre eleganteste Kleidung trugen. Passend zum Film und der generellen Stimmung von *Aurora's Thorns* war die Grundfarbe heute Abend Schwarz, was jedoch durch verschiedene Akzente aufgehellt wurde. Einige trugen wie ich rote Details, andere goldene, wieder andere hatten zu Blau gegriffen. Doch das Düstere, das fand sich überall wieder.

Ich nahm noch einen großen Schluck meines Champagners und genoss die prickelnde Wärme, die sich langsam in mir ausbreitete … bis mir beinahe das Glas aus der Hand fiel.

Denn dort in dieser Halle, in der mein Film Premiere feierte, entdeckte ich niemand anderen als Amelia Young.

Mit einem Glas Schampus in der Hand war sie in ein Gespräch mit einem Produzenten vertieft. Und sie trug ein Kleid, das so tiefschwarz war wie ihr Herz.

Sofort kam alles in mir zum Stillstand. Wie sie da so stand, lachend, als wäre nichts passiert, obwohl sie mir diese verfluchte Nachricht geschickt hatte, die einiges in mir angerichtet hatte. War das ihr Ziel gewesen? Mich zu verunsichern und auf der Premiere dann … ja, was dann? Sie durfte nicht darüber sprechen, was damals passiert war, dafür sorgte ein Geheimhaltungsvertrag. Würde sie es doch tun, würde sie sich damit strafbar machen.

»Sorry, kann ich mir noch eins nehmen?« Ich berührte einen Kellner sanft am Arm, der sofort innehielt. Mit meinem leeren Glas deutete ich auf sein volles Tablett.

»Natürlich.« Er reichte mir einen Champagner und ich bedankte mich lächelnd.

Kaum war er aus meinem Sichtfeld verschwunden, kippte ich die Flüssigkeit in einem Zug herunter. Im Moment war es mir egal, was die Leute dachten, obwohl mir das nie egal war. Doch ich musste mich jetzt beruhigen.

Als wir uns schließlich in den Saal begaben, fühlte ich mich schon deutlich leichter. Der Champagner zeigte seine Wirkung, sodass ich die nächsten zwei Stunden irgendwie ertragen sollte.

Natürlich fand die Premiere nicht nur im besten Kino, sondern auch im größten Saal statt. Das Besondere hierbei war, dass dieser auf zwei Ebenen aufgeteilt war. Unten saßen die Zuschauer, die Fans, die tuschelnd die Köpfe zusammensteckten, ihre Handys zückten und Kreischlaute von sich gaben, als wir eintraten. Unsere Plätze befanden sich wiederum auf der oberen Ebene, womit wir vor allem eins hatten: Ruhe.

Zusammen mit dem restlichen Cast nahm ich meinen Platz ein und ließ mich in das weiche Polster des Sitzes fallen. Langsam ebbte das Gemurmel ab, die Lichter wurden gedimmt und ich nippte erneut an meinem Champagner, was ich wohl den restlichen Abend machen würde. Zu unserer Ebene hatte bloß die Prominenz Zutritt sowie das dazugehörige Sicherheitspersonal. Neugierig drehte ich mich um und überflog die vielen Gesichter.

Am Rand, nur zwei Reihen entfernt von mir, entdeckte ich ihn. Komplett in Schwarz gekleidet, mit einem kleinen Kopfhörer im Ohr, saß Wyatt dort und schaute mich an. Ich lächelte ihm zu, was er mit einem Stirnrunzeln kommentierte, bevor er den Kopf schief legte. Zugegeben, ihn anzulächeln, war nicht wirklich die Reaktion, die wir beide von mir erwartet hätten. Doch tatsächlich hatte mich so etwas wie Erleichterung erfüllt, in einem Gewusel aus Fremden ein vertrautes Gesicht zu sehen. Wobei *vertraut* wohl etwas hochgegriffen war.

Als ich mich wieder wegdrehte, wusste ich nicht, was ich gerade empfand. Der Alkohol hatte meine Sinne genüsslich benebelt und es gab keinen Platz mehr für ein Gefühl von Enge. Obwohl Wyatts Blick auf mir lag, spürte ich mit einem Mal auch keine Unruhe mehr in mir, sondern das genaue Gegenteil. Weil er für meine Sicherheit hier war und mir nichts passieren würde. Leise verfluchte ich mich selbst dafür und schwor mir, Griffin niemals zu sagen, dass die Anwesenheit von Wyatt Carter einen positiven Effekt auf mich gehabt hatte.

Beim Gedanken an meinen Manager wurde mir bewusst, dass ich ihn heute noch gar nicht gesehen hatte. Dabei war Griffin immer bei mir, wenn etwas Wichtiges geschah, immer. Kleinigkeiten gab er zwar gern an Karla ab, aber Premieren oder andere Meilensteine nicht – was mir viel bedeutete. Immerhin hatte ich keine Familie, die mich zu solchen Events begleitete und anfeuerte. Keine Mutter, die mich in den Arm nahm, keinen Vater, der mir sagte, er wäre stolz auf mich. Doch ich hatte Griffin und das war genug.

Das Licht ging aus und die Leinwand erwachte zum Leben, während ich mein Handy zückte. Kurz huschte mein Blick zur Seite, doch die Person neben mir war mit ihrer Instagram-Story beschäftigt und das Pärchen daneben miteinander. Niemand würde sich daran stören, wenn ich mit gedimmtem Bildschirm eine Nachricht schrieb. Schnell tippte ich:

Loraine
Wo sitzt du? Du hast bestimmt Popcorn – ich hab's vergessen

Griffin
Sorry, Liebes, ich hab's leider nicht zur Premiere geschafft. Es ist ein wichtiger Termin reingekommen. Genieß den Abend für mich mit!

Sofort sank mir das Herz in die Hose und ich presste meine Lippen aufeinander. Hinter meinen Augen brannte es bereits gefährlich. Das konnte nicht sein Ernst sein. Dass er mich jetzt im Stich ließ, versetzte mir einen so heftigen Stich, dass ich kurz aufhörte zu atmen.

Ich war komplett allein. Hier war niemand, der für mich da war. Niemand. Nur mein Bodyguard, der bloß seinen Job machte.

Und während das ganze Kino in unseren Film abtauchte und für den Moment der Realität entfloh, lief mir eine einzelne Träne die Wange hinab.

10

Even fairies can stop flying

Loraine

Der Film flackerte über die Leinwand, mittlerweile waren wir fast am Ende und ich scrollte nur noch durch die sozialen Medien. Schaute mir die Storys an, die bereits zur Premiere gepostet worden waren und in denen Fans mich markiert hatten. Versah sie mit Herzchen oder schickte einigen sogar einen Emoji. Es war mir egal, dass ich die Reaktionen versendete, während der Film noch lief, womit auffiel, dass ich ihn nicht schaute. Darauf würde sowieso niemand achten, wenn ich ihnen Aufmerksamkeit schenkte.

Der Feed verschwamm vor meinen Augen, die mir immer wieder zufielen. Der wenige Schlaf plus der viele Alkohol hatten mich nicht gerade aufgeweckt, sondern wollten mich wie Dornröschen in einen langen Schlummer schicken. Doch ich scrollte weiter – bis eine Nachricht eintraf. Sofort verpuffte sämtliche Müdigkeit.

Unbekannt
Süße Leistung, auch wenn's echt nicht deine beste war. Doch die Leute werden es sowieso wieder lieben. Ihr Sonnenschein als gute böse Fee, was wollen sie mehr?

> Wie gut nur, dass auch Feen die Flügel gebrochen werden können.

Abrupt richtete ich mich im Sitz auf. Mein Puls schoss in die Höhe und am liebsten wäre ich aufgesprungen. Weggelaufen. Doch gerade endete der Film und der Abspann begann, woraufhin der Saal in Applaus ausbrach. Die Namen der Darsteller erschienen und für mich wurde mit am lautesten geklatscht. Doch anstatt Freude zu empfinden, spürte ich nur diesen Fluchtimpuls.

Trotzdem lächelte ich, winkte den Fans zurück, die mich bejubelten, und versuchte, mich normal zu verhalten. Ganz normal. Als ob nichts passiert wäre. Dabei saß Amelia bloß wenige Reihen von mir entfernt und ich konnte nichts machen, als hier zu warten, dass sie sich rächte.

Der Applaus ebbte langsam ab, der Saal leerte sich, und während um mich herum alle in Gesprächen abtauchten oder in Gelächter ausbrachen, krallte ich meine Finger in den Stoff der Armlehnen. Ich drehte mich um, ließ meinen Blick über die Menge an Menschen schweifen, über die vielen teuren Anzüge und eleganten Kleider. So lange, bis ich sie entdeckte.

Amelia Young.

Lachend griff sie nach dem Arm ihrer Begleitung, was mein Inneres zum Kochen brachte. Wie ein Topf, der auf einen zu heiß eingestellten Herd stand, fing alles an, zu schäumen und langsam überzulaufen. Wie konnte sie dort stehen und den Abend genießen, während sie mir meinen mit ihrem bescheuerten Spielchen ruinierte?

Ohne nachzudenken, erhob ich mich und ging auf sie zu. Doch bevor ich sie konfrontieren konnte, hörte ich ihre

Stimme zu den Leuten neben ihr sagen: »Entschuldigt ihr mich kurz? Ich würde noch schnell auf die Toilette verschwinden. Treffen wir uns danach an der Bar?«

Ihre Begleitung sagte etwas, was ich jedoch ausblendete. Stattdessen folgte ich Amelia. Ich musste sie zur Rede stellen, bevor sie irgendetwas tat, das uns beiden schadete.

Sie verließ den Saal auf der oberen Etage, wo sich auch die Bar befand. Genau wie die Damentoilette, in der Amelia nun verschwand. Schnell huschte ich hinterher. Nachdem die Tür zu ihrer Kabine ins Schloss gefallen war, blickte ich mich um. Alle anderen standen offen. Wir waren allein.

Jackpot.

Kurzerhand verschob ich den goldenen Mülleimer, der unter dem Tuchspender stand, und blockierte damit die Tür zur Bar. Beim Klang der Klospülung beschleunigte sich mein Atem. Und als die Kabinentür sich öffnete, setzte mein Herz kurz aus.

Ich hörte das Klacken ihrer High Heels auf dem Boden, bevor ich sie sah. In dem Moment, in dem auch sie mich bemerkte, blieb sie stehen.

Ich glaubte, Verwunderung in ihren Augen zu erkennen. Doch was ich glaubte, war egal, denn kurz darauf schlug ihre Miene zu purem Hass um. Sie verengte die Augen, verschränkte ihre Arme vor der Brust, reckte das Kinn hoch, um stark zu wirken. Die gleiche Taktik wie früher, die ich damals schon durchschaut hatte. Vielleicht dachte sie, ich hätte in den letzten zwei Jahren alles vergessen. Was ich nicht hatte. Und niemals würde.

»Was zum Teufel machst du hier?«, spuckte sie aus, während sie ans Waschbecken trat, um sich die Hände zu waschen. Durch den Spiegel taxierte sie mich mit bösen Blicken.

»Wir müssen reden. Was auch immer du vorhast, lass es gut sein, Amelia.« Nun war ich diejenige, die die Arme vor der Brust verschränkte. Nur im Gegensatz zu ihr schenkte ich ihr einen Blick, der vor Gleichgültigkeit triefte. Ich war schon immer die bessere Schauspielerin von uns gewesen, zumindest im echten Leben. Denn damit hatte ich mir mein Überleben gesichert.

»Wovon sprichst du?«, fragte sie mit kühler Stimme. Es rüttelte an der Tür, doch der Mülleimer verhinderte das Eintreten – was nun auch Amelia erkannte. »Bist du vollkommen durchgedreht oder warum sperrst du uns hier ein? Wobei, so rot wie deine Wangen sind, hast du wohl einfach nur zu viel gekippt. Da könnte man fast Mitleid bekommen. Fast.«

»Ach, spar dir diese blöden Sticheleien, Amelia. Gehässigkeit sorgt für Falten, das weißt du doch.«

Ihr Kiefer mahlte bei meinen Worten und ihre Lippen bebten heftig. Vor Wut. Vielleicht auch vor Traurigkeit, weil wir einst so eng befreundet gewesen waren und jetzt nicht mehr miteinander sprachen. Schließlich waren das hier unsere ersten Worte seit damals.

»Ich will einfach nur wissen, warum du mir diese Nachrichten schreibst und was du damit beabsichtigst. Wenn du mich fertigmachen willst, dann bitte. Aber vergiss nicht, was du unterzeichnet hast. Wenn du mit der Wahrheit an die Öffentlichkeit gehst, dann ruinierst du dich mehr als mich.«

Amelia lachte auf. Nicht gehässig, sondern sichtlich amüsiert. Ich runzelte die Stirn. »Warum sollte ich öffentlich machen, was du mir angetan hast, und dabei riskieren, dass du mich wegen Vertragsbruchs auch noch finanziell zerstörst? Nein, danke. Und vielleicht solltest du wirklich weniger trinken, wenn du dir jetzt schon einbildest, ich würde dir

Nachrichten schreiben. Ich habe weder deine Nummer noch sonstige Kontaktdaten von dir, *Lori.*« Sie schleuderte mir meinen Spitznamen vor die Füße und ich hasste es, wie mein Herz dabei verdächtig zog. »Ich habe mit dir in dem Moment abgeschlossen, als du mir in den Rücken gefallen bist und alles kaputtgemacht hast. Du bist für mich gestorben.«

Ihre Worte waren wie ein Schlag ins Gesicht, doch ich versuchte, es mir nicht anmerken zu lassen. Stattdessen entgegnete ich schneidend: »Lüg mich nicht an. Wenn du mir nicht geschrieben hast, wer dann?«

Amelia legte den Kopf schief. Da war keine Reue in ihren Augen. Keine Schuldgefühle. Alles, was ich sah, war Hohn. »Ich scheine wohl nicht die Einzige zu sein, die du verärgert hast, Süße.«

Gerade als ich etwas erwidern wollte, spürte ich die Vibration meines Handys. Sofort zückte ich es aus der kleinen Clutch, die ich unter meinen Arm gepresst hatte. Ein Blick auf das Display reichte, um zu wissen, dass Amelia die Wahrheit sagte.

Unbekannt
Du hast dich mit der falschen Person angelegt, kleine Sonne.

Übelkeit stieg in mir auf und ich vergaß die Welt um mich herum. Vergaß Amelia, die mich immer noch beobachtete, vergaß die Premiere, die draußen in vollem Gange war. Nichts zählte mehr, weil diese Worte schwarz auf weiß hier standen. Weil sie gerade erst eingegangen waren, während die einzige Person, die sie mir geschrieben haben könnte, mir gegenüberstand. Ohne Handy.

»Du solltest aufpassen, mit wem du spielst. Irgendwann schlägt jeder einmal zurück«, sagte Amelia noch, doch ihre Worte zogen an mir vorbei wie sie selbst. Ich stand bloß da und starrte auf das Display. Das Display, das mir eine weitere Nachricht anzeigte.

Unbekannt
Wärst du nicht gewesen, dann hätte die Rolle mir gehört. Du hast sie mir gestohlen und damit alles zerstört. Und jetzt werde ich dich zerstören.

Mein Handy fiel zu Boden. Schmerzhaft fest knallte es auf. Das Display zersplitterte und ich war mir sicher, dass auch in meinem Inneren etwas zerbrach.

Denn diese Worte … Sie konnten nur von *ihr* stammen.

Was unmöglich war. Unmöglich.

Weil sie vor so vielen Jahren gestorben war.

11

What truth do you hide behind those big blue eyes?

Wyatt

Der Film war zu Ende und Loraine weg. Ich hatte gesehen, wie sie aufgestanden und auf eine junge Frau mit dunklen Haaren zugegangen war, nur um kurz darauf mit ihr in den Toiletten zu verschwinden. Einen Ort, an den ich ihr nicht folgen würde. Daher stand ich nun in der oberen Lobby des Kinos, wo alle darauf warteten, dass die normalen Zuschauer das Kino verließen, damit sie entspannt gehen konnten. Zur Aftershow-Party, zu der uns Loraines Fahrer auch bringen würde.

Meine Augen scannten die Besucher, flogen über die teuren Anzüge und ausgefallenen Outfits. Einige Stylisten übertrafen sich wirklich selbst – und zwar nicht auf die gute Art. Musste man wirklich aussehen wie eine Rose, mit einem Kleid, das hauteng an den Beinen war und im Brustbereich völlig aufplusterte, nur weil Rosen in dem Film eine Rolle spielten? Irgendwie ironisch, dass der eigentliche Cast in schlichter, aber eleganter Kleidung steckte, während die restlichen Anwesenden und vor allem Prominenten, die mir nichts sagten, in den pompösesten Garnituren auftraten.

Keine Ahnung, wie teuer diese waren, vermutlich würde jedoch mindestens ein Monatsgehalt dafür draufgehen.

Neben der Bar, hinter der eine Flaschenwand angestrahlt und dadurch der Raum in ein angenehm warmes Licht getaucht wurde, tummelten sich kleine Grüppchen. Alle hielten Getränke in der Hand und lachten munter, während die zwei Barkeeperinnen kaum mit den Bestellungen hinterherkamen. Aus dem Golden Circle, dem Sitzbereich, in dem wir uns aufgehalten hatten, strömten weitere Menschen.

Ich warf einen erneuten Blick zu den Toiletten und schließlich auf meine Uhr. Nervös begann ich, mit meinem Bein zu wippen. Loraine war bereits ziemlich lange dort drin. Vielleicht ging es ihr nicht gut? Immerhin hatte sie vor dem Film das ein oder andere Glas Schampus getrunken.

Besorgt trat ich näher zu den Toiletten, wobei ich aufpassen musste, niemanden anzurempeln oder auf Schleppen zu treten. Als ich am Klo ankam, versuchten gerade zwei Frauen, die Tür zu öffnen, jedoch erfolglos.

»Da ist man schon im besten Kino Londons und die Toiletten sind zugesperrt.«

»Das Popcorn war auch schlecht. Hat nach Pappe geschmeckt. Und der Champagner hätte ruhig an alle verteilt werden können, nicht nur an den Cast«, ergänzte die Zweite, bevor sie beide augenrollend und tuschelnd verschwanden.

Ohne es verhindern zu können, schwappte eine glühend heiße Welle durch mich hindurch. Ich wollte mich schon gegen die Tür stemmen, um diese irgendwie zu öffnen, da hörte ich dahinter Stimmen.

»Ich habe mit dir in dem Moment abgeschlossen, als du mir in den Rücken gefallen bist und alles kaputtgemacht hast. Du bist für mich gestorben.«

Stirnrunzelnd trat ich wieder einen Schritt zurück. Wer war das? Und sprach sie etwa mit Loraine?

Die Tür schwang schwungvoll auf und schlug leicht gegen die nebenliegende Wand, während eine aufgebrachte Brünette hinaustrat. So aufgebracht, dass sie gegen mich stieß.

»Das hier ist die Damentoilette, falls dir das nicht bewusst war.« Sie taxierte mich mit einem wütenden Blick. Da erkannte ich, dass es die gleiche Frau war, auf die Loraine zuvor zugegangen war.

»Sorry, ich warte bloß auf Loraine. Loraine Lewis.« Ich blieb freundlich, vor allem jedoch aufmerksam.

»Ich weiß, wer Loraine ist. In diesem Business gibt es nur eine Frau mit diesem Namen«, fauchte sie mich an.

Sofort schossen meine Brauen in die Höhe. Denn da erkannte ich: Sie war diejenige, die ich gerade durch die Tür gehört hatte. Und ziemlich sicher hatte sie mit Loraine gesprochen. Oder vielmehr: ihr an den Kopf geworfen, dass diese fürs sie gestorben sei. Doch … warum? Was hatte Loraine getan?

Meine Haltung versteifte sich, während ich mein Gegenüber musterte. Die langen dunkelbraunen Haare, die fast schon schwarz wirkten, die großen braunen Augen, die vollen Lippen, die markanten Augenbrauen und der Ausdruck, den man wohl am besten mit einem *Resting-Bitch-Face* beschreiben konnte. Vor mir stand Amelia Young, eine der bekanntesten Schauspielerinnen unserer Zeit.

»Und du bist? Ihr neuer Lover Boy?«, fragte sie mich abschätzig.

»Wüsste nicht, was dich das angeht.«

Sie schnaubte erneut und schüttelte ungläubig den Kopf. »Ich sehe schon, du bist genau wie sie. Vermutlich hat sie dich schon um ihren kleinen perfekten Finger gewickelt. Lass mich dir nur einen Rat geben: Sie ist nicht so unschuldig, wie sie immer tut. Loraine Lewis ist die falscheste Schlange, die Hollywood zu bieten hat, vertrau mir.« Die Wut in ihren Worten kam mir nur zu bekannt vor. Sie glich meiner eigenen, die ich der Welt zeigte, um den eigentlichen Schmerz in mir zu verbergen. Denn egal, wie boshaft mich ihre Augen jetzt auch anfunkelten, das Glitzern in ihnen verriet mir, dass sie vor allem verletzt war.

»Ist das eine Drohung?«, fragte ich trotzdem mit fester Stimme. Ich wollte mehr aus ihr herauskitzeln, immerhin schienen alle Loraine zu lieben. Amelia Young war die erste Person, bei der das nicht so war, und ich wollte wissen, warum. Doch ich durfte meinen Job nicht vergessen. Schließlich war ich immer noch ihr Bodyguard und ihre Sicherheit meine oberste Priorität. Die einzige Gefahr in ihrem Leben war ich und das sollte auch so bleiben. Nur so konnte ich bekommen, was ich wollte. Deshalb umrahmte ich Amelias Namen gedanklich mit einem roten Stift und schrieb mir eine Notiz, mehr über sie herausfinden zu müssen.

»Selbst wenn es so ist, was willst du schon tun, Lover Boy? Ich hab schon Schlimmeres überstanden als einen tätowierten Bad Boy.« Abschätzig blickte sie auf meine Tattoos, die unter dem schwarzen Hemd hervorlugten, bevor sie mir wieder in die Augen sah. In ihren eigenen war nichts als Kälte.

»Ich bin Loraines Bodyguard.«

Bei meinen Worten blinzelte sie kurz, bevor sie ihren Kopf schief legte und anfing zu lachen. »Gott, natürlich. Natürlich hat sie jetzt auch noch einen persönlichen Bodyguard an ihrer Seite, der sie vor ihren bösen, bösen Fans schützt.« Sie schüttelte sich. »Dabei würde der lieben, lieben Loraine doch niemand auch nur ein Haar krümmen. Obwohl sie es verdient hätte, wenn endlich jemand ihrem Schauspiel ein Ende bereiten würde.«

Harte Worte. Um jemandem das Ende der Karriere zu wünschen, musste wirklich etwas zwischen den beiden vorgefallen sein.

»Vielleicht solltest du mal kontrollieren, ob sie sich was einwirft, so wirr, wie sie gerade dahergeredet hat. Obwohl, Loraine war schon immer nicht ganz dicht. Aber das wirst du schon noch früh genug merken.« Ohne mich eines weiteren Blickes zu würdigen, ging sie an mir vorbei und ließ mich mit noch mehr Fragezeichen zurück als vorher.

»Wow, was für ein sympathischer Mensch«, murmelte ich und wartete darauf, dass Loraine aus dem Bad kam.

Schließlich ging die Tür auf und Loraine trat in mein Sichtfeld – mit roten Wangen und einem verschreckten Ausdruck in den Augen.

»Ist alles okay bei dir?« Ich sprach leise, damit uns niemand hörte. Und als Loraine ihre Arme um sich schlang und mit einem Mal überraschend klein aussah, stieg tatsächlich so etwas wie Sorge in mir auf. Hatte sie wirklich etwas eingeworfen, wie Amelia es behauptet hat? Es sollte mir egal sein, doch scheiße, irgendwie war es das nicht. Ich musterte sie genau. Ihre Augen waren nicht gerötet, die Pupillen nicht enorm geweitet. Kein Zeichen von Drogen. Doch irgendetwas war nicht okay.

»Können wir bitte los?« Ihre Stimme klang kratzig. Als hätte sie stundenlang geschrien, dabei hatte sie bloß ein paar Interviews geführt.

»Na klar, dein Fahrer wartet schon unten. Er weiß, wo die Aftershow-Party stattfindet, oder? Eigentlich wollte Griffin mir noch die Location schicken, doch ich habe ihn heute nicht erreicht.«

Loraine schüttelte den Kopf. »Nein. Ich will nach Hause.«

Ich runzelte die Stirn, während sich die Fragen in mir überschlugen. Allen voran eine: Was war zwischen Loraine und Amelia vorgefallen?

12

I am watching every single step

Loraine

Der Stoff meines Kapuzenpullis schmiegte sich weich an meine Wange, trotzdem zog ich noch weiter daran, in der Hoffnung, in ihm zu verschwinden. Durch das dunkle Glas meiner Sonnenbrille sah die Welt genauso trostlos aus, wie sie sich für mich anfühlte.

»Sind wir bald da?«, fragte ich William und suchte durch den Rückspiegel seinen Blick.

Er nickte knapp, bevor er sich wieder auf die Straße konzentrierte. Die Frage war unnötig gewesen, schließlich passierten wir gerade den Wellington Arch, einen riesigen steinernen Triumphbogen, auf dessen Spitze eine Bronze-Quadriga thronte. Auch wenn der Bogen architektonisch beeindruckend war, reizte er mich nicht. Dafür erinnerte er mich jedoch daran, dass ich fast zu Hause war.

Zumindest, sobald ich in meinem Zimmer war. Denn da war immer noch Wyatt, der neben meinem Fahrer saß und sich nun zu mir umdrehte. Schnell wandte ich mich ab und beobachtete die Regentropfen, die an den abgedunkelten Scheiben hinabliefen.

Wir kamen an einer Ampel zum Stehen und natürlich schaute die Beifahrerin im Auto neben unserem herüber. Zuerst musterte sie William, der durch seine elegante Kleidung bereits verriet, dass es sich hier um keine gewöhnliche Fahrt handelte. Dann glitt ihr Blick am Wagen entlang zur Rückbank, auf der ich mich befand. Ihre Augen verengten sich, in der Hoffnung, durch das getönte Glas etwas zu erkennen. Sofort drehte ich meinen Kopf zur anderen Seite und hob meine Hand, wie um mir eine Strähne aus der Stirn zu streichen.

Da bemerkte ich, dass Wyatt sich anscheinend nicht wieder nach vorne gedreht hatte, als ich mich von ihm abgewandt hatte, sondern mich viel mehr noch genauer beobachtete. Vermutlich versuchte er, durch die Sonnenbrille, die meine Augen vor der ganzen Welt verbarg, meinen Blick zu finden. Eigentlich brauchte ich die Sonnenbrille im Inneren des Wagens nicht, die dunklen Scheiben und der Hoodie boten genug Schutz. Doch *eigentlich* war kein *auf jeden Fall* und gerade ergriff ich jede Maßnahme, die möglich war, um nicht gesehen zu werden. Ich war immer vorsichtig bei Auftritten in der Öffentlichkeit, schließlich wusste man nie, wo jemand auf einen wartete und vor allem wer. Von netten Gesprächen mit einer Zuschauerin in einem kleinen Starbucks bis hin zu hysterischen Anfällen hatte ich bereits alles erlebt. Doch jetzt war da draußen jemand, der es auf mich abgesehen hatte. Und das war nicht nur beunruhigend, sondern verflucht beängstigend.

»Alles okay?«, fragte Wyatt mich zum bestimmt fünften Mal und ich konnte es ihm nicht verübeln. Schließlich hatte ich kaum ein Wort mit ihm gewechselt, nachdem ich ihn gebeten hatte, mich nach Hause zu bringen, obwohl der beste Teil des

Abends noch bevorstand. Aber ich hatte keine Lust auf Party und gespielte gute Laune, wenn mein Kopf beinahe zu explodieren drohte. In mir herrschte diese beißende Angst, die sich wie ein Infekt ausbreitete. Zunächst war da nur die Gänsehaut gewesen, dann kam Schweiß dazu. Mittlerweile fühlte ich mich wie eine Ertrinkende, deren ganzer Körper in Flammen stand, während sie sich im freien Fall befand.

Diese Nachricht, der Wortlaut war so eindeutig gewesen, dass sie nur von *ihr* stammen konnte. Doch das war nicht möglich. Es war schlichtweg nicht möglich und trotzdem befanden sich die Nachrichten auf meinem Handy. Daher blieben nur zwei Optionen: Entweder war Daisy Moore doch nicht bei dem Autounfall vor vier Jahren ums Leben gekommen – was so absurd war, dass ich am liebsten über mich selbst gelacht hätte – oder jemand hatte herausgefunden, was passiert war, was ich ihr angetan hatte, und gab sich nun als Daisy aus.

Doch wer sollte das tun? Und warum? Ich hatte mit niemandem Streit, stellte mich immer mit allen gut. Amelia war neben Daisy die einzige Person gewesen, mit der ich mich zerstritten hatte. Die eine war gestorben und für die andere war ich gestorben. Ganz abgesehen davon: Woher wusste der Sender davon?

Egal, wie ich es drehte und wendete, es ergab einfach keinen Sinn.

»Loraine?« Wyatts tiefe Stimme, in der ein Hauch von Sorge mitschwang, riss mich aus meinen Gedanken.

Ich schüttelte meinen Kopf, bevor ich in ein Nicken überging. »Alles gut. Bin nur müde.« Meine eigene Stimme klang fremd aus meinem Mund. Viel zu rau, viel zu leise. Wie lange hatte ich schon nichts mehr gesagt?

Wyatt musterte mich weiterhin eindringlich, nickte jedoch ebenfalls leicht. Vermutlich kaufte er mir die Müdigkeit ohne Probleme ab. Wer würde das auch nicht, bei dem Tag, den ich hinter mir hatte?

»Wir sind da, Miss Lewis.« William hielt vor dem Gebäude, in dem sich meine Wohnung befand, und ich atmete tief durch. Ich wollte einfach nur noch eine heiße Dusche nehmen und danach ins Bett fallen.

»Danke, William.« Ich schenkte ihm ein schwaches Lächeln, das er erwiderte. Ich hasste es, wenn er mich so spät noch fahren musste, schließlich besaß er sein eigenes Leben, das er für meine Pläne ständig auf den Kopf stellen musste.

Bevor ich die Autotür öffnen konnte, kam Wyatt mir zuvor und hielt mir seine Hand entgegen. Kurz fiel mein Blick auf seine zugegebenermaßen wirklich schönen Finger, die zwei silberne Ringe zierten. Seine Hände waren groß und sehnig, das genaue Ebenbild zu seinen muskulösen Armen. Ein Teil von mir wollte darüber fahren, doch ich riss mich zusammen.

Seine ausgestreckte Hand nahm ich dennoch entgegen.

Heißes Wasser prasselte auf mich herab und ich wünschte mir nichts sehnlicher, als damit davonzuschmelzen.

Irgendwann verlor jedoch auch das heiße Wasser seine Wirkung, und da ich den Hahn nicht noch weiterdrehen konnte, kapitulierte ich ein weiteres Mal. Meine Beine waren wie aus Wackelpudding, als ich aus der Dusche trat und mich sofort in den weichen Stoff meines Bademantels hüllte. Ich hatte nicht einmal mehr die Energie, meine Haare zu föhnen oder sie gar zu kämmen, sondern machte mich sofort auf den Weg in mein Schlafzimmer. Dort warf ich mich aufs Bett, wo mein Handy bereits auf mich wartete. Eine halbe Stunde würde ich mich von irgendwelchen Clips auf TikTok berieseln lassen und dann schlafen. Und zwar so lange, bis irgendwer mich aus dem Bett zerrte.

Mein Display zeigte mir eine neue Nachricht von Lilah an, die sie mir vor einigen Stunden geschickt hatte und die mir trotz allem ein kleines Schmunzeln entlockte. Sie zeigte ein Selfie von ihr vor dem wunderschönen italienischen Meer.

Lilah
Küsse aus Amalfi! Du fehlst hier, Lori.

Wie war die Premiere? Wäre sooo gerne dabei gewesen.

Sehnsucht erfüllte mich, während ich die Nachrichten las. Was würde ich nur dafür tun, jetzt bei meiner besten Freundin in Italien zu sein?

Vielleicht sollte ich ihr von den SMS erzählen, schließlich hatte sie immer einen guten Rat auf Lager. Doch ich konnte nicht. Zu groß war die Angst, dass sie Fragen stellen würde. Fragen, die ich nicht beantworten konnte.

Lori
Der Tag war verrückt. Bin fertig mit der Welt. Schreibe dir morgen, keine Energie 😪
Aber du fehlst mir auch. Und die Sonne erst!!!

Ich wollte mein Handy gerade zur Seite legen – die Kraft für sinnloses Scrollen besaß ich doch nicht mehr –, da kam eine weitere Nachricht. Lilah schien wohl noch wach zu sein, obwohl es bereits weit nach Mitternacht war. Vielleicht würde ich sie doch anrufen. Ich war zwar unendlich erschöpft, aber ein Gespräch mit meiner besten Freundin war genau das, was ich jetzt brauchte.

Doch es war nicht Lilah, die mir geschrieben hatte. Es war die unbekannte Nummer.

»Bitte nicht«, flüsterte ich, als würde das irgendetwas bringen. Aber die Nachricht verschwand nicht, vielmehr wartete sie nur darauf, mir einen weiteren Stich zu versetzen.

Es war ein Foto. Von mir. Allerdings nicht aufgenommen auf der Premiere oder an einem anderen öffentlichen Raum. Sondern in der Lobby des Wohnkomplexes. *Meines* Wohnkomplexes. Ich sah mich selbst, in dem eleganten Kleid, das ich eben noch getragen hatte. Draußen war es noch hell. Das Foto musste geschossen worden sein, bevor ich zur Premiere aufgebrochen war. Ein eiskalter Schauer überlief mich.

Es war kein Geheimnis, wo ich wohnte, auch wenn ich es mir anders wünschte. Doch überall im Gebäude gab es Securitypersonal, das keine Unbefugten auf die Etagen ließ, sowie Kameras, um verdächtige Aktivitäten sofort aufzuspüren. Ich war nicht die einzige berühmte Persönlichkeit, die hier lebte. Ein weiterer Grund, warum ich mich damals für diese Wohnung entschieden hatte. Es gab mehr als genug Sicherheitsvorkehrungen. Doch anscheinend war eine davon gerade zur größten Sicherheitslücke geworden, denn das Foto stammte offensichtlich von einer Überwachungskamera.

Hitze und Kälte schwappten in Wellen durch mich hindurch und das Handy glühte förmlich in meiner Hand.

Loslassen konnte ich es dennoch nicht. Wer auch immer mir schrieb, schien nicht nur mein größtes Geheimnis zu kennen, sondern auch Zugriff auf die Videodaten hier zu haben. Und wenn sie das schaffte, was würde sie dann noch schaffen? Würde sie das Sicherheitssystem meiner Wohnung ebenfalls lahmlegen können? Was, wenn der Schreiber der Nachrichten irgendwann hier auftauchen würde und … und …?

Obwohl die Panik wie Säure in meinen Adern brannte, schluckte ich sie hinunter. Ich konnte es mir nicht erlauben, die Kontrolle zu verlieren und einen Zusammenbruch zu riskieren. Ich musste handeln.

Jemand schien mich genau zu beobachten. Doch das würde sich jetzt ändern.

Ich musste untertauchen.

Und ich kannte den perfekten Ort dafür.

13

The calm before the storm

Wyatt

Zurück in Loraines Appartement hatte ich mich mit einem schwarzen Tee und meinem Laptop aufs Bett gesetzt und direkt den Namen in die Suchleiste meines Internetbrowsers eingegeben, den ich mir zuvor rot unterstrichen hatte.

Während ich bei meinen Nachforschungen zu Loraine bisher nur auf positive Artikel und dämliche Gerüchte rund um Schwangerschaften und Beziehungen gestoßen war, sah es bei Amelia ganz anders aus. Ein Skandal jagte den nächsten, egal, ob es Partyeskapaden waren oder Beziehungsdramen. Ihr ganzes Leben war öffentlich zugänglich, für jeden, der sich nur wenige Sekunden nahm, nach ihr zu suchen. Nur lieferten mir ihre Skandale keine Antworten über Loraine.

Meine Verwirrung wuchs. Genau wie der Sturm in mir. Scheiße. Immer wenn ich glaubte einer Spur zu folgen, kam ich an eine weitere Abzweigung mit neuen Fragen. Irgendetwas musste zwischen den beiden vorgefallen sein, so, wie ihre Begegnung abgelaufen war. Warum sonst hatte Amelia derart wütend und Loraine so geknickt nach ihrem Gespräch ausgesehen? Etwas, was mich noch mehr aus dem Konzept brachte. Schließlich passte dieser Moment nicht in das Bild, das ich mir so sorgsam von ihr erstellt hatte. Genauso wenig wie unsere erste Begegnung dazu passte. Oder ihr Zusammenbruch in der Küche, ihre ganze Art. Ich hatte Loraine für kaltherzig gehalten – wie auch nicht, bei dem, was sie getan hatte? Doch entweder war sie wirklich eine verdammt gute Schauspielerin und führte mich an der Nase herum oder aber sie war tatsächlich nicht so glücklich, wie die Medien es einem verklickern wollten.

In der Hoffnung, doch noch etwas zu entdecken, gab ich als Nächstes die Namen der beiden zusammen ein. Sofort lud die Seite neu und überschüttete mich mit Artikeln und Bildern. Fotos von Premieren, auf denen Loraine und Amelia Arm in Arm abgelichtet worden waren, gemeinsame Selfies oder Papparazzi-Bilder, auf denen sie nicht stritten, sondern in die Linsen strahlten. Zumindest bis zu einem gewissen Punkt. Vor ungefähr zwei Jahren dann der Cut. Keine gemeinsamen Events, Selfies oder sonstige Auftritte mehr. Es war, als hätten sie sich nie gekannt.

Ich scrollte weiter, bis ich einen Artikel fand.

Ist DAS der Grund für das Freundschafts-Aus von Hollywoods liebstem Duo?

Neugierig klickte ich auf den Link. Sofort sprang mir ein Video ins Auge, dessen Titelbild dunkel und verschwommen war. Kurz überflog ich die Textzeilen. Der Artikel sprach davon, dass die beiden sich wohl distanziert hätten, nachdem ein heikles Video von Amelia viral gegangen war. Angeblich sollte Amelia generell keinen guten Einfluss auf Loraine gehabt haben, weshalb diese den Kontakt abgebrochen hätte, so vermuteten viele. Sie hätten sich auseinandergelebt und unterschiedliche Ziele verfolgt.

Ich runzelte die Stirn. Wenn das der wahre Grund war,

warum sollte Amelia ihr dann mit so viel Hass entgegentreten? Das tat man nur, wenn etwas wirklich Krasses passiert war. Ich würde auf jeden Fall nicht meine ehemaligen Freunde aus der Schulzeit beschimpfen, nur weil wir irgendwann nicht mehr auf derselben Wellenlänge gewesen waren.

Ich scrollte zurück zum Anfang und klickte auf das Video. Es war genauso verschwommen und dunkel, wie das Titelbild schon hatte vermuten lassen. Dennoch war Amelia eindeutig zu erkennen.

Ich zog den Bildschirm näher an mich und kniff die Augen zusammen. Was tat sie da? Nahm sie … nahm sie etwa Drogen? Es war nicht eindeutig zu erkennen, doch es schien, als würde Amelia Young auf dem Schoß eines älteren Kerls sitzen, der ihr eine Pille auf die Zunge legte.

Meine Tür flog auf und ich zuckte so heftig zusammen, dass der Inhalt meiner Tasse sich auf mir ergoss.

»Fuck«, fluchte ich und sprang auf, um der heißen Flüssigkeit so gut wie möglich zu entkommen. Doch es war bereits zu spät. Der Tee hatte sich auf meinem Pulli ausgebreitet und ließ ihn an meinem Oberkörper kleben.

»Pack deinen Koffer.«

Mein Kopf schoss nach oben. Erst jetzt nahm ich Loraine wahr, die mit feuchten Haaren und im Bademantel in meiner Tür stand. Ihre Wangen waren leicht gerötet und in ihren Augen lag ein Funkeln, das ich nicht einordnen konnte. War das Wut?

»Warum soll ich packen? Was ist los?« Sie verunsicherte mich. Sie sah mich nicht böse an, doch sonderlich viel Freundlichkeit stand auch nicht in ihrem Gesicht. Egal, wie lange ich ihren Blick hielt, ich durchschaute sie nicht.

»Pack deinen Koffer. Jetzt.«

»Warum?«

»Weil in genau« – sie schaute auf die Uhr an ihrem Handgelenk – »sechs Stunden unser Flug geht. Bis nach Heathrow brauchen wir mindestens eine, in vier Stunden sollten wir also spätestens aufstehen.«

Ich blinzelte sie an. Mehrmals. Wartete darauf, dass sie anfing zu lachen und mir verkündete, dass das ein Scherz war. Dass sie lediglich ihre schauspielerischen Fähigkeiten an mir austesten wollte. Dass sie sich einen Witz auf meine Kosten erlaubte. Doch ihre Miene verzog sich nicht, ihre Lippen hoben sich nicht zu einem Lächeln. Da war nur dieser undurchschaubare Ausdruck, und als sich schließlich ihre rechte Augenbraue hob, begriff ich, dass das hier kein Witz war.

»Du meinst das ernst, oder?«

Noch konnte sie lachen. Noch konnte sie es auflösen. Sie musste es irgendwie auflösen. Ich konnte schlichtweg nicht mit ihr verreisen.

»Natürlich meine ich das ernst. Ich brauche etwas Ruhe vor der Pressetour im Herbst. Und diese Ruhe bekomme ich in Italien.« Ihre Stimme zitterte.

»Und da ist es besser als hier?«

»Überall ist es besser als hier.«

»Okay.« Ich versuchte, mich zusammenzureißen. Ich würde das schon hinkriegen. Irgendwie. Zumal: Bisher hatten Loraine und ich noch nicht viel Zeit gehabt, um uns wirklich kennenzulernen. Um sie dazu zu bringen, sich mir richtig zu öffnen. Vielleicht war Italien daher gar keine schlechte Idee. Dort gab es keinen vollen Terminkalender, der sie durch die Gegend jagte, sondern nur sie und mich. Also sagte ich: »Wohin du auch gehst, ich werde dir folgen.«

Bei meinen Worten zuckten ihre Mundwinkel leicht nach

oben, doch für ein ganzes Lächeln reichte es nicht. Irgendetwas musste vorgefallen sein. Zu aufgewühlt war das Blau ihrer Augen. Wie die stürmische See, in der jedes Schiff versinken würde. Schnell riss ich meinen Blick ab, um nicht selbst in ihren Augen zu ertrinken. Trotzdem überkam mich auf einmal der absurde Instinkt, sie in die Arme zu nehmen.

Fuck, was ist mit dir los? Du willst sie nicht in den Arm nehmen, du willst Informationen.

»Gut. Dann pack jetzt deine Koffer.«

»Ich hatte bisher nicht mal die Gelegenheit, sie auszuräumen«, antwortete ich und deutete auf die große Sporttasche sowie den schwarzen Koffer in der Ecke des Zimmers.

»Umso besser, dann kannst du vorher noch etwas schlafen.«

Ich nickte, begriff jedoch immer noch nicht ganz, was hier gerade passierte. Mein Blick glitt zu meinen Sachen. Bis auf ein paar Waschprodukte und die Klamotten der letzten Tage war alles noch an seinem Platz.

»Wyatt?«, fragte Loraine, woraufhin ich wieder zu ihr schaute. Und in ihrem Blick stand nur noch rohe Verletzlichkeit. »Ich kann dir vertrauen, oder?«

Ihre Frage traf mich aus dem Nichts und ich blinzelte ein paarmal perplex.

Sie schien es zu merken, denn sie räusperte sich. »Damit meine ich, dass ich dir vertrauen kann, dass du mich beschützt? Dass du keine Informationen an die Presse verkaufen wirst, die meine Privatsphäre oder meinen Standort betreffen? Du … du bist auf meiner Seite. Nicht wahr?«

»Natürlich bin ich das. Falls es dich beruhigt, kann ich dir das Empfehlungsschreiben meines alten Chefs schicken. Ich habe sogar schon Politiker beschützt, hinter deren Entscheidungen ich selbst nicht stand. Ich passe auf dich auf, Loraine. Was in Los Angeles passiert ist, wird sich nicht wiederholen. Egal, wohin wir fliegen, niemand findet es heraus, solange du es nicht möchtest.«

Ihre Augen wurden größer und ein glasiger Schimmer legte sich über sie. Doch bevor eine Träne über ihre Wange kullern konnte, nickte sie und verließ den Raum.

Die Tür schloss sich leise und ich atmete zischend ein. Mein Herz schlug viel zu schnell und meine Worte hatten einen bitteren Geschmack auf meiner Zunge hinterlassen. Dabei waren sie nicht gelogen gewesen. Ich würde auf sie aufpassen. Zumindest so lange, bis ich entlarven würde, was sie getan hatte.

@LoraineLewis
Hi, ihr Süßen, ich mache es kurz und schmerzlos: Ich werde Social Media für eine Weile verlassen. Die letzten Monate waren sehr intensiv, und so dankbar ich auch für jeden einzelnen Tag am Set bin, ich bin ziemlich ausgelaugt. Deshalb habe ich mich dazu entschieden, eine kleine Auszeit zu nehmen – ganz ohne Instagram und TikTok, um wieder runterzukommen. 🥺

Ich werde den Austausch mit euch vermissen, vor allem jetzt, da mich so viele liebe Nachrichten bezüglich des Teasers erreichen und ihr alle fleißig ins Kino strömt, um *Aurora's Thorns* zu schauen (holt euch lieber die große Menge Popcorn, glaubt mir, ihr werdet sie brauchen!). Aber ich kann euch versprechen, dass es noch genug Ankündigungen geben wird und spannende Interviews auf euch warten – einige sind schon aufgenommen (Grüße an **@Letsgetspicy_the_show**, mein Mund steht immer noch in Flammen und ich glaube, ich habe einige Geschmacksnerven verloren 🥵😂) und andere sind schon für die Pressetour geplant – hat jemand Hundewelpen gesagt? 🤭

Passt auf euch auf und denkt immer daran, euch Pausen zu nehmen, wenn alles zu viel wird. Die Welt dreht sich auch weiter, wenn ihr euch an die erste Stelle setzt und anfangt, Grenzen zu setzen.

Xoxo, Lori

14

Everything is fine

Loraine

Ich trat auf italienischem Boden auf und hatte direkt das Gefühl, die ganze Welt wäre mit einem Schlag schöner geworden. Strahlender Sonnenschein begrüßte mich und brachte meine Haut auf die angenehmste Art zum Kribbeln. Sogar die Luft war hier besser. Klarer. Friedlicher. Italienisch.

Am Flughafen hatten keine Paparazzi auf uns gewartet, sondern nur der Fahrer, den Karla persönlich engagiert hatte. Alles unter größter Geheimhaltung, um mir mein Abtauchen so leicht wie möglich zu machen. Verflogen waren die Wut und der verletzte Stolz, weil Karla hinter meinem Rücken gehandelt hatte. Sie wollte schließlich auch nur mein Bestes, so wie Griffin.

Griffin, der mich bereits mit Nachrichten bombardiert hatte, weil ich einfach so spontan weggeflogen war. Aber ich hatte ihm versichert, dass alles gut war, und ihn daran erinnert, dass der Urlaub schon länger geplant gewesen war – zwar nicht in Italien, aber trotzdem. Keine Ahnung, ob Griffin mir wirklich glaubte. Doch er hatte sich danach nicht mehr auf dem Ersatzhandy gemeldet, das ich mir am Flughafen gekauft hatte, weil mein bisheriges ruiniert war. Und ich hoffte, den Schreiber der Nachrichten so endgültig loszuwerden.

Jetzt gerade waren wir auf dem Weg zu meiner Unterkunft, die für die nächste Zeit unser Zuhause sein würde. Die Klimaanlage pustete mir kalte Luft ins Gesicht, während mein Kopf am kühlen Glas lehnte. Nur zu gerne hätte ich das Fenster runtergefahren und die warme Sommerluft sowie den Fahrtwind auf meiner Haut genossen. Doch auch wenn meine übergroße Sonnenbrille den Großteil meines Gesichts verdeckte, war ich noch nicht bereit, dieses Risiko einzugehen. Für den Moment begnügte ich mich daher mit dem Blick auf das glitzernde Wasser und den steilen Berg, um den wir in beängstigend engen Kurven fuhren. Ich konnte von Glück sprechen, dass ich die Strecke bereits gewöhnt war. Und den teilweise rasanten Fahrstil der Italiener, die uns entweder in riskanten Manövern überholten oder wie unser eigener Fahrer ein ordentliches Tempo draufhatten.

Wyatt schien jedoch nicht daran gewöhnt zu sein. Seine Augen waren geschlossen und seine Hände ballten sich zu Fäusten. Und obwohl es vielleicht gemein war, entlockte genau das mir ein Schmunzeln.

»Alles gut?«, fragte ich und berührte sanft seine schwarze Jeans, die er sogar bei diesen Temperaturen noch trug.

Unter meiner Berührung zuckte Wyatt zusammen, woraufhin mein Grinsen noch ein Stück breiter wurde. Ich wollte wirklich nicht über ihn lachen, aber dass ausgerechnet ein paar Kurven ihn verstummen ließen?

»Wie weit ist es noch?« Seine Augen blieben auch jetzt noch verschlossen.

»Nicht mehr lange. Aber du verpasst gerade die ganze Aussicht. Außerdem hilft ein Blick aufs Meer gegen den Schwindel. Vertrau mir, ich musste es selbst lernen.«

Wyatt schüttelte den Kopf. »Geht nicht. Die Höhe.«

Meine Augenbrauen wanderten nach oben. »Du hast Höhenangst?«, fragte ich und konnte nichts gegen die Belustigung in meiner Stimme tun.

»Wie kannst du keine haben, bei den Klippen, die sich neben uns befinden, und dem Tempo, das der gute Herr hier an den Tag legt?« Während er sprach, öffneten sich zaghaft seine Augen und er riskierte einen Blick aus meinem Fenster. Dabei lehnte er sich leicht zu mir und der Stoff seines Shirts streifte meine nackte Schulter. Anders als er hatte ich ein luftiges Sommerkleid an, über dem ich bis eben noch einen dicken Pulli hatte tragen müssen, was hier jedoch glücklicherweise nicht mehr nötig war.

Wyatt beugte sich noch näher zu mir, um nach draußen zu schauen. Ich konnte seinen Atem an meinem Nacken spüren, woraufhin mich unwillkürlich ein Schauer überlief. War er sich dieser Nähe gerade überhaupt bewusst?

Bevor ich etwas sagen oder ihn irgendwie darauf hinweisen konnte, dass er quasi auf meinem Schoß saß, zuckte er zurück, als hätte er sich verbrannt. »Oh fuck«, murmelte er und schon waren seine Augen auch wieder verschlossen.

»Du hast es gleich geschafft«, sagte ich und tätschelte leicht sein Bein. Und stellte überrascht fest, dass mich seine Anwesenheit in diesem Moment nicht störte. Denn auch wenn ich es nicht zugeben wollte, war ich leider ziemlich froh darüber, nicht allein zu sein. Vor allem nicht jetzt.

Die restliche Fahrt versuchte Wyatt, nicht kotzen zu müssen, während ich die Aussicht genoss. Jedes Mal, wenn ich hier war, fragte ich mich, warum ich das eigentlich so selten war.

Warum ich nicht einfach immer hier lebte. Im konstanten Sommer, an einem Ort, wo die Sonne nie wirklich unterging, weil es sogar in der Dunkelheit noch schön war. Nicht so wie in London, wo bei Nacht die Schatten aus ihren Ecken krochen und mich an meine Fehler erinnerten.

Diese Gedanken mussten aufhören. Sofort.

Ich war in Italien.

Ich hatte mein geliebtes iPhone gegen ein einfaches Handy ausgetauscht und mir eine neue Nummer besorgt, die bisher nur Karla und Griffin sowie Wyatt und Lilah hatten. Ich war jetzt hier und hier würde alles gut werden. Niemand, der mich kontaktieren würde. Niemand, der mich bedrohte.

»Willkommen in meiner wunderschönen Ferienwohnung«, offenbarte ich Wyatt und breitete meine Arme aus.

Die steinerne Fassade integrierte sich perfekt in den Felsen, auf dem – oder vielmehr: in den – das Haus gebaut war. Ich öffnete das große Tor, das den Zugang und die Stellplätze verdeckte, und konnte gar nicht mehr aufhören zu lächeln. Sobald ich das Meer entdeckte, schlug mein Herz höher, und beim Anblick meiner zwei Lieblinge entwich mir ein freudiges Quietschen. Als wäre ich nie weg gewesen, standen dort meine unbenutzte Vespa und das Fiat Cabrio, das nur darauf wartete, dass ich es durch die Straßen jagte.

»Das ist nicht dein Ernst, Loraine.«

Irritiert drehte ich mich zu Wyatt um, der mir durch das Tor gefolgt war und nun neben mir auf dem überdachten Stellplatz stand. »Was meinst du?«

»Babyblau?«

»Hey, nichts gegen meine zwei Schätzchen, sonst kannst du dir eine eigene Unterkunft suchen. Und glaub mir, in Amalfi selbst wirst du richtig viel zahlen.« Mit vor der Brust verschränkten Armen funkelte ich ihn an. Auch wenn die babyblauen Fahrzeuge nicht jedermanns Geschmack waren, liebte ich sie so, wie sie waren. In meinem täglichen Leben musste immer alles perfekt und elegant und makellos sein. Hier war das nicht so und das wollte ich in vollen Zügen auskosten. Außerdem gehörte es für mich zur Dolce Vita dazu, egal, wie skeptisch Wyatt die Fahrzeuge musterte.

»Schon gut, ich werde von jetzt an über die Farbwahl deiner Fahrzeuge schweigen.« In seinem Tonfall schwang Belustigung mit, was mich sofort die Augen zusammenkneifen ließ. »Kannst du überhaupt Roller fahren?«

»Weißt du, Wyatt, bis eben habe ich angefangen, dich zu tolerieren, aber mit deinen Aussagen bestätigst du mich darin, dich weiterhin nicht zu mögen.« Kopfschüttelnd ging ich zurück zum Auto, wo der Fahrer gerade unsere Koffer auslud.

Da ich keine Ahnung hatte, wie lange wir hierbleiben würden, hatte ich meinen größten Koffer mit allen wichtigen Dingen gepackt. Genug Klamotten hatte ich jedoch auch hier vor Ort, um nicht immer alles durch die Gegend schleppen zu müssen.

»*Grazie*«, sagte ich lächelnd und nahm den Koffer entgegen.

Der Fahrer nickte mir freundlich zu. »Arrivederci, Miss Lewis. Wenn Sie etwas benötigen, dann rufen Sie mich gerne an«, sagte er in gebrochenem Englisch, wobei ich seinem Akzent stundenlang hätte lauschen können. Italienisch war einfach die schönste Sprache der Welt, genau wie ihr Akzent. Bevor der Fahrer wieder in den Wagen stieg, reichte er mir noch seine Visitenkarte und ich machte mir eine gedankliche Notiz, dass Karla definitiv eine vernünftige Summe an Trinkgeld in meinem Namen überweisen sollte. Dummerweise hatte ich gerade keine Euroscheine zur Hand. Das passierte mir auch wirklich jedes Mal.

Als der Fahrer davonfuhr, zog ich meinen Koffer auf das Grundstück und blickte Wyatt auffordernd an. »Wenn du nicht willst, dass dein Gepäck und du gleich ausgesperrt werdet, solltest du es vielleicht reinholen.«

Verwirrt schaute er mich an, bis er realisierte, dass ich das Tor zumachen und damit seine Sachen – und notfalls auch ihn – ausschließen würde. Mal schauen, wie lustig er sich dann noch fand.

Ich machte mich auf den Weg zum Eingang und hörte im Hintergrund nicht nur, wie das Tor wieder zurückfuhr, sondern auch das Rollen von Wyatts Koffer. Er schien mir also eilig zu folgen.

Durch einen Fahrstuhl gelangte man auf die Hauptetage des Hauses, und als wir oben ankamen, die Türen sich öffneten und ich in mein italienisches Zuhause trat, seufzte ich vor Erleichterung.

»Woah«, sagte Wyatt, der nach mir ausgetreten war. »Das ist keine Wohnung, das ist eine verdammte Villa!«

Ich musterte ihn mit einem Gefühl von Genugtuung, während er sich umschaute. Er ging zum Fenster, von dem aus man eine Aussicht aufs Meer und das kleine Stück Garten samt Hängematte hatte.

»Wobei der Einrichtungsstil wirklich … interessant ist«, meinte er.

»Amüsierst du dich schon wieder über mein Eigentum?«, fragte ich provokant, woraufhin er sich wieder zu mir umdrehte.

Ein Lächeln umspielte seine Lippen. »Ich hätte dich einfach nicht für jemanden gehalten, der in seinem Wohnzimmer blau-weiße Fliesen hat und sich dann für ein gelbes Sofa entscheidet. Dieses leicht urige Flair ist das komplette Gegenteil von deiner Wohnung in London, die so modern ist.«

Bei seinen Worten lachte ich leise. »Okay, diese Runde geht an dich. Das hier war bereits alles fertig eingerichtet, als ich es gekauft habe, und ich habe nichts daran verändert. Außerdem mag ich es eigentlich ganz gerne. Auch wenn es etwas ungewohnt ist.«

Wyatt legte den Kopf schief. »Mir gefällt es sogar sehr gut, dieser klassische italienische Charme. Es wäre schade, wenn du das durch einfachen Luxus getauscht hättest. Obwohl die Deko vielleicht doch ein bisschen fragwürdig ist.«

Ich blickte zu dem kleinen Kamin, den ich noch nie genutzt hatte, der jedoch ziemlich schön aussah. Auf dem Sims standen drei kleine Pferdefiguren und direkt darüber hing in einem klobigen goldenen Rahmen ein Gemälde, für das es keine Worte gab. Einfach weil ich keine Ahnung hatte, was genau ich mir da anschaute.

»Bitte sag mir, du erkennst auch nichts in dem Bild«, sagte ich, als ich merkte, dass er die gleiche Deko wie ich musterte.

»Ich erkenne bloß die Farben Blau und Gelb, die sich irgendwie vermischen und irgendwas darstellen. Die Frage ist nur was?«

Ich hüstelte, um mein Lachen zu überspielen. Immerhin verstand er diese Art von Kunst genauso wenig wie ich.

»Schau dich gerne um. Draußen gibt es genug Möglichkeiten zum Sitzen und über die Terrasse erreicht man sowohl den Pool als auch das Meer. Das große Schlafzimmer gehört mir und die zwei auf der Westseite Mattia und ihrem Mann Anteo, die sich um die Villa kümmern, wenn ich nicht da bin. Von den anderen zwei kannst du dir eins aussuchen.

So wie zu Hause.« Erst, als mir die Worte schon rausgerutscht waren, fiel mir auf, dass ich meine Wohnung als sein Zuhause bezeichnet hatte.

Was ihn jedoch wenig zu interessieren schien. Stattdessen fragte er mit weit aufgerissenen Augen: »Hast du gerade Meer gesagt?«

»Ja?« Bei seinem Tonfall hätte man beinahe meinen können, er wüsste nicht, was ein Meer war.

»Wie in *privater Strand*?«

»Wie in *eine Leiter, die ins Meer führt*. Du musst nur bei den untersten Stufen der Treppe aufpassen, bevor du auf die Leiter steigst. Die sind manchmal etwas glatt, aber dafür gibt es das Geländer.«

»Du hast einen Pool, obwohl du einen direkten Zugang zum Meer hast? Wer zur Hölle zieht den Pool dem Meer vor?«

»Also nachts kann ich es nicht empfehlen, ins Meer zu gehen, außer du kannst so gut schwimmen, dass du trotz den stärkeren Wellen und der Dunkelheit nicht ertrinkst.«

Er schüttelte den Kopf, bevor er mich einfach nur anschaute. In seinen Augen war immer noch eine Spur von Verwirrung zu erkennen, die jedoch vor allem durch reines Staunen übertönt wurde. Ich konnte mir denken, was in seinem Kopf vorging. Vermutlich fragte er sich gerade, wie es jemandem mit so viel Reichtum und Besitz jemals schlecht gehen konnte. Wie man traurig sein konnte, wenn das eigene Leben so aussah. Nur hatte Wyatt keine Ahnung, welchen Preis man für all das hier zahlte. Und manche Dinge waren wertvoller als Geld.

»Wie gesagt, schau dich einfach um. Vor allem im Außenbereich neigt man manchmal dazu, sich ein bisschen zu verlaufen. Und hier drinnen auch. Ist mir selbst schon oft passiert. Neben dem Pool gibt es noch eine kleine Lounge, von dort kommst du auch mit dem Fahrstuhl wieder hoch. Null ist der Eingang, Eins ist hier und Minus Eins dann unten.«

»Und was mache ich, wenn ich mich wirklich verlaufe?«

»Hoffen, dass jemand deine Schreie hört. Wobei hier weit und breit niemand ist außer mir.« Mit einem breiten Grinsen drehte ich mich um und lauschte dem Klacken meiner Schuhe und den Rollen des Koffers auf den Fliesen, während ich in mein Zimmer ging.

Kaum hatte ich die Tür geöffnet, wurde mir warm ums Herz. Denn vor mir erstreckte sich eine riesige Fensterfront, von der aus ich das Meer sehen konnte. Eine Glastür führte nach draußen, von wo ich direkt zum Pool und zum Meereszugang kam. Als Erstes öffnete ich ebendiese Glastür, um das Rauschen der Wellen in mein Zimmer zu lassen. Kurzerhand entschied ich mich dazu, mich einfach auf den Boden zu setzen und einen Moment lang alles in mich einzusaugen. Wie die Wellen gegen die Felsen schlugen. Wie der Geruch des Salzwassers zu mir drang. Wie die Sonne meinen Körper wärmte. Wie der Wind zart durch meine Haare wehte.

Doch dieser Ort brachte mir nicht nur die Ruhe, die ich gerade brauchte, sondern vor allem Sicherheit. Auch wenn die Medien wussten, dass ich irgendwo an der Amalfiküste eine Unterkunft besaß, hatte ich den genauen Standort bisher geheim halten können. Dass man auf dem Weg hierher eine Straße passieren musste, durch die man nur mit Zugangsberechtigung kam, erleichterte das natürlich. Hier würde mich niemand finden. Und durch meine neue Nummer würde diese Person mich nicht mehr kontaktieren können. Alles war gut.

15

Trying to find the part of me I can't remember losing

Loraine

»Oh mein Gott!«, quietschte – oder eher: schrie – Lilah, als sich die Türen des Fahrstuhls öffneten. Mir blieb keine Zeit, sie zu begrüßen, da zog sie mich auch schon in eine feste Umarmung. Ich konnte von Glück sprechen, dass ich den Aperol, an dem ich gerade noch genippt hatte, am Pool stehen gelassen hatte. Sonst hätte sich der Inhalt über ihr rosafarbenes Sommerkleid und mein weißes Top ergossen.

Lilah löste ihren Griff, nur um mich kurz zu mustern. Mir fielen sofort die vielen kleinen Sommersprossen um ihre Nase auf, die sie so sehr verabscheute. Zusammen mit dem weißen Tuch, das sie um ihre blonden Haare gebunden hatte, um ihre Kopfhaut zu schützen, der sonnengebräunten Haut und den roten Wangen sah sie wirklich gut aus.

»Ich kann es nicht glauben, dass du hier bist«, sagte sie, als sie ihre Arme erneut um mich schlang.

Ich schloss die Augen und atmete ihr Parfüm ein, das nach Erdbeeren roch. Sofort entspannte ich mich.

»Ich freue mich auch, dich zu sehen«, sagte ich und meinte es auch so.

»Du musst mir alles erzählen. Alles! Ich habe Fragen.«

Kurz verkrampfte sich in mir alles. Wusste Lilah etwa, dass ich ihr etwas verheimlichte? Doch dann bemerkte ich ihren vielsagenden Blick und kapierte: Sie wollte auf Wyatt hinaus. Natürlich. Schließlich hatte ich ihr schon viel zu lange Informationen über meinen Bodyguard vorenthalten.

»Dann trifft es sich ja gut, dass ich uns Aperol gemacht habe. Und Wyatt ist gerade unterwegs, um uns Pizza von *Matteo's* zu holen.« Allein bei der Erwähnung der Pizzeria begann mein Magen zu knurren.

Lilahs rechte Augenbraue wanderte in die Höhe. »Er fährt für dich Pizza holen? Bis runter nach Amalfi? Soll er sich nicht um deine Sicherheit kümmern?«

»Es hat einiges an Überzeugungsarbeit gekostet, aber mit dem Versprechen, nicht das Haus zu verlassen und sofort anzurufen, wenn irgendetwas sein sollte, ist er tatsächlich gefahren. Er muss ja auch nicht komplett bis nach Amalfi, aber ab der Privatstraße kommt der Lieferservice nicht mehr durch.« Trotzdem: Auch wenn ich hier sicher war, fühlte es sich komisch an, allein zu sein. Zum ersten Mal seit Tagen war Wyatt nicht bei mir. Obwohl er mich anfangs so gestört hatte, fing ich tatsächlich an, mich an ihn zu gewöhnen.

»Ich dachte mir schon, dass mir der blaue Fiat auf dem Weg hierher sehr bekannt vorkam. Dann war das also deiner!«

Bei der Erinnerung, wie Wyatt in das kleine pastellfarbene Auto geklettert war, entwich mir ein Glucksen. »Ja, war es. Du hättest sehen müssen, wie missmutig er eingestiegen ist. Wir haben noch circa zehn Minuten, bis er zurück ist«, sagte ich und ging zur Tür, die auf die Terrasse führte. Dort wartete ein großer Tisch mit vier Stühlen, auf dem ich bereits alles für unseren Mädelsabend vorbereitet hatte.

»Ich werde mich wohl nie an diesen Anblick gewöhnen«, murmelte Lilah und drehte sich um sich selbst, um die gesamte Terrasse erfassen zu können.

Ich verstand nur zu gut, was sie meinte. Dieser Teil des Außenbereichs war das Herzstück des Grundstücks und für mich persönlich ausschlaggebender gewesen als der Pool oder der Zugang zum Meer. Die Terrasse wurde durch einen eleganten Metallzaun abgegrenzt und man blickte direkt auf das Wasser und den Horizont. Doch damit nicht genug – um das Dach schlängelten sich unzählige lilafarbene Bougainvillea und weitere Pflanzen. Diese sorgten an den heißen Tagen nicht nur für den perfekten Schutz vor der Sonne, sondern vor allem für eine Idylle, wie man sie sonst nur auf Bildern fand.

»Glaub mir, mir geht es nicht anders. Ich vergesse viel zu oft, wie schön dieser Ort ist.«

Lilah ließ sich auf einen der Plätze fallen und schnappte sich direkt ihr Glas, das ich bereits gefüllt hatte. Sogar frische Orangen hatte ich aufgeschnitten, was für mich wirklich eine große Geste war.

»Vielleicht solltest du einfach immer hierbleiben«, schlug Lilah vor und begann, an ihrem Aperol zu nippen.

Mir entwich ein Schnauben, als ich mich ihr gegenüber hinsetzte. Nun hatte ich das Meer zwar im Rücken, doch Lilah hatte diese Aussicht seltener, weshalb ich mich mit dem Anblick der Hausfassade und den vielen Pflanzen zufriedengab. »Das wäre schön.«

»Wer weiß, was der Sommer noch bringt. Vielleicht bleiben wir für immer hier und leben unser *Mamma Mia*-Leben«, schlug sie vor und hob ihr Glas in die Höhe.

»Lilah, *Mamma Mia* spielt in Griechenland.«

»Mann, Lori, du weißt genau, was ich meine!«

Ich kicherte und nahm ebenfalls einen Schluck. Der bittere Geschmack des Aperols, der trotzdem noch die richtige Süße besaß, breitete sich auf meiner Zunge aus und jagte Wärme durch meinen Körper.

»Hast du eigentlich schon etwas Neues von Ruby gehört?«, fragte ich sie schließlich und lehnte mich im Stuhl zurück. Für einen Moment schloss ich die Augen und genoss die Sonne auf meinen Wangen und den süßen Alkohol auf meiner Zunge.

Kurz herrschte Stille, ehe Lilah antwortete: »Nein, wir warten noch auf eine Rückmeldung von Disney … Es wäre wirklich ein Traum, wenn es klappen würde. Das könnte mein großer Durchbruch sein. Ruby glaubt fest an mich und hat versprochen, mir einen guten Deal auszuhandeln. Sie ist wirklich großartig.«

Um nicht sofort antworten zu müssen, nahm ich einen weiteren Schluck und hüstelte dann leicht. Die Wahrheit war nämlich, dass ich absolut nichts von ihrem Management hielt, was vor allem an dem schleimigen Geschäftsführer lag. Griffin war ebenfalls manchmal etwas drüber, das gehörte in unserer Welt wohl leider dazu, wenn Männer sich für einflussreich hielten. Doch die Betonung lag auf *manchmal*. Und er hatte noch nie eine Grenze übertreten, da war ich mir sicher. Etwas, was ich über den Boss von *SilverLake Agency* nicht behaupten konnte. Und ihre eigene Managerin, Ruby, war auch niemand, über den man viele gute Worte verlieren konnte. Ich hatte Griffin schon mehrfach darauf angesprochen, dass ich Lilah gerne bei ihm unterbringen würde. Doch ihr Erfolg war zu gering und das Risiko, jemanden aus einer anderen Agentur abzuwerben, zu hoch.

»Ich drücke alle meine Daumen und Zehen für dich, Lilah. Niemandem wünsche ich den Erfolg so sehr wie dir.«

Sie lächelte, doch auf ihrem Gesicht lag ein bitterer Zug. Sofort verspürte ich das Bedürfnis, sie in den Arm zu nehmen, weil ich ganz genau wusste, was in ihr vorging. Sie hatte Angst, dass sie sich zu große Hoffnungen machte. Sie hatte Angst, dass es wieder nicht reichen würde. Sie hatte so viel Angst, die ich ihr nicht nehmen konnte.

»Wolltest du nicht auch immer mal in einem Tanzfilm mitwirken?«, fragte sie schließlich und legte den Kopf schief, um mich besser zu mustern.

Ich schnaubte. »Das ganze Krafttraining für *Smoke* war erst mal genug Sport für mich.«

Sie lachte, doch es klang nicht aufrichtig. Es war klar, dass die Angst sie immer noch nicht losließ. Doch bevor ich noch etwas sagen konnte, um sie aufzumuntern, erfüllte ein leises Brummen die Luft, die plötzlich vibrierte.

»Lori, dein Handy«, meinte Lilah und erst da erkannte ich, dass nicht die Luft vibrierte, sondern mein Telefon.

»Oh, das ist Wyatt! Warte, ich lass ihn schnell rein.« Ich erhob mich und tapste eilig ins Wohnzimmer. Da sich mein Handy mit der Security-App ausgeschaltet im Tresor meiner Wohnung befand, musste ich das digitale System hier an der Wand benutzen, um ihm die Tür zu öffnen.

Als der Fahrstuhl oben ankam und Wyatt heraustrat, stieg mir sofort der Geruch von frischem Knoblauch in die Nase. Einer großen Menge Knoblauch, so, wie ich es liebte.

»Deine Security hier ist wirklich ein Hexenwerk. Ich finde es gruselig, alles über das System oder per App zu steuern.«

Auch wenn ich es nicht anders erwartet hatte, verdrehte ich bei seiner erneuten Beschwerde mal wieder die Augen.

Wenn er so weitermachte, würde ich bald meinen eigenen Hinterkopf sehen können.

»Angst, dass sie dir deinen Job streitig macht?«, fragte ich herausfordernd, woraufhin er sofort verachtend auflachte.

»Also bitte, niemand macht mir meinen Job streitig.« Er reichte mir zwei Kartons und der Knoblauchgeruch intensivierte sich, sodass mein Magen grummelte und mir das Wasser im Mund zusammenlief.

»Wenn du das sagst.« Ich machte auf dem Absatz kehrt und ging zurück zu Lilah, die mein Handy musterte.

»Was ist eigentlich genau mit deinem iPhone passiert? Und warum hast du dir kein neues gekauft und stattdessen dieses Ding zugelegt? Hat das Teil überhaupt Apps?«

Ich stellte die Pizzakartons zwischen uns ab, bevor ich mich wieder auf meinen Platz fallen ließ.

»Mein iPhone ist auf der Premiere kaputtgegangen und ich hab mir am Flughafen nur schnell einen einfachen Ersatz geholt. Aber das ist gar nicht schlimm, immerhin will ich sowieso abschalten«, behauptete ich, während ich die Pizzakartons öffnete. Lilah legte die Stirn in Falten, als würde sie merken, dass ich etwas vorenthalten würde. Schnell zwang ich daher ein Lächeln auf meine Lippen und meinte betont locker: »Riecht das nicht himmlisch?« Ich hatte mich für eine Margherita und eine Caprese entschieden – zwei Klassiker, die immer gingen.

»Guten Appetit«, kam es da von einer männlichen Stimme.

Ich drehte mich zur Seite und entdeckte Wyatt im Türrahmen – nur in einer Badehose und mit einem Handtuch um die Schultern. Ich sollte wirklich nicht hinschauen, doch ich konnte den Blick einfach nicht von seinen ziemlich perfekten Bauchmuskeln abwenden. Neben seinen trainierten Armen besaß er natürlich auch noch einen Sixpack. Und *natürlich* war sein Körper so makellos wie schon sein kantiges Gesicht und *natürlich* hatte er noch mehr Tattoos als die wenigen, die ich bereits an seinem Unterarm gesehen hatte. Zu gerne hätte ich sie genauer unter die Lupe genommen, um die einzelnen Motive zu erkennen, doch nachher hätte Wyatt noch gedacht, dass ich ihn attraktiv fand. Was ich vielleicht auch tat, was ich jedoch lieber für mich behalten wollte.

»Du starrst, Loraine«, sagte er, woraufhin ich ihn durch zusammengekniffene Augen anblickte.

»Und du hast anscheinend deine Klamotten verloren.«

»Ich wollte noch eine Runde schwimmen gehen. Bevor es dunkel wird und du dir Sorgen machen musst, dass *ich* verloren gehe.«

»Vielleicht kannst du ja einfach zu einer anderen Villa schwimmen und die Bewohner dort nerven?«, schlug ich vor und zeigte mit meinem Glas auf die Weite des Ozeans. Zwar sank meine Abneigung ihm gegenüber immer weiter, trotzdem machte es zu großen Spaß, ihn zu ärgern.

»Du würdest mich viel zu sehr vermissen«, sagte er zwinkernd, bevor er seine Aufmerksamkeit auf meine Freundin richtete, die ihn vollkommen perplex anschaute. »Ich bin übrigens Wyatt, du musst Lilah sein, oder? Loraine hat schon viel von dir erzählt.« Mit einem viel zu fetten Grinsen zwinkerte er mir noch einmal zu, wobei ich mir das Seufzen nicht verkneifen konnte, ehe er auch schon Richtung Meer verschwand.

»Hoffentlich spült das Salzwasser seine Überheblichkeit weg. Kannst du das fassen? Er ist mein Bodyguard und so redet er mit mir. Unglaublich.« Kopfschüttelnd nahm ich einen weiteren, sehr großen Schluck.

»Ich dachte, du magst ihn nicht«, sagte Lilah und warf mir einen skeptischen Blick zu.

»Tue ich auch nicht.« Denn von *mögen* konnte noch lange keine Rede.

Sie hob die Augenbrauen. »Dafür flirtest du aber ziemlich viel mit ihm.«

»Quatsch«, wehrte ich ab, biss mir jedoch auf die Unterlippe. Tat ich das etwa? Mit ihm flirten? Nein, das war unmöglich. Warum sollte ich das?

»Wenn du meinst. Aber er flirtet definitiv mit dir«, schnaubte sie. Und in ihrer Stimme schwang ein Unterton mit, der klarmachte, dass sie das alles andere als gut fand.

Hitze stieg mir in die Wangen, die ich nicht auf den Alkohol schieben konnte. Schnell schüttelte ich den Kopf. »Du irrst dich.«

»Lori«, sagte sie mit einem strengen Blick und tadelnden Unterton, »ich bin nicht dumm. Ich weiß, was ich sehe. Er ist dein Bodyguard. Du verdienst jemanden an deiner Seite, der auf dich aufpasst und nicht abgelenkt ist, weil er mit dir flirtet.« Die letzten Worte nuschelte sie fast schon, bevor sie an ihrem Glas nippte.

Ich schluckte schwer, suchte nach den richtigen Worten. »Das ist doch nur Spaß.«

»Hoffen wir es. Denn solltest du wirklich in Gefahr geraten, bringt dir jemand, der seinen Job nicht ernst nimmt, herzlich wenig.«

Gänsehaut kroch über meine Arme. *Solltest du wirklich in Gefahr geraten.* Meine Gedanken kreisten zurück zu der unbekannten Nummer, zu den Nachrichten.

Was, wenn ich schon längst in Gefahr schwebte?

16

I can't give her up

Wyatt

Das Meersalz brannte leicht auf meiner Haut und sorgte dafür, dass sie unangenehm zu ziehen begann. Mir entwich ein genussvolles Seufzen, als der heiße Duschstrahl es langsam davonspülte. Sosehr ich es auch genoss, in den Wellen zu schwimmen, weil mich dabei immer ein Gefühl von Freiheit und Grenzenlosigkeit überkam, sobald ich das Wasser verließ, brauchte ich jedes Mal eine Dusche. Es war Fluch und Segen zugleich, eine Metapher, die genauso auf mein Leben angewandt werden konnte. Vielleicht würde das Duschwasser ja auch meine Gedanken durchspülen und dafür sorgen, dass ich wieder einen klaren Kopf bekam.

Als ich kurz darauf in frischen Klamotten die Küche betrat, war ich allerdings kein bisschen schlauer. Ich ging zu meinem Pizzakarton – mein Magen knurrte in freudiger Erwartung – und blickte auf die Terrasse. Loraine und ihre Freundin saßen immer noch dort, lachten, während sie regelmäßig an ihren Gläsern nippten. Die orangene Flüssigkeit des Aperols war mittlerweile einer anderen gewichen, nur wusste ich nicht, welcher.

Ich beobachtete sie, was nicht die feine englische Art war. Doch irgendwie hoffte ich, dass ich Antworten bekam, wenn ich sie nur lange genug anschaute. Ich hatte mir das alles anders vorgestellt. Da war dieser naive Teil in mir, der zu viele Krimis inhaliert hatte und sich sicher gewesen war, es würde ablaufen wie in den Filmen. Dass ich Loraine sehen und mein Gefühl mir direkt bestätigen würde, dass sie etwas verbarg. Dass sie ein dunkles Geheimnis umgab, das wie eine Aura um sie schwirrte. Nur war das hier kein Film, sondern die Realität. Und ich wurde den Eindruck nicht mehr los, dass das hier vielleicht doch nicht meine beste Idee gewesen war.

Ich hatte ihre Wohnung durchsucht: nichts.

Ich hatte sie auf ein Event begleitet: nichts. Nur eine verbitterte ehemalige Freundin.

Ich war rund um die Uhr bei ihr, war sogar mit ihr nach fucking Italien geflogen und, oh Wunder: nichts!

Was nicht war, konnte zwar noch werden, doch was, wenn nicht?

Bevor Loraine mich entdeckte, schnappte ich mir meine Pizza und ging in das Schlafzimmer, das ich zu meinem eigenen gemacht hatte. Im Vergleich zu der restlichen Einrichtung besaß es nicht diesen urigen italienischen Flair, worüber ich ganz froh war. Es war ein einfacher, schlichter Raum mit einem Bett, einer Kommode und einem kleinen Tisch, auf den ich meinen Laptop gestellt hatte und über dessen Stuhl die ersten Klamotten hingen.

Die Pizza war bereits kalt, als ich endlich den Karton öffnete, doch das war nicht schlimm. Wenn es eine Sache gab, die man in jeder Temperatur essen konnte, dann Pizza. Ein Gedanke, den ich hier in Italien vielleicht nicht aussprechen sollte. Der erste Bissen war himmlisch und ich verstand sofort, warum Loraine unbedingt bei dieser Pizzeria hatte bestellen wollen, obwohl es bestimmt auch andere in der direkten Nähe gab. Schließlich kam die Pizza aus Amalfi und wir befanden uns irgendwo zwischen Amalfi und Positano. Doch für das hier lohnte sich wirklich jeder Kilometer, den der arme Fahrer hatte zurücklegen müssen. Ganz abgesehen davon: Welcher Unternehmer versetzte nicht Berge, um einen Star glücklich zu machen?

Bevor ich den ersten Bissen meiner Pizza genießen konnte, musste ich jedoch etwas überprüfen. Ich entsperrte mein Handy und öffnete die App auf meinem iPhone, mit der ich meine Geräte im Blick behalten konnte. Auch den Airtag, den ich mir in dem kleinen Technikshop gekauft hatte, in dem Loraine sich vor unserem Abflug schnell ein neues Handy besorgt hatte. Tatsächlich war mir die Idee erst gekommen, als mir ihr Airtag aufgefallen war, der harmlos an ihrem Schlüssel baumelte, damit sie diesen im Fall der Fälle jederzeit finden konnte. In einem unbeobachteten Moment hatte ich mir dann einen eigenen gekauft und ihn *Schlüssel Italien* genannt – wie Loraines. Bevor ich die Pizza des Lieferanten angenommen hatte, hatte ich den kleinen Peilsender unter die Fußmatte des Beifahrersitzes gelegt. So wäre es glaubwürdig, dass das kleine Ding aus Versehen dorthin gekullert war, sollte sie es doch finden.

Vielleicht würde ich ihn nicht brauchen, schließlich sollte ich eigentlich immer bei Lori sein. Aber wenn sie wirklich etwas zu verbergen hatte, konnte ich mir durchaus vorstellen, dass sie sich irgendwann davonstehlen würde. Und die Chance, sie bei etwas zu ertappen, durfte ich mir nicht nehmen lassen.

Gerade als ich mein Handy wieder weglegen wollte, leuchtete der Bildschirm auf und kündigte einen eingehenden

Anruf an. Caden. Fuck. Hatte ich wirklich Lust auf eine weitere Standpauke wie vor wenigen Tagen?

»Hi«, sagte ich, als ich den Anruf trotzdem angenommen hatte und schließlich auf laut stellte. »Stört es dich, wenn ich nebenbei etwas esse? Hab bis eben Sport gemacht und bin quasi am Verhungern.« Bevor ich eine Antwort bekam, legte ich mein Handy auf das Bett und griff nach einem Stück Pizza.

»Klar, kein Problem. Ist das Netz bei dir so schlecht oder spinnt mein Handy wieder?«

Ich warf einen Blick auf das Display. »Nee, das bin ich, sorry. Hier draußen ist der Empfang wohl nicht so mega.«

»Hier draußen?«

Verdammt. Ich hatte ihm ja noch gar nicht erzählt, wo ich war. Bei unserem nächsten Treffen würde er mich einen Kopf kürzer machen, so viel war klar. Vielleicht wäre es eine gute Idee, mir eine neue Bleibe zu suchen, wenn ich irgendwann nicht mehr bei Loraine wohnen würde. Denn vor Cadens Reaktion graute es mir bereits jetzt.

»Wyatt, wo bist du?« Seine Stimme war schrill. Zu schrill. Er war definitiv wütend und ich konnte es ihm nicht mal verübeln.

Ich seufzte. »Ich bin an der Amalfiküste.«

»Was? In Italien? Wyatt, warum zur Hölle bist du in Italien?«

»Weil Loraine etwas Abstand zu dem ganzen Trubel brauchte und deshalb beschlossen hat herzufliegen. Weil ich für ihren Schutz eingestellt bin, bin ich mitgekommen.«

Ich hörte ihn im Hintergrund murren. Irgendetwas mit *bloody hell*, was bei jemandem, der selten fluchte, Bände sprach. »Du kannst doch nicht einfach nach Italien reisen! Wie hast du dir das denn vorgestellt?«

»Was hätte ich deiner Meinung nach denn machen sollen? Einfach nein sagen und sie allein fliegen lassen sollen? Dann hätte ich ihr auch direkt die Kündigung geben können, danach wäre ich meinen Job nämlich los gewesen.«

»Ihr arbeitet nicht einmal eine Woche zusammen und du hältst es für eine gute Idee, mit ihr in den Urlaub zu fahren, wenn du eigentlich ihre Schuld an einem Mord beweisen willst?«

Fluchend drückte ich auf das Symbol des Lautsprechers und presste das Handy gegen mein Ohr. Bei diesem Gespräch war mir der Appetit sowieso vergangen.

»Psst!«, tadelte ich ihn. »Du kannst das doch nicht einfach so sagen! Was, wenn wir abgehört werden oder sie an meinem Zimmer vorbeigeht? Wenn du mich auffliegen lassen willst, kannst du ihr auch direkt erzählen, wer ich bin!« Obwohl ich aufgebracht war, flüsterte ich die Worte ins Telefon.

»Vielleicht sollte ich das, damit diese wahnwitzige Aktion endlich ein Ende findet. Oder hast du bisher irgendetwas Nützliches herausgefunden?«

Ich ballte meine freie Hand zu einer Faust und beobachtete, wie meine Sehnen sich anspannten und die Haut langsam weiß wurde. »Nein, habe ich nicht.«

»Siehst du! Vermutlich, weil es nichts zu finden gibt und alles, was du am Ende haben wirst, eine Gefängnisstrafe ist!«

»Meinst du nicht, du übertreibst ein bisschen?«, fragte ich ihn und verdrehte dabei die Augen, auch wenn er es nicht sehen konnte. Ich war mir nicht sicher, wer von uns beiden zu viele Krimis gesehen hatte.

»Was glaubst du denn, wie es enden wird, wenn herauskommt, dass du dich unter falschem Vorwand beworben hast und ein ziemlich wichtiges Detail deines Lebens einfach verschwiegen hast? Du belügst sie, was vielleicht noch okay wäre. Nur belügst du auch ihr Management und das kennt sich sicherlich gut mit Gesetzen und Anwälten aus. Sollten sie herausfinden, was du vorhast … Wyatt, sie könnten dich ruinieren. Sie könnten dir alles nehmen, ist dir das klar?«

Mir platzte der Kragen. »Das haben sie doch schon längst! Sie haben mir den einzigen Menschen genommen, der mir mehr als alles andere auf dieser Welt bedeutet hat. Und dafür werde ich sie zahlen lassen. Egal wen. Ich weiß, dass ich die Antwort auf meine Frage hier finden werde, bei Loraine, ich weiß es einfach! Vielleicht ist sie selbst nicht schuld an Daisys Unfall, doch sie hat die Rolle bekommen, die meiner Schwester versprochen war. Nachdem zwischen ihnen Krieg geherrscht hat. Glaubst du wirklich, dass sie in die Sache nicht involviert ist?«

Ich hörte ein Seufzen am anderen Ende und kurz darauf war es für einen Moment still. Mein Herz hämmerte wild in meiner Brust und ich spürte das Pulsieren bis in meine Ohren.

»Und was genau ist jetzt dein Plan? Bitte sag mir, du hast mittlerweile einen.«

»Natürlich habe ich einen Plan.« Ich hatte keinen Plan. »Ich will sie näher kennenlernen. Vielleicht finde ich so etwas heraus. Wenn sie mir erst mal vertraut, wird es leichter, ihr Fragen zu stellen.«

»Du hast also immer noch keine Strategie.« Ich konnte sein verurteilendes Kopfschütteln beinahe vor mir sehen und verstand ihn einfach nicht.

»Willst du nicht auch die Wahrheit erfahren? Ist sie dir so egal?« Keine Ahnung, ob ich auf diese Fragen wirklich eine Antwort wollte, trotzdem waren sie mir nach so langer Zeit einfach herausgeplatzt. Schließlich trieben sie mich seit damals um. Caden hatte Daisy geliebt, doch vielleicht hatte er wirklich mit ihr abgeschlossen, nachdem sie sich getrennt hatten.

Allein bei dem Gedanken an meine Schwester zog sich alles in meinem Inneren zusammen. Ihr Verlust war bereits so lange her, dennoch fühlte sich der Schmerz in Momenten wie diesem immer noch viel zu stark an.

»Vielleicht solltest du sie endlich loslassen, Wyatt. Was, wenn du hier keine Antworten findest? Oder bloß auf Enttäuschung stößt? Du könntest etwas erfahren, das alles verändert.«

»Aber genau das will ich ja! Das Narrativ kann nicht stimmen, ich weiß es einfach.« Mein Puls raste und ich setzte mich aufrecht hin.

»Das meine ich nicht, Wyatt«, sagte er zögerlich. Ich horchte auf, während ich am anderen Ende ein paar Sekunden bloß seine Atemzüge hörte. »Wyatt, was, wenn du etwas entdeckst, das dein Bild von ihr für immer zerstört? Ist dir bewusst, dass auch das passieren könnte?«

Ich blinzelte. Das war nicht sein Ernst, oder? »Glaubst du etwa, dass Daisy selbst die Schuld trägt?«

»Sie war schon lange nicht mehr der Mensch, mit dem wir aufgewachsen sind. Ich habe einfach Angst, dass du dich selbst in einer Version der Geschichte verlierst, die vielleicht nie existiert hat.«

»Das ist absoluter Schwachsinn!«, sagte ich viel zu laut, was mich selbst schlucken ließ. Allerdings sorgten seine Worte dafür, dass mein Atem schneller ging und diese Wut, diese verdammte Wut, die seit damals in mir kochte, weiterwuchs.

Caden blieb dagegen völlig ruhig. »Nein, das ist es nicht.

Du bist gerade dabei, etwas zu tun, das sie nie gewollt hätte. Nur weil du glaubst, dass Loraine oder ihr Management oder irgendwer in ihrem Umfeld etwas mit Daisys Tod zu tun haben könnte, bist du bereit, dein eigenes Leben zu ruinieren. Das hätte deine Schwester nicht gewollt.«

Meine Finger schlossen sich immer fester um das Telefon, bis sich die Kanten in meine Hand bohrten und die Hitze des Smartphones auf meiner Haut brannte. Aber nichts brannte so heiß wie mein Inneres.

»Wyatt«, setzte Caden erneut an, doch ich konnte ihm nicht länger zuhören. Sonst würde er noch etwas sagen, was mich endgültig zum Explodieren brachte. Ich musste meine Fassung wahren, damit das hier funktionierte.

Er hatte keine Ahnung, was Daisy wollen würde. Schließlich hatte er sie aufgegeben, als es schwierig geworden war.

17

What if the truth is too painful to be told?

Loraine

Ich stellte die zwei Flaschen Cedrata vor Lilah ab, ehe ich mich wieder ihr gegenüber fallen ließ.

»Oh mein Gott, wann hattest du Zeit, die Limo zu besorgen?«, fragte Lilah aufgeregt, während sie sich die Flasche schnappte, die ich bereits in der Küche geöffnet hatte. Sie roch an der gelben Flüssigkeit, bevor ihr ein glückliches Seufzen entwich. »Es ist mir so egal, wie ungesund dieses Zeug ist, das ist für mich Urlaub und Italien!«

Kichernd griff ich nach meiner eigenen Flasche und setzte sie mir an die Lippen. Sofort breitete sich der süß-saure Geschmack in meinem Mund aus und sorgte für ein angenehmes Kribbeln.

Nach dem kurzen Stimmungstief vorhin hatten wir schnell das Thema gewechselt und uns lieber über alles upgedated, was bei Telefonaten untergegangen war. Und sehr viel Alkohol getrunken, weshalb uns nun eine warme Leichtigkeit erfüllte.

»Ein Hoch auf Mattia und ihren Mann. Ohne die beiden wäre nicht nur mein Kühlschrank leer, sondern dieser Ort alles andere als bewohnbar. Cheers darauf!« Ich stieß meine Flasche gegen Lilahs, wobei ich etwas zu viel Schwung hatte und ein lautes Klirren die Luft erfüllte. »Hoppla«, kicherte ich erneut.

»Sobald ich etwas mehr verdiene, sind Haussitter das Erste, was ich organisieren werde. Es muss so ein schönes Gefühl sein, immer hier auftauchen zu können und alles in einem perfekten Zustand vorzufinden«, sagte Lilah und seufzte sehnsüchtig.

»Ich kann mich nicht beschweren«, sagte ich mit einem verschmitzten Grinsen. Denn das konnte ich wirklich nicht. Ohne Mattia und Anteo wäre ich bereits des Öfteren aufgeschmissen gewesen. Anfangs war es jedoch komisch gewesen. Dieses Wissen, dass fremde Menschen während meiner Abwesenheit in einem Haus lebten, das mir gehörte. Doch über die Zeit hin hatten sie mir nicht nur bewiesen, dass ich mich auf sie verlassen konnte, sondern sie behandelten mich manchmal beinahe wie eine Freundin, obwohl ich eigentlich ihr Boss war. Mehr als einmal war Mattia schon mit frisch gekochtem Essen hier aufgetaucht, wenn ich hier war. Und obwohl ich ihr immer wieder sagte, dass sie das nicht tun musste, gab es nichts Schöneres, als die sechzigjährige Frau vor meiner Tür stehen zu sehen.

»Ah, übrigens«, sagte Lilah, nachdem sie einen weiteren Schluck der süßen Limonade genommen hatte, »Samuele ist auch auf dem Weg nach Italien! Wenn ich es richtig verstanden habe, kommt er heute Abend an. Oder vermutlich eher Nacht.«

»Oh, echt? Wie schön! Ich habe ihn seit den Dreharbeiten nicht mehr gesehen. Wir sollten uns unbedingt mit ihm treffen, wenn wir schon zufällig gleichzeitig im selben Land und am selben Ort sind.« Ich gluckste. Es war wirklich schon eine ganze Weile her, dass ich Sami das letzte Mal gesehen hatte. Eben weil wir nie im selben Land, geschweige denn am selben Ort waren. War er in London, war ich irgendwo anders auf der Welt unterwegs. Und waren wir beide in England, dann so weit voneinander entfernt, dass ein schneller Kaffee zwischen Terminen nicht möglich war.

»Habe ich mich schon längst drum gekümmert. Und rate mal, wer gerade eben auch eine Story von der Amalfiküste gepostet hat, als du in der Küche warst?« Sie hob ihre Augenbrauen mehrfach hintereinander, was ihr in ihrem angetrunkenen Zustand nicht sonderlich gut gelang.

»Keine Ahnung?«

»Minho und Cedric! Was für verrückte Zufälle, oder? Ich habe direkt eine Gruppe erstellt, dann können wir die Tage alle etwas zusammen machen. Keine Sorge, ich habe natürlich deine neue Nummer hinzugefügt.«

Augenblicklich war die Leichtigkeit, die ich endlich, *endlich* für eine Weile empfunden hatte, wieder verschwunden. »Bitte sag mir, dass das ein Scherz ist. Wenn ich mir eine neue Nummer mache, dann kannst du sie doch nicht einfach an x-beliebige Menschen rausgeben!«, platzte es aus mir heraus, während ich gegen die aufsteigende Panik ankämpfte. »Lilah, es hat einen verdammten Grund, warum ich hier bin und niemandem davon erzählt habe. Das Letzte, was ich gerade brauche, ist jemanden, der alles ausplappert. Am besten postest du direkt noch meine verfluchte Adresse im Netz!«

Lilah zuckte sichtlich zusammen. »Ich … ich dachte einfach … Du wolltest Sami doch ohnehin treffen und die anderen beiden magst du doch auch total gerne. Oder etwa nicht mehr?«

Sofort bereute ich meinen Ausbruch, während Lilah mich komplett verständnislos und verletzt ansah – was nachvollziehbar war. Denn natürlich mochte ich Cedric und Minho. Mit Minho hatte ich einst zusammen gedreht, und weil Cedric ihn regelmäßig am Set besucht hatte, hatte ich viel Zeit mit den beiden verbracht. Sie waren supernett und man hatte immer lustige Stunden mit ihnen, was vor allem an ihrer Dynamik lag. Während Minho ein eher ruhiger Mensch war, war Cedric ehrlich und direkt. Sie waren ein tolles Paar und ich mochte sie. Doch jetzt gerade vertraute ich schlichtweg niemandem. Vor allem nicht Leuten, die ich nicht wirklich kannte.

Was Lilah allerdings nicht wissen konnte.

Das schlechte Gewissen vertrieb jegliche Wut. »Tut mir leid, das war nicht so gemeint«, murmelte ich, griff nach dem leeren Weinglas und füllte es wieder auf. Ich brauchte dringend irgendetwas, um dieses Chaos in mir zu beruhigen.

»Lori, was ist los?« Lilahs Brauen schoben sich zusammen und ihre Augen waren geweitet. Da stand nicht die verdiente Wut in ihrem Blick, sondern blanke Sorge. »Ich hatte von Anfang an das Gefühl, dass etwas passiert ist. Du bist nicht der Typ Mensch, der Hals über Kopf Entscheidungen trifft, und noch weniger bist du jemand, der einfach so von Social Media verschwindet.«

»Ich … ich brauche bloß eine kleine Pause. Etwas Ruhe vor der Pressetour und den nächsten Dreharbeiten.« Ich wollte einen weiteren Schluck nehmen, doch Lilah war schneller und schnappte mir das Glas aus der Hand.

»Hey!«, rief ich empört, aber sie schüttelte bloß den Kopf.

»Du redest jetzt mit mir. Dein Manager oder dein Bodyguard geben sich vielleicht mit schwammigen Antworten zufrieden, aber ich nicht. Ich bin deine beste Freundin und ich will jetzt wissen, was los ist!« Als sie fertig war, atmete sie tief ein und strich sich die Strähnen aus der Stirn, die sich aus ihrem Haarband gelöst hatten.

Ich senkte den Kopf, griff nach der Limonade – die würde sie mir hoffentlich nicht auch noch aus der Hand reißen – und begann, an dem Etikett der Flasche zu zupfen.

»Lori, du machst mir Angst. Bitte sag mir, was los ist.«

»Also gut«, seufzte ich, denn auch wenn ich Angst vor ihren Rückfragen hatte, konnte ich das Ganze nicht länger für mich behalten. Vielleicht konnte ich ihr zumindest einen Teil der Wahrheit erzählen. »Seit ein paar Tagen bekomme ich seltsame Nachrichten. Keine Ahnung, vermutlich erlaubt sich jemand einen unlustigen Scherz«, murmelte ich daher und senkte meinen Blick. Ich wollte weder Mitleid noch Sorge noch sonst etwas in Lilahs Augen sehen. Vor allem nicht eine Mischung aus allem.

»Was meinst du mit *seltsame Nachrichten*?« Sie zögerte. Obwohl sie versuchte, bedacht zu sprechen, hörte ich die Anspannung in ihrer Stimme.

Ich hob den Blick und sah genau das, was ich befürchtet hatte. Kurz räusperte ich mich, bevor ich weitererzählte. »Es ist nichts Ernstes. Ich glaube, dass jemand mich einfach ärgern will. Vielleicht ein Fan, dem ich nicht auf eine Nachricht geantwortet habe, oder irgendein Hater, der mich damit aus dem Konzept bringen will.«

Ihre Augenbrauen wanderten in die Höhe, sodass sie beinahe unter ihrem Stirnband verschwanden. »Dafür, dass es nichts Ernstes ist, warst du gerade aber ziemlich aufgewühlt. Was schreibt die Person dir denn?«

Dass sie mein größtes Geheimnis kennt. Dass sie mir einen

Schritt voraus ist. Dass sie alles ruinieren will. Dass sie die Schauspielerin ist, wegen der alles überhaupt erst eskaliert ist.

Nein, all das konnte ich Lilah nicht sagen.

»Ich habe die Nachrichten nicht auf dem Handy hier, aber es sind bloß leere Worte. Von wegen ich würde meine Karriere nicht verdienen und ich könnte nicht schauspielern und all diese Sachen eben. Vielleicht ist es auch eine andere Schauspielerin, die eifersüchtig ist, weil ich sie daran erinnere, wie erfolglos sie ist. Du kennst das ja selbst.«

Erneut zuckte sie zusammen. Nur ganz kurz, doch ich hatte es trotzdem gesehen. Und erst in diesem Moment wurde mir bewusst, was ich gesagt hatte.

Du kennst das ja selbst.

Fuck. Denn nein, das kannte sie nicht. Wie unsensibel konnte man sein?

Ich wollte gerade etwas sagen, mich entschuldigen, da kam mir Lilah zuvor: »Dich belastet das Ganze, auch wenn du mir versicherst, dass alles okay ist. Ich kenne dich besser, als du denkst, Süße. Ich sehe doch, wie unruhig es dich wirklich macht. Die arme Flasche kann übrigens nichts dafür.« Sie deutete auf die Limonade und ich stellte überrascht fest, wie sehr ich das Etikett verunstaltet hatte. Unbewusst hatten meine Finger weiterhin an dem Papier gezupft, sodass es sich jetzt fast vollständig von der Limo löste und komplett zerknickt war.

»Ups«, sagte ich sofort und schob die Flasche außer Reichweite. Was keine gute Idee war, denn jetzt waren meine Hände ohne Beschäftigung und ich brauchte dringend etwas, um mich abzulenken. Bevor ich jedoch an meiner Nagelhaut spielen konnte, nahm Lilah meine Hand.

»Du erzählst mir nicht die ganze Wahrheit, kann das sein?«

Sie sah mich fest an, wobei sie lächelte, und dieses Lächeln war so voller Wärme und Zuneigung, dass ich den Kopf schüttelte.

»Nicht ganz. Es waren nicht nur diese Nachrichten, sondern …« Ich stockte. Versuchte, den Kloß in meinem Hals runterzuschlucken. Schaute in Lilahs fragendes Gesicht. Holte tief Luft. »Ich habe ein Bild bekommen. Von mir. Aufgenommen in der Lobby meines Appartementkomplexes.«

Sie riss erschrocken die Augen auf.» Jemand hat sich in das Gebäude geschlichen und dich fotografiert?«

Nein, Lilah, die Wahrheit war noch viel schlimmer. Aber ich konnte nicht noch mehr Fragen ertragen. Daher behauptete ich: »Vermutlich nur ein Paparazzo. Sie sind einfach extrem übergriffig. Aber das ist nichts, was ich nicht gehandelt bekomme. Vor allem hier, unter der Sonne Italiens, wo niemand weiß, wo ich bin.« Ich lächelte ihr aufmunternd zu und sie schenkte mir ebenfalls ein Lächeln, auch wenn es nicht annähernd so strahlend war wie sonst. »Schick meine Nummer einfach nicht weiter, okay? Ich möchte die Zeit hier genießen.« Bei meinen letzten Worten drückte ich sanft ihre Hand, was sie mit leichtem Druck von ihrer Seite beantwortete.

»Natürlich. Und danke, dass du mir davon erzählt hast. Wenn irgendetwas ist, dann bin ich da, okay?«

Ich nickte bloß, denn für eine weitere Lüge fehlte mir die Kraft. Alles, was ich ihr erzählt hatte, waren Halbwahrheiten und Lügen und ich fühlte mich schrecklich. Doch würde Lilah die Wahrheit kennen, die ganze verfluchte Wahrheit, dann würde ich auch sie verlieren. Und meine einzige Freundin zu verlieren, war sogar schlimmer als das potenzielle Ende meiner Karriere.

»Wann haben die Nachrichten eigentlich genau angefangen?«, fragte sie da und ich spannte mich an. Ich hatte gehofft, das Thema wäre beendet.

Trotzdem überlegte ich kurz, denn es gab keinen Grund, ihr darauf keine ehrliche Antwort zu geben. »Anfang der Woche. Als wir telefoniert haben, an dem Abend.«

Lilah legte die Stirn in Falten. »Etwa an dem Tag, als Wyatt bei dir eingezogen ist? Was für ein Zufall …« Ein merkwürdiger Unterton schwang in ihrer Stimme mit.

Als ich verstand, ging ein Ruck durch mich hindurch. Elektrisierte mich, als wäre ein Blitz in mich eingeschlagen. Übelkeit überkam mich so schlagartig, dass kleine Punkte vor meinen Augen zu tanzen begannen. Denn fuck, *ja*. Die Nachrichten hatten genau mit Wyatt begonnen. Wyatt, der mich rund um die Uhr beobachtete. Wyatt, mit dem ich meine Wohnung teilte. Wyatt, der sich sicher auch mit Securitykameras auskannte. Wie … wie hatte mir das bisher nicht auffallen können?

»Lori?« Lilahs Stimme drang leise zu mir. Als würde eine dichte Wand aus Nebel uns trennen. Ein Nebel der Erkenntnis und der grausamsten Vorstellungen.

Und reinster Panik – denn auch wenn ich nicht verstand, was er von mir wollte, was sein Motiv sein könnte: War es möglich, dass mein Bodyguard nicht für meine Sicherheit sorgte, sondern die wahre Bedrohung war?

Mein Herz hämmerte zu heftig gegen meinen Brustkorb und das Blut rauschte mir in den Ohren.

Lilah hatte ich vor ein paar Minuten mit einer beruhigenden Erklärung heimgeschickt. Ihr versichert, dass sie unrecht hatte. Dass sie sich keine Sorgen machen musste. Dass sie zu viele Thriller schaute und so was in der echten Welt nicht passierte. Dass es wirklich bloß ein Zufall war. Dass ich Wyatt vertraute. Doch tat ich das?

»Ganz ruhig«, flüsterte ich mir zu, als ich in der vermeintlichen Sicherheit meines Zimmers angekommen war. »Tiefe Atemzüge, wie du es gelernt hast.«

Ich tat, was mir meine Mentorin vor Jahren beigebracht hatte, und konzentrierte mich nur auf meine Atmung und auf nichts anderes. Zu Beginn meiner Karriere, in der Zeit nach … Damals hatte ich ständig Totalausfälle erlebt. Hatte nicht mehr klar denken können, weil mein Herz zu schnell geschlagen und meine Lunge zu langsam geatmet hatte. Eine der Mentorinnen, die immer am Set gewesen waren, um ein Auge auf die jüngeren Schauspieler zu werfen, war dabei meine große Hilfe gewesen. Bis heute rief ich mir ihre Worte ins Gedächtnis und veratmete meine Panik, wann immer sie mich übermannte.

Als mein Körper sich wieder etwas beruhigt hatte, versuchte ich, mich auf die Fakten zu konzentrieren und nicht erneut in die Angst zu rutschen. Ich löste mich vom Türrahmen und ging mit zittrigen Schritten auf meinen Schreibtisch zu.

Ich konzentrierte mich auf meine Umgebung, versuchte alles wahrzunehmen. Alles, was echt war, alles, was Fakt war. Wie der weiche Stoff meiner Bettdecke und der kühle Luftzug, der durch die offene Terrassentür hineinströmte. Ich spürte das kalte Metall meines iPads unter meinen Fingern, als ich es anschaltete.

Mit zittrigen Fingern klickte ich auf das Mail-Icon, denn irgendwo dort musste es sein. Und tatsächlich, schon nach wenigen Sekunden fand ich, was ich suchte. Griffin hatte mir nach unserem Meeting vor wenigen Tagen alles geschickt, was es über Wyatt zu wissen gab. Damals hatte ich die Mail nicht weiter beachtet, doch jetzt öffnete ich sie und überflog mit klopfendem Herzen sämtliche Dateien. Sogar ein Führungszeugnis war dabei.

Wyatt Carter war fünfundzwanzig Jahre alt und stammte aus Clevdon, einer Stadt an der Küste, die dank des Musikvideos zu *You and I* von OneDirection vor allem für ihren Pier bekannt war. Alles, was Griffin mir über ihn erzählt hatte, stimmte. Er hatte einen ausgezeichneten Weg hinter sich, seinen Abschluss hatte er mit Bravour gemeistert und seine Empfehlungsschreiben waren makellos. Jeder konnte sich glücklich schätzen, ihn an seiner Seite zu haben.

Seine Unterlagen waren völlig sauber. Nichts deutete darauf hin, dass ich ihm nicht vertrauen konnte. Dass er einen Grund hätte, mir die Nachrichten zu schreiben. Doch das musste nichts heißen. Nein, ich brauchte Beweise, etwas Handfestes, an das ich mich klammern konnte, um nicht von den Wellen verschluckt zu werden.

Da dachte ich an Amelia. An unsere Begegnung auf den Toiletten – und mir kam eine Idee, wie ich genau an diesen Beweis kommen könnte.

»Ist Lilah schon weg?« Wyatt setzte sich mir gegenüber an den großen Tisch und lächelte mich an. Er trug sein übliches schwarzes Outfit und seine Haare fielen ihm noch leicht nass in die Stirn. Das Lächeln auf seinen Lippen war ehrlich, das auf meinen über Jahre perfektioniert.

»Ich bin ziemlich müde von der Anreise und dem Trubel der letzten Tage. Wir haben für heute Schluss gemacht, treffen uns aber morgen oder vielleicht übermorgen wieder«, sagte ich und legte mein iPad beiseite, an dem ich gerade vorgeblich etwas gelesen hatte. Dabei hatte ich es aus einem ganz anderen Grund bei mir. Mein iPhone lag zwar in London, doch was ich bisher völlig verdrängt hatte: Ich besaß eine Multi-SIM, die in dem kleinen Gerät vor mir steckte, das ich bisher ausgeschaltet in meiner Tasche gelassen hatte. Und damit erhielt ich auch sämtliche Nachrichten auf dem iPad.

Er merkte mir das Pokerface nicht an. Wie auch, wenn ich gerade das tat, für das ich berühmt war und von allen gefeiert sowie von den Kritikern gelobt wurde? Eine gute Schauspielerin lernte Texte auswendig und gab sie überzeugend wieder. Aber ich war nicht gut, ich war exzellent. Und exzellente Schauspielerinnen waren nicht nur Meisterinnen im Wiedergeben, sondern auch im Improvisieren. Natürlich hatte ich mir vorher genau überlegt, was ich sagen wollte. Die nächsten Schritte und ihre Umsetzung mussten bedacht sein, damit Wyatt sie glaubte. Doch ich war im Vorteil: Schließlich hatte er keine Ahnung, dass er sich mitten in einer Szene meines persönlichen Drehbuchs befand.

»Verständlich, ich bin auch völlig erledigt. Aber auch wenn ich dir ungerne recht gebe, muss ich gestehen, dass sich die Pizza aus Amalfi sehr gelohnt hat. Es war die beste, die ich je gegessen habe.« Er grinste schief und ich lachte. Leise, süß, künstlich. In meinen Ohren klang es schrill, aber das tat es für mich immer, wenn ich spielte.

»Hab ich doch gesagt. Du solltest mir öfter vertrauen.« Ich lehnte mich noch weiter in den weichen Stoff des Polsters zurück, das alle Stühle überzog, und griff wie beiläufig nach meinem Handy. »Du hast mir übrigens noch gar nicht auf meine Nachricht geantwortet«, sagte ich ganz entspannt, obwohl mein Puls an Fahrt aufnahm.

Wyatt runzelte die Stirn, als auch er sich mit verschränkten Armen gegen die Stuhllehne sinken ließ. »Welche Nachricht?«

»Na die, die ich dir heute Morgen geschrieben habe. Damit du meine Nummer hast.«

»Warum sollte ich dir darauf antworten?«, fragte er verwirrt.

Am liebsten hätte ich die Augen zusammengekniffen. Er verhielt sich verdächtig … oder nicht? »Woher soll ich wissen, ob ich die richtige Nummer habe? Vielleicht habe ich sie falsch eingespeichert, und wenn ich dich brauche, kann ich dich nicht anrufen, weil irgendeine Zahl nicht stimmt.« Ich fing an, an meiner Nagelhaut zu ziehen. Ein Zeichen für Nervosität, das ich mir sofort verbat.

»Keine Sorge, deine Nachricht ist sicher angekommen.« Das Lächeln, das er mir jetzt schenkte, wirkte entspannt, doch mich reizte es. Warum musste er es mir nur so kompliziert machen?

»Könntest du mir bitte trotzdem schreiben? Es … es beruhigt mich einfach, es schwarz auf weiß zu haben, dass ich deine Nummer besitze und du bloß einen Anruf entfernt bist«, erklärte ich schlicht.

Es dauerte keine zehn Sekunden, da holte Wyatt sein Handy heraus und mein eigenes fing an zu vibrieren. Sofort drehte ich das Display zu mir, nur damit mir Wyatts Namen entgegenleuchtete. Als ich den Kopf hob, musterte er mich. Seine Augen waren leicht zusammengekniffen.

»Danke«, murmelte ich leise, während ich den Anruf wegdrückte und mein Display entsperrte. Dass er sein Handy hervorholte, um mich anzuschreiben – oder in seinem Fall anzurufen –, war nur der erste Schritt gewesen. Jetzt folgte der alles entscheidende.

Ich nahm mein iPad zurück in die Hand und öffnete den Chat mit Unbekannt, wobei die Nachrichten direkt die Galle in mir aufsteigen ließen. Etwas, was ich mit Mühe für mich behielt. Wenigstens waren seit meiner Abreise keine neuen dazugekommen.

Ursprünglich hatte ich Unbekannt direkt vor Wyatts Augen anrufen wollen. Doch weil die Nummer unterdrückt war, hatte ich keine Chance, sie anzurufen. Was ich jedoch tun konnte, war, der Person zu schreiben. Schließlich war der Chat von ihr eröffnet worden.

Loraine
Was willst du von mir?

Bevor ich auf Senden drückte, hob ich den Blick, um Wyatt zu beobachten. Die Nachricht ging raus, doch Wyatts Handy blieb still, leuchtete nicht auf und auch seine Miene zeigte keine Regung, die darauf hindeutete, dass er etwas empfangen hatte. Stattdessen schaute er mich direkt an, runzelte die Stirn. »Ist alles okay bei dir?«

»Klar. Ist bei dir denn auch alles okay?« Verdammt, ich verhielt mich zu auffällig, ich musste einen Gang zurückschalten. Sofort.

»Ja?«

»Sehr gut.«

Wyatts Hände lagen verschränkt in seinem Schoß, während

sein Blick sich weiterhin in meinen bohrte. Doch ich würde ihn nicht hinter meine Fassade lassen, egal, wie sehr mich seine Eisaugen durchlöcherten.

Erst, als das iPad kurz vibrierte, wandte ich mich ab. Und fuhr in meinem Sitz auf.

Unbekannt
So mit dir spielen, wie du einst mit mir gespielt hast.

Oder sind Gefühle erst dann kein Spielzeug mehr, wenn es sich um deine handelt?

Erleichterung durchströmte mich. Wyatt hatte sich überhaupt nicht gerührt und doch hatte ich eine Nachricht erhalten. Er war unschuldig. Ich hatte mich nicht in ihm geirrt. Er war keine Gefahr für mich. Meine Panik hatte mir nur so sehr den Verstand vernebelt, dass ich mich in Szenarien verrannt hatte, die überhaupt keinen Sinn ergaben. Doch das bedeutete auch, dass ich immer noch völlig ahnungslos war, wer hinter alldem steckte. Wer mir schrieb. Mir drohte.

»Entschuldige mich bitte.« Ich räusperte mich, bevor ich mich von meinem Stuhl erhob.

»Loraine?«, rief Wyatt mir noch hinterher, doch ich reagierte nicht. Bilder, die ich seit Jahren versuchte zu verdrängen, fluteten meinen Geist wie das kalte Wasser einst die *Titanic*. Denn so wie in dem unsinkbaren Schiff war auch in mir ein Loch, das wohl nie wieder geflickt werden konnte.

18

Messenger: unknown. Feelings: shattered.

Loraine

Den ganzen nächsten Tag versuchte ich, all die Gedanken an die Nachrichten erneut zu verbannen. Ich hatte ausgeschlafen, in dem kleinem Gym mein Bestes gegeben, mir die Sorgen aus dem Kopf zu laufen, und schließlich einfach die Sonne genossen. Mit einem Buch auf meinem iPad, aus dem ich nun die SIM entfernt hatte. Allerdings hatte ich von der Geschichte nicht viel mitbekommen.

Jetzt spielten meine Füße mit dem Wasser des Pools, während ich den warmen Abendwind genoss. Die Sonne war vor einer ganzen Weile untergegangen und trotzdem war es draußen noch angenehm genug, um sitzen zu bleiben.

»Ach, da versteckst du dich also«, sagte Wyatt und ich drehte mich zu ihm. Er stand mit vor der Brust verschränkten Armen auf der Treppe, die die Terrasse mit der Poolebene verband. Wir waren uns heute zwar immer wieder begegnet, wirklich gesprochen hatten wir jedoch nicht. Bevor ich zum Pool gegangen war, hatte ich noch gesehen, wie er Richtung Meer gegangen war. Und als er nach einer Weile zurückkam und ich seinen muskulösen Oberkörper sah, der durch das

Wasser in der Sonne glänzte, hatte ich mich schnell abgewandt. Nicht nur wegen des Anblicks, sondern weil ich mich nach gestern Abend zu schäbig fühlte.

»Schönes Outfit, die Farbe habe ich ja noch nie an dir gesehen.« Ich deutete mit meinem Weinglas auf das schwarze Shirt, das er zu seinen schwarzen kurzen Shorts trug. Er musste doch auch irgendeine andere Farbe besitzen.

»Ich will ja nicht, dass mein Anblick für dich langweilig wird.«

Ich verdrehte meine Augen. Mal wieder. Vor allem fragte ich mich jedoch, wie ich ernsthaft einen Verdacht gegenüber Wyatt hatte hegen können. Wenn auf jemanden das Sprichwort *Hunde, die bellen, beißen nicht* zutraf, dann wohl auf ihn. Optisch brachte er vermutlich einige Menschen dazu, erst mal einen Schritt zurückzugehen. Doch hinter seiner Fassade? Dahinter befand sich nichts Beängstigendes.

»Stört es dich, wenn ich mich zu dir setze?«, fragte Wyatt daraufhin, was mich innehalten ließ. Das war das erste Mal, dass er mich um meine Erlaubnis bat. Egal wofür.

»Tu dir keinen Zwang an«, erwiderte ich und presste kurz darauf meine Lippen aufeinander. Sofort senkte ich meinen Blick auf die orangene Flüssigkeit in meinem Glas und fing an, sie hin- und herzubewegen, während meine Füße wieder ihren vorherigen Takt aufnahmen. Zwischen Wyatt und mir war nichts als Stille und ein so großer Abstand, dass es beinahe unangenehm war.

»Ist zwischen uns eigentlich alles okay? Du hast gestern Abend irgendwie etwas … anders gewirkt. Und heute hatte ich das Gefühl, dass du mir den ganzen Tag aus dem Weg gegangen bist.«

Shit. Er hatte mein durchaus auffälliges Verhalten also nicht einfach übersehen. Scham durchflutete mich. Nicht nur hatte ich Wyatt vollkommen unnötig verdächtigt – Beweis genug, dass ich langsam, aber sicher den Verstand zu verlieren schien –, sondern er hatte es auch noch gemerkt.

»Tut mir leid, das wollte ich nicht. Es ist alles okay.«

»Gut. Ich will nicht, dass etwas zwischen uns steht. Also, zusätzlich zu der Tatsache, dass du mich nicht hier haben willst, natürlich.«

»Was ich will, spielt ohnehin nie eine Rolle«, seufzte ich. Wegen des traurigen Lächelns auf seinen Lippen. Wegen der Worte, die so viel Wahrheit beinhalteten.

Er runzelte die Stirn. »Wie meinst du das?«

»Genau so. Niemand fragt mich je danach.« Ich senkte den Blick und beobachtete die kleinen Wellen, die meine Füße im Pool erzeugten.

»Was willst du?«

Sofort hob ich den Kopf, begegnete seinem Blick, der so intensiv auf mir lag, dass ich kurz alles vergaß. »Bitte?«

»Du hast gesagt, niemand fragt dich, was du willst. Also frage *ich* dich jetzt: Was willst du?«

Ich war zu perplex, um zu reagieren, denn damit hatte ich definitiv nicht gerechnet. Und ich hatte keine Ahnung, was ich darauf antworten sollte.

»Ich …«, fing ich an, in der Hoffnung, dass die Worte mich fanden. »Ich weiß nicht, was ich will. Aber ich weiß, was ich nicht will. Und das ist, ständig das Gefühl zu haben, eine Puppe in meinem eigenen Leben zu sein, die kein Mitspracherecht hat und alles nickend annehmen soll.« Ihm das zu gestehen, fühlte sich erstaunlich befreiend an.

Noch erstaunlicher war jedoch seine Reaktion, denn in seinem Blick lag nichts als Verständnis. »Es tut mir leid, dass meine Anwesenheit auch dazu beigetragen hat. Ich kenne nur die andere Seite, aber ich kann mir vorstellen, dass es nicht immer das schönste Gefühl ist, einen zweiten Schatten an der Seite zu haben. Vor allem dann, wenn man es eigentlich überhaupt nicht will.«

Ich konnte ihn bloß anstarren. Wenn ich eines nicht erwartet hatte, dann, dass Wyatt mit so viel Mitgefühl reagieren würde. Vielleicht hatte ich ihm von Anfang an unrecht getan – und mit meinem Verdacht noch mehr. Denn in diesem Moment war ich mir sicher, dass er wirklich nichts mit den Nachrichten zu tun hatte. Während er mich jetzt so einfühlsam anschaute, wünschte ich mir dagegen vielmehr, ich könnte die Zeit zurückdrehen und alles anders machen.

»Es tut mir leid«, nuschelte ich, wobei ich rasch den Kopf senkte. Ich konnte es selbst kaum fassen, dass ich diese vier Worte wirklich gesagt hatte. Keine Ahnung, wann ich das letzte Mal so ehrlich zu jemandem gewesen war.

»Du musst dich nicht entschuldigen«, antwortete er sofort, woraufhin ich wieder aufsah. Seine harten Züge hatten etwas Weiches bekommen, was an dem Lächeln lag, das seine Lippen umspielte. Wie er da so neben mir saß, sah er wie ein ganz normaler Mann aus und vielleicht war es an der Zeit, dass ich ihn auch genau so betrachtete.

»Doch, das sollte ich wirklich. Ich war nicht fair zu dir, obwohl dich überhaupt keine Schuld an dem Ganzen trifft. Immerhin willst du nur deinen Job machen. Vermutlich bereust du es schon längst, dass du dich auf diese Stelle beworben hast. Gibt vermutlich deutlich angenehmere Klienten als mich«, sagte ich schulterzuckend.

Wyatt schüttelte den Kopf und ich unterdrückte ein Seufzen. Er hatte schließlich keine Ahnung, wie viel tiefer meine Worte gingen.

»Glaub mir, nach den zwei Jahren Politik, die ich hinter mir habe, musst du einiges anstellen, damit ich über einen Jobwechsel nachdenke. Du könntest aber aufhören, ständig meine Kochkünste infrage zu stellen, das verletzt auf Dauer doch mein Ego.«

Ich wusste nicht, wie er es schaffte, doch seine Worte entlockten mir tatsächlich ein Lachen. Keines dieser gekünstelten, die nach der Pointe eines Witzes kommen mussten, damit die Situation für niemanden unangenehm wurde, sondern ein ehrliches Lachen. Sogar seine Lippen verzogen sich zu einem breiten Grinsen, bevor er den Kopf leicht nach hinten warf, um die wirre Strähne in seiner Stirn loszuwerden. Kurz darauf wurde sein Blick jedoch ernst und er räusperte sich. Sofort versteifte ich mich.

»Was hältst du davon, wenn wir einfach von vorne anfangen?«

Ich blinzelte ihn ein paarmal an, während Erleichterung mich durchströmte. »Das fände ich eine gute Idee.«

Erneut räusperte er sich und richtete sich auf, bevor er mir seine Hand hinhielt. »Wyatt Carter, Ihr persönlicher Leibwächter, auch wenn mir der Begriff Personenschützer besser gefällt.«

Ich nahm seine Hand entgegen und lachte leicht. »Loraine Lewis. Zukünftige Oscar-Gewinnerin. Es freut mich, Sie kennenzulernen, Mr Carter.«

»Die Freude ist ganz meinerseits. Auch wenn der Oscartitel meine Arbeitsbedingungen erschwert. Jetzt muss ich ja noch besser auf Sie aufpassen.« Wir schüttelten unsere Hände viel zu fest, was mich ein weiteres Mal schmunzeln ließ.

»Guck, das war doch gar nicht so schwer«, sagte er schließlich aufmunternd.

»Danke«, entgegnete ich leise, als unsere Hände sich wieder lösten. Ich konnte seinen festen Griff noch immer spüren, so wie das kalte Metall seiner Ringe. Sofort ballte ich meine Hand zur Faust, denn irgendwie wollte ich dieses Gefühl nicht verlieren.

»Ich erwarte nicht, dass du mir über Nacht vertraust, aber was ich am ersten Abend gesagt habe, gilt immer noch. Ich arbeite nicht gegen dich, sondern für dich. Dass es dir gut geht, ist meine oberste Priorität.«

Ich hielt seinem Blick stand und fragte mich, ob er sich der Doppeldeutigkeit seiner Worte bewusst war. Denn damit hätte er nicht nur meine Sicherheit, sondern auch meinen Gefühlszustand meinen können – und das waren zwei völlig unterschiedliche Dinge. Eigentlich sollte ihn bloß Ersteres interessieren. Wie ich mich fühlte, war egal, solange es mir physisch gut ging. Doch leider löste die Vorstellung, dass es ihm nicht nur um mein körperliches Wohlbefinden ging, ein Gefühl von Wärme in mir aus, das ich nicht auf den Alkohol schieben konnte. Lilahs Stimme tauchte in meinem Kopf auf. *Dafür flirtest du ziemlich viel mit ihm.* Aber ich verbannte sie so schnell, wie sie erklungen war.

Da Wyatt immer noch auf eine Reaktion von mir wartete, nickte ich hastig. Kurz darauf erhob er sich auch schon, schaute jedoch noch einmal zu mir. »Bleib nicht mehr allzu lange draußen, nicht dass du dich unterkühlst.«

Meine Augenbrauen schossen in die Höhe.

»Schau mich nicht so an, wir haben Mai und nicht August. Es wird nachts deutlich kälter und ich glaube, es ist nicht in deinem Sinne, ab morgen krank im Bett zu liegen. Richtig?«

Ich hätte ihm gerne das Gegenteil bewiesen, allerdings hatte er recht. Und die Gänsehaut, die sich bereits auf meinen Armen ausbreitete, bestärkte seine Aussage nur. Das Wasser um meine Füße war mittlerweile auch nicht mehr angenehm warm, sondern fast schon kalt. Etwas, das mir im Sommer nie passierte. Doch die Alternative war das verregnete London, weshalb ich mich nicht beschwerte.

»Ich geh gleich rein, keine Sorge.«

Er nickte. »Schlaf gut, Loraine. Wir sehen uns morgen.«

»Du auch, Wyatt«, sagte ich noch, während er sich bereits auf den Weg zurück ins Haus machte und mich allein ließ.

Mittlerweile war die Sonne vollständig untergegangen, das einzige Licht kam von den Lampen, die im Garten verteilt waren und über Bewegungsmelder gesteuert wurden. Ich schloss für den Moment die Augen und atmete einfach tief durch. Erst, als die Lichter ausgingen und mich in Dunkelheit zurückließen, kehrte auch ich ins Innere zurück.

19

I want to be the puppeteer and not just the doll

Loraine

Ich spürte seinen Blick fest auf mir. Anstatt auf die Straße vor uns zu schauen, taxierte Wyatt mich mit seinen eisblauen Augen. Langsam drehte ich meinen eigenen Kopf zur Seite und sah ihn mit hochgezogenen Brauen an.

»Kannst du dich bitte auf die Straße konzentrieren? Ich würde gerne noch etwas länger leben«, murrte er.

Obwohl ich meine Aufmerksamkeit wieder auf den Asphalt richtete, bemerkte ich aus dem Augenwinkel, wie Wyatt sich am Türgriff festkrallte. Sofort presste ich meine Lippen aufeinander, um nicht loszulachen.

»Vorsicht, da vorne bremst jemand!«

Ich war mir sicher, wenn ich jetzt meine Hand nach ihm ausstreckte, würde er vor Schreck zusammenzucken. Seine Füße bewegten sich, als säße er am Steuer und nicht ich.

Im Radio ertönte Taylor Swifts *Cruel Summer* und sofort drehte ich die Lautstärke hoch. Der Wind wehte durch meine Haare und ich konnte das Salz in der Luft beinahe auf meiner Zunge schmecken, während die Sonne zart auf meiner Haut kribbelte. Mit einem Cabrio durch die engen

Straßen Amalfis zu fahren und zur Rechten das Meer zu sehen, war wohl die Definition von Freiheit. Leise summte ich zu Taylor mit und schaffte es zumindest für den Moment, alles andere auszublenden. Es gab keine Pause-Taste für das echte Leben, das wusste ich, doch das hier, der italienische Frühlingswind und der Blick auf die hohen Steinwände, zwischen die sich das Grün der Bäume wand, sowie auf das endlose Blau, das uns umgab, fühlte sich beinahe so an.

Ein Lächeln umspielte meine Mundwinkel und ich schaute erneut zu Wyatt. Wie konnte er nicht den Blick auf den Ozean genießen, beobachten, wie die Sonne ihn zum Glitzern brachte?

»Ich weiß, Höhenangst ist scheiße, aber diese Aussicht zu verpassen, ist noch viel schlimmer«, sagte ich mit lauter Stimme, um gegen Taylors hellen Gesang und den zischenden Wind anzukommen.

»Nein, danke. Ich achte lieber weiterhin auf die Straße, damit wir keinen Unfall bauen.«

Mir entwich ein Schnauben. Mit *wir* meinte er eindeutig mich. Etwas, was mich die Nase rümpfen ließ. »Bitte, ich bin eine großartige Autofahrerin.«

Anstatt mich von ihm kritisieren zu lassen, drehte ich die Lautstärke noch höher. Ein guter Zufall, denn nach *Cruel Summer* ertönte Harry Styles' *Watermelon Sugar*. Die Musik hätte aus meiner eigenen Sommer-Playlist stammen können. Ausgelassen sang ich mit und tippte mit den Fingern zum Takt aufs Lenkrad – fest entschlossen, den Moment auszukosten. Denn heute früh hatte ich erkannt, dass mir nur zwei Möglichkeiten blieben: mich in meinem Zuhause zu verschanzen oder der Angst keine Macht zu geben. Und solange ich nicht wusste, wer hinter den Nachrichten steckte, wollte ich Letzteres tun.

Am Ende meines Blickfeldes erwartete uns eine scharfe Rechtskurve, wie sie hier nicht unüblich waren. Ich verstand Wyatts mangelndes Vertrauen; die ersten Male, als ich diese Strecken gefahren war, hatte ich hinterher völlig durchgeschwitzt mein Auto verlassen. Mittlerweile ließ ich mich von nichts beirren – was vielleicht auch daran liegen konnte, dass ich meinen Fahrstil an den der Italiener angepasst hatte.

»Loraine, pass auf!«, schrie Wyatt plötzlich und ich riss mein Lenkrad zur Seite. Mit wild fuchtelnden Händen und einer Symphonie an Hupgeräuschen rauschte der graue Honda an uns vorbei, auf dessen Spur ich versehentlich gerutscht war.

Ich fuhr super Auto … solange ich nicht vergaß, dass es hier keinen Linksverkehr wie in England gab.

»Ups?« Ich verzog mein Gesicht zu einer Grimasse und schaute Wyatt entschuldigend an. Dieser strich sich bloß eine Strähne aus der Stirn, die verdächtig feucht aussah.

»Bitte konzentrier dich einfach auf die Straße«, sagte er resigniert und umklammerte den Griff noch fester. Dabei murmelte er etwas, das sich verdächtig nach »Auf der Heimfahrt fahre ich« anhörte.

Die restliche Fahrt zu Lilahs Appartement verlief reibungslos – zumindest, wenn man mich fragte. Immerhin hatte ich das kleine Auto vernünftig in die Tiefgarage verfrachtet und in einem perfekten Zug rückwärts eingeparkt, was mir sogar ein anerkennendes Lächeln von Wyatt einbrachte. Während meine Villa etwas weiter von Amalfi entfernt lag, hatten sowohl Samuele als auch Lilah ihren zweiten Wohnsitz direkt in der Stadt, weshalb wir uns heute bei meiner besten Freundin trafen. Bis zu unserer Verabredung mit den beiden –

Minho und Cedric waren bereits weitergezogen, was die Tatsache, dass sie nun meine Nummer hatten, noch ärgerlicher machte – blieb uns allerdings genug Zeit für etwas sehr Wichtiges. Sehr, sehr Wichtiges.

»Was genau hast du jetzt eigentlich noch vor? Deine Freundin wohnt doch direkt dort, wo wir geparkt haben?«, fragte Wyatt, während er mir durch die Straßen Amalfis folgte. Er trug wie ich eine große Sonnenbrille, nur war er mal wieder in Schwarz gekleidet. Schwarzes Hemd, schwarze Jeans. Ich selbst trug ein luftiges Blumenkleid und einen übergroßen Hut, unter dem ich mein Gesicht versteckte. Zusammen mit der riesigen Sonnenbrille von Dior sollte ich auf der sicheren Seite sein.

»Das wirst du schon früh genug erfahren«, antwortete ich breit grinsend, während ich die Eindrücke der Stadt auf mich wirken ließ.

Da wir erst Mai hatten, war Amalfi noch nicht so überlaufen, wie es in den Sommermonaten der Fall sein würde. Dennoch tummelten sich Gruppen von Touristen in den Straßen, knipsten die alten sandfarbenen Gebäude ab oder blieben vor den vielen kleinen Geschäften stehen. Ich senkte den Blick auf den gepflasterten Boden, während wir am *Fontana Sant'Andrea* vorbeiliefen, einem Brunnen aus Marmor mit einer Statue. So erkannte ich nur die kleinen Engel zu deren Füßen. Wir befanden uns an einem der belebtesten Plätze Amalfis, was vielleicht auch daran liegen konnte, dass hinter dem Brunnen eine Treppe zur *Cattedrale di Sant'Andrea*, dem Dom Amalfis, führte. Zwei beliebte Touristenspots, die ich bestreiten musste, auf dem Weg zu meinem Ziel.

»Hältst du es für eine gute Idee, mitten durch die Stadt zu laufen, vorbei an Gruppen von Touristen? Ich bin zwar in der Lage, auf dich aufzupassen, aber gegen eine Traube von Menschen komme auch ich nicht allein an.«

Ich drehte mich zu ihm und sah, wie er mit verschränkten Armen vor mir stand. Muskulöse Arme, auf denen sich in dunklen Linien die Tattoos abbildeten. Ein wenig zu lange musterte ich den Efeu, in dem sich kleine Blümchen befanden.

»Meinst du nicht, dass du etwas zur Dramatik neigst? Oder siehst du hier eine Traube von Menschen, die auf uns losstürmen könnte?« Natürlich war ich nicht entspannt. Ich war nie entspannt, vor allem nicht in der Öffentlichkeit und zurzeit erst recht nicht. Trotzdem würde ich mein Bestes versuchen, die Zeit zu genießen.

»Meinst du nicht, dass du vielleicht etwas zu unvorsichtig bist? Immerhin sehe ich sehr, sehr viele Menschen, die zu einer Traube werden könnten.« Er sprach ganz ruhig, blickte sich jedoch wachsam um. Er wollte es mich nicht merken lassen, doch ich spürte seine Unruhe. Als Schauspielerin war es meine Aufgabe, Menschen zu lesen. Wenn ich nicht erkannte, was mein Gegenüber verkörperte, konnte ich nicht darauf eingehen. Konnte nicht so antworten, dass die Szene ein harmonisches Bild ergab. Deshalb war das Interpretieren von Körpersprache und Mimik eine der ersten Sachen, die ich gelernt hatte.

»Da vorne ist unser Ziel. Wir schnappen uns nur schnell ein Eis und dann können wir auch verschwinden.«

Ruckartig kam Wyatt zum Stehen. Perplex sah ich ihn an, was er durch das getönte Glas allerdings nicht erkennen konnte. »Wir sind den ganzen Weg für ein Eis gelaufen? Loraine, wir sind an mindestens zehn Eisdielen vorbeigekommen, warum hast du dir nicht da eins geholt?«

»Die Frage würdest du nicht stellen, wenn du an dieser

schon mal welches gegessen hättest. Immerhin ist es die erste Eisdiele Italiens!« Seine Augenbrauen wanderten in die Höhe. »Okay, vielleicht nicht die erste Eisdiele, aber eine der ersten! Und sie hat mit Abstand das beste Eis, vertrau mir.«

Bevor er noch etwas sagen konnte, zog ich ihn weiter. Vorbei am belebten Platz und dem Schauspiel der Menschen, ehe wir eine schmalere Gasse betraten, in der viele kleine Tische standen, an denen Menschen saßen und über einem Glas Aperol oder einer frischen Pizza laut lachten. Mein Ziel war jedoch ein kleiner Stand, der sich perfekt in die weiße Fassade des Hauses einbettete und absolut unauffällig war.

»Irgendwelche Wünsche?«, fragte ich an Wyatt gerichtet, der mich immer noch mit skeptischer Miene musterte.

»Kannst du etwas empfehlen?«

Mein Mund verzog sich zu einem breiten Grinsen. »Auf jeden Fall.«

»Werde ich es bereuen, dir zu vertrauen?«

Ich zuckte bloß mit den Schultern und grinste ihn weiter an, bevor ich mich abwandte und unser Eis bestellte.

Als ich kurz darauf zurückkam, wanderten Wyatts Augenbrauen so weit in die Höhe, dass sie beinahe unter seinen Haaren verschwanden. »Was zur Hölle ist das?«

»Zitronensorbet«, sagte ich lächelnd und reichte ihm sein Eis.

»Serviert in einer Zitrone? Das habe ich ja noch nie gesehen«, murmelte er und begutachtete die gelbe Zitrone, in der das weiße Sorbet steckte.

»Beim ersten Mal war ich selbst ebenfalls überrascht, aber tatsächlich ist das hier etwas total Normales. Amalfi ist dafür berühmt. Und meiner Meinung nach gibt es hier nicht nur das beste Eis, sondern vor allem diese Sorte schmeckt einfach fantastisch. Komm schon, schau mich nicht so an, sondern probier es einfach!« Um ihm zu beweisen, dass ich ihn nicht heimlich vergiften wollte, nahm ich mir den ersten Löffel des Sorbets. Kaum berührte das kalte Eis meine Zunge, entwich mir ein Stöhnen. So musste ein Zitronensorbet schmecken. Kalt und sauer. Die Aromen entfalteten sich und brachten mich dazu, die Nase zu kräuseln, ehe die leichte Süße eintrat. Es schmeckte perfekt. Nach Sommer und Unbeschwertheit.

Als ich die Augen wieder öffnete, die ich wohl instinktiv geschlossen hatte, sah ich, wie Wyatt mich musterte. Nicht abwertend oder verwirrt, viel mehr interessiert. Doch so ganz konnte ich seinen Blick nicht einordnen. Wie auch, wenn seine Augen durch das getönte Glas nicht klar erkennbar waren?

»*Buon giorno, mi amore.* Du siehst fantastisch aus, Lori.« Samuele zog mich in eine feste Umarmung, die ich sofort erwiderte. Sein Zitrus-lastiges Parfüm kitzelte in meiner Nase und ich schaffte es nur mit Mühe, nicht zu niesen. »*Come stai?*«, fragte er mich, als er seinen Griff löste, und ich lächelte. Während unserer gemeinsamen Dreharbeiten hatte er mir einzelne italienische Sätze beigebracht, und auch wenn ich mir den Großteil nicht hatte merken können, waren kleine Fetzen hängen geblieben.

»Mir geht es großartig, vor allem jetzt, da du endlich mal wieder im Lande bist«, antwortete ich und stupste ihn sanft in die Seite.

Er lachte rau und fuhr sich durch die dunkelbraunen Locken, die wie so oft wild in alle Richtungen abstanden –

obwohl er einen privaten Stylisten hatte, der sich immer um seine Haare kümmern würde, wenn Samuele es nur zuließe. »Und das ausgerechnet von dir? Vorletzte Woche noch USA, dann wieder England und jetzt plötzlich Italien. Ich war immerhin die ganze Zeit in den USA«, sagte er zwinkernd und ich antwortete mit einem Augenrollen.

»Weil die USA ja so klein sind.«

»Sami!«, schaltete sich jetzt auch Lilah ein, die gerade noch Getränke in der Küche vorbereitet hatte und jetzt zu uns in den kleinen Eingangsbereich trat, der von einer Garderobe und leeren Bilderrahmen geziert wurde, die sie seit Ewigkeiten füllen wollte.

»Delilah D'amelio. Du siehst so bezaubernd aus wie eh und je. Auch wenn ich die roten Haare immer noch vermisse«, neckte Samuele Lilah, woraufhin ihre Wangen sich verdunkelten. Auch sie begrüßten sich mit einer Umarmung, wobei diese nicht ganz so vertraut war wie bei uns beiden.

»Ach übrigens, das hier ist Wyatt Carter. Mein persönlicher Personenschützer.« Ich zeigte mit meinen Händen auf Wyatt, der sich bisher eher im Hintergrund aufgehalten hatte. Als ich ihn vorstellte, sah ich den skeptischen Blick, mit dem Lilah erst ihn musterte, bevor sie ihn mir zuwarf. Obwohl ich ihr in Nachrichten noch mal versichert hatte, dass er unschuldig war, blieb ihre kritische Haltung. Ich lächelte ihr zu und war im Stillen dankbar darüber, dass sie sich um mich sorgte.

»Du musst mich nicht als persönlichen Personenschützer vorstellen, das klingt irgendwie albern«, raunte Wyatt mir zu.

Ich drehte mich zu ihm, legte den Kopf schief. Bevor ich jedoch etwas erwidern konnte, kam Samuele zu uns und reichte Wyatt zur Begrüßung die Hand.

»Personenschützer? Wow, Lori, so gefährlich bist du doch gar nicht.«

Ich schüttelte bloß den Kopf. Sonderlich witzig war Sami noch nie gewesen.

»Samuele Rossi, freut mich«, stellte er sich bei Wyatt vor, als würde es sich bei ihm nicht um einen der bekanntesten europäischen Schauspieler handeln.

Wyatt nahm seine Hand, schüttelte sie und versuchte, ihm ein Lächeln zu schenken. Die Betonung lag jedoch auf *versuchte*, denn es gelang ihm absolut nicht. Ich kniff die Augen zusammen. Es wäre übertrieben zu behaupten, dass ich Wyatt gut genug kannte, um sämtliche seiner Reaktionen deuten zu können. Doch die Art, wie er Samuele musterte, kam mir irgendwie komisch vor. Das Lächeln auf seinen Lippen wirkte viel zu kühl und seine ganze Körperhaltung zu steif. Doch vielleicht war er einfach vorsichtig, konzentriert, alles im Blick zu behalten.

»Freut mich ebenfalls. Du hast doch bei dieser britischen Serie die Hauptrolle gespielt. Mist, wie heißt sie noch mal?« Wyatt schnipste und suchte fieberhaft nach dem Namen der Serie.

»The Young and the Beautiful«, kam Sami ihm zu Hilfe und das Lächeln auf seinen Lippen verlor sämtliche Überzeugung.

Vielleicht hätte ich Wyatt vorher darauf hinweisen sollen, dass Sami nicht gerne auf die Serie angesprochen wurde, der er seinen Durchbruch zu verdanken hatte. Was allerdings weniger an der Serie selbst lag. Diese war zwar auf ihre Weise kitschig gewesen, trotzdem hatte sie einen besonderen Charme gehabt, der sie über Wochen auf Platz eins der Charts gehalten hatte. Nein, der Hauptgrund war die Schauspielerin, die er dabei kennengelernt und in die er sich laut Gerüchten verliebt hatte. Und das, was mit ihr passiert war. Das, worüber auch ich nicht nachdenken wollte. In mir zog es schmerzhaft.

»Richtig. Die Serie war echt großartig, meine Schwester hat sie geliebt. Vor allem die Chemie zwischen dir und Daisy Moore.«

Ich atmete tief durch, während in mir unweigerlich wieder Bilder aus jener Nacht aufblitzten. Angeheiterte Gäste, aufgeheizte Stimmung und dann der Streit, der mich für immer verfolgen würde.

»Danke«, sagte Sami, bevor ein Ausdruck von Trauer auf sein Gesicht trat und er den Kopf senkte. »Das lag aber vor allem an Daisy. Sie war eine großartige Schauspielerin. Sie fehlt mir immer noch jeden Tag.«

Sofort fluteten mich Schuldgefühle. Zwar wusste ich nicht, ob die beiden wirklich ein Paar gewesen waren, da ich damals noch nicht mit Samuele befreundet war, aber sie hatten sich definitiv nahegestanden. So nahe, dass Samuele nicht über sie reden konnte.

»Es ist wirklich eine Tragödie, was mit ihr passiert ist«, ergänzte Lilah und die Stille, die nach ihren Worten folgte, war ohrenbetäubend laut.

»Ich würde kurz eine rauchen gehen. Kann ich das auf deinem Balkon machen?«, fragte Sami Lilah und fuhr sich durch die Haare. Die Luft war so dick, dass man sie nicht mal mehr mit einem simplen Buttermesser hätte schneiden können.

»Na klar, fühl dich wie zu Hause«, sagte sie lächelnd, bevor Samuele auch schon auf den Balkon flüchtete.

»Ich müsste schnell aufs Klo, wo genau ist das?«, fragte Wyatt, woraufhin Lilah auf eine Tür am Ende des Flurs deutete. Trotz der sommerlichen Wärme draußen waren die Temperaturen hier mittlerweile auf den Nullpunkt gesunken. Aber so war das immer, wenn Daisy erwähnt wurde.

Da ich die Schwere nicht länger ertrug, meinte ich: »Kann ich eventuell mein Handy bei dir laden?«

»Natürlich, ich stecke es schnell ein. Geh ruhig schon mal vor.«

20

Searching for answers in a storm of questions

Wyatt

Es ist wirklich eine Tragödie, was mit ihr passiert ist.

Ich lehnte mich gegen die Wand und hoffte, dass die kühlen Fliesen mir helfen würden. Kaum war der Satz gefallen, war es, als wären alle Nähte, mit denen ich so mühsam versucht hatte, mein Herz zu flicken, wieder aufgerissen. Kein Wunder, dass ich mich kurz ins Bad hatte entschuldigen müssen. Es war nicht nur eine Tragödie, was passiert war, sondern vor allem ein riesiges Mysterium.

Ich hatte mich für die Stelle als Loraines Bodyguard beworben, weil ich mir so sicher gewesen war, bei ihr an der richtigen Stelle zu sein. Weil ich wusste, dass sie mit Daisy um die gleiche Rolle konkurriert hatte und es komischerweise zu einem tödlichen Autounfall gekommen war, bevor eine Entscheidung getroffen wurde. Ein Autounfall, der so niemals stattgefunden haben konnte, das wusste ich einfach. Loraine war meine einzige Spur gewesen, die Person, auf deren Schuld ich setzte. Doch inzwischen war ich mir da nicht mehr so sicher. Und vielleicht … vielleicht wünschte ich sogar, dass ich falschlag.

Ich schüttelte meinen Kopf und massierte meine Schläfen. Schmerzhaft breitete sich der Druck über mein Gesicht aus. *Fuck, Wyatt, reiß dich zusammen!*

Wieso wollte ich, dass ich falschlag? Was war nur los mit mir? Loraine war dabei, mir unter die Haut zu gehen, und das war etwas, das ich sofort unterbinden musste. Nur war es deutlich einfacher gewesen, ihr die Schuld zu geben, als ich ihr lächelndes Gesicht mit den perfekten Zügen in einem Interview gesehen hatte, als jetzt, da sie direkt vor mir stand. Sie hatte immer noch diese perfekten Züge, diese simple Schönheit, die man einfach nicht abstreiten konnte. Doch ich hatte einmal zu oft einen Blick hinter diese Fassade werfen können, die sie mühsam aufgebaut hatte.

Loraine Lewis war gerade erst zweiundzwanzig, was mir bis zu unserem ersten Treffen selbst kaum bewusst gewesen war. In Interviews oder auf dem roten Teppich war sie immer stark geschminkt und spielte die Rolle, die die Welt für sie vorgesehen hatte. Eine erwachsene Frau, die den Schein der Perfektion verkörperte. Dass hinter dieser Schauspielerin ein echter Mensch steckte und noch dazu ein ziemlich junger, vergaßen alle. Wie musste es sich wohl anfühlen, von allen als Sonnenschein bezeichnet zu werden? Tag für Tag diesen Stempel der stets glücklichen, immer freundlichen Person tragen zu müssen? Sie war achtzehn Jahre alt gewesen, als sie zusammen mit Daisy für die Rolle der Quinn in Betracht gezogen wurde. Doch glaubte ich wirklich, dass die Loraine, die ich die letzten Tage kennengelernt hatte, dazu in der Lage war, jemandem das Leben zu nehmen? Nein. Nein das tat ich nicht. Und das war eine Erkenntnis, die mich so viel härter traf, als ich erwartet hatte.

Die Bilder von gestern Abend schossen mir durch den

Kopf. Wie sie dort am Pool gesessen hatte, vollkommen verletzlich. Vor allem, als sie mich um Entschuldigung gebeten hatte. Und weil der chaotische Sturm aus Fragezeichen, den Loraine in meinem Kopf verursachte, noch nicht reichte, war da auch noch Samuele Romeo Rossi. Allein bei dem Gedanken an ihn stieg Galle in mir hoch und meine Hände ballten sich unkontrolliert zu Fäusten. Er war mit meiner Schwester zusammen gewesen, keine Ahnung, wie lange, keine Ahnung, wie intensiv, doch sie waren ein Paar gewesen. Sie hatte sich von Caden getrennt, meinem besten Freund, mit dem wir beide aufgewachsen waren, und kurz danach war alles in die Brüche gegangen. Sie hatte ihr Wesen verändert, sich merkwürdig verhalten und war zu einer ganz anderen Person geworden. Ziemlich zeitgleich war sie auch mit Samuele zusammengekommen, was mich mehr als einmal stutzig gemacht hatte. War in Wahrheit vielleicht Samuele der Grund für ihren Wandel gewesen? War Loraine vielleicht wirklich unschuldig, lediglich zur falschen Zeit am falschen Ort gewesen, und der wahre Täter der charmante Italiener?

Ich konnte von Glück sprechen, dass Samuele mich nicht erkannt hatte. Doch wie auch? Obwohl er und Daisy zusammen gedreht hatten, hatten wir uns nie im privaten Umfeld getroffen. Lediglich auf der Premiere der letzten Staffel von *The Young and the Beautiful* war ich ihm kurz begegnet. Doch damals war ich viel jünger gewesen … sechzehn? Oder doch schon siebzehn? Ich wusste es gar nicht mehr, so lange war die Premiere meiner Schwester her, bei der niemand geahnt hatte, dass es ihre letzte sein würde.

Als ich die Tränen hinter meinen geschlossenen Lidern spürte, riss ich sie auf und setzte mich aufrecht hin. Die

Trauer, das Vermissen, sie überrollten mich immer noch wie ein Tsunami. Es war seltener geworden, doch wenn die Gefühle hochkamen, waren sie umso heftiger. Einer der schlimmsten Momente war es gewesen, als ich einundzwanzig geworden war und damit älter, als meine große Schwester je werden würde. Sie würde nie die Casinos in Las Vegas unsicher machen. Nie einen *Cosmopoltian* in einer Bar in New York trinken, wie ihr liebster Filmcharakter Carrie Bradshaw aus *Sex and the City.* Nie erwachsen werden. Nie eine Familie gründen. Nie, nie, nie.

Bevor die Tränen mich überrumpeln konnten, riss ich mich zusammen. Ich war nicht hier, um meiner Schwester hinterherzutrauern, sondern um die Wahrheit über ihren Tod herauszufinden und für Gerechtigkeit zu sorgen. Denn wenn eine Sache feststand, dann, dass sie nicht betrunken Auto gefahren war. Das hätte sie nicht getan, niemals. Es musste, MUSSTE, etwas passiert sein. Und ich war auf dem richtigen Weg. Die wenigen Tage mit Loraine hatten mir immerhin bereits eine Sache bewiesen: dass in der Filmwelt nichts so war, wie es schien.

21

Why does every bridge around me start collapsing?

Loraine

»Wie war der Big Apple?«, fragte ich Samuele betont locker, als ich zu ihm auf den Balkon trat und mich auf der Sitzlounge niederließ. Diese befand sich in einer Ecke, von der aus man nicht nur den perfekten Ausblick hatte, sondern immer noch geschützt genug vor den Augen der Öffentlichkeit saß. Worüber ich mehr als froh war.

Samuele drückte seine Zigarette aus, setzte sich und legte ebenfalls ein lässiges Lächeln auf. Wir waren beide wirklich gute Schauspieler. Aber wenn wir lange genug spielten, würde das Theater vielleicht irgendwann Wirklichkeit werden.

»Großartig«, meinte er, gerade als auch Wyatt und Lilah sich zu uns gesellten. »Ich habe die Hauptrolle in einem neuen Franchise ergattert. Die für den dritten Film, worüber ich mich echt freue. Einfach weil es ein Surfer Boy ist und ich dann endlich Surfen lernen kann. Das steht schon viel zu lange auf meiner Liste.«

»Du warst in New York bei einem Casting? Etwa bei dem von Disney?« Lilah hatte sich neben ihm im Schneidersitz niedergelassen und lehnte sich nun nach vorne.

»Ja, genau. Es handelt sich wohl um neue Tanzfilme, die nächstes Jahr gedreht werden sollen.«

»Oh, für die habe ich auch vorgesprochen«, entgegnete sie. Allerdings fehlte den Worten ihre übliche Euphorie.

Mein Herz zog sich zusammen. Es war klar, dass sie sich Sorgen machte, weil Samuele bereits eine Zusage hatte, während sie noch nichts von ihrem Casting gehört hatte.

Samuele wirkte ebenfalls angespannt, meinte dann aber nur: »Die Skripte hören sich echt gut an und nach dem krassen Fantasy-Text bin ich jetzt bereit für etwas Entspannteres.«

»Du weißt aber schon, dass du für eine Rolle als Tänzer auch erst mal tanzen lernen musst, oder?«, fragte ich, um die Stimmung zu lockern.

Anscheinend gelang es mir, denn Samuele entgegnete mit einem koketten Zwinkern: »Ich bin ein großartiger Tänzer, *mi amore*.«

Ich schnaubte. »Das glaubst nur du, ehrlich. Soll ich den Rest des *Smoke*-Casts anrufen und fragen, wie der gemeinsame Abend in der Bar war? Ich bin mir sicher, Cassie würde immer noch über Schmerzen klagen, so fest, wie du ihr mehrfach auf die Füße getrampelt bist.«

»Das war ja auch Standardtanz, Ballett ist doch etwas vollkommen anderes.«

»Weil Ballett so viel leichter ist und vor allem einfach so in wenigen Wochen gelernt werden kann?«, kam es plötzlich von Wyatt.

»Ich dachte, du bist dafür da, um auf Lori aufzupassen, und nicht um auszuteilen.« Sami musterte ihn mit erhobenen Brauen und ich unterdrückte ein Kichern.

»Auf sie aufzupassen, bedeutet auch, ihr Rückendeckung

zu geben, und wenn ich dafür austeilen muss, dann mache ich das von Herzen gerne«, erwiderte Wyatt und lehnte sich lässig gegen die Lehne der Sitzbank.

»Mein Favorit ist auch der dritte Film, vielleicht werden wir dann ja endlich mal Schauspielkollegen«, schaltete sich nun auch Lilah wieder ein und stupste Samuele an. »Dann hätten wir alle mal zusammengearbeitet. Das wäre doch toll, oder, Lori?« Lilah strich sich zwei Haarsträhnen hinters Ohr und sah mich von der Seite an.

»Das wäre es wirklich«, antwortete ich und strahlte die zwei Menschen an, die mir am wichtigsten waren.

Samuele lächelte ebenfalls, doch wieder wirkte es nicht ehrlich. Es war sein Schauspiel-Lächeln. Und dazu kein gutes. Ich runzelte die Stirn. Das konnte nicht immer noch mit Daisy zusammenhängen, oder? Irgendetwas anderes stimmte nicht.

Lilahs Blick huschte von mir zu Samuele und auch sie schien es zu merken. Sie erhob sich so ruckartig, dass ihr Bein gegen den kleinen Couchtisch in der Mitte stieß, was die Gläser sowie die Karaffe gefährlich zum Schwanken brachte. »Ich gehe schnell das Wasser auffüllen. Wollt ihr noch was anderes trinken? Oder was essen?«

»Aber das Wasser ist doch noch voll«, sagte Wyatt und griff eilig nach der Karaffe, damit sie nicht doch noch umkippte. Lilah nahm sie ihm jedoch aus der Hand und verschwand ohne einen weiteren Kommentar in die Küche. »Ist alles okay bei ihr?«, flüsterte er, nachdem er sich vergewissert hatte, dass sie nicht mehr in Hörweite war.

»Ziemlich viel Stress aktuell. Es ist nicht ganz so einfach im Filmbusiness für sie. Ich glaube, sie macht sich ziemlich viel Druck, die Rolle bei Disney zu bekommen.«

Bei meinen Worten sackte Sami leicht in sich zusammen. Er senkte den Kopf und presste die Lippen so fest aufeinander, dass sofort ein ungutes Gefühl in mir aufstieg.

»Sami?« Meine Stimme hob sich und Wyatt neben mir versteifte sich ebenfalls.

»Also, eventuell ...« Er räusperte sich, bevor er mich wieder anschaute. Und die Schuldgefühle in seinen Augen versprachen nichts Gutes. »Eventuell hat Disney mir die Tapes vom Vorsprechen gezeigt, auch das von Lilah. Es tut mir leid, Lori, aber sie war ... furchtbar. So wie auch der gesamte Rest. Deshalb ... also, na ja, deshalb habe ich dich vorgeschlagen.«

»Du hast was?«, platzte es aus mir heraus und mein Puls beschleunigte sich. Das konnte doch nicht sein Ernst sein. Es war Lilahs Rolle, nicht meine.

»Ich habe auch schon mit Griffin gesprochen und er hat mir erzählt, dass er sowieso wollte, dass du die Rolle übernimmst. Es wäre doch gut, wenn wir direkt im nächsten Franchise zusammenspielen würden. Wir würden damit weiterhin Gesprächsthema sein, was uns beiden helfen würde und ...«

Bevor er noch etwas sagen konnte, hob ich meine Hand und brachte ihn damit zum Verstummen. Er musste komplett durchgedreht sein, um so etwas vorzuschlagen. Und dass er allen Ernstes meinen Manager kontaktiert hatte, der, ohne mit mir zu sprechen, zugestimmt hatte?

»Ich glaube, ich bin im falschen Film«, sagte ich kopfschüttelnd. Und als dann auch noch mein Handy vibrierte und mir Griffins Name grell entgegenleuchtete, fragte ich mich wirklich, wo die versteckte Kamera war und wer zur Hölle aktuell für das Drehbuch meines Lebens zuständig war.

»Komm schon, Lori, schau dir doch wenigstens einmal das Skript an.«

»Ich will diese Rolle aber nicht«, fauchte ich Griffin an. Meine Hand fuhr von meiner Stirn über meine Schläfen in der Hoffnung, dass die Geste irgendwie gegen den pochenden, fast schon hämmernden Schmerz helfen würde. Was sie natürlich nicht tat.

»Warum kannst du dich nicht einfach freuen, was ich da Großartiges für dich in die Wege geleitet habe? Weißt du, Loraine«, meinen vollen Namen sagte er absichtlich gedehnt, »jede andere Schauspielerin wäre dankbar für diese Möglichkeiten, aber du musst aus allem immer ein Drama machen. Erst die Sache mit dem Personenschützer, der nur zu deiner Sicherheit eingestellt wurde und mich verdammt viel Geld kostet, und jetzt das.«

»*Mich.* Er kostet *mich* verdammt viel Geld, weil ich dich bezahle, damit du deinen Job machst. Etwas, wozu du anscheinend nicht in der Lage bist! Ich will die Rolle nicht, egal, wie wundervoll das Skript ist, und egal, wie perfekt ich zu ihr passe. Das habe ich dir schon vor Wochen gesagt. Ich will eine Pause. Außerdem hat Lilah sich auf die Rolle beworben, jetzt werde ich sie erst recht nicht annehmen!«

»Es tut mir leid, dass wir deine Freundin dafür übergehen müssen, aber das hier ist keine Frage, sondern eine Tatsache. Ich habe Disney schon längst für dich zugesagt, weil es so eine große Chance ist. Du machst mir das jetzt nicht kaputt!« Seine Stimme wurde lauter und ich konnte nicht fassen, was er da von sich gab.

»Ich soll es *dir* nicht kaputtmachen? Willst du mich eigentlich komplett verarschen? Das hier ist mein Leben. Meins! Du hast nicht das Recht, in meinem Namen Dingen zuzustimmen, von denen ich dir bereits gesagt habe, dass ich sie nicht will. Sie werden sich ein anderes Blondchen suchen müssen, denn ich mach da nicht mit! Mir egal, was du ihnen versprochen hast.«

»Loraine, wenn du das tust, wird Disney dich sperren. Keine weiteren Verträge mit ihnen für die nächsten zehn Jahre. Zehn Jahre! Weißt du, wie lange das ist? Und wenn sich herumspricht, was für einen Aufstand du machst, um deinen Willen zu bekommen, werden andere Unternehmen nachrücken. Du bist gerade an der Spitze, setz das nicht aufs Spiel.«

Tränen der Wut brannten in meinen Augen und Zorn glühte in meinen Wangen und meinem ganzen Körper. Das konnte einfach nicht wahr sein. Ich hatte die Auszeit hier in Italien gebraucht, um einen klaren Kopf zu bekommen und damit sich endlich einmal alles beruhigte. Vor allem das Thema mit den Nachrichten, aber auch mein berufliches Leben. Griffins voller Terminplan für mich. Seine Ansprüche an mich. Ich verdankte ihm viel, er war einer der wichtigsten Menschen in meinem Leben, ja, aber wo hörte Dankbarkeit auf und wo fing Selbstschutz an? Denn wenn er erwartete, dass ich alles nickend hinnehmen würde, dann täuschte er sich gewaltig.

»Sag Disney, dass ich kein Interesse daran habe, Teil ihres blöden Ballett-Dramas zu werden, und dass sie sich jemand anderes suchen sollen. Sie können mich mal, genauso wie du!« Die letzten Worte brüllte ich schon fast ins Telefon, wobei ich die erste Träne auf meiner Wange spüren konnte.

Fuck, ich wollte nicht weinen, noch weniger wollte ich mich jedoch mit diesem Chaos beschäftigen. Genug war genug.

Bevor Griffin also noch irgendetwas sagen konnte, legte ich auf und ließ zitternd mein Handy sinken. Gott, ich war so wütend, dass ich bereits schwarze Punkte vor meinen Augen tanzen sehen konnte.

Eine Tür im Inneren fiel zu. Lilah stand vor mir mit der Karaffe in der Hand.

»Es tut mir total leid, aber mir geht's nicht gut. Ich … ich muss nach Hause, sorry«, murmelte ich und ging ohne ein weiteres Wort an ihr vorbei. Ich konnte ihr jetzt nicht in die Augen schauen. Mit ihr reden und lachen, als wäre nichts. Als wäre ich nicht daran schuld, dass die eine Sache, die sie so sehr wollte, so sehr verdiente, nicht ihr gehören würde.

»Lori? Was ist los?«, rief sie mir hinterher, doch ich ging bloß in die Küche, schnappte mir mein Handy und verließ die Wohnung.

22

Plain pool truths

Wyatt

»Ich habe mir schon gedacht, dass ich dich hier finde«, sagte ich ruhig, als ich an den Pool trat.

»Ertappt«, antwortete sie leise. Sie saß dort genauso wie gestern Abend – mit dem Weinglas in der Hand, den Füßen im Pool und ihren langen blonden Haaren, durch die immer wieder ein leichter Windstoß ging. Trotzdem waren es zwei völlig verschiedene Bilder, denn alles, was blieb, war ihre Traurigkeit. Ihre Augen waren ganz rot und verquollen. Nachdem wir wieder hier angekommen waren, hatte Loraine sich in ihr Zimmer verzogen. Vermutlich hatte sie die ganze Zeit geweint.

Bei ihrem Anblick zog mein Herz sich unangenehm zusammen, doch ich ignorierte das Gefühl. »Wie geht es dir?« Kurz überlegte ich, wie viel Nähe jetzt gerade wohl angemessen war. Ich wollte sie nicht bedrängen, hätte sie aber gerade zu gern in den Arm genommen. Ein Instinkt, den ich inzwischen viel zu häufig verspürte.

Sie zuckte mit den Schultern und nahm schließlich einen großen Schluck aus ihrem Weinglas. Seit ich für sie arbeitete, hatte ich sie schon oft mit einem Glas Wein in der Hand gesehen, vielleicht einen Tick zu oft. Als sie es wieder von ihren Lippen senkte, richtete sie ihren Blick erneut auf mich. In ihren Augen lag so viel Schmerz, dass ich nicht mehr länger hier stehen konnte. Also schlüpfte ich aus den Schuhen und ging zu ihr.

Sobald ich neben ihr stand, schaute sie zu mir hoch. Schaute mich mit ihren großen dunkelblauen Augen an und ich musste schlucken. Ich verstand, warum viele Medien ihre Schönheit in den Himmel lobten. Denn selbst jetzt, da sich so viel Verletzlichkeit in ihrem Gesicht abzeichnete, war sie immer noch einfach nur schön.

»Ist es okay, wenn ich mich neben dich setze?«, fragte ich leise.

Überraschung trat in ihre Augen, bevor sie nickte. Gott, ich wollte wirklich nicht, dass sie irgendeine Schuld traf. Nicht wenn sie selbst ein Opfer ihrer Welt war.

»Hast du noch mal mit Lilah gesprochen? Oder mit Griffin?« Ihr Manager war jemand, den ich einfach nicht einschätzen konnte. Er hatte etwas gespielt Freundliches, das war mir bereits bei unserer ersten Begegnung aufgefallen. Dass er trotzdem abgebrüht war, hatte ich schon vermutet. Waren das nicht alle Manager? Die Tatsache, dass er Loraine einfach eine Rolle besorgt hatte, ohne mit ihr darüber zu sprechen, bestätigte das nur. Doch letztlich hatte ich keine Ahnung. Von ihm, von dem Business und der Welt, in der Daisy gelebt hatte.

»Griffin hat mir ein paar Nachrichten geschrieben, ich habe aber nicht geantwortet. Er hat sich tatsächlich entschuldigt, auch wenn ich nicht weiß, ob man das wirklich als Entschuldigung durchgehen lassen kann. Keine Ahnung … Manchmal habe ich das Gefühl, dass wir unterschiedliche Ziele verfolgen«, sagte sie leise, während sie ihren Blick auf das Wasser richtete, in dem sie mit ihren Füßen kleine Wellen kreierte.

»Hast du schon mal überlegt, dein Management zu wechseln?«, fragte ich vorsichtig.

Ihre Züge veränderten sich, doch es war keine Überraschung, die sich auf ihnen ausbreitete, sondern ... Schuldgefühle? »Tatsächlich ja«, flüsterte sie. »Aber es waren nur dumme Gedanken, die eher aus Wut entstanden sind. Nichts Ernstes. So wie Kinder mit sechzehn sagen, sie packen ihre Koffer und ziehen aus. Das mit Griffin und mir ist identisch. Wir sind ein super Team, nur manchmal gibt es auch im perfektesten Team ein ziemliches Gewitter.«

Ich schluckte. Der Vergleich war alles andere als in Ordnung, doch es fühlte sich nicht richtig an, sie darauf hinzuweisen. Eltern waren meist Menschen, die einen bedingungslos liebten. Die immer nur für einen und nie gegen einen kämpften – zumindest sollte dies so sein. Ihr Manager, auch wenn sie es nicht so sehen wollte, kämpfte für sein Unternehmen. Loraine war nicht seine Tochter, sondern eine Klientin, mit der er Geld machte.

»Griffin sieht mich für mich, während die Welt mich als etwas betrachtet, das ich nicht wirklich bin«, fuhr sie fort. »Auf der einen Seite bezeichnen sie mich als Sonnenschein und mögen meine süße und liebliche Art, auf der anderen Seite nutzen sie jede Chance, um mich zu sexualisieren. Irgendwie ironisch, oder? Aber vermutlich liegt genau darin das Problem. Stehen Frauen für ihre Körper ein und präsentieren sich von sich aus freizügig, dann fällt schnell die Bezeichnung *billig*. Doch wenn sie etwas Unschuldiges an sich haben, liegt genau darin der Reiz. Griffin ist anders. Er sieht mein Talent, kennt meine Werte und würde mich nie zu etwas zwingen, was meiner Natur widerspricht. Das Ganze mit Disney … es ist einfach eine beschissene Situation.«

Mein Herz zog sich weiter zusammen, verkrampfte sich und pochte schmerzvoll in meiner Brust. Ich hatte viel Zeit mit Artikeln über Loraine verbracht, doch bis gerade eben hatte ich mir keine Gedanken darüber gemacht, wie sich die Worte der Journalisten für sie anfühlten. Selbst Dinge, die ich als Kompliment wahrgenommen hatte – wenn sie zum Beispiel als *Sexiest Woman ihrer Generation* bezeichnet oder ihr Körper als Standard für unsere Gesellschaft betitelt wurde. Doch vielleicht war sämtliche Presse, auch solche, die sich für mich als Lobeshymnen anfühlten, genau das, was sie am meisten verabscheute. Immerhin waren es alles Urteile, denen sie sich stellen musste. Egal, wie sehr ich meinen Körper mochte – und das tat ich wirklich, schließlich hatte ich viel Arbeit in ihn investiert –, wie würde ich es finden, wenn mein Wert daran gemessen würde? Wenn mein Körper ein größeres Gesprächsthema wäre als mein Talent?

»Das tut mir leid, Loraine. Ehrlich.«

»Ist schon okay, immerhin kenne ich es gar nicht mehr anders.«

»Aber du hast ja Freunde, die dich auch für dich sehen, nicht wahr?«, fragte ich vorsichtig, in dem Versuch, sie ein wenig aufzumuntern.

»Ja, die habe ich wohl«, sagte sie und schniefte leise.

Wieder sah ich Samuele vor mir. Und seine Miene, als ich vorhin Daisy erwähnt hatte. Alles in mir spannte sich an und wie von selbst meinte ich: »Darf ich dich etwas fragen?«

»Hast du das nicht damit schon?« Bei dem für Loraine so typischen neckischen Kommentar, musste ich trotz allem schmunzeln. Da war sie wieder. Die Loraine, die mir immer vertrauter wurde.

»Das nehme ich mal als ja.« Dennoch zögerte ich. Ich wusste, dass es riskant war, die ganze Sache anzusprechen. Aber ich musste es einfach. »Warum … warum war die Stimmung vorhin so komisch, als ich Daisy Moore erwähnt habe? Es tut mir leid, wenn ich irgendwelche Wunden aufgerissen habe«, kurz räusperte ich mich, denn die größte Wunde trug immer noch ich selbst, »aber ich würde gerne wissen, was ich falsch gemacht habe. Damit das nicht wieder vorkommt.«

Loraine seufzte und nahm einen weiteren großen Schluck von ihrem Wein. »Es ist einfach ein sehr sensibles Thema …«, meinte sie zurückhaltend.

»Standen Samuele und sie sich nahe?«, hakte ich nach, als sie nicht weitersprach.

»Wenn man miteinander dreht, lernt man sich meistens besser kennen. Und bevor Daisy … vor dem Unfall lief noch mehr zwischen ihnen. Was genau weiß ich nicht, aber sie waren mehr als Freunde. Viel mehr.« Loraine schluckte und ihr Blick glitt in die Ferne. Dachte sie an damals zurück? An ihre eigenen Erfahrungen mit Daisy?

»Kanntest du Daisy denn gut?« Mein Herzschlag beschleunigte sich, vor allem als Loraine ihren Kopf zu mir drehte. Sie schaute mich direkt an, bevor sie schließlich den Kopf schüttelte.

»Nein, nicht wirklich. Wir haben uns vor Jahren mal auf einer Silvesterparty getroffen. An dem Abend haben wir beide die Nachricht erhalten, dass wir für die Rolle der Quinn in *Dear Sweet Innocence* in Betracht gezogen wurden. Danach sind wir uns noch ein, zwei Mal über den Weg gelaufen, bei dem Vorsprechen für die Rolle und einer Premiere, aber das war's dann auch schon. Sie war wie Lilah bei *SilverLake*, der größten Konkurrenz meines Managements. Von Lilah habe ich später erfahren, dass Daisys Managerin sie wohl ziemlich unter Druck gesetzt hat, die Rolle unbedingt zu bekommen, und sogar gedroht hat, sie ansonsten fallen zu lassen. Denn der Erfolg, den alle nach *The Young and Beautiful* erwartet hatten, war ausgeblieben und angeblich hat Daisy sich auch ziemlich quergestellt und einige Angebote ausgeschlagen, weil sie ihr nicht gepasst haben.«

»Das kann ich mir beim besten Willen nicht vorstellen«, platzte es aus mir heraus.

Fucking hell. Ich musste meine Emotionen in den Griff bekommen, sonst würde genau das eintreten, was Caden vorhergesagt hat.

»Was?«, fragte Loraine sichtlich irritiert, wobei sie sich ein Stück nach hinten lehnte, um mich besser sehen zu können.

Mein Herz hämmerte. »Ich … ich meine, ich finde es krass, dass das eigene Management seiner Schauspielerin droht. Das … das will ich mir einfach nicht vorstellen. Auch wenn du es mir gerade eben ja bewiesen hast, aber … dass man wirklich jemanden einfach fallen lässt?«, redete ich mich raus.

»Es ist nicht unüblich, ehrlich. Vor allem am Anfang der Karriere. Der Druck ist so groß, dass man sich manchmal auch auf Rollen einlassen muss, die nicht ganz das sind, was man eigentlich machen möchte, um an bessere zu kommen. Und die Angst, zu versagen, ist härter als jede Droge«, murmelte Loraine und ich kam nicht umhin, mich zu fragen, was diese junge Frau alles schon erlebt hatte. Die Müdigkeit in ihrer Stimme war Antwort genug: zu viel.

Ich senkte meinen Blick, damit sie nicht sehen konnte, wie

fest ich meinen Kiefer zusammenpresste. Mein ganzes Gesicht schmerzte bereits, so groß war die Wut auf diese Welt. Während ich einst geglaubt hatte, Loraine wäre ein kaltes Wesen, das für den Erfolg alles tat, war da jetzt nur noch Mitgefühl und Bedauern. Für sie und für Daisy und für alles, was sie verloren hatten. Sie beide.

»Ich ertränke dieses Ding gleich im Pool«, fluchte Loraine.

Ruckartig hob ich meinen Kopf. Wovon sprach sie?

»Griffin«, murmelte sie zur Erklärung, als sie meinen fragenden Blick sah. »Er hat mir schon wieder geschrieben und sogar versucht, mich anzurufen. Checkt er denn nicht, dass ich gerade einfach keine Lust habe, mit ihm zu sprechen? Ich habe Urlaub, verdammt noch mal.« Sie tippte – oder vielmehr: haute – auf ihren Bildschirm, um irgendwelche Einstellungen anzupassen.

»Dein armes Handy kann nichts dafür«, erwiderte ich und schaute sie leicht schockiert an.

»Ist eh nur zur Überbrückung.«

Ich wollte gerade etwas entgegnen, da vibrierte es in meiner Hosentasche. Als ich das Display checkte, meinte ich: »Anscheinend wechselt Griffin seine Strategie.«

Mit einem »Zeig mal her!« riss mir Loraine das Handy aus der Hand. Sie drückte auf den grünen Hörer, wobei ihr Nagel schmerzhaft fest auf meinem Display aufkam. Ich zuckte zusammen, denn ein neues Smartphone stand gerade nicht auf meiner Einkaufsliste.

»Lass mich in Ruhe, Griffin! Wir reden, wenn ich zurück bin«, fauchte sie in das Telefon, bevor sie auflegte. Dann strich sie sich eine Strähne aus dem Gesicht und gab mir mit einem Lächeln mein Handy zurück, als wäre nichts geschehen.

»Netter Versuch, nur leider hat das nicht geholfen«, sagte ich, da bereits ein neuer Anruf von Griffin einging.

Sie seufzte laut, doch bevor sie etwas machen konnte, was mich wirklich mein Handy kostete, nahm ich den Anruf entgegen. »Hi, hier ist Wyatt.«

»Wo seid ihr?« Griffin klang aufgebracht. Nicht wütend, sondern vielmehr verzweifelt.

Ich runzelte die Stirn. »In Loraines Ferienhaus. Wieso?«

»Ich habe schlechte Nachrichten.«

scandalous secrets

Die Wahrheit hinter dem Freundschafts-Aus von Hollywood-Liebling Loraine Lewis und Familienstar Amelia Young

Noch vor gar nicht allzu langer Zeit wäre es nicht denkbar gewesen, Loraine ohne ihre beste Freundin Amelia am Arm zu sehen, vor allem nicht auf Filmpremieren und großen Events. Doch seit letztem Jahr ist es ruhig um die zwei Schauspielerinnen geworden. Keine gemeinsamen Auftritte mehr, keine gemeinsamen Fotos, keine gemeinsamen Gespräche. Was ist zwischen den zwei Sternchen bloß passiert? Eine Frage, die uns immer noch nicht loslässt!

Gerüchten zufolge soll Loraine sich von Amelia distanziert haben, weil sie mit ihrem Lifestyle nicht mehr einverstanden war. Schließlich kam es zum Freundschafts-Aus unseres goldenen Duos, nachdem ein skandalöses Video von Amelia viral ging. Doch besonders die Premiere zu *Aurora's Thorns* hat für neue Einblicke gesorgt. Auf der Damentoilette soll es zwischen den Stars zu einem heftigen Streit gekommen sein, der einen Insider dazu bewegt hat, endlich die Wahrheit auszuplaudern: Loraine Lewis, der Sonnenschein Hollywoods, ist angeblich selbst für die Veröffentlichung des Videos verantwortlich!

Laut unserer Quelle hatte Loraine anscheinend Angst, Amelia könnte zur Konkurrenz werden, da sie damals eine große Rolle bei Marvel ergattert hatte. Nach der Veröffentlichung des Videos wurde dieses Angebot jedoch zurückgezogen und seitdem ist es ruhig um die amerikanische Schauspielerin geworden. Zumindest was die Rollen betrifft, denn von Ruhe kann man bei der Vielzahl an Skandalen nicht wirklich sprechen. Da hilft wohl auch der Ruf ihrer Eltern, dem Hollywood-Traumpaar – oder wie wir sie auch gerne nennen #BradgelinamitHappyEnd –, nicht mehr weiter. Und wie es scheint, hat Amelia das Loraine zu verdanken.

Seid ihr geschockt? Wir sind es auf jeden Fall. Dass unsere liebe Loraine ihrer besten Freundin so in den Rücken gefallen ist – diese Enthüllung hat keiner von uns erwartet! Am wenigsten jedoch Loraine Lewis selbst. Die britische Schauspielerin befindet sich gerade für einen kurzen Urlaub in ihrer Villa im Süden. Nun wird der Regen Englands nicht das Einzige sein, was sie bei ihrer Rückkehr kalt erwischt.

Und wenn unser Sonnenschein in der Lage ist, ihre beste Freundin zu hintergehen, dann stellt sich uns die Frage, was sie noch vor uns geheim gehalten hat …

23

Can you suffocate on all the lies you told to keep breathing?

Loraine

Ich starrte den Zeitungsartikel an, der mich verachtungsvoll von Wyatts Handy aus anleuchtete. Das konnte nicht sein. Das durfte einfach nicht sein. Diese Sache hätte niemals an die Öffentlichkeit gelangen dürfen. Es gab einen verfluchten Geheimhaltungsvertrag, den wir alle unterschrieben hatten. Vor allem Amelia. Griffin würde sie nun auf alles, was sie besaß, verklagen können. Und hatte sie nicht erst noch behauptet, sie würde nicht an die Presse gehen?

Wobei … in dem Artikel stand nichts davon, dass sie es selbst der Presse gesteckt hatte. Doch wer sonst könnte dafür verantwortlich sein?

Die Panik schnürte mir die Luft zu und ich versuchte verzweifelt, zu atmen. Atmen, fuck, ich musste atmen.

»Hast du wirklich dieses Video von ihr veröffentlicht?«, fragte Wyatt, sichtlich geschockt – ob über die Tatsache, dass jemand so etwas schrieb, oder wegen meiner angeblichen Taten konnte ich nicht sagen.

Atmen, du musst atmen, Lori. Atme!

»Natürlich nicht!«, entgegnete ich, während ich aufstand

und weiterhin versuchte, Luft zu bekommen. Die Wahrheit war deutlich komplizierter, aber das interessierte mich gerade herzlich wenig. Amelia hatte es versprochen, hatte einen Vertrag unterzeichnet. Vielleicht war sie es tatsächlich nicht selbst gewesen, sondern jemand anderes aus dieser verfluchten Familie. Dabei kannten alle außer Amelia die Wahrheit und würden nicht riskieren, dass diese ans Licht kam. Schließlich war es mehr als wahrscheinlich, dass ich den Mund aufmachte, wenn sie ihr Wort brachen. Und damit würde ich sie komplett ruinieren und das würde Familie Young niemals zulassen.

»Warum sollte irgendwer denn so etwas über dich behaupten?«

Ich schloss die Augen, weil ich Wyatt nicht anschauen konnte. Nicht, wenn er mich mit dieser Mischung aus Sorge und Verachtung anblickte, die mich frösteln ließ. Ich glaubte nicht, dass die Verachtung mir galt, doch was, wenn doch?

»Ich weiß es nicht. Warum erzählt irgendjemand Gerüchte? Warum veröffentlicht irgendwer falsche Wahrheiten über Prominente? Fuck, Wyatt, ich weiß es nicht!«, brach es aus mir heraus, wobei meine Worte eher einem Schluchzen als einem Schreien glichen. Alles in mir zog sich zusammen, mein Herz schlug viel zu schnell, ich bekam keine Luft, mir wurde schlecht. Ich war mir sicher, jeden Moment zusammenzubrechen, doch das Adrenalin pumpte so heftig durch meine Adern, dass mir nicht einmal das vergönnt war. Mein Körper stand unter Strom und ich fing an, auf und ab zu laufen. Gegen die Angst anzulaufen, auch wenn ich niemals vor ihr weglaufen konnte. Denn sie war immer da. Kontrollierte mich seit dieser verfluchten, verhängnisvollen

Nacht. Ich hätte alles gegeben, um sie ungeschehen zu machen.

»Loraine, bitte beruhige dich. Wenn an den Behauptungen in diesem Artikel nichts dran ist, dann ist doch alles halb so wild«, sagte Wyatt. Er war ebenfalls aufgestanden und kam einen Schritt auf mich zu. Als er seine Hand nach mir ausstreckte, zuckte ich zurück. Funkelte ihn an. Ich fühlte mich wie eine Furie, vermutlich sah ich auch genauso aus.

»Halb so wild? So einfach ist das nicht! Dieser Artikel ist für die ganze Welt verfügbar, für die ganze Welt! Alle können ihn lesen. Alle!«, gab ich zurück und dachte an den Geheimhaltungsvertrag, in dem stand, dass ich genau das getan hatte, wofür ich beschuldigt wurde. Ob es der Wahrheit entsprach oder nicht, würde wohl kaum jemanden interessieren, wenn dieser Vertrag erst mal seinen Weg an die Klatschpresse fand. Ja, ich konnte Familie Young dann ruinieren, doch was brachte mir ihr Ruin, wenn ich selbst ebenfalls unterging? Wer würde mit jemandem arbeiten wollen, der seiner besten Freundin derartig ein Messer in den Rücken gerammt hatte? »Sie werden ihre Schlüsse über mich ziehen. Egal, ob sie stimmen oder nicht. Ich … ich könnte meine Rollen verlieren. Dieser Artikel könnte mich alles kosten!«

»Es … es tut mir leid. Ich …«, stammelte Wyatt vor sich hin.

Ich hob den Blick, schaute ihn zum ersten Mal an, seit ich die Worte gelesen hatte. Er war sichtlich überfordert, hatte keine Ahnung, wie er in dieser Situation reagieren sollte. Wie auch? So etwas war nicht normal. Normalen Menschen passierte das nicht. Die Panik kochte immer weiter in mir hoch. Brachte meine Haut zum Brennen und meinen Verstand zum Erfrieren.

»Aber wenn es nicht wahr ist, dann ist das Verleumdung. Was *Scandalous Secrets* macht, ist Rufmord. Kann man nicht irgendwie dagegen vorgehen?«

Ich schüttelte den Kopf. Weil ich die Worte aus meinem Kopf schmeißen musste. Weil ich nicht über die Konsequenzen nachdenken wollte. Amelia hatte durch das Video damals ihre große Rolle bei Marvel verloren und auch ein großer Gig mit Netflix war danach Geschichte gewesen. Was, wenn mir nun das Gleiche blühte? Würde HBO mich rückwirkend feuern? Die Serie neu drehen? Konnten sie das machen? Sicher könnten sie sich zumindest von mir distanzierten und mich für die zweite Staffel ersetzen. Und die Rolle von Disney … auch wenn ich sie nicht wollte, würden sie *mich* noch wollen? Würde mich *irgendwer* noch wollen? Wenn nicht … wenn … was dann? Was war ich ohne das Schauspielern? Wer würde mir bleiben? Würde Griffin zu mir halten? Nach allem, was ich getan hatte, und so schwer, wie ich ihm das Leben machte? Würde er mich verlassen, wie es alle in meinem Leben getan hatten?

Ich rang weiterhin nach Atem, doch nichts geschah. Wie ein Fisch auf dem Trockenen schnappte ich nach Luft. Erfolglos. Ich fasste mir an die Brust, spürte die Nägel auf meiner Haut. Doch selbst der Schmerz half nicht.

»Loraine, hör auf.« Wyatt klang alarmiert. Natürlich tat er das. Schließlich war ich gerade vor seinen Augen dabei zu ersticken. »Du tust dir weh.«

Die Welt tat mir weh. Sie hatte mir das angetan. Alles, was ich getan hatte, hatte ich doch nur gemacht, um endlich geliebt zu werden. Einmal in meinem Leben hatte ich Liebe spüren wollen. War das zu viel verlangt?

»Stopp!« Wyatt griff nach meinen Händen, umschloss sie so

fest, dass ich nicht gegen ihn ankam. Er musste mich loslassen, denn er hatte keine Ahnung. Von dem, wer ich wirklich war. Daisy. Amelia. Lilah. Ich verdiente den Schmerz.

»Sieh mich an, Lori, bitte.«

Mein Spitzname, den nur zwei andere Menschen in meinem Leben verwendeten, brachte mich zum Innehalten.

Wyatts eisblaue Augen bohrten sich in mich. Strahlten etwas Ruhiges, Kaltes aus, wie das Eis, dessen Farbe sie trugen. Er atmete tief ein, hielt dabei meinem Blick stand. Ich fühlte mich, als würde ich unter seinem Griff zerbrechen. Er mochte nicht sicher wissen, wie er reagieren sollte, doch er ließ mich nicht los. Er atmete weiter, schaute mich dabei an.

»Konzentrier dich einfach auf das, was ich mache. Versuch, es mir nachzumachen, okay?«, flüsterte er. Seine Stimme war so rau wie nach einer durchzechten Nacht, in der zu viel Alkohol geflossen war. Meine würde vermutlich versagen, sollte ich sie nutzen wollen. Sie war genauso kaputt wie ich.

Ich tat, was er mir sagte. Nahm einen zittrigen Atemzug, dann einen weiteren. Immer wieder, bis mein Körper sich langsam beruhigte. Bis ich mich nicht mehr fühlte, als würde ich in Flammen stehen. Bis die Erschöpfung sich in meinen Knochen ausbreitete und ich leicht schwankte.

»Siehst du? Das war doch gar nicht so schwer. Und so werden wir jetzt weitermachen, okay? Einen Atemzug nach dem anderen. Heute nutzt du ihn zum Einschlafen. Morgen zum Aufstehen. Übermorgen für den ersten Schritt. Und am Tag danach für den nächsten.« Er lächelte mich aufmunternd an und ich verstand ihn einfach nicht. Wie er hier stehen konnte nach den Dingen, die er über mich gelesen hatte. Wie er mir immer wieder einfach meine Worte glaubte. Keine Beweise sehen wollte. Wie konnte das sein?

»Wieso?«, krächzte ich und er runzelte die Stirn. »Wieso tust du das?«

»Weil du mich brauchst. Weil ich auf deiner Seite bin.«

»Und wenn ich nicht die Person bin, für die du mich hältst? Was, wenn ich genau der Mensch bin, den die Presse aus mir macht? Kalt. Herzlos. Berechnend.« Eine Träne rann über meine Wange. Heiß und salzig. Ätzte sich durch meine Haut bis in mein Herz.

»Hast du das Video von Amelia aufgenommen und veröffentlicht?«

»Nein, aber so einfach ist das nicht.«

»Doch. Es ist ganz einfach. Du kannst nicht *nicht* die Person sein, für die ich dich halte. Weil ich dich für niemanden halte, Lori. Wenn ich dich anschaue, sehe ich eine ziemlich verletzte Seele. Vielleicht stecken in diesem Artikel kleine Wahrheiten, aber ist etwas wirklich eine Wahrheit, wenn man den Kern der Geschichte weglässt? Wenn ich eines anfange, durch dich zu lernen, dann, dass die Welt nicht so schwarz-weiß ist, wie alle sie gerne malen.« Noch immer umspielte ein Lächeln seine Mundwinkel und ich tat die eine Sache, von der ich niemals gedacht hätte, sie zu tun.

Ich schlang meine Arme um Wyatts Hals und ließ zu, dass ich zerbrach. Ließ zu, dass die Tränen über meine Wange liefen und sein Hemd durchnässten. Doch vor allem ließ er es zu und hielt mich einfach nur fest.

»Danke«, flüsterte ich nach einer gefühlten Ewigkeit. Meine Stimme klang ganz fremd von den vielen Tränen. Nicht so sexy rau wie bei Wyatt, sondern einfach nur kratzig.

»Du musst dich dafür nicht bedanken, ehrlich. Was hältst du davon, wenn du einfach schlafen gehst und morgen schauen wir weiter?«, sagte er direkt an meinem Ohr und eine Gänsehaut kroch über meine Arme. Wyatt und ich waren uns noch nie so nahe gewesen und jetzt gerade wünschte ich mir, dass wir noch ewig so bleiben könnten. Seine Arme um mich gaben mir ein Gefühl von Sicherheit, wie ich es nicht kannte. Wie ich es noch nie erlebt hatte.

Ich hatte keine Mutter gehabt, die mir nach einem schweren Tag über die Haare strich und mir versprach, alles würde gut werden. Ich hatte auch keinen Vater gehabt, der mich in seine starken Arme zog, die mich vor der Welt beschützten. Alles, was ich gehabt habe, waren Momente, die ich heute lieber verdrängte.

»Das hört sich nach einem Plan an«, flüsterte ich schließlich und gab mir Mühe, nicht wieder in Tränen auszubrechen. Ich musste mich zusammenreißen.

»Kannst du denn schon allein sein oder möchtest du lieber noch etwas Gesellschaft?«, fragte er mich schließlich und lockerte seinen Griff um mich. Sofort vermisste ich das Gefühl seiner Arme um mich und wünschte mir, noch etwas länger in ihnen vor der Welt zu verschwinden. Wieder fand mich der Blick seiner glasklaren Augen, in denen so viele Gefühle standen, wie gerade auch in mir tobten.

»Nein, alles gut. Ich mach mir noch eine Serie an, um abzuschalten, und dann gehe ich wirklich einfach schlafen. Vielleicht wache ich ja morgen früh auf und es war nur ein schlechter Traum«, sagte ich spöttisch und Wyatt verzog zur Antwort die Lippen.

»Wenn etwas sein sollte, dann bin ich nur einen Flur und vier Zimmer entfernt.«

Keine Ahnung, wie er es schaffte, doch tatsächlich entlockte er mir ein Lachen. Leise. Kehlig. Aber es war ein Lachen. »Gute Nacht, Wyatt. Und danke.«

Ich nahm die kleine Steintreppe nach oben, die mich direkt zu meinem Zimmer führte. Bevor ich eintrat, schaute ich jedoch noch einmal zu ihm. Er beobachtete jeden meiner Schritte. Sorgsam, aber vor allem besorgt. Nach einem kurzen letzten Lächeln verschwand er langsam aus meinem Blickfeld. Seufzend öffnete ich die Glastür und ging in mein Zimmer. Gerade, als mein Handy vibrierte.

Unbekannt
Hast du mich vermisst, Süße?

Dachtest du wirklich, eine neue Nummer würde etwas bringen? Wenn ich an deine größten Geheimnisse komme, dann ist so was mein kleinstes Problem. Aber netter Versuch.
Leider muss ich dich dafür jedoch büßen lassen. Hoffe, der Artikel hat dir gefallen. Es wird Zeit, dass die Welt erfährt, was für eine herzlose Bitch du eigentlich bist.

Tick, tack, dein Untergang naht 😘

24

Even suns can burn out

Loraine

Ich konnte mich nicht bewegen. Meine Gliedmaßen gehorchten mir nicht, egal, wie verzweifelt ich es versuchte. Völlig angewurzelt stand ich da, ohne weglaufen zu können.

Kameras blitzten vor meinen Augen, Geschrei erklang, Hände rissen an mir.

»Stimmt es, dass du Amelia hintergangen hast?«

»Du bist eine Verräterin. Eine Lügnerin!«

»Schau uns doch wenigstens kurz an. Schenk uns ein Lächeln. Loraine!«

Ich strengte mich an, doch meine Lippen reagierten nicht. Nichts reagierte. Ich war gefangen.

»Verräterin!« Die weiche Stimme wurde lauter, bis ich erkannte, wem sie gehörte. Amelia stand vor mir mit ihren dunklen Haaren und Blitzen in den Augen. Ich wollte mit ihr reden, ihr die Wahrheit sagen, doch ich blieb stumm.

»Lügnerin!« Amelias Gesicht verschwamm vor meinen Augen, bis eine andere Silhouette auftauchte. Schwarze Haare wurden rot und feurige Augen wurden traurig. Daisy. Mein Herz hämmerte gegen meine Brust, während die Traurigkeit in ihrem Blick immer weiter auf mich überschwappte.

»Wieso hast du das getan?« Ihre Stimme brach und mit ihr mein

Inneres. Ich wollte weinen, wollte den Tränen freien Lauf lassen, sie um Verzeihung bitten, doch ich blieb weiterhin still.

»Wir hätten Freundinnen werden können.« Eine zarte, zerbrechliche Stimme, die von einem lauten schrillen Lachen abgelöst wurde, in der blanker Hass herrschte. »Ich dachte, wir wären Freundinnen!« Und dann: »Wieso? Wieso?! WIESO?«

Ein stetiges Klopfen legte sich über das Gewusel. Ich versuchte, mir die Ohren zuzuhalten, doch noch immer gehorchte mir mein Körper nicht. Dabei wollte ich weglaufen. Mit Daisy reden. Die Paparazzi anschreien. Amelia anflehen. Weglaufen. Schreien. Weinen. Weglaufen. Weglaufen. Weg.

Ich schreckte hoch, doch das Klopfen hörte nicht auf. Vielmehr wurde es lauter und drängender. Hämmerte im Takt meines Herzens und meines Kopfes. Alles tat weh, alles war in Aufruhr.

»Was?«, rief ich genervt – und völlig übermüdet. Ich hatte gedacht, die Albträume hätten aufgehört oder wären zumindest weniger geworden. Doch mit einem Schlag war dieser immer wiederkehrende Albtraum zurück. Schlimmer denn je.

Papparazzi und ich mittendrin – bewegungsunfähig. Und Daisy.

»Kann ich reinkommen?« Wyatts Stimme klang dumpf.

Seufzend richtete ich mich auf. »Wenn es sein muss.«

Die Tür öffnete sich und Wyatt stand vor mir. In einem schwarzen Shirt. Und einer schwarzen Jeansshort.

»Was willst du?«, murrte ich und rieb mir verschlafen über die Augen. Die Sonne blendete mich unangenehm, es musste also noch viel zu früh sein.

»Nachschauen, wie es dir geht. Und ob du inzwischen wach bist.«

»Hättest du damit nicht bis zu einer humanen Uhrzeit warten können?« Ich gähnte. Zu gerne hätte ich mich einfach umgedreht und weitergeschlafen.

Wyatt blickte mich skeptisch an. »Und was wäre eine humane Uhrzeit für dich?«

»Irgendwann nach sieben Uhr«, nuschelte ich. So wie die Sonne mich blendete, konnte es noch nicht viel später sein.

»Loraine. Wir haben gleich siebzehn Uhr. Es ist bereits später Nachmittag.«

Ruckartig setzte ich mich auf, was vielleicht nicht die beste Idee war, wie mein dröhnender Kopf mir versicherte. »Was? Wieso hast du mich denn nicht längst geweckt?«

»Ich habe schon drei Mal nach dir geschaut, du hast nie auf mein Klopfen reagiert. Und als ich schließlich einen Blick ins Zimmer geworfen habe, hast du so tief geschlafen, dass ich dich nicht wecken wollte.« Er zuckte mit den Schultern, doch trotz des Versuchs, lässig zu wirken, blieb die steile Falte zwischen seinen Brauen.

Meine eigenen Augenbrauen wanderten in die Höhe. »Du bist einfach reingekommen, ohne dass ich es dir erlaubt habe? Was, wenn ich nackt schlafen würde?«

»Ich musste sichergehen, dass alles in Ordnung ist. Und ich hab schon schlimmere Anblicke überlebt.«

Mein Mund öffnete sich, doch mir fiel keine passende Antwort ein. Das hatte er gerade nicht wirklich gesagt, oder?

»Na komm, steh auf und mach dich fertig.« Er schenkte mir sein typisches Grinsen, doch ich kniff bloß meine Augen zusammen.

»Und warum sollte ich das tun?«

»Weil du etwas Ablenkung brauchst und ich da zufällig eine sehr gute Idee habe.«

Wyatts Idee war alles, aber nicht sehr gut. Verflucht, wieso hatte ich mich bloß darauf eingelassen? Warum war ich mit Wyatt auf meinen Roller gestiegen? Ich kannte ihn nicht. Verdammt, ich *mochte* ihn nicht einmal!

»Das hier ist absolut keine gute Idee!«, schrie ich gegen den Wind, der uns umhüllte, und presste mich noch enger an ihn. Es gab einen Grund, warum ich die Vespa bisher noch nie genutzt hatte, und jetzt gerade erinnerte ich mich an ihn. Ich hasste das Gefühl von nichts um mich herum. Viele bezeichneten es als Freiheit, als würde man über die Straßen schweben, doch ich dachte nur an die möglichen Konsequenzen. Denn um uns befand sich nichts als Asphalt, auf dem eine Landung verdammt schmerzhaft sein würde.

Wie hatte ich mich bloß auf diese Aktion einlassen können? Mein rasendes Herz lieferte mir die Antwort. Denn es überschlug sich nicht nur wegen der Fahrt auf der beängstigend kleinen – und viel zu schnellen – Maschine, sondern wegen seiner Nähe. Ich fühlte mich bei ihm wohl und … ich sehnte mich nach mehr. Wenn er mich berührte, wollte ich mehr. Wenn er mich losließ, vermisste ich ihn direkt. Shit.

»Für eine Vespa-Besitzerin bist du aber ziemlich unentspannt!«, schrie er zurück. Eigentlich hätte er es verdient gehabt, von meinem mörderischen Blick durchbohrt zu werden, allerdings wurde dieser von meinem Helm verschluckt. Zumal: Hätte Wyatt es gewagt, seinen Kopf zu mir zu drehen, wäre mein Blick seine kleinste Sorge gewesen.

»Nur weil ich eine besitze, heißt es nicht, dass ich sie fahre. Außerdem dachte ich, du hast Höhenangst!«

»Bloß wenn ich nicht selbst am Steuer sitze. Jetzt habe ich die vollkommene Kontrolle!« Ich musste sein Gesicht nicht sehen, um zu wissen, dass auf seinen Lippen dieses blöde Grinsen lag, das er für meinen Geschmack viel zu oft trug. »Wir sind gleich da, Lori. Entspann dich.«

Ich sollte ihm eine schnippische Antwort entgegenschleudern, vor allem, weil er es sich anscheinend angewöhnt hatte, mich bei meinem Spitznamen zu nennen. Doch sosehr ich ihn dafür tadeln wollte, hörte ich ihn leider viel zu gerne aus seinem Mund. Was ich natürlich für mich behalten würde. Weil ich Wyatt *nicht* mochte!

Also versuchte ich, lockerer zu werden und die Fahrt zu genießen. Als wir uns einem ziemlich kurvigen Teil der Strecke näherten, verstärkte ich meinen Griff noch mehr. Doch anstatt es als die Angst zu deuten, die es war, tat Wyatt die eine Sache, die er nicht tun sollte. Er ließ den Motor des kleinen Gefährts aufheulen und beschleunigte. Während es rechts neben uns steil bergauf ging, spiegelte sich das Bild auf der linken Seite nach unten. Eine falsche Bewegung und wir würden von der Straße in den Abgrund stürzen.

»Wyatt!«, schrie ich erneut.

»Konzentrier dich einfach auf die Aussicht. Ein Blick aufs Meer hilft gegen den Schwindel!« Er griff meine Worte auf, um mich aufzuziehen. Das konnte doch wohl nicht wahr sein! Das würde ich ihm heimzahlen, so viel stand fest.

Er beschleunigte weiter und ich war mir sicher, der Roller hob vorne ein Stück von der Straße ab. Sofort presste ich die Augen zusammen, den erschrockenen Schrei konnte ich mir trotzdem nicht verkneifen. Sein Körper bebte unter meinem; ich konnte sein Lachen spüren – was überhaupt nicht lustig war. Nicht wegen der Gefahr. Sondern weil es etwas mit mir machte. Weil ich es genoss und es Wärme in mir aufsteigen ließ. Und obwohl ich ihn für seinen halsbrecherischen Fahrstil verfluchte, vertraute ich ihm. Keine Ahnung, wieso, aber ich war mir sicher, dass Wyatt uns wohlbehalten ans Ziel bringen würde, wo auch immer das war.

Ich wusste nicht, welche dieser Erkenntnisse mir mehr Angst machte.

25

Solar storms

Wyatt

»Habe ich zu viel versprochen?«, fragte ich mit dem wohl breitesten Grinsen, das ich Loraine schenken konnte.

Sie stand vor mir, die Augen weit aufgerissen, und versuchte, den unbeschreiblichen Ausblick in sich aufzunehmen. »Seit ich hier eine Unterkunft habe, wollte ich herkommen. Aber dieser Strand ist immer überfüllt. Immer! Wie hast du das geschafft?«

Ich lachte. »Wenn ich die Macht hätte, Dinge meinem Willen zu beugen, dann würde ich sie nicht dazu nutzen, um einen kleinen Strandabschnitt vor Menschen zu verschonen, glaub mir.«

»Ach ja, wozu würdest du sie denn dann nutzen?«, fragte sie mit hochgezogener Braue und einem herausfordernden Funkeln in den Augen.

Ich wusste meine Antwort sofort. Doch sie war viel zu traurig, um sie hier in diesem Moment zu offenbaren. »Das ist etwas, was wir uns für einen späteren Zeitpunkt aufbewahren sollten. Aber deiner Begeisterung entnehme ich mal, dass es dir gefällt?«

Sie schnaubte. »Wie könnte es mir nicht gefallen? Wir sind an einem der meistempfohlenen Orte der Amalfiküste.«

»Nur weil etwas oft empfohlen wird, heißt das nicht, dass es gut ist.«

»Stimmt. Trotzdem kann ich immer noch nicht glauben, wie leer der Strand gerade ist. Jedes Mal, wenn ich dort über die Brücke fahre, um zu schauen, wie die Lage ist, wimmelt es hier nur vor Menschen. Sonst wäre ich schon längst hier gewesen.« Loraine deutete auf den schwungvollen Bogen, der sich zwischen zwei Steinklippen spannte und unter dem sich das türkisblaue Meer erstreckte. Es war ein außergewöhnlicher Anblick, als wäre er der Antike selbst entsprungen, und definitiv einer der begehrtesten Fotospots, wenn man Pinterest oder Reiseführer fragte. Schließlich war ich selbst nur dadurch auf den *Fiordo di Furore* gestoßen.

»Manchmal muss man einfach Glück haben. Wir sind außerhalb der klassischen Urlaubssaison und vielleicht gibt's irgendeine Veranstaltung, auf der sich alle rumtreiben?«

Sie hatte die Arme vor der Brust verschränkt und schaute mich immer noch so an, als würde ich ihr gleich meine Superkräfte verraten. Also zuckte ich bloß mit den Schultern, weil ich ganz genau wusste, dass das die eine Reaktion war, die sie am meisten ärgern würde. Vielleicht war es makaber, doch ich genoss es viel zu sehr, sie aufzuziehen. Wie sie dann ihre Nase rümpfte und ihre großen Augen verengte, in der Hoffnung, irgendwie bösartig zu wirken. Was ihr ausnahmslos nie gelang.

»Es freut mich aber, dass es dir hier gefällt. Als ich die Bilder gesehen habe, wusste ich, dass ich unbedingt einmal herkommen muss. Es sieht echt beeindruckend aus.«

Loraine nickte, wobei sie ihre Arme wieder sinken ließ und die Abwehrhaltung von ihr abfiel. »Es hat etwas Majestätisches, oder nicht? Ich habe bisher nur die Aussicht von oben gekannt, die ist allerdings lange nicht so schön wie von hier unten.«

Von oben schaute man bloß in eine kleine Bucht hinunter, die zwar durch die Farbe ihres Wassers trotzdem schön war, jedoch nicht mit der Sicht auf den Bogen mithalten konnte. Ich bekam nicht genug von dem Anblick, der sich vor uns erstreckte. Von der Steinbrücke, die von Efeuranken überzogen war und sich so perfekt in die Klippen einfügte, dass es fast wirkte, als wäre sie ein Teil von ihnen und seit Anbeginn der Zeit hier.

»Hat das schlaue Internet dir auch das Beste an diesem Ort verraten?«, fragte Loraine nach einer kleinen Weile. »Siehst du diesen schmalen Weg dort? Von hier unten aus kann man sogar an den Klippen entlang hinaufgehen. Mittlerweile gibt es irgendwo eine Sperre, zumindest hat Samuele mir das einmal erzählt, aber ein gutes Stück nach oben kommt man. In der Hauptsaison tummeln sich hier Klippenspringer, die sich immer weiter hoch wagen, um schließlich von der Brücke zu springen.«

»Echt jetzt?«, fragte ich perplex. Über den schmalen Weg hatte ich bereits im Internet etwas gelesen, über die Springer jedoch nicht.

Loraine nickte begeistert. »Es ist unglaublich! Ich habe es tatsächlich einmal live gesehen, als jemand von der Brücke gesprungen ist. Es hat sich allerdings um einen erfahrenen Springer gehandelt, der ganz genau wusste, was er tut. Ansonsten kann das hier auch ganz schön böse enden. Ich persönlich würde von gar keiner Klippe springen, egal, wie hoch oder ungefährlich sie ist.« Sie schüttelte sich, was mich zum Schmunzeln brachte.

»Schade, ich dachte, du führst mir gleich einen Sprung vor.

Damit ich auch weiß, wovon du sprichst und dass du mir keine Lügen erzählst, um diesen Ort spannender zu machen«, neckte ich sie, was ihr bloß ein amüsiertes Schnauben entlockte.

»Also wenn du noch irgendwelche Geschichten brauchst, um diesen Anblick mysteriöser zu machen, dann bist offensichtlich du das Problem und nicht ich.«

Ich lachte, denn damit hatte sie tatsächlich recht.

»Weißt du eigentlich, warum der Ort so heißt, wie er heißt?«, wechselte ich das Thema, da die Geschichte zu dem Namen einer der Gründe war, warum ich sie überhaupt hierhergebracht hatte.

»Was meinst du?« Sie war verwirrt.

»Der Ort hier, *Furore*. Weißt du, warum er so genannt wird?«

Sie schüttelte den Kopf.

»*Furore* ist immer noch eine kleine Gemeinde, mit knapp eintausend Einwohnern. Wurde damals von den Römern gegründet«, fing ich an zu erklären. Loraine hatte offensichtlich keine Ahnung, worauf ich hinauswollte, was mich nur weiter anspornte, ihr davon zu erzählen. »Eigentlich hieß der Ort *Terra Furoris*, weil das Meer in den stürmischen Nächten so laut und überall zu hören war.«

»*Terra Furoris?*«, fragte sie und runzelte die Stirn. Latein war also schon mal eine Sprache, die sie nicht beherrschte.

»Miss Lewis, dafür dass Sie in Italien wohnen, habe ich mehr von Ihnen erwartet. Ein bisschen Interesse für die Geschichte des Landes und die Herkunft der Sprache, bitte.«

»Du bist so lustig, Wyatt, ehrlich. Ich weiß gar nicht, wie ich mich halten soll vor Lachen«, sagte sie vollkommen trocken und blickte mich mit schief gelegtem Kopf an.

Ich schmunzelte. »*Land der Wut*. Ich dachte mir, dass das irgendwie zu dir passt.«

Sie stemmte die Hände in ihre Hüften und funkelte mich an. »Was soll das denn jetzt heißen?«, fauchte sie beinahe schon.

»Eigentlich nicht das, was du gerade glaubst, aber im Moment scheint diese Interpretation gar nicht so abwegig«, sagte ich grinsend, was sie empört den Mund öffnen ließ, nur damit sie ihn kurz darauf wieder schloss und mich mit zusammengepressten Lippen anstarrte. Punkt für mich. Was ich jedoch für mich behielt, sonst würde sie vermutlich zur *Femina Furoris* werden. Das wollte ich dann doch nicht riskieren. »Wir befinden uns hier im Land der Wut – welchen besseren Ort könnte es geben, um all deinen Zorn herauszuschreien?«, meinte ich stattdessen und breitete meine Arme aus, bevor ich einen Schritt zurückging. Ich hörte das Rauschen der Wellen, wie sie sanft an den Strand gespült wurden und in weiterer Ferne leicht gegen die Felsen krachten. Hörte den Wind, der sanft pfiff. Hörte immer wieder das Geschrei von Vögeln. Doch ansonsten war hier nichts außer Stille.

»Du … ich … was?« Sie blinzelte mich an. Mehrfach.

»Nach gestern Abend habe ich lange überlegt, wie ich dir helfen könnte. Ich habe keine Ahnung von deiner Welt; wie sie funktioniert oder was das Beste für dich wäre. Was ich aber weiß, ist, dass es noch nie gut war, etwas in sich reinzufressen. Das hat schon immer alles nur schlimmer gemacht«, erklärte ich und sagte dabei ausnahmsweise einmal die komplette Wahrheit.

»Und deshalb hast du dir einen Ort ausgesucht, an dem die Wut sowieso schon zu Hause ist?«

»Wir wollen nicht noch mehr Wut in die Welt setzen, aber wir können ihr ja etwas zurückgeben. Vielleicht beruhigt sie sich dann wieder«, sagte ich zwinkernd, was Loraine die Augen verdrehen ließ. Doch sie lachte auch, was sofort dafür sorgte, dass mein Herz einen Hüpfer machte.

Nachdem der Artikel über sie gestern Abend aus dem Nichts veröffentlicht worden war, hatte ich die ganze Nacht wach gelegen. Mich von einer Seite auf die andere gedreht und dabei Gedanken für Gedanken zerdacht. Ich hatte keine Ahnung mehr, was ich glauben sollte. Mein Bauchgefühl, das mich die ganze Zeit hatte glauben lassen, bei Loraine die Wahrheit zu finden, war immer noch da. Allerdings wusste ich nicht mehr, ob sie wirklich die Lösung oder nur der Schlüssel zu ihr war. Denn die Loraine Lewis, die ich bisher kennengelernt habe, war zu zart dafür, jemand anderem so etwas Schreckliches anzutun. Nicht, weil sie zerbrechlich wäre, im Gegenteil. Während alle sie als Sonnenschein bezeichneten, glaubte ich, die Wahrheit zu erkennen. Sie war kein Sonnenschein, sondern ein verdammter Sonnensturm, der alles mit sich reißen konnte, wenn er es wollte. Nur war da dieses Gefühl, dass sie das gar nicht wollte. Sie war gerade einmal zweiundzwanzig, so jung und doch schon so erfolgreich mit all den Bürden, die dieses Leben mit sich brachte. Sie wirkte derart erwachsen, reif, und trotzdem war da etwas in ihrem Blick, wenn sie mich mit ihren großen Augen musterte. Wenn sie nicht lächelte oder versuchte, autoritär zu wirken. Und diese fast schon kindliche Verletzlichkeit war der Grund, warum ich dabei war, alles zu vergessen, wofür ich hergekommen war.

»Wer als Erstes oben ist, gewinnt?«, schlug sie vor und grinste mich schelmisch an.

»Gewinnt was?«

»Nicht springen zu müssen!«, rief sie, nachdem sie bereits losgerannt war.

Das … »Fuck!«, rief ich, bevor ich ihr hinterherlief.

Loraine riss ihre Arme in die Luft und drehte sich, so gut es der schmale Weg ermöglichte, im Kreis, als sie zuerst das Ziel erreichte. Was lustig war, weil wir überhaupt kein Ziel ausgemacht hatten und sie anscheinend beschlossen hatte, dass die kleine Einbuchtung ein guter Punkt zum Stoppen wäre. Wobei ich zugeben musste, dass ich sowieso keine Chance gegen sie gehabt hatte. Durch ihren schnellen Start hatte sie einen winzigen Vorsprung gehabt und das Risiko, sie beim Überholen umzurennen, war mir auf dem schmalen Pfad definitiv zu hoch gewesen.

»Du hast mit unfairen Mitteln gespielt«, raunte ich und stützte mich an der Steinmauer ab, die Touristen daran hinderte, aus Versehen ins Meer zu stürzen. Ich gab es nur ungerne zu, doch mein Herz klopfte einen Tick zu schnell für die eigentlich kurze Strecke. Es wurde wirklich Zeit, wieder mehr Sport zu machen, sonst wäre ich im Fall der Fälle keine große Hilfe.

»Bekennst du dich gerade also dazu, ein schlechter Verlierer zu sein?«, fragte sie provokant, wobei sie leicht ihre Nase kräuselte. So wie wenn sie wütend war, nur lag da jetzt noch dieses Grinsen auf ihren Lippen, das ich zu sehr mochte, um es ihr übel nehmen zu können.

»Vielleicht habe ich dich ja auch einfach gewinnen lassen. Fürs Ego, weißt du?«

»Wenn hier jemand einen Sieg fürs Ego bräuchte, dann wärst das du.« Sie blinzelte ein paarmal, wobei mir zum ersten Mal ihre dichten, dunklen Wimpern auffielen. Ich hob meine Brauen und sie zwinkerte mir einmal zu, bevor sie ihre Aufmerksamkeit auf die Mauer richtete. Mit einem Ruck hob sie sich auf den grauen Stein – und mir rutschte das Herz in die Hose.

»Pass auf!«

Loraine funkelte mich belustigt an. »Habe ich da gerade Angst in deiner Stimme gehört?«

Sofort verschränkte ich meine Arme vor der Brust. »Wenn du von den Klippen stürzt, muss ich mir einen neuen Job suchen. Und ich hasse Vorstellungsgespräche.«

»Du hättest auch etwas Nettes sagen können, zum Beispiel, dass du total gerne für mich arbeitest oder dass du meine einzigartige Gesellschaft vermissen würdest.«

Ich grinste. »Würde ich das?«

Loraine beugte sich nach vorne, wie um mir einen Klaps zu verpassen, doch ich huschte im richtigen Moment zur Seite. Daher schaute sie mich schlicht mit zusammengekniffenen Augen an.

»Sorry, die Vorlage war zu gut, um sie nicht zu nutzen.«

»Ach, spar dir die gespielte Entschuldigung, dir tut es doch überhaupt nicht leid.« Womit sie definitiv recht hatte.

»Du würdest mich also nicht vermissen, wenn ich nicht mehr hier wäre?«, fragte sie. Nach wie vor lag das Lächeln auf ihren Lippen, doch nun war da auch noch etwas anderes in ihrer Miene. Etwas Herausforderndes, was ich nicht einordnen konnte.

»Nur die gute Bezahlung«, antwortete ich mit einem Augenzwinkern.

»Wenn das so ist …« Loraine begann sich nach hinten zu lehnen. So weit, dass ihre Hände, mit denen sie den Rand der Mauer umfasste, ihr einziger Halt waren. Würde sie auch nur mit einer Hand abrutschen, wäre ein Sturz in die Tiefe sicher.

Sofort machte ich einen Satz nach vorne, schlang meine Arme um ihre Hüften und half ihr zurück in die aufrechte Position, in der sie zuvor gesessen hatte.

Sie kicherte. Ein ehrliches, zartes Kichern. Und mein Herz machte einen Purzelbaum. Fuck, wann war das nur passiert? Wann hatte mein Herz angefangen, bei solch kleinen Dingen Hüpfer zu machen oder Purzelbäume zu schlagen?

»Gut, dass wir das klären konnten«, hauchte sie mir entgegen, wobei ihr Gesicht meinem gefährlich nah kam.

Wir waren nur noch Millimeter voneinander getrennt und ich schluckte. Weil ihr süßes Parfüm mir in die Nase stieg. Weil ihre Augen funkelten. Spielerisch. Siegreich. Weil mein Herzschlag sich beschleunigte. Schnell. Aufgeregt. Weil mein Blut in eine Richtung schoss, in die es nicht hinsollte. Fuck.

»Ich …«, setzte ich an, doch ich wusste nicht, was ich sagen sollte. Sie war mir so nahe. Alles, woran ich denken konnte, war, wie es wohl sein würde, sie zu küssen. Wie sie schmeckte. Wie sich ihre Haut unter meinen Händen anfühlte.

Meine Augen huschten über ihr Gesicht. Hin zu ihren Lippen. Das Lächeln war verschwunden. Sie bemerkte meinen Blick und nun war sie diejenige, die schlucken musste.

»Lori«, rutschte mir ihr Spitzname raus. Und die Reaktion, die ich damit auslöste, war alles. Sämtliche Härte, die sie so oft auf ihren Zügen trug, verschwand.

Loraine schlang ihre Arme um meinen Hals, zog mich an sich … und legte ihre Lippen auf meine. Und da hatte ich die

Antwort auf die Frage, die ich mir gerade noch selbst gestellt hatte. Loraine Lewis zu küssen, war atemberaubend. Im wahrsten Sinne des Wortes. Erst wurden meine Knie weich, dann meine Lippen. Ihre Hand fuhr von meinem Nacken nach oben, grub sich in meine Haare und zog mich näher zu sich. Während der Kuss sanft begonnen hatte, wurde ihr Mund nun immer fordernder. Weil ich mitmachte. Meine Hände, die immer noch an ihren Hüften lagen, krallten sich in den Stoff ihrer Shorts, was ihr ein Keuchen entlockte. Ich wollte mehr von ihrem lieblichen Duft und ihren viel zu perfekten Lippen. *Sie* war perfekt. Sie war alles. Sie …

… war vielleicht der Grund, warum meine Schwester nicht mehr lebte.

Schlagartig kehrte ich zurück in die Realität.

»Shit«, fluchte ich, als ich mich von ihr löste. »Das hätte nicht passieren dürfen. Das war ein Fehler.«

Loraine geriet durch mein plötzliches Ablassen ins Wanken, konnte sich jedoch auf der Mauer halten. Was sie jedoch nicht halten konnte, war ihr Pokerface. Der Schock stand ihr deutlich ins Gesicht geschrieben, genauso wie der Schmerz.

Scheiße, ich hatte sie nicht verletzen wollen. Ich wollte das genaue Gegenteil davon. Doch egal, wie richtig sich dieser Kuss gerade auch angefühlt hatte, er war falsch. Immerhin war ich nicht vollkommen ehrlich zu ihr. Ein Problem, das ich auch so schnell nicht lösen konnte.

Ohne ein Wort zu sagen, begann Loraine, von der Mauer zu rutschen. Ich wollte ihr eine helfende Hand reichen, doch sie ignorierte mich. Und während sie sich auf den Weg zurück zum Strand machte, fragte ich mich, ob wirklich der Kuss der Fehler gewesen war oder ob ich nicht gerade einen viel größeren beging.

26

Always the lover, never the loved

Loraine

Ich schloss die goldenen Kreolen, die mein Outfit perfekt abrundeten. Es bestand aus einem grünen Kleid aus Satin in Perlmutt-Optik, das sich bis zu meinen Hüften eng an mich schmiegte und nur durch den hohen Beinschlitz unten etwas lockerer war. Meine blonden Haare fielen in zarten Wellen über meine Schulter und auf mein Dekolleté, das in dem Kleid ausgezeichnet zur Geltung kam. Ich sah gut aus, heiß, aber trotzdem elegant. Es war ein einfaches Outfit, das dennoch teuer aussah. Genau das, was ich heute brauchte.

Vielleicht sieht Wyatt dann ja, was ihm entgeht, schoss es mir durch den Kopf und ich verfluchte mich für diesen Gedanken. Allein bei der Erinnerung an unseren Kuss am Meer zog sich mein Unterleib wieder zusammen. Dabei sollte ich so nicht empfinden. Nicht für Wyatt. Nicht nach seinen Worten. *Das war ein Fehler.* Doch für meine Gefühle konnte ich noch weniger als für meine Gedanken. Gefühle, denen noch vor der ersten Knospe die Wurzel entrissen worden war.

Auf der ganzen Heimfahrt hatten wir kein Wort gewechselt und auch heute waren bis auf eine sporadische Begrüßung und ein kurzes Gespräch über meine heutigen Abendpläne nicht viele Worte gefallen. Ich wusste wirklich nicht, was dabei schlimmer war: dass er unseren Kuss als Fehler bezeichnet hatte, obwohl es die erste Sache war, die ich nur für mich gemacht hatte und die sich so verdammt gut angefühlt hatte. Oder die Distanz, die jetzt zwischen uns war. Denn egal, wie sehr ich mich anfangs gegen seine Anwesenheit gewehrt hatte, wie sehr ich ihn hatte vergraulen wollen, Wyatt Carter war mir unter die Haut gegangen. Und auch wenn ich es nicht sollte, wollte ich nicht, dass es aufhörte.

Um mich nicht noch mehr in den Erinnerungen an gestern zu verlieren, hatte ich mich auf eine Verabredung mit Lilah eingelassen. Sie hatte den Artikel über Amelia gelesen, natürlich hatte sie das, und mir danach sofort geschrieben. Vermutlich zerriss sich bereits die ganze Welt über mich das Maul. Mir brannte es in den Fingern, mein Instagram-Profil zu öffnen, gleichzeitig war ich froh, nichts mitzubekommen. Manchmal war Unwissenheit besser als die giftige Wahrheit.

Lilah wusste, warum Amelia und ich uns zerstritten hatten. Zumindest kannte sie einen Teil. Der Dreh von *All Our Sanity*, dem Psycho-Thriller, bei dem wir uns kennengelernt hatten, hatte nach dem großen Streit zwischen Amelia und mir stattgefunden. Als ich Lilah irgendwann genug vertraute, hatte ich ihr anvertraut, dass Amelia glaubte, ich hätte es damals veröffentlicht. Wer es in Wirklichkeit gewesen war, hatte ich jedoch verschwiegen. Das Risiko konnte ich einfach nicht eingehen. Dennoch hatte Lilah zu mir gehalten, als die Menschen, die zu meiner Familie geworden waren, es nicht mehr getan hatten. So war sie zu meiner besten Freundin geworden. Es würde guttun, heute Abend mit ihr alles einfach zu vergessen. Die Nachrichten, den Artikel, den Kuss.

Entschieden verließ ich mein Zimmer und machte mich auf den Weg zu Wyatt, der bereits im Wohnzimmer auf mich wartete. Bei seinem Anblick geriet ich jedoch ins Stocken. Das übliche Schwarz fand sich heute nur in seinen Haaren wieder, die ihm trotz des Gels leicht in die Stirn fielen, und in der Jeans, die perfekt auf seinen Hüften saß. Sein Hemd dagegen war weiß und leicht hochgekrempelt, was seine Tattoos offenbarte.

Wyatt, der gerade noch die Uhr an seinem Handgelenk befestigt hatte, schaute auf. Und es war, als würde mein eigenes Staunen sich in seinen Augen widerspiegeln. Sein Blick huschte über meinen Körper, bis er wieder bei meinem Gesicht ankam. Er schluckte hart. Mir wurde heiß. Und wieder kalt, weil ich mich an seine Worte erinnerte. *Das war ein Fehler.* Egal, wie sehr ich mir wünschte, ihn noch mal zu küssen, mich noch mal so zu fühlen wie gestern, ich wollte kein Fehler sein.

»Können wir los?«, fragte ich und ließ es mir nicht anmerken, wie sehr ich es genoss, auf welche Art er mich anschaute. Es sollte mir egal sein.

»Klar«, sagte er und räusperte sich. »Du siehst schön aus.«

»Danke.« Ohne ihm einen weiteren Blick zu schenken, wandte ich mich ab und machte mich auf den Weg zum Auto. Sollte er meine Kälte für verletzten Stolz halten, in Wahrheit wollte ich jedoch nur nicht riskieren zu weinen.

Wir hatten uns in einem exklusiven Restaurant verabredet, zu dem man nicht leicht Zugang bekam. Früher hatte ich es immer verabscheut, dass es Orte gab, die man als normaler

Mensch nicht betreten durfte. Es war unfair. Heute war ich dankbar für diese Zufluchtsorte, an denen ich abschalten konnte, ohne mir Sorgen machen zu müssen, erkannt, fotografiert oder belagert zu werden. In das Restaurant kam man nur mit einer Reservierung. Und reservieren konnten nur bestimmte Personen. Politiker, Celebrities oder Manager, die sich hier für Besprechungen trafen. Wobei Politiker und Manager immer im Inneren saßen, egal, wie warm es war. Wir wiederum hatten einen Tisch auf der wunderschönen Terrasse, in deren Mitte ein riesiger Brunnen friedlich vor sich hin plätscherte.

»Wie geht es dir?«, fragte Lilah, sobald der Kellner unseren Wein eingeschenkt hatte und wieder verschwunden war.

Schnell hob ich das Glas an meine Lippen und wartete darauf, dass der Alkohol seine Wirkung zeigte. »Ich will nicht darüber sprechen«, erklärte ich dann. Schließlich wollte ich mich heute Abend ablenken.

»Okay, wenn du nicht über den Artikel reden willst, deine Entscheidung. Dann erklär mir aber mal, warum die Stimmung zwischen dir und Wyatt heute noch eisiger ist als sonst. Ich dachte, du vertraust ihm?«

»Tue ich auch.«

»Was ist es dann?«

Leider konnte ich mich nicht hinter meinem Weinglas verstecken – und somit auch nicht die Röte auf meinen Wangen verbergen, die mir gerade heiß ins Gesicht gestiegen war.

»Nein!« Ihre Augen wurden groß und sie schlug sich die Hand vor den Mund. »Sag mir nicht, ihr habt miteinander geschlafen!«

»Gott, nein, haben wir nicht! Wir haben uns nur geküsst«, sagte ich so leise wie möglich, weil ich wirklich nicht wollte, dass Wyatt etwas mitbekam. Er saß ein paar Tische von uns entfernt – nah genug, um mich im Auge zu behalten, aber weit genug fort, dass ich meine Privatsphäre behielt.

»Oh, Lori.« Ihr ganzes Gesicht verzog sich. Ihre Augenbrauen, die sich immer weiter zusammenschoben, und ihre Mundwinkel, die immer tiefer sanken. So wie mein Herz immer mehr in meinen Magen rutschte. »Und was wirst du jetzt machen?«

»So tun, als wäre nichts passiert, und hoffen, dass die Stimmung zwischen uns sich schnell wieder auflockert?« Mit jedem Wort wanderte meine Stimme ein bisschen höher, bis sie fast nur noch einem Piepsen glich.

»Du wirst ihn nicht feuern?« Lilah setzte sich senkrecht hin und nun war ich diejenige, die ihre Stirn runzelte.

»Weil wir uns geküsst haben und die Stimmung jetzt etwas unangenehm ist? Quatsch, dafür doch nicht.«

»Meinst du nicht … nun ja«, sie biss sich auf die Unterlippe, bevor sie weitersprach, »meinst du nicht, sein Verhalten war etwas grenzüberschreitend? Sein Job ist es nicht, dich zu verführen, sondern dich zu beschützen.« Ihre Worte waren wie winzige Nadelstiche, die meine ganze Haut durchbohrten. *Situationen können fehlinterpretiert werden.* Ja, von jedem, aber doch nicht von einer Schauspielerin, für die Körpersprache das höchste Gut war!

»Er hat mich nicht verführt. *Ich* habe *ihn* geküsst.«

Überraschung breitete sich auf ihrem Gesicht aus. »Was? Ich dachte, du magst ihn nicht?«

»Tu ich doch gar nicht … Also zumindest nicht *so*. Keine Ahnung, Lilah, ich weiß auch nicht, was das ist. Vermutlich bloß eine blöde Schwärmerei, weil alles so stressig in den letzten Monaten war.« Ich zuckte mit den Schultern, als könnte ich den Kuss und all die Gefühle, die in mir wirbelten, dadurch einfach von mir schubsen.

»Wissen Sie bereits, was Sie essen möchten, oder brauchen die Damen noch einen Moment?«, fragte der Kellner, der gerade an unseren Tisch getreten war und damit zum Glück die unangenehme Stille verhinderte, die unweigerlich gefolgt wäre.

»Ich würde einmal die Spaghetti *Alio e olio* nehmen, *grat-zie.*«

Mein Gesicht verzog sich leicht bei ihrer Aussprache. Selbst der Kellner hatte offensichtlich größte Mühe, seine Miene zu bewahren, und drehte sich schnell zu mir, nachdem er die Speise aufgeschrieben hatte.

»Für mich die *Scialatielli allo scoglio, grazie.*« Normalerweise war Pasta mit Meeresfrüchten nicht meine erste Wahl, doch so, wie sie hier in Amalfi serviert wurde, war sie genau nach meinem Geschmack. Nudeln mit simpler Tomatensoße konnte ich zu Hause immer noch essen.

Der Kellner lächelte mir zu. »*Prego*, kommt sofort!«

Nachdem der Kellner unseren Tisch verlassen hatte, richtete ich meine Aufmerksamkeit wieder auf Lilah.

»Na gut, lassen wir die ernsten Themen und widmen wir uns den wichtigen Dingen«, meinte sie entschieden, hob ihr Glas und lächelte mich an. »Auf den schönsten Sommer in Italien und unsere Probleme, die wir für den Moment einfach Probleme sein lassen.«

Ich stieß mit meinem Glas an ihres. Doch obwohl mein Wein lieblich war, schmeckte er in meinem Mund bitter.

»Der Typ da vorne lächelt dich die ganze Zeit an. Er ist ziemlich heiß«, sagte Lilah, nachdem wir unseren Nachtisch beendet hatten – ein klassisches Tiramisu, das wir uns geteilt hatten –, und nahm einen Schluck von ihrem Cocktail.

Ich drehte mich in die Richtung, in die Lilah mit ihrem Kopf deutete, und entdeckte einen Kerl, der zu uns schaute. Er kam mir nicht im Geringsten bekannt vor, passte aber mit den kantigen Zügen und dunklen Haaren zu den Ergebnissen, die eine Suche nach italienischen Models ergeben würde. Obwohl das hier ein Ort für Berühmtheiten war, bedeutete es natürlich nicht, dass ich jeden kannte, trotzdem legte ich die Stirn in Falten.

»Weißt du, wer das ist? Oder hast du ihn zumindest schon mal irgendwo gesehen?«, fragte ich skeptisch.

»Spielt das denn eine Rolle? Seit wann achtest du auf den Status von jemandem, bevor du mit ihm sprichst?« Und schon war da wieder die Sorge in ihrer Stimme. Egal, was ich sagte oder machte, alle um mich herum schienen mich für eine Glasfigur zu halten, die sofort zersprang, wenn sie etwas aus der Reihe tanzte.

»Natürlich nicht, tut mir leid. Das ist wohl meine Paranoia, die etwas mit mir durchgeht«, gestand ich seufzend und nahm selbst einen weiteren Schluck meines Mojitos. Brennend breitete sich Ruhe in mir aus. Ich musste aufhören, in jeder Kleinigkeit das Schlechte zu sehen. Immerhin war mein Leben kein Krimi, sondern die gleiche langweilige Tragödie wie immer.

»Wärst du denn offen, jemanden kennenzulernen? Vielleicht ist das ja genau das, was du brauchst.«

Ich drehte den Strohhalm, der aus einer ungekochten Nudel bestand, und spielte mit den Minzblättern in meinem

Glas. Ja, ich war offen, jemanden kennenzulernen. Nur nicht irgendjemanden, sondern Wyatt.

Fuck. Hatte ich das gerade wirklich gedacht? Hitze schoss mir erst in die Wangen und zuckte dann wie ein Stromschlag durch meinen ganzen Körper. Auch wenn ich es nicht wollte, kamen die Erinnerungen an gestern Abend wieder in mir hoch. Wie er geschmeckt hatte. Wie weich seine Lippen gewesen waren. Wie gut er gerochen hatte.

Oh scheiße.

»*Signore*, eine Runde Getränke für die Damen. Sie wurden von dem Herrn dort drüben für Sie bestellt.«

Ich musste mich nicht umschauen, um zu wissen, von wem er sprach. Und hätte ich irgendwelche Zweifel empfunden, das breite Grinsen auf Lilahs Lippen hätte sie ausgelöscht.

»Einmal der *Strawberry Margherita* für die Dame im rosa Kleid.« Der Kellner stellte ein pink-rotes Glas vor Lilah ab, deren Wangen sofort die gleiche Farbe annahmen, bevor er sich an mich wandte. »Und ein *Sex on the beach* für die Dame im grünen Kleid.«

Sämtliche potenzielle Freude, die ich vielleicht empfunden hatte, verschwand sofort. Ich rümpfte die Nase und meinte zu Lilah: »Was ist das denn bitte für eine Anmache? Dein Getränk ist vielleicht noch ganz süß, meines aber irgendwie drüber.« Kritisch begutachtete ich das orange Getränk, das am Boden dunkelrot war, und fing an, es zu vermischen. Mir doch egal, dass der Cocktail dadurch seine schöne Optik verlieren würde.

»Da hast du recht.« Ihr Blick huschte zu ihrem eigenen Cocktail, den sie ein Stück von sich schob, bevor sie die Getränkekarte zur Hand nahm. »Ein *Amalfi's Dream* wäre noch süß gewesen. Oder ein *Pure Sunshine* – auch wenn du keinen Whisky trinkst, aber rein vom Namen. Sogar der *Strawberry Kiss* wäre zwar eindeutig gewesen, aber nicht so … so plump.« Lilah hatte sich vollkommen in Rage geredet, doch mir hatte sie damit das Lächeln zurück auf die Lippen gezaubert.

»Zumal ich *Sex on the beach* gar nicht mag! Weder im wahren noch im übertragenen Sinne.«

Sie verschluckte sich an ihrem *Strawberry Margherita*, bevor sie anfing zu lachen. Und ich stieg sofort mit ein. »Schade eigentlich, er sieht wirklich gut aus.«

»Aussehen ist leider nicht alles.«

Wir stießen mit unseren halb leeren Cocktails an, während die neuen unbeachtet auf der Ecke des Tisches standen.

»Ich hoffe, ich habe die richtige Wahl getroffen und die Cocktails schmecken euch?«, kam es plötzlich von einer tiefen Männerstimme, die mich aufsehen ließ.

»Ich glaube, die Gläser sprechen für sich.« In Lilahs Augen trat ein Funkeln, bei dem ich mir ein erneutes Kichern verkneifen musste. Ich wusste, wann man Angst vor ihr haben sollte, und der Typ anscheinend auch. Während er gerade noch breit grinsend und mit erhobenen Schultern neben uns gestanden hatte, fuhr er sich nun mit der rechten Hand durch die Haare.

»Sorry, ich dachte, zwei Klassiker wären genau richtig.«

Lilah öffnete bereits den Mund, um etwas zu erwidern, da trat eine weitere Person neben mich. Noch bevor er etwas sagte, jagte allein Wyatts Anwesenheit eine Gänsehaut über jeden Zentimeter meines Körpers.

»Ist alles okay bei euch?«, fragte er. Seine Stimme war ruhig, doch der Unterton eindeutig. Er musterte den Typen eingehend und seine Augen wurden dunkel, seine Miene eiskalt.

»Sorry, Kumpel. Ich wollte den beiden Damen bloß etwas zu trinken spendieren. Ist eine von beiden deine …?«

Ich unterdrückte ein Augenrollen. Ich war niemandes Eigentum, weder Single noch vergeben. Die Frage zeigte deutlich, was er für eine Art Mann war.

»Ach scheiße, meine Managerin ruft jetzt schon zum dritten Mal an«, meinte Lilah da genervt. »Tut mir leid, Lori, ich muss drangehen! Sie ist gerade in New York und … vielleicht geht es um Disney.«

»Alles gut, das hat Priorität«, sagte ich schnell und drückte einmal kurz ihre Hand, bevor Lilah sich mit einer erneuten gemurmelten Entschuldigung verabschiedete.

»Also … ist es okay, dass ich ihr ein Getränk ausgebe, oder betrete ich damit besetztes Territorium?«, hakte Mr Unangenehmer-Anmach-Cocktail nach.

Bei seinen Worten verengte Wyatt die Augen und presste den Kiefer so fest aufeinander, dass sogar meiner bereits zu schmerzen begann. Ich konnte es missinterpretieren – etwas, worin ich bei Wyatt anscheinend Meisterin war –, aber seine angespannte Haltung und die finstere Miene waren eindeutig. Er wollte nicht, dass der Typ mir näher kam.

Und da kam mir ein Gedanke.

Das ist eine schlechte Idee. Eine ganz, ganz schlechte Idee!, schrie eine kleine Stimme in meinem Kopf mich an. Doch egal, wie laut sie sein wollte, eine andere war lauter.

»Natürlich ist das in Ordnung«, flötete ich daher. Wyatts Blick schoss zu mir, doch ich wandte den Kopf, um jemand anderen anzulächeln. »Wir hatten noch keine Gelegenheit, uns richtig vorzustellen. Ich bin Loraine.«

»Freut mich, dich kennenzulernen. Ich bin Leano.« Er nahm meine ausgestreckte Hand entgegen und grinste breit. Sofort sah ich seine viel zu weißen Zähne, die in Kombination mit dem Dreimal-die-Woche-Sonnenbank-Look unnatürlich wirkten. Unnatürlich und vor allem unattraktiv. Doch auch wenn ich meine Hand fortziehen wollte, blieb ich standhaft und strahlte ihn an.

»Schade, dass dich mein Cocktail nicht angesprochen hat, aber vielleicht bekomme ich ja eine zweite Chance, dich zu überzeugen?« Er deutete auf die Bar und ich nickte.

»Ich komme sofort nach.«

»Ernsthaft, Loraine?«, fragte Wyatt, sobald Leano sich abgewandt und zur Bar gegangen war. Seine Stimme triefte nur so vor Abscheu, doch ich verdrehte bloß die Augen.

»Ernsthaft, Wyatt«, schoss ich zurück – wofür ich mich ein wenig hasste. Denn natürlich hatte er recht. Normalerweise hätte ich genau wie er auf einen solch schmierigen Typen reagiert: mit vor der Brust verschränkten Armen und dunklem Blick. Aber … ich hatte einen Hauch von Eifersucht in Wyatts Augen gesehen und da war jede Hoffnung für vernünftiges Handeln verloren gewesen. »Wenn du mich dann jetzt entschuldigen würdest?«

Damit stand ich auf und folgte Leano.

»Sorry, dass du warten musstest.« Mit einem entschuldigenden Lächeln ließ ich mich auf den Hocker neben Leano fallen.

»Kein Stress, ich habe in der Zeit schon mal ein neues Getränk bestellt. Dieses Mal treffe ich deinen Geschmack, versprochen.« Er zwinkerte mir zu und schob ein Glas vor mich. »Der *Sex on the beach* war ja nicht so deins, das kann nur einen Grund haben. Deshalb ist hier ein *Virgin Colada.*«

Beinahe fiel mir die Kinnlade herunter, als ich das weiße Getränk vor mir musterte. Das war doch nicht sein Ernst!

Doch anstatt Leano anzuschauen und ihm meine Abneigung zu zeigen, wanderte mein Blick über die Tische, bis ich fündig wurde. Wyatt war zwar an seinem Handy, hob jedoch immer wieder den Kopf, um nach mir zu schauen. Und da sah ich sie. Die grimmige Miene, die mich weiter anstachelte.

»Danke für den Cocktail«, brachte ich mühsam hervor und trug dabei ein Lächeln, auf das jeder Regisseur stolz gewesen wäre, obwohl es mich sträubte, hier zu sitzen und so zu tun, als wäre seine billige Anmache genau das, was mich ansprach. »Und was führt dich nach Amalfi?«, fragte ich also, um das Thema von den lächerlichen Cocktails wegzulenken.

»Der Job. Busy Lifestyle und so.« Er fuhr sich durch die Haare, grinste mich an und mich überlief eine Gänsehaut.

»Und was machst du beruflich?« Ich kam mir vor wie bei einem Bewerbungsgespräch, bei dem das Gegenüber vor Nervosität kein Wort hervorbrachte. Mit dem Unterschied, dass Leano definitiv nicht nervös war, sondern so sehr von sich selbst überzeugt, dass es fast schon wehtat. Trotzdem stand ich nicht auf.

»Modeln – hättest du dir das nicht denken können?«

Ich ignorierte den schleimigen Spruch und schaute lieber ein weiteres Mal zu Wyatt. Erneut der grimmige Blick.

Und dann tat ich, was ich selbst nicht für möglich gehalten hätte. Ich beugte mich nach vorne und drückte meine Lippen auf die von Leano. Kurz und schmerzlos und vor allem gefühllos. Denn der Kuss ließ mich vollkommen kalt und ich unterdrückte ein erleichtertes Seufzen, als ich mich wieder von ihm löste.

»Wow, das ... also damit habe ich nicht gerechnet«, sagte er, immer noch dieses schleimige Grinsen auf den Lippen, das sogar noch eine Spur arroganter geworden war. Super.

Meine Aufmerksamkeit richtete sich jedoch direkt wieder auf Wyatt. Doch anstatt glimmende Eifersucht in seinen Augen zu sehen, war da nur Enttäuschung. Enttäuschung, die wie ein Blitz in mich einschlug, als er den Kopf schüttelte.

Wut und Scham und Empörung und Traurigkeit kochten in mir hoch. Was tat ich hier eigentlich? Wie erbärmlich war ich denn? Wyatt hatte kein Interesse an mir. Kein Wunder, immerhin benahm ich mich wie ein gekränktes High-School-Girlie.

»Sorry«, nuschelte ich und rutschte vom Hocker. Ließ Leano zurück und mit ihm auch Wyatt, als ich davonstapfte. Ich wollte stark wirken, doch meine Beine fühlten sich an wie Wackelpudding und meine Selbstbeherrschung schwand mit jedem Schritt.

Ich erreichte den Ausgang der Terrasse, an der ein Mitarbeiter stand und dafür sorgte, dass niemand Unbefugtes sich vom privaten Parkplatz Zugang verschaffte.

»Miss, ist alles in Ordnung mit Ihnen?«

»Alles bestens.« Wie glaubwürdig waren meine Worte wohl, wenn ich dabei eine Träne von meiner Wange wischte?

Auf dem Parkplatz kramte ich nach dem Autoschlüssel, den ich natürlich nicht fand. Verzweifelt durchwühlte ich den Inhalt meiner kleinen Tasche. Hatte ich den Schlüssel überhaupt? Fuck, nein. Wyatt war gefahren und hatte ihn danach auch eingepackt. Ein Schluchzen drang aus mir hervor. Wie ein Kind hockte ich mich auf den Boden. Doch bevor ich mein Gesicht in meinen Händen verstecken konnte, riss ein helles Blitzen mich aus meiner Welt.

»Jackpot«, murmelte Leano. Von dem koketten Grinsen war nichts mehr übrig. Alles, was jetzt auf seinem Gesicht lag, war pure Boshaftigkeit, als er den Bildschirm seiner Kamera beäugte.

»Was zum Teufel?«, fragte ich irritiert. Warum war er hier? War er mir etwa gefolgt? Und was machte er mit der Kamera? Ein Frösteln durchzog mich, doch ich widerstand dem Drang, mich selbst zu umarmen, als ich wieder aufstand.

»Mein Chef wird ausrasten. Die perfekte Loraine Lewis, wie sie weinend aus einem Restaurant flieht. Nachdem sie jemanden geküsst hat, weil sie ihren *Bodyguard* eifersüchtig machen wollte.«

»Wa-was?«

»Denkst du wirklich, mir sind die Blicke nicht aufgefallen, die du deinem Anhängsel zugeworfen hast? Das war doch dein Bodyguard, richtig?« Als ich nichts sagte und ihn bloß anstarrte, schnaubte er. »Natürlich liege ich richtig. Zu schade, dass ich den Kuss nicht aufgenommen habe. Aber zum Glück bin ich dir gefolgt. Immerhin hab ich jetzt das hier.« Er drehte mir das Display zu, auf dem ich vage ein Bild von mir erkannte, wie ich mit verschmierter Mascara auf dem Boden kauerte.

Und da verstand ich: Trotz aller Sicherheitsvorkehrung hatte ein verdammter Paparazzo es in das Restaurant geschafft und mich an der Nase herumgeführt. Das Blut sackte mir in die Knie und mir wurde eiskalt. Ich umschlang meinen Oberkörper, als könnte ich den Schaden noch aufhalten. Dabei war er bereits angerichtet. Nach dem Artikel über

Amelia könnte eine solche Schlagzeile für einen Strudel sorgen, der mich zum Meeresgrund zog. Und ich hatte noch nie gut schwimmen können.

»Warum?« Ich hörte das Kratzen in meiner Stimme, bevor ich das Beben in mir spürte. Dabei wollte ich wütend sein. Nur leider fühlte ich mich genauso verängstigt, wie ich klang.

»Nimm's nicht persönlich. Du bist einfach zu interessant für die Medien. Eigentlich habe ich gehofft, dass du bei ein, zwei Gläsern zu viel ein bisschen was ausplauderst. Aber das hier ist auch nicht schlecht. Im Gegenteil. Ich sehe die Schlagzeilen schon vor mir: *Wenn Hollywoods Sonnenschein hinter einer Gewitterwolke verschwindet.*« Seine Hände malten in die Luft, während er seine Worte mit einem zufriedenen Seufzen beendete. Die Metapher war grauenvoll. So grauenvoll, dass sie den Begriff nicht verdiente. Doch mir fehlte die Kraft, ihm genau das zu sagen. »Damit werde ich mir eine geile Wohnung leisten können. Das waren die verschwendeten Cocktails allemal wert.«

Ein Schauer überrollte mich und ich konnte das Zittern nicht aufhalten, das von meinem Körper Besitz ergriff. Weil ihm sein Komfort wichtiger war als das Leben eines Prominenten. Für ihn war ich bloß ein Star, vom dem er profitieren würde, egal, was es mich kostete. Was er in meinem Leben damit anrichtete.

Das Knirschen von Kies riss meine Aufmerksamkeit auf sich. Bevor Leano – oder wie immer er auch wirklich hieß – reagieren konnte, tauchte Wyatt auf und riss ihm die Kamera aus der Hand. Krachend schmetterte er sie zu Boden. Die Linse splitterte. Spätestens als Wyatt ihr einen festen Tritt verpasste.

»Fuck!«, schrie der Typ. »Die war verdammt teuer!«

Wyatt ignorierte ihn und hob die Speicherkarte auf, die er lässig einsteckte.

»Wenn du Loraine noch einmal bedrohst, ist deine Kamera deine geringste Sorge, hast du mich verstanden? Sollte irgendetwas hiervon seinen Weg in die Öffentlichkeit finden, wirst du nicht nur alles verlieren, was du hast, sondern alles, was du jemals besitzen wirst. Wir werden dich so lange verklagen, bis nichts mehr von dir übrig ist. Und denk erst gar nicht daran zu versuchen, gegen mich vorzugehen. Ich habe bloß meinen Job gemacht, wer weiß, was du ihr sonst noch angetan hättest.« Wyatt sprach leise, was ihm noch mehr Stärke gab. Noch nie hatte ich so viel Kälte und Härte in seiner Stimme gehört. Gänsehaut kroch über meine Arme.

Der Reporter fluchte erneut, bevor er eine Entschuldigung sowie das Versprechen zu schweigen murmelte.

»Die Speicherkarte werde ich behalten. Zum reinen Selbstschutz. Solltest du dein Wort nämlich nicht halten, werden wir dein Material gegen dich verwenden. Blöd, wie schnell Karma zuschlagen kann, nicht wahr?« Ohne ein weiteres Wort kam Wyatt auf mich zu. Er nahm meine Hand und schaute mir tief in die Augen. »Bist du okay?«

Ich nickte. Dabei bebte mein ganzer Körper.

»Gut. Steig in den Wagen.«

27

I'm so fucking messed up

Loraine

»Was hast du dir nur dabei gedacht?«, platzte es aus Wyatt heraus, als wir in meinem Wohnzimmer standen. Die Fahrt über hatten wir kein Wort gesprochen, doch an der Art, wie er seine Hände um das Lenkrad geklammert hatte, hatte ich es bereits geahnt. Dass er wütend auf mich war. »Loraine, wie kannst du nur so naiv sein? Ich hätte dich für deutlich intelligenter gehalten!«

Seine Worte trafen mich genau dort, wo es wehtat. Ich war nicht naiv. Scheiße, vielleicht war ich es doch. Vor allem war ich jedoch verletzt. Und traurig. Und verdammt einsam.

»Woher hätte ich wissen sollen, dass er ein Reporter ist?«

Doch Wyatt ging gar nicht auf meinen Einwand ein. »Was hättest du getan, wenn ich nicht da gewesen wäre? Weißt du, was das für Konsequenzen hätte haben können? Was dir hätte passieren können?«

»Ist es so verwerflich, dass ich für einen Abend normal sein und Spaß haben wollte?«, platzte es aus mir heraus, auch wenn das nicht der Grund für mein Verhalten gewesen war. Tränen stiegen mir in die Augen, geladen von Wut und Verzweiflung.

»Du bist aber nicht normal, Loraine.«

Seine Worte saßen. Wie eine Ohrfeige hatten sie mich getroffen. Denn er hatte recht. Ich war nicht normal. Sosehr ich es auch sein wollte. Unwillkürlich zuckte ich zurück. »Es ist doch nicht meine Schuld, dass er mir gefolgt ist!«

»Was?«, fragte Wyatt, mit einem Mal wirkte es, als wäre der ganze Wind aus seinen Segeln gewichen.

»Nur weil ich ihn geküsst habe, hatte er doch kein Recht, mir einfach hinterherzugehen.«

Wyatts Augen wurden groß und er machte einen Schritt auf mich zu. »Ihr seid gar nicht zusammen nach draußen?«

»Nein«, entgegnete ich gepresst. »Nach dem Kuss wollte ich nur noch weg. Weg von dem Kerl. Weg von … allem. Deshalb bin ich zum Auto. Und er ist mir einfach gefolgt.«

Schock und Reue spiegelten sich auf Wyatts Zügen. »Scheiße, Loraine, es tut mir leid. Ich … Ich dachte, du wolltest, dass er mitkommt! Ich habe nur gesehen, wie du ihn geküsst hast und ihr dann kurz nacheinander verschwunden seid, als hättet ihr euch verabredet, gemeinsam rauszugehen. Deshalb bin … war ich so wütend. Weil ich geglaubt habe, du wärst freiwillig allein mit einem Wildfremden auf einen verlassenen Parkplatz verschwunden und …«

Ich schüttelte den Kopf. »Schon gut, immerhin weiß ich jetzt, was du wirklich von mir denkst.«

»Loraine, bitte warte, es tut mir leid.«

Ich ging weiter. Ich wollte nur noch allein sein.

»Lori, bitte.«

Mein Spitzname aus seinem Mund, der normalerweise dafür sorgte, dass die Schmetterlinge in meinem Bauch tanzten, brachte mich kurz zum Stoppen. Doch dann lief ich weiter, in mein Zimmer, wo ich die Tür hinter mir abschloss, bevor ich auf meinem Bett zusammenbrach.

Mein Gesicht brannte schmerzhaft, als ich aufwachte. Mein Zimmer lag in kompletter Dunkelheit, nur der Mond sorgte für einen Hauch von Licht. Während ich mich aufrichtete, knirschte es unter mir.

Ich trug noch immer das Satinkleid, das vermutlich jetzt komplett zerknittert war und mir unangenehm in die Haut schnitt. Zum Glück war hier niemand, der über den Zustand des Kleides meckern oder mich über den richtigen Umgang damit belehren konnte. Hier war niemand. Nur Wyatt, der mich jetzt zu Recht verabscheute. Weil ich alles ruiniert hatte. Weil ich immer alles ruinierte.

Allein bei dem Gedanken an seine Worte wuchs der Kloß in meinem Hals und die Tränen stiegen mir wieder in die Augen. Es war nicht meine Absicht gewesen, mich dumm oder naiv zu verhalten, auch wenn ich genau das getan hatte. Ihn eifersüchtig machen wollen … es war so unendlich dumm. Aber ich konnte es nicht mehr rückgängig machen, egal, wie sehr ich es wollte. Wahrscheinlich hatte ich ihn mit meiner Aktion nur darin bestätigt, besser nichts mit mir anzufangen.

Schniefend wischte ich mir die Tränen fort, nur um schwarze Farbe an meinen Fingern vorzufinden. Ich musste nicht in den Spiegel blicken, um zu wissen, dass ich gerade große Ähnlichkeiten mit einem Panda besaß. Seufzend erhob ich mich – immerhin hatte ich meine Schuhe ausgezogen – und geriet sofort ins Schwanken. Ich stützte mich an der Wand ab, atmete tief durch. In meinem Kopf feierten Trommler Party, während ich versuchte, mein Gleichgewicht zu halten. Wie viel hatte ich getrunken? Zu viel, das stand fest. Zusammen mit den ganzen Tränen war das keine gute Kombination für einen kopfschmerzfreien Tag. Alles, was mir jetzt noch helfen würde, war eine heiße Dusche und eine Aspirin, damit ich morgen früh ohne Schmerzen aufwachen würde. Oder zumindest mit deutlich weniger als jetzt gerade.

Mit unsicheren Schritten tapste ich in Richtung des Bads, das meinem Zimmer am nächsten war. Trotzdem waren es viel zu viele Schritte, die ich irgendwie bewältigen musste, obwohl ich mich einfach nur wieder zusammenkugeln wollte. Doch nach einer Dusche würde ich mich sicher besser fühlen. Und vor allem würde sie hoffentlich dafür sorgen, dass ich vernünftig schlafen würde. So vernünftig, wie man schlafen konnte, wenn die ganze Welt sich irgendwie gegen einen stellte.

Als ich das Badezimmer erreichte, spielte ich bereits an dem Reißverschluss meines Kleides, während ich die Tür öffnete. Womit ich jedoch nicht gerechnet hatte, war Wyatt, der bereits im Bad stand.

Er war nur in Boxershorts bekleidet, wodurch ich freien Blick auf seinen trainierten Oberkörper und die breiten Schultern hatte. Im letzten Moment fing ich den Stoff meines Kleides, der mir bereits über die Schultern rutschte. Denn nur weil Wyatt mit nacktem Oberkörper vor mir stand, musste ich es ihm nicht nachmachen. Mein Kleid war nämlich das Einzige, was mich verhüllte, und das konnte auch gerne so bleiben.

Er fand meinen Blick im Spiegel. Seine Augen weiteten sich vor Überraschung, bevor Sorge in seine Miene trat. Der Rasierer, den er gerade noch in der Hand gehalten hatte, fiel ins Waschbecken. Ich konnte nicht schnell genug reagieren, da stand er schon vor mir. Die Stirn in Falten gelegt. Die Lippen aufeinandergepresst. Seine Hand streckte sich nach mir aus, doch bevor er meine Wange berühren konnte, hielt er inne.

»Ist alles in Ordnung bei dir?«, fragte er leise. Seine Stimme war ganz kratzig. Als hätte er selbst bereits geschlafen. Oder viel zu lange wach gelegen.

Ich nickte, bevor mein Nicken in ein Kopfschütteln überging. »Es tut mir so leid, Wyatt. Ich wollte das nicht.« Mit aller Kraft hielt ich die Tränen, wo sie waren. Ich hatte bereits genug geweint und so schlimm das Bild auch war, auch ein Sturzbach von Tränen konnte meine Probleme nicht wegspülen.

»Dir muss nichts leidtun. Wenn sich jemand entschuldigen muss, dann bin ich das. Ich war wütend, weil ich Angst um dich hatte, und verletzt, weil …« Er stockte.

»Warum warst du verletzt?« Ich legte den Kopf schief und beobachtete, wie Wyatt den Blick senkte. Wie er meinem auswich. Es gab nur einen logischen Grund, warum er verletzt gewesen war.

»Du warst eifersüchtig?«, fragte ich. Obwohl genau das mein Ziel gewesen war, konnte ich es kaum glauben.

»Fuck. Ja. Es tut mir leid, das wird nicht noch mal vorkommen«, murmelte er, als er den Kopf wieder hob. Mir wieder in die Augen schaute. Mit seinen eisblauen Augen, die trotz ihrer sonstigen Härte gerade nur weich waren. Die mich trotzdem durchschnitten wie Glas. Weil Wyatt mich sehen wollte und ich verdammt noch mal von ihm gesehen werden wollte.

»Und wenn ich genau das beabsichtigt hatte?«

Wyatt hob eine Augenbraue. »Du hast das gemacht, um mich eifersüchtig zu machen?«

Meine Wangen brannten und ich brachte bloß ein Nicken zustande. »Du hast mich verletzt. Als du gesagt hast, unser Kuss wäre ein Fehler gewesen. Ich will kein Fehler für dich sein. Vor allem nicht dann, wenn du die erste Person seit Jahren bist, die anders ist. Wenn das die erste Sache war, die sich richtig angefühlt hat. So richtig *richtig*. Wenn –«

Weiter kam ich nicht, denn da hatte Wyatt mich auch schon an sich gezogen und seine Lippen auf meine gepresst. So, wie ich es mir gestern gewünscht hatte. Er küsste mich atemlos und gleichzeitig konnte ich endlich wieder Luft holen. Er küsste mich schwindelig und gleichzeitig hörte meine Welt auf, sich zu drehen. Er küsste mich um den Verstand und gleichzeitig fasste ich den ersten klaren Gedanken. Egal, wie sehr ich ihn anfangs noch verabscheut hatte, ich wollte ihn. Vollkommen.

Wyatts Hand fuhr von meinen Haaren über meinen nackten Rücken, wo der Reißverschluss des Kleides bereits geöffnet war. Er zupfte leicht an dem Stoff, gab mir die Möglichkeit, ihn zurückzuweisen, doch ich wollte ihn nicht stoppen. Meine Hand, die sich bis gerade noch in mein Kleid gegraben hatte, um es an Ort und Stelle zu halten, ließ los. Der Stoff glitt über meine Haut, bevor er zu Boden fiel.

Sofort packte Wyatt mich bei den Hüften und hob mich hoch. Ich schlang meine Beine um ihn, wobei wir uns keinen Moment voneinander lösten. Der Kuss wurde heftiger. Hitziger. Intensiver. Mein Inneres stand in Flammen und ich wollte mehr von ihm. Seine Zunge drang in meinen Mund, was mir ein Stöhnen entlockte. Ich presste mich noch näher an ihn, um das Ziehen in meinem Unterleib zu besänftigen. Stattdessen spürte ich jedoch, was meine Berührungen mit Wyatt machten; dass es ihm genauso ging wie mir. Ich schmiegte mich noch enger an ihn und Wyatt stöhnte an meinen Lippen, was mich nur noch mehr anmachte.

»Fuck«, sprach er genau den Gedanken aus, der mir selbst gekommen war. »Ich will nicht zu weit gehen«, sagte er mit rauer Stimme, woraufhin ich die Augen verdrehte.

»Wir haben beide nur noch unsere Unterwäsche an. Für diesen Gedanken ist es ein wenig zu spät. Oder willst du etwa aufhören?« Ich machte Anstalten, mich zu lösen, doch bevor ich auch nur mein Bein lockern konnte, verpasste Wyatt mir einen Klaps auf den Hintern.

»Im Gegenteil.«

Gänsehaut kroch über meinen Körper und ich begann zu zittern. Dabei war mir alles andere als kalt. »Wenn du nicht willst, dass ich hier erfriere, dann solltest du handeln. Jetzt.«

Das ließ sich Wyatt nicht zweimal sagen. Keine Sekunde später hatte er uns beide umgedreht und ich spürte die Wand in meinem Rücken. Er presste sich enger an mich. Erneut spürte ich seine Erektion, die mich genau an der Stelle berührte, die mich durchdrehen ließ. Ich stöhnte auf.

»Am liebsten würde ich dich einfach gegen die Wand vögeln«, raunte er mir ins Ohr. »Aber das sparen wir uns lieber für wann anders auf.«

»Ist das eine Drohung?«, keuchte ich und das Grinsen auf seinen Lippen wurde breiter.

»Eher ein Versprechen.«

Meine eigenen Mundwinkel wanderten nach oben, bevor er unser Lächeln mit einem weiteren Kuss versiegelte. Nicht so stürmisch wie zuvor, aber mindestens genauso intensiv. Er verstärkte den Griff um meinen Po und trug mich in Richtung meines Schlafzimmers.

Als er die Tür öffnete, strich ein zarter Luftzug über meine Haut, was mich innehalten ließ. War meine Terassentür nicht zu gewesen? Vermutlich hatte ich sie noch im Delirium geöffnet, um etwas frische Luft reinzulassen, konnte mich nur nicht mehr daran erinnern.

Wyatt ging auf mein Bett zu, wo er sich mit mir auf dem Schoß fallen ließ. Seine Lippen wanderten von meinem Mund zu meinem Hals, fanden dabei immer genau die richtigen Punkte. Mit geschlossenen Augen legte ich meinen Kopf in den Nacken, konzentrierte mich nur auf seine Berührungen auf meiner Haut und wie verdammt richtig sich alles anfühlte.

Als ich die Augen wieder öffnete, erstarrte ich.

28

Sweet little Liar, all your lies will eat you up

Loraine

Verräterin.

Das Wort prangte in roten Buchstaben über meinem Bett. Die Farbe verlief. Tropfte von der weißen Wand auf das weiße Bettlaken. Blutrot.

Mir entwich ein Schrei. Wyatt zuckte zusammen. Ich riss mich von ihm los. Stand auf. Brach zusammen.

»Was ist los? Was hab ich falsch gemacht? Loraine?«

Ich schlug mir die Hände vor den Mund, während ein Beben durch meinen ganzen Körper ging. Mein Blick war auf das Wort gerichtet, das auf meine Wand geschmiert worden war.

Wyatt drehte sich um und sofort entwich ihm ein Fluch. Doch anstatt sich wie ich von Angst überrollen zu lassen, griff er nach meiner Decke und legte sie mir um die Schultern. Kaum schloss sich der weiche Stoff um meinen Körper, versperrte Wyatt die Tür nach draußen und erklärte überraschend ruhig: »Ich muss das Haus durchsuchen, aber ich bin gleich wieder da, okay?«

Ich wollte ihn anflehen, mich nicht zurückzulassen, doch

meine Stimme gehorchte mir nicht. Panik schnürte mir die Kehle zu und ließ mich immer schwerer atmen, während Wyatt aus dem Zimmer eilte.

Nach kurzer Zeit, die sich wie eine Ewigkeit angefühlt hatte, war er wieder da.

»Es ist niemand in der Villa. Ich überprüfe gleich noch den Garten und kontrolliere alles ein weiteres Mal, aber ich wollte dich nicht zu lange allein lassen. Hast du die Tür aufgelassen?«, fragte er, immer noch völlig ruhig. Wieso blieb er so ruhig? Wieso drehte er nicht durch? Irgendjemand hatte sich Zugang zu meiner Wohnung verschafft. Zu meinem Schlafzimmer. Kälte und Hitze durchströmten mich. Zuckten abwechselnd wie Stromschläge durch mich und verstärkten das Zittern, das mittlerweile meinen ganzen Körper einnahm.

»N-nein. N-nicht, da-dass ich wü-wüsste.« Sogar meine Stimme zitterte.

»Kannst du aufstehen?«

Ich reagierte nicht. Ich bebte nur. Wyatt schlang die Decke fester um mich, als würde sie irgendwie die Kälte dämmen können. Dabei war alles in mir zu Eis erstarrt. Und stand gleichzeitig in Flammen.

»Wir sollten dich hier rausbringen.« Als ich nicht reagierte, legte Wyatt seine Arme um mich. Ganz vorsichtig, falls ich mich wehren sollte. Doch ich regte mich immer noch nicht. In mir war keine Kraft. Da waren bloß diese Buchstaben. Dieses verhängnisvolle Wort. *Verräterin.*

Behutsam hob Wyatt mich hoch. Ich ließ es zu. Schlang aus Reflex meine Arme um seinen Hals. Klammerte mich an das letzte bisschen Kontrolle, das mir noch blieb. Ironisch, nachdem Wyatt doch einer der Gründe war, warum mir die Kontrolle so oft entglitt.

Er trug mich aus meinem Zimmer. Den gleichen Weg, den wir noch vor wenigen Sekunden gegangen waren. Nur war jetzt alles anders. Da war keine Lust mehr. Keine hitzige Vorfreude. Da war nur die beißende Angst und die Erkenntnis, dass ich Hilfe brauchte. Denn aus den beängstigenden Nachrichten war eine richtige Bedrohung geworden.

Wyatt stieß eine Tür auf, die zu dem Zimmer führte, in dem er sich einquartiert hatte. Dort setzte er mich auf dem Bett ab. Als seine Wärme verschwand, schlang ich die Decke wieder enger um mich. So eng.

»Hier, zieh das an«, sagte Wyatt leise.

Ich hasste es, dass er mit mir sprach, als wäre ich zerbrechlich. Allerdings war ich gerade wirklich dabei zu zerbrechen. Als ich mich nicht rührte, streifte Wyatt mir vorsichtig die Decke von den Schultern, nur um mir kurz darauf einen Hoodie überzuziehen. Seinen Hoodie. Sofort wurde ich von seinem Geruch eingehüllt, der sonst für Schmetterlinge sorgte.

»Ich muss unter die Dusche.« Es war das Erste, was ich seit Minuten sagte.

Irritiert schaute er mich an. Doch mir war es egal, dass er mich gerade für verrückt hielt. Ich trug nicht nur immer noch das verwaschene Make-up und den Schweiß des Tages an mir, sondern jetzt auch noch die ganzen Gedanken, die wie Ameisen über meine Haut krabbelten. Ich musste die Bilder loswerden. Irgendwie fortspülen.

Als ich versuchte aufzustehen, reichte Wyatt mir die Hand. Kaum erhob ich mich, begannen meine Beine zu zittern. Ich war so erbärmlich. Eine erbärmliche Lügnerin. Trotzdem schaffte ich es irgendwie zum Bad.

»Ich bleibe direkt vor der Tür, sodass garantiert niemand reinkommt. Versprochen«, sagte Wyatt ernst.

Nickend trat ich ins Bad, zog mir die Kleidung aus und stellte mich unter die Dusche. Das Wasser war zu heiß, doch das spielte keine Rolle. Ich ließ es auf mich herabprasseln, bis meine Haut ganz rot war. Bis meine Gedanken sich beruhigten. Bis ich unter dem heißen Wasser zu frösteln begann.

Dann schlüpfte ich zurück in Wyatts Hoodie und verließ das Bad.

»Ich weiß auch nicht, wie das passieren konnte. Sie hat sich in der Küche kurz Wasser geholt, und als sie zurück in ihr Zimmer ging, hat sie die Farbe entdeckt.« Wyatt stoppte. Ich war erstaunt, wie mühelos ihm die Lüge über die Lippen kam. »Ich habe keine Ahnung, wie diese Person es in die Villa geschafft hat. Vermutlich über die Terrasse direkt in ihr Zimmer, aber das Gelände ist komplett abgesperrt. Hier kommt niemand rein.« Er seufzte. »Ja, außer über das Meer selbst.«

Ich ging ins Wohnzimmer, vorbei an Wyatt, der wie versprochen vor dem Bad gewartet hatte, und ließ mich auf die Couch fallen. Sofort griff ich nach der Decke und hüllte mich in den weichen Stoff ein.

Wyatt trat zu mir in den Raum. »Ich glaube nicht, dass es eine gute Idee wäre, die Villa zu verlassen. Immerhin ist das hier ihr Zuhause. Eine fremde Umgebung könnte mehr Schaden anrichten als helfen. Die Polizei kann ich morgen immer noch rufen. Griffin, sie ist völlig aufgelöst. Ich will ihr das gerade nicht zumuten.«

»Keine Polizei«, sagte ich.

Wyatt drehte sich zu mir und runzelte die Stirn. »Ich melde mich, wenn es was Neues gibt«, sagte er noch, bevor er auflegte. »Lori, wir sollten das wirklich den Behörden melden.«

Hastig schüttelte ich den Kopf. »Nein. Keine Polizei.«

Seufzend setzte er sich neben mich. Nahm meine Hände in seine eigenen. »Scheiße, sind die kalt.«

Ich wollte lächeln, doch mir entwich nur ein Schnaufen, bevor ich den Blick senkte.

»Warum willst du die Polizei nicht benachrichtigen? Irgendwer hat sich unbefugten Zutritt verschafft. Das war ein Einbruch. Ich weiß, dass dich das aufwühlt, aber sie können dir helfen.«

»Du weißt gar nichts«, sagte ich leise. Meine Stimme war zu schwach, um den Worten die richtige Härte zu geben.

»Was soll das bedeuten?«

»Kannst du mir einen Tee machen?«, fragte ich und hob den Kopf.

In seinem Gesicht standen so viele Fragen. Als er realisierte, dass er keine Antwort von mir bekommen würde, erhob er sich jedoch. Kurz verschwand er in die Küche, nur um einen Moment später mit einer dampfenden Tasse zurückzukehren. »Kamillentee. Wirkt beruhigend. Meine Mom hat ihn mir früher immer gemacht.«

Ich lächelte. »Ich wünschte, ich hätte auch so eine Mutter gehabt.«

Wyatt legte den Kopf schief. Ihm war deutlich anzusehen, dass er nachfragen wollte, was hinter meinen Worten steckte. Doch er zögerte. Und ich nutzte den Moment, um selbst zu erzählen. Nicht von meiner Mutter, das war eine Geschichte für einen anderen Tag. Aber von der Wahrheit.

»Wyatt, ich … das … Das war nicht das erste Mal«, flüsterte ich.

Er schob die Augenbrauen zusammen. »Was?«

»Das ist nicht die erste Nachricht dieser Art, die ich bekommen habe. Allerdings waren sie bisher nur digital und nicht … so.« Ich konnte es selbst nicht glauben, dass ich das Wyatt anvertraute. Aber was blieb mir für eine Wahl? Er hatte die Botschaft an der Wand gesehen und, was noch viel schlimmer war, bereits Griffin kontaktiert.

»Wovon sprichst du?«

»Nachrichten. Per SMS. An deinem ersten Abend bei mir, als ich in der Küche saß und … also, als es mir nicht so gut ging, da … na ja, da kam die erste SMS«, gestand ich ihm und zupfte an der losen Nagelhaut an meinen Fingern. Einen Besuch bei der Maniküre hatte ich vor unserem abrupten Abflug nicht geschafft, was sich langsam bemerkbar machte.

»Warum hast du mir nichts gesagt? Verdammt, wenn ich das gewusst hätte, dann hätte ich dem hier niemals zugestimmt.« Er fluchte.

Ich schluckte. »Ich konnte es dir nicht sagen.«

»Warum nicht?« In seiner Stimme lag so viel Wut, dass in mir sofort die Schuldgefühle aufstiegen.

»Weil ich damals noch nicht wusste, dass ich dir vertrauen kann.«

Wyatt öffnete den Mund, wie um weiter mit mir zu diskutieren, ehe meine Worte zu ihm durchzudringen schienen. »Du vertraust mir?«, fragte er. Die Wut war aus seiner Stimme verschwunden. Aus seinen Zügen, die plötzlich ganz weich wurden.

Ich zuckte lediglich mit meinen Schultern.

Er schluckte, dann fragte er: »Kannst du mir die Nachrichten vielleicht zeigen?«

Ich hätte damit rechnen müssen, dass er mich nach dem Chatverlauf fragen würde. Trotzdem traf es mich eiskalt. Doch jetzt gab es kein Zurück mehr.

Nachdem Wyatt mein iPad aus meinem Zimmer geholt hatte – meine Beine gehorchten mir immer noch nicht richtig und das Bedürfnis, dorthin zurückzukehren, ging gegen null –, setzte er sich neben mich auf die Couch.

»Du solltest damit zur Polizei gehen«, sagte Wyatt nach einer kleinen Ewigkeit, in der er bloß auf den Bildschirm gestarrt und gelesen hatte. Mit jeder weiteren Nachricht waren ihm seine Züge mehr entgleist. Den meisten wäre es wohl nicht aufgefallen, doch wenn man so viel Zeit miteinander verbrachte wie wir, achtete man irgendwann auf die kleinen Änderungen der Mimik. Auf die schmale Falte, die sich zwischen seinen Brauen bildete, oder seine Mundwinkel, die zwar an Ort und Stelle blieben, jedoch verkrampften.

»Keine Polizei«, wiederholte ich meine Aussage von eben. Genauso bestimmt. Genauso verängstigt.

»Wieso willst du nicht zur Polizei? Lori, das solltest du nicht allein mit dir ausmachen. Es ist schlimm genug, dass du es so lange hast laufen lassen.«

»Keine zwei Wochen«, korrigierte ich ihn. Erst, als ich die Zahl ausgesprochen hatte, wurde mir klar, wie wenig Zeit vergangen war. Und wie viel sich dennoch verändert hatte.

»Das ist lange genug. Glaub mir, da hätte durchaus schon Schlimmeres passieren können. Stell dir nur mal vor, ich wäre heute Nacht nicht hier gewesen. Oder du wärst in deinem Zimmer gewesen. Allein. Wer weiß, was die Person dann getan hätte.« Sein Blick verdunkelte sich, während er seinen Kiefer so fest aufeinanderpresste, dass ich die Schmerzen spüren konnte.

Seine Worte verursachten eine Gänsehaut an meinem ganzen Körper. Er hatte recht. »Ich hätte nicht gedacht, dass es so weit gehen würde. Ehrlich.«

»Ein Foto aus deiner Lobby hat dir nicht gereicht?«

»Deshalb ja der Ortswechsel!« Ich fuchtelte mit den Armen herum, doch Wyatt schüttelte nur den Kopf.

»Lori. Wenn jemand es auf dich abgesehen hat, dann ist es egal, wo du bist oder ob du eine neue Nummer hast. Das sind vielleicht kleine Steine auf dem Weg, aber keine unüberwindbaren Mauern. Wir müssen die Behörden einschalten. Bevor es eskaliert.«

»Das geht nicht.«

Wyatt stöhnte und vergrub die Hände in seinem Gesicht. »Warum nicht?«

Scheiße. Ich musste ihm die Wahrheit sagen. Ich biss mir auf die Unterlippe. So fest, dass ich Blut schmeckte und der Schmerz mir einen klaren Kopf bescherte. »Weil diese Person etwas gegen mich in der Hand hat, das meine Karriere ruinieren könnte. Für immer.«

Ausgesprochen klang die Wahrheit noch trauriger, als sie sich die ganze Zeit bereits angefühlt hatte. Ich schloss die Augen. Sah die Bilder dieses verhängnisvollen Abends vor mir. Hörte die Stimme meines jüngeren Ichs, das die Worte sagte, die ich so sehr bereute. Die ich zurücknehmen würde, wenn ich es könnte. Doch meine Taten konnten nicht rückgängig gemacht werden, genauso wenig wie die Konsequenzen, die ich seitdem trug. War der Erfolg es wirklich wert gewesen, einen Teil meiner Seele zu verlieren?

Als ich die Augen wieder öffnete und die Stimmen in meinem Kopf verebbten, sah ich Wyatts Blick auf mir. Sorge mischte sich in seine fragenden Augen.

»Ich habe vor vielen Jahren etwas getan, was ich mir selbst nie verziehen habe. Niemand weiß davon, wirklich niemand. Außer Griffin und die unbekannte Person, die dieses Wissen jetzt gegen mich nutzt. Bisher hat sie nur Nachrichten geschrieben, aber wenn ich zur Polizei gehe, wird sie es entweder ausplaudern oder mich damit erpressen. Das weiß ich einfach.«

»Was könntest du so Schreckliches getan haben, dass es deine Karriere ruinieren kann?«, fragte Wyatt. Seine Stimme zitterte leicht.

»Das, was wirklich beim Casting von *Dear Sweet Innocence* passiert ist. Zwischen Daisy und mir.« Ich hatte es ausgesprochen. Nach all den Jahren hatte ich es das erste Mal ausgesprochen.

»Was meinst du?«, flüsterte er. Angst belegte seine Stimme, breitete sich auch in mir aus. Nahm mein Herz ein, das mich anflehte, es nicht zu tun. Doch blieb mir eine Wahl? Er hatte die Nachrichten gelesen. Hatte die Botschaft gesehen. Er musste die Wahrheit erfahren.

»Der Unfall … Wyatt, er war meine Schuld.«

Vier Jahre zuvor

Pretty faces do the ugliest things

Loraine

Schweiß rann mir über den Rücken, während ich krampfhaft mein Lächeln aufrechterhielt. Griffin hatte mich so oft daran erinnert, wie wichtig die Releaseparty heute war, dass seine Stimme wie eine gesprungene Schallplatte in meinem Kopf hallte.

Streng dich an.

Streng dich an!

Streng. Dich. An!

»Darf es für Sie noch etwas zu trinken sein, Miss?« Ein Kellner tauchte vor mir auf und ich fragte mich, wie er in dem weißen Hemd und mit der zu engen Fliege überhaupt noch lebte. Der Londoner Sommer meinte es dieses Jahr gut mit uns, selbst zur frühen Abendstunde war es immer noch fast unerträglich heiß draußen. Deshalb hielten sich auch sämtliche Partygäste im klimatisierten Innenbereich der Location auf und nicht auf der schicken Terrasse mit einer einmaligen Aussicht auf die Themse und das London Eye.

»Ein Champagner bitte«, sagte ich eine Spur zu hastig.

Er nickte, warf mir jedoch einen skeptischen Blick zu.

Keine Ahnung, wie viele Gläser ich bereits gehabt hatte. Gegen die verfluchte Hitze half der übermäßige Alkohol vermutlich nicht, meinen Nerven jedoch schon.

Alle Augen lagen auf mir und warteten nur auf den kleinsten Fehltritt. Schließlich wussten alle von der Konkurrenz zwischen mir und der *SilverLake*-Schauspielerin, die sich meine Rolle schnappen wollte. *Meine* Rolle, die ich mir unter keinen Umständen nehmen lassen würde. Vor allem nicht von einer britischen Schauspielerin, deren Karriere sowieso am Ende war.

Gott, ich hasste mich für meine Gedanken und dafür, was diese verfluchte Konkurrenz aus mir gemacht hatte. Dabei hatte ich nicht einmal damit angefangen, sondern sie. Dieses ganze Chaos hier war ihre Schuld.

Als wir uns vor wenigen Monaten auf der Silvesterparty im Sky Garden kennengelernt hatten, hatte ich wirklich geglaubt, in Daisy eine Freundin finden zu können. Auch wenn wir bei konkurrierenden Agenturen unter Vertrag standen, war ich mir sicher gewesen, dass wir Verbündete wären. Doch kaum war offiziell geworden, dass sowohl Daisy als auch ich für die Hauptrolle in *Dear Sweet Innocence* in Betracht gezogen wurden, war der letzte Funken Hoffnung auf eine Freundschaft erloschen. Daisy hatte aufgehört, mit mir zu sprechen, wenn wir uns auf Events sahen. Womit ich noch hätte leben können. Doch das war erst der Anfang gewesen.

»Loraine, endlich habe ich dich gefunden«, unterbrach eine zarte Stimme meine wirbelnden Gedanken.

Ich schaute von meinem Weinglas auf, um in ein mir unbekanntes Gesicht zu blicken. Es war schmal, wurde von roten Haaren umrahmt und von einer kleinen Stupsnase geziert. Der Pony fiel der jungen Frau ins Gesicht und verdeckte einen Teil ihrer blauen Augen.

»Hi«, sagte ich so freundlich wie möglich, obwohl ich sie nicht zuordnen konnte.

Sie strich sich eine Strähne aus dem Gesicht, auf einmal sichtlich verlegen. »Ich … ähm, ich wollte dir nur erzählen … Also, ich stand gerade bei einer Gruppe von *SilverLake*-Schauspielerinnen und … Gott, das ist mir so unangenehm. Vielleicht sollte ich nicht … Vergiss es.«

Sie wandte sich wieder zum Gehen, doch ich hielt sie zurück. »Was wolltest du sagen?«

Sie zögerte. Anscheinend bereute sie es, mich angesprochen zu haben. Doch dann brachte sie hervor: »Also, ähm … Daisy Moore hat gerade erzählt, du hättest was mit dem Drehbuchautor gehabt, damit du die Rolle kriegst. Als ich erwähnt habe, dass er nicht nur schwul, sondern vor allem verheiratet ist, hat sie das zwar kurz aus dem Konzept gebracht, aber nicht daran gehindert weiterzumachen. Es tut mir wirklich leid.« Sie schenkte mir ein bedauerndes Lächeln, während heiß-kalte Wellen mich überliefen. Ich gab mir größte Mühe, nicht die Fassung zu verlieren.

Es war nicht das erste Mal, dass mir jemand erzählte, wie Daisy über mich herzog.

Sofort schossen mir Griffins Worte durch den Kopf, die er wenige Tage zuvor gesagt hatte: »Wenn du Daisy nicht bald stoppst, dann wird es Ausmaße annehmen, die niemand von uns kontrollieren kann. Loraine, du bist ganz klar die Favoritin, sonst würde sie nicht so gegen dich schießen. Du hast es nicht nötig, sie schon. Wenn du sie aber weitermachen lässt, kann sich das Blatt noch wenden. Und wenn du das zulässt, ist das der Anfang vom Ende.«

Er hatte recht. Dieses lächerliche Spiel musste aufhören. Jetzt.

»Wo ist sie?«, fragte ich und ließ mein Glas etwas zu fest auf den Tisch knallen.

Die Frau vor mir zuckte zusammen. »Hinter der Bar an einem der Stehtische, du wirst sie sofort erkennen. Folge einfach dem Geschnatter, dann findest du sie.« Für das Augenrollen, das ihren Worten folgte, verdiente sie sich ein Lächeln von mir.

»Danke«, sagte ich leise, woraufhin sie mir beim Vorbeigehen eine Hand auf die Schulter legte. Die Geste tat gut. Es war schön zu wissen, dass ich nicht allein war. Dass jemand anderes ebenfalls Daisys Verhalten verurteilte.

Ich erreichte die Gruppe. Ihre kupfernen Haare leuchteten mich bereits von Weitem an und ließen die Wut in mir ansteigen. Ich sah nur noch rot.

»Daisy, wir müssen reden«, unterbrach ich das Gespräch.

»Was ist los, Loraine?«, fragte Daisy, als wir wenige Minuten später das Dach des Hochhauses betraten, um ungestört zu sein. Das Letzte, was mir noch fehlte, waren Aufzeichnungen unseres Gesprächs, die morgen in den Medien viral gehen würden.

Den ganzen Weg hierauf hatte Daisy mich mit offensichtlich gespielter Verwirrung angesehen und auch jetzt lag immer noch ein irritierter Ausdruck auf ihrer Miene.

»Ist alles okay? Du siehst ziemlich … blass aus.«

Sofort ballten sich meine Hände zu Fäusten, immerhin war ich mir sicher, dass meine Wangen feuerrot glühten. »*Ob alles okay ist?* Ist das dein Ernst? Seit Wochen muss ich mir anhören, dass du über mich herziehst, und jetzt tust du es auch noch, wenn wir auf einer gemeinsamen Party sind?«

»Was? Wovon redest du?«, fragte sie. Ihre Stimme zitterte.

»Hör auf, so zu tun, als wüsstest du nicht, was ich meine. Ich habe keine Lust mehr auf deine Spielchen.«

»Wenn hier jemand Spielchen spielt, dann du. Ich habe noch nie über dich gelästert.« Ihre Augen schimmerten, ehe sie die Arme vor der Brust verschränkte und kühl erklärte: »Im Gegensatz zu dir. Schließlich bist du diejenige, die allen erzählt hat, wie erbärmlich ich bin, weil ich schon lange keine Rolle mehr bekommen habe. Und dass du vielleicht mal mit mir üben solltest.«

Ich schnaubte. »Wirklich, noch mehr Lügen? Du versuchst, dich in die Opferrolle zu drängen, obwohl du die Täterin bist? Wieso stehst du nicht einfach zu deinen Worten und entschuldigst dich?« Wütend funkelte ich sie an und fragte mich, in was für einer bizarren Sitcom wir hier gelandet waren. Es war nicht zu fassen. »Vielleicht solltest du dich lieber auf dein Schauspiel konzentrieren, anstatt deine Konkurrenz schlecht zu machen. Karma schlägt erschreckend schnell zu.«

Daisy starrte mich an und nun stand auch in ihren Augen unmissverständlicher Zorn. »Das ist doch lächerlich! Aber was erwarte ich auch von einer Siebzehnjährigen?«

»Ich bin achtzehn«, korrigierte ich sie.

»Tut das was zur Sache? Du behauptest überall, du wärst die bessere Schauspielerin, obwohl ich drei Jahre älter bin und viel früher mit dem Scheiß hier angefangen habe. Du solltest die Person sein, die meine Hilfe braucht. Nicht andersrum!« Sie atmete aus und da erkannte ich den Schmerz in ihrem Blick. Mein Herz wurde weicher. Gott, sie war gerade einmal zwanzig … oder einundzwanzig? Egal, wie jung sie auch war, sie war bereits völlig zerstört durch diese Welt. Würde ich in wenigen Jahren auch so sein wie sie? Ich stoppte die Frage, bevor sie sich in meinem Kopf verselbstständigte.

»Du bist eifersüchtig?« Wie meine Frage klang, wurde mir erst bewusst, als ihr kalter Blick mich traf. Eisblaue Augen zerschnitten mich wie Glas.

»Eifersüchtig? Auf dich? Glaub mir, ich war auch mal so begehrt wie du. Und dann kommt das nächste naive Blondchen um die Ecke und schon bist du nicht mehr interessant. Du bist jung, aber sobald du anfängst zu altern, wirst du ihnen egal sein.« Sie spuckte mir die Worte vor die Füße und ich zuckte zusammen. Ich hatte ihr nichts getan, rein gar nichts, und trotzdem holte sie immer weiter aus. Stach erneut zu. Und erneut.

»Wie hast du mich gerade genannt?«

»Sorry, Prinzesschen, passt dir der Spitzname nicht? Wach auf! Nur weil dir bisher alle zu Füßen lagen und du mit mehr Glück als Verstand in diese Welt gestolpert bist, heißt das nicht, dass es immer so bleibt.«

Mein ganzer Körper spannte sich an, während alles in mir brannte. Sie hatte keine Ahnung von mir oder meinem Leben. Davon, dass ich auf den Straßen Londons aufgewachsen war, weil meine Mutter sich noch nie für mich interessiert hatte. Ja, ich wusste, wie ich meine Reize einsetzen musste und dass ich als süße Blondine oft meinen Willen bekam. Doch nur, weil ich sonst nicht überlebt hätte. Meine Ausstrahlung hatte mich gerettet. Ich war eine Schauspielerin, seit ich denken konnte. Nicht weil ich es wollte, sondern weil ich es verdammt noch mal musste.

»Weißt du was, Daisy? Eigentlich kannst du einem leidtun. Deine Karriere ist am Ende. Weil alle genau das in dir sehen, was du wirklich bist: ein Niemand! Du bist ein One-Hit-Wonder, so wie *Scandalous Secrets* es gesagt hat. Wenn jemand Glück hatte und irgendwie in diese Welt gestolpert ist, dann bist das du. Schließlich hattest du nur eine einzige Rolle in einer halbwegs guten Serie. Ihr wart in Großbritannien für mehrere Wochen auf Platz eins? Herzlichen Glückwunsch! Dafür seid ihr in der restlichen Welt gefloppt. Du sagst, ich soll aufwachen?« Ich trat noch näher an sie. Wut zeichnete sich auf ihren zarten Zügen ab, ließ sie steinhart werden. Meine Worte zeigten Wirkung. »Gut, dann kommen wir jetzt mal in der Realität an: Die Rolle der Quinn gehört mir. Das ist kein Wunsch, sondern ein Fakt. Die Entscheidung ist doch längst gefallen und deiner Managerin ist das auch klar. Sie wollte alle bloß länger in dem Glauben lassen, dass du den Hauch einer Chance hättest, um dich irgendwie interessant zu machen. Vermutlich hofft sie, dass du so zumindest etwas anderes an Land ziehst. Aber dass ein Sieg im Lotto wahrscheinlicher wäre, weiß jeder. Jeder außer dir.«

Daisy machte einen Schritt zurück. Funkelte mich an. Wobei nicht länger Zorn in ihren Augen glänzte, sondern Tränen. Ich war zu weit gegangen. Doch sie hatte angefangen. Und ihr war egal, was ihre Worte und Lügen und Gerüchte mit mir machten. Wie sehr sie mich trafen. Warum sollte es mich dann interessieren, dass ich sie verletzte und ihr Unwahrheiten an den Kopf warf?

»Du lügst. Das sagst du nur, um mich einzuschüchtern.«

Ich lachte bitter auf. »Ich dich einschüchtern? Süße, das habe ich nicht nötig. Verstehst du es nicht? Du hast verloren. Game over.« Ich verstummte kurz. Sah sie fest an. Obwohl sie den Blick vermutlich abwenden wollte, hielt sie meinen ebenfalls fest. »Beende diesen Zirkus hier, bevor es zu spät ist. Alle reden über dich. Alle bemitleiden dich. Keine Anerkennung. Keine Bewunderung. Mitleid. Niemand wird dich vermissen, also verschwinde einfach und erspar uns dieses Drama.«

Eine Träne lief ihr über die Wange, und obwohl mein Herz zog, ignorierte ich es. Es musste mir egal sein, sie musste mir egal sein. Denn wer mit dem Feuer spielte, musste damit rechnen, sich zu verbrennen. Und ich wusste ganz genau, wie viel Benzin ich in die Flammen kippen musste, damit sie alles um mich herum verschlangen. Schließlich war das die einzige Sache, die meine Mutter mich gelehrt hatte.

»Du wolltest mit mir sprechen?«, sagte ich, nachdem ich am nächsten Morgen an Griffins offene Bürotür geklopft hatte.

Wie so oft saß er an seinem Schreibtisch und las irgendwelche Unterlagen. »Loraine, setz dich! Magst du etwas trinken?«

Irgendetwas stimmte nicht. Das spürte ich sofort. Griffin sah mich nicht an. Mied mit jeder Kraft den direkten Augenkontakt. Sofort begann ich zu frösteln, obwohl wir doch Sommer hatten. Vermutlich war bloß die Klimaanlage zu hoch eingestellt, damit Griffin in seinem Hemd nicht schwitzte, während ich in meinem luftigen Sommerkleid leicht zitterte. Trotzdem folgte ich seiner Aufforderung und ließ mich ihm gegenüber auf den Stuhl fallen. Sofort stieg mir der süß-bittere Duft von ANGÉLIQUE NOIRE in die

Nase. Das ungute Gefühl in mir wuchs. Dieses Parfüm trug er nur, wenn er ernste Gespräche führte.

»Mich hat soeben der Anruf erreicht, dass du die Rolle hast.«

Ich blinzelte. Damit hatte ich nicht gerechnet. »Wirklich? Das ist ja großartig!« Doch bevor in mir Freude aufkommen konnte, begegnete ich Griffins Blick – ein Blick, der mir den Hals zuschnürte.

»Loraine … hast du heute bereits Nachrichten geschaut?«, fragte er zögerlich. Griffin zögerte nie. Mit einem Mal breitete sich eine beißende Kälte in mir aus.

»Nein, habe ich nicht. Ich habe nach dem Aufwachen deine Nachricht bekommen und bin direkt hierhergefahren. Warum? Was ist los?«

»Es gab einen Unfall. Letzte Nacht. Nach der Party.«

Schweiß bildete sich auf meiner Stirn. Auf meinem Hals. Die Härchen auf meinen Armen stellten sich auf. »Was meinst du?«

»Daisy … Sie ist nach der Party mit viel zu hoher Geschwindigkeit gegen einen Baum gefahren und noch am Unfallort verstorben. Sie war völlig betrunken.«

»Oh mein Gott«, flüsterte ich, während alles in mir erstarrte. Die Bilder von gestern Abend gingen durch meinen Kopf. Meine Worte. Unser Streit. Die Tränen in Daisys Augen. Mir wurde schlecht. »Oh mein Gott, oh mein Gott … Griffin … ich … ich habe sie gestern Abend zur Rede gestellt. Wir … wir haben gestritten. Es war eine absolute Katastrophe, weshalb ich danach direkt nach Hause gegangen bin, aber sie … sie ist geblieben. Ist … ist das meine Schuld? Hab ich das getan?« Ich sah zu ihm auf, doch mein Blick war verschwommen.

Griffin trat zu mir, legte mir eine Hand auf die Schulter.

»Nein, Loraine, so etwas darfst du nicht mal denken. Es ist tragisch, was passiert ist, aber ihre eigene Schuld. Nur weil ihr euch gestritten habt, hätte sie nicht betrunken Auto fahren müssen.«

»Aber … was ich ihr gesagt habe, ich … Was, wenn sie sich deshalb betrunken hat?« Ich schnappte zitternd nach Luft, während alles in mir bebte.

»Loraine. Beruhige dich.« Er drückte meinen Arm. »Selbst wenn es so war, wird nie jemand davon erfahren. Es hat doch niemand mitbekommen, oder?«

Ich schluckte, ehe ich schwerfällig den Kopf schüttelte. »Nein. Wir … wir waren allein auf dem Dach.«

Griffin nickte. »Gut. Was zwischen euch vorgefallen ist, bleibt unter uns. Dein Geheimnis ist bei mir sicher.«

Mein Geheimnis. Alles in mir gefror zu Eis. Meine Gedanken. Mein Blut. Mein Herzschlag. Das durfte nicht wahr sein. Das konnte nicht passiert sein.

»Konzentrieren wir uns lieber auf das Positive: Du hast die Rolle! Darauf sollten wir anstoßen.« Griffin erhob sich und holte eine Flasche Champagner zusammen mit zwei Gläsern hervor, die er auf dem Tisch abstellte. Das Klirren der Gläser und das Ploppen des Korkens bekam ich nur vage mit. Daisy war tot. Sie war gestorben. Und das war meine Schuld, ganz egal, was Griffin sagte. »Auf einen neuen Stern am Hollywood-Himmel. *Dear Sweet Innocence* ist nur der Anfang, Loraine. Das weiß ich ganz genau.« Während Griffin sein Glas in die Hand nahm und mir mein eigenes über den Tisch zuschob, war ich immer noch erstarrt. Ich konnte nicht reagieren. Ich hatte doch nur gewollt, dass diese Konkurrenz aufhört. Nicht das. Ich wollte das nicht! Ich. Wollte. Das. Nicht!

»Jetzt nimm das Glas und stoß mit mir an, Loraine. Was passiert ist, kannst du nicht mehr ändern. Schau nach vorne. Diese Rolle wird alles verändern, deine gesamte Karriere.« Er setzte sich das Glas an die Lippen. Als er einen großen Schluck genommen hatten, glänzten sie feucht vom Champagner und dem Blut, das auch an ihm klebte. »Ich bin so stolz auf dich, Schätzchen.«

Ohne weiter darüber nachzudenken, nahm auch ich einen Schluck. Die Säure brannte in meinem Hals. Alles brannte. Gott, was hatte ich nur getan? Ich hatte die Rolle für *Dear Sweet Innocence* wirklich bekommen. Doch der Preis dafür war meine eigene Unschuld. Meine Seele.

29

Lost between my past and present

Wyatt

Ich wollte nicht glauben, was meine Schwester gesagt haben sollte. Ich konnte es einfach nicht glauben. Daisy war ein guter Mensch gewesen, bis zum Schluss. Das Business, diese verdammte Welt hatte sie gezeichnet, doch ihren Stolz, den hatte sie nicht verloren. Oder doch? Wäre sie wirklich so weit gegangen, jemand anderen zu demütigen, um den eigenen Erfolg zu erreichen? Gerüchte über eine Konkurrentin zu verbreiten, damit sie selbst gut dastand? Gott, ich wünschte, ich könnte sagen, dass das unmöglich war. Doch die Wahrheit war: Vor ihrem Tod hatte ich meine eigene Schwester gar nicht mehr gekannt.

Damals war alles den Bach runtergegangen. Unser letztes Weihnachtsfest hatte in einem riesigen Streit geendet. Danach hatte ich sie persönlich nie mehr gesehen. Zwar hatten wir uns aussprechen können – aber nur per Telefon. Zwar hatte sie mir von dem Casting erzählt – aber nur per Telefon. Zwar hatte sie erwähnt, dass sie ihren ehemaligen Co-Star Samuele sah – aber nur per Telefon.

Wir hatten geglaubt, dass der Druck ihr zu Kopf stieg, dass

er zu viel wurde. Sie hatte sich verändert, war abweisender geworden, kühler. Doch was Loraine erzählt hatte … Das war noch schlimmer, als wir befürchtet hatten.

Da sollte Wut in mir sein. Wut auf Loraine, weil sie den Streit mit meiner Schwester begonnen hatte. Weil Daisy womöglich deswegen tatsächlich zum Glas gegriffen hatte und trotzdem ins Auto gestiegen war. Aber wie sollte ich wütend auf Loraine sein, während sie selbst so sehr mit dem Geschehenen kämpfte? Ich sah es an der Art, wie sie zitternd einatmete. Wie sie meinen Blick mied, wie ihr Tränen über die Wangen rannen. Weinte sie in Filmen, sah sie dabei schön aus. Nicht zu schön, es sollte ja realistisch wirken, doch immer noch schön. Jetzt waren ihre Tränen nicht schön. Loraine war so roh und zerbrechlich, so schwach und verletzt, wie sie es nie vor der Kamera wäre. Das wusste ich einfach.

Außerdem … sie hatte Daisy nicht zu ihren Handlungen gezwungen. Und wenn meine Schwester wirklich all diese Lügen über Loraine verbreitet hatte … hätte ich an ihrer Stelle nicht genau so heftig reagiert?

»Dich trifft keine Schuld, Loraine. Dass sie betrunken ins Auto gestiegen ist, war ihre Entscheidung.« Der letzte Satz schmerzte. Ritzte mir tief in die Haut, in mein Herz, das bei der Erinnerung an Daisy wild zu schlagen begann. Da waren all diese Bilder aus unserer Kindheit und Jugend. Meine ältere Schwester, zu der ich immer aufgeblickt hatte und die mein größtes Vorbild und meine wichtigste Stütze gewesen war. Ich war mir so sicher gewesen – *so, so sicher* –, dass sie niemals alkoholisiert gefahren wäre. Schließlich hatte sie früher nie getrunken, nie. Doch durch Loraine hatte ich hautnah erlebt, was diese Welt mit einem machte. Wie sie einen verändern konnte. Noch nie hatte ich mich meiner Schwester so fern gefühlt, noch nie war sie mir so fremd vorgekommen, wie in Loraines Erzählungen über sie. Vielleicht hatte Caden recht. Vielleicht hatten sie alle recht. Vielleicht war meine Daisy bereits viel früher gestorben.

»Natürlich trifft mich die Schuld. Die Dinge, die ich ihr an den Kopf geworfen habe, was ich ihr gesagt habe … Ich würde alles zurücknehmen, wenn ich es könnte. Hätte ich mich nicht reizen lassen … vielleicht hätten wir uns nie gestritten und sie wäre niemals betrunken in das Auto gestiegen.« Loraines Stimme war kehlig und kratzte über meine Haut. Schmerzhafter, als es ein Messer könnte. Weil ihre Traurigkeit zu meiner wurde. Und weil ich die Welt für das hasste, was sie ihr eingeredet hatte.

Ich griff nach ihrer Hand, die ich fest umschloss. »Lori«, fing ich an und sie hob den Blick. Keine Haut wie aus Glas, keine süß glänzenden Wangen erwarteten mich, sondern rote Flecken und verquollene Augen. Echte Emotionen. »Ihr habt euch gestritten und es sind Worte gefallen, die vermutlich niemand so gemeint hat. Es war ein Streit. So etwas passiert und ist nie schön. Du warst achtzehn. Achtzehn! Da handelt man impulsiv und naiv. Vor allem in so einer Situation. Ich möchte mir nicht ausmalen, wie sich das für euch beide angefühlt haben muss, all diese Gerüchte und dieser Kampf.«

Ihre Brauen schoben sich zusammen und bildeten eine kleine Falte auf ihrer Stirn, die ich am liebsten geglättet hätte. »Es war schrecklich. Es ist die Konkurrenz. Sie macht uns Schauspielerinnen zu grässlichen Biestern«, sagte sie leise. Sie war völlig in sich gesackt und ich wollte sie in den Arm nehmen. Sie ganz festhalten.

»Es tut mir so leid.«

Sie blinzelte mich an. »Dir tut es leid?«

Ich nickte. »Was passiert ist, was du mit dir rumtragen musstest, das … das ist mehr, als eine junge Frau es sollte. Als irgendwer es sollte. Ja, deine Worte waren hart. Aber ihre waren es auch. Und was nach dem Streit passiert ist … dafür kannst du nichts. Nur sie.«

Loraine starrte mich an, Überraschung in ihren Augen. Sie blinzelte mich an. »Danke, Wyatt.« Dann sah sie jedoch zu Boden und murmelte: »Trotzdem könnte ich es verstehen, wenn du jetzt nicht mehr für mich arbeiten willst.«

»Ich werde nicht gehen. Eine schlechte Tat macht dich nicht zu einem schlechten Menschen, Lori«, hauchte ich und griff nach ihrer Hand. Bevor ich sie drücken konnte, drückte sie meine. In ihren Augen leuchtete Dankbarkeit. Darüber, diese Last ausgesprochen zu haben, und darüber, dass ich noch hier war. Ich würde sie nicht verlassen. Dafür war sie bereits zu präsent in meinem Kopf. Ich hatte keine Ahnung, was zwischen uns vorging. Ob es bloß die Hormone und reine Anziehung war oder … oder etwas anderes. Doch ich wollte bleiben. »Du solltest ins Bett gehen. Du kannst in meinem Zimmer schlafen. Ich nehme die Couch. Ruh dich erst mal etwas aus und morgen überlegen wir weiter.«

Sie nickte und war schon dabei, sich zu erheben, als sie in der Bewegung verharrte. Sie spielte mit dem Saum der Decke, die nach wie vor über ihren Beinen lag. Immer wieder zupfte sie an dem weichen Stoff, bis sie ihr Schweigen brach: »Kannst du mitkommen? Ich … ich will nicht allein sein.«

Ich nickte. »Geh schon mal vor, ich komm gleich nach.«

Nachdem Loraine eingeschlafen war, zog ich meine Arme unter ihr hervor und lehnte mich gegen das Kopfteil des Bettes. Mit geschlossenen Augen lauschte ich ihren tiefen Atemzügen und beneidete sie um die Ruhe, die sie jetzt hatte. Auch wenn sie den Schlaf mehr verdiente als ich, würde ich gerade so ziemlich alles dafür geben, einfach wegzudämmern. Doch meine Gedanken kreisten um sich selbst und machten das Einschlafen unmöglich. Fuck. Ich war so was von am Arsch. Vollkommen, komplett am Arsch. Und ich wusste nicht einmal mehr, welche Entwicklung des heutigen Abends mich gerade mehr durchdrehen ließ.

Erst der Kuss, der so viel mehr gewesen war als nur ein Kuss. Dann die Botschaft. Und jetzt all die Informationen über Daisy, die ich immer noch nicht fassen konnte.

Und wäre das noch nicht genug, zogen mich die Schuldgefühle in die Tiefe. Weil Lori sich mir anvertraut hatte, während ich sie weiterhin belog.

Ich steckte so tief in der Scheiße, dass ich erneut die Augen schloss.

Ich sollte Loraine die Wahrheit sagen, das sollte ich wirklich. Doch damit würde ich alles zerstören, ihr ganzes Vertrauen. Das Letzte, was ich wollte, war, sie zu verletzen. Zumal: Was, wenn sie mich kündigte? Dann wäre sie völlig auf sich allein gestellt, während da draußen noch immer jemand war, der sie bedrohte. Ich hatte bereits meine Schwester an dieses Business verloren. Ich konnte nicht zulassen, dass Loraine etwas passierte. Weil es mein Job war, sie zu beschützen. Und weil ich es verdammt noch mal nicht wollte.

Seufzend ließ ich meinen Kopf wieder ins Kissen sinken. Es dauerte keine Sekunde, da drehte Loraine sich auch schon zu mir und schlang ihre Arme um mich.

30

All the secrets will be my downfall

Loraine

»Also, was ist unser Masterplan?«, fragte Wyatt, nachdem wir uns beide draußen auf die Terrasse des Hauses gesetzt hatten. Vor uns standen nicht nur fluffige Pancakes, die ich mit knurrendem Magen beäugte, sondern auch noch ein frisch gepresster Saft. Es war erstaunlich, was Wyatt alles aus meiner Küche herausholte. Diese freute sich gewiss, endlich genutzt zu werden und nicht nur als Deko zu dienen.

»Ist das deine Strategie? Essen auftischen und dann mit den schwierigen Themen um die Ecke kommen?« Die letzte Nacht hatte Spuren hinterlassen. Meine Augen brannten von den vielen Tränen und dem wenigen Schlaf. Doch die Show musste weitergehen.

Ich konnte es immer noch nicht wirklich glauben, dass ich Wyatt eingeweiht hatte. Dass ich ihm von Daisy und dieser riesigen Schuld erzählt habe. Noch weniger verstand ich jedoch, warum er dennoch nach wie vor hier war. Wieso er nicht verschwunden war. Die Tatsache, wie dankbar ich ihm dafür war, war beinahe beängstigender als der Fakt, dass Wyatt nun die Wahrheit über jene Nacht kannte.

»Ich kann die die Pancakes auch wieder wegbringen und es gibt nur die schwierigen Themen. Wie du magst.«

Als er seine Hand nach meinem Teller ausstreckte, schlug ich diese weg. Das war eine Grenzüberschreitung.

»Autsch«, zischte er, weil meine schlanken Finger mehr Kraft besaßen, als man vermutete.

»Weichei«, stichelte ich zurück, versteckte aber meine siegessichere Miene nicht vor ihm.

»Bei diesem frechen Mundwerk muss ich es mir wirklich gut überlegen, ob ich noch mal etwas Nettes für dich tue.«

»Dieses freche Mundwerk hat dir gestern Abend aber ziemlich gut gefallen.« Ich blickte ihn vielsagend an, ein zuckersüßes Lächeln auf den Lippen. Bei der Intensität, mit der er mich musterte, schoss sofort Hitze durch meinen Körper. Ich erinnerte mich ziemlich genau an das Gefühl seiner Lippen auf meinen. Der Ausdruck in seinen Augen verriet mir, dass es ihm ähnlich ging. Und dass er sich wie ich mehr als diesen kurzen Moment gewünscht hätte.

Provokant schob er sich den ersten Bissen des Pancakes in den Mund. Ich tat es ihm nach und … scheiße, waren die lecker. Warum war alles, was er kochte, so unfassbar gut?

»Kommen wir zurück zu den wichtigen Dingen. Dem Einbruch. Den Nachrichten«, sagte er schließlich.

Ich senkte den Blick, bevor ich einen weiteren Bissen nahm. »Wo hast du so gut kochen gelernt? Ehrlich. Egal, was du zubereitest, ich könnte dahinschmelzen.« Ich hätte alles getan, um das eigentliche Thema zu vermeiden. Ich wollte mich in unserer Idylle verlieren. Mich in Wyatt verlieren, anstatt einem Irren hinterherzujagen. Was dumm war, immerhin ging es um mein Leben. Doch was war das für ein Leben, wenn ich mich ständig in Angst befand?

»Lori«, entgegnete er mahnend.

»Können wir nicht einfach so tun, als wäre der gestrige Abend nicht geschehen? Also … der Teil nach dem ersten Teil. Oder eher nach dem zweiten Teil, weil der erste Teil war der Restaurantbesuch, den ich eigentlich auch lieber vergessen würde. Auch wenn er zu dem Part danach geführt hat, den ich nicht vergessen will, also bis zu einem gewissen Punkt, weil –«

»Lori«, wiederholte er und legte seine Hand auf meine, mit der ich begonnen hatte, an meiner Nagelhaut zu zupfen. Schon wieder.

»Sorry«, murmelte ich.

»Dir muss überhaupt nichts leidtun. Aber das Geschehene zu ignorieren, kommt nicht infrage, sorry.« In seinen Augen lag eine Ruhe, die sich direkt auf mich übertrug.

»Ich weiß.« Ich seufzte. Laut. »Aber was schlägst du vor? Was kann ich tun? Wenn ich zur Polizei gehe, muss ich von dem Streit mit Daisy erzählen. Und wenn die Presse das mitbekommt – oder, Gott bewahre, das verfluchte Klatschblatt *Scandalous Secrets* –, das … das würde mich ruinieren. Erst die Sache mit Amelia und dann noch die Wahrheit über Daisy und mich? Das überlebt meine Karriere nicht und ich auch nicht.« Mit jedem Wort war meine Stimme leiser geworden. Leiser und schwächer und hoffnungsloser – so wie ich mit jedem Tag. Das Ende meiner Karriere wäre mein Ende.

»In meiner Zeit als Personenschützer für Politiker hat es Safe-Häuser gegeben. Gibt es vielleicht einen sicheren Ort, an den wir könnten? Von dem die Öffentlichkeit nichts weiß?«

Ich schnaubte, bevor ich die Arme ausbreitete. »An dem

befinden wir uns gerade, du Genie. Niemand kennt diese Villa, außer meinem engsten Kreis. Dachte ich zumindest.«

»Und was ist mit deiner Familie? Kannst du vielleicht dort unterkommen?«, schlug er vor.

Seine Worte schlugen in mich ein wie eine Bombe. Wie sollte ich ihm erklären, dass ich keine Familie hatte?

Ich räusperte mich und rutschte auf meinem Stuhl umher, um der Antwort zu entkommen. Doch sein Blick ließ mich nicht los.

»Also«, setzte ich an, räusperte mich erneut, »ich habe keinen Kontakt zu meiner Familie.«

»Oh«, entwich es ihm.

»Ja, *oh*«, sagte ich leise.

Einen Moment wurde es still. Wyatt biss sich auf die Unterlippe und ich glaubte, ein kleines Zahnrad hinter seiner Stirn rattern zu sehen. Er öffnete den Mund, nur um ihn sofort wieder zu schließen.

Also kam ich ihm zuvor: »Meinen Vater habe ich nie kennengelernt. Keine Ahnung, ob er überhaupt weiß, dass ich existiere. Meine Mom hat mich allein großgezogen, auch wenn *großgezogen* schon eine Übertreibung ist. Sie war nie da und hat sich lieber auf ihre vielen Liebschaften konzentriert. Ich bin schon immer auf mich gestellt gewesen.« Mein Herz wurde schwer und mein Magen krampfte sich zusammen, so wie jedes Mal, wenn ich an das dachte, was mir nie vergönnt gewesen war. Doch ehe dieser Teil meines Lebens mich runterziehen konnte, dachte ich an die Menschen, die ich an meiner Seite hatte. Lilah, Griffin, Samuele, Karla … und jetzt auch Wyatt. »Das ist nicht so schlimm, wie es sich anhört, wirklich. Ich kenne es nicht anders. Und wenn meine Mutter eine Sache richtig gemacht hat, dann, dass sie Griffin damals die Erlaubnis gegeben hat, mich unter Vertrag zu nehmen. Gut, sie hat eine ordentliche Summe dafür bekommen, aber damit war ich sie früher los als gehofft. Und Griffin hat sich immer gut um mich gekümmert. Er ist irgendwie zu dem Vater geworden, den ich nie hatte.« Das Lächeln, das ich aufsetzte, musste wohl so falsch aussehen, wie es sich anfühlte.

»Könnte deine Mutter hinter den Nachrichten stecken?«, fragte er plötzlich.

Ich runzelte die Stirn, legte den Kopf schief. »Sie weiß nichts von der Sache mit Daisy, da hatten wir bereits keinen Kontakt mehr. Und wozu sollte sie das tun? Wenn sie Geld bräuchte, würde sie direkt Griffin kontaktieren und versuchen, ihn irgendwie zu erpressen. Ist tatsächlich schon mal vorgekommen. Ich wollte damals nicht, dass über mich als ›das Mädchen, das es aus der Armut und der schweren Familie geschafft hat‹ berichtet wird.« Ich malte Anführungszeichen in die Luft und verdrehte die Augen. »Ich wollte für mein Talent gefeiert und nicht mit Mitleid überhäuft werden. Damit sie schweigt, hat Griffin meine Mutter bezahlt. Niemand weiß von meiner Herkunft … Nicht einmal Lilah kennt die ganze Geschichte.«

Überrascht schaute er mich an. Verständlich. Schließlich war sie meine beste Freundin und wusste trotzdem nicht, woher ich kam und wer ich mein halbes Leben lang gewesen war. Aber es war einfach: Die Loraine von damals hatte ich in der mit Bierflaschen überhäuften Zwei-Zimmer-Wohnung zurückgelassen, als ich diese das letzte Mal verlassen hatte. Sie lag dort begraben und so sollte es auch bleiben.

»Okay, halten wir fest: Du hast weder eine Ahnung, wer

hinter den Nachrichten stecken könnte, noch eine Idee, wie du weitermachen sollst?«

»Korrekt«, sagte ich.

»Was ist mit dieser Amelia? Die von der Premiere und aus dem Artikel?«

Ich stoppte die Gabel auf halbem Weg zu meinem Mund und ließ sie auf den Teller sinken. Damit hatte er erfolgreich einen weiteren wunden Punkt getroffen. Dass Wyatt ebenfalls an sie dachte, ließ meinen Magen rumoren. »Tatsächlich hatte ich den Gedanken auch schon«, gestand ich. »Zwar weiß sie ebenfalls nichts über Daisy, aber … wenn jemand einen Grund hat, mir Angst zu machen und meinen Untergang zu wünschen, dann sie.«

»Weil sie denkt, dass du das Video von ihr veröffentlicht hast.«

»Richtig.« Fragend schaute er mich an. Es war klar, dass er wissen wollte, wer wirklich dahintersteckte. Doch ich ging nicht darauf ein, sondern meinte nur: »Und deshalb möchte Amelia mich bestimmt gern am Boden sehen. Als ich sie auf der Premiere darauf angesprochen habe, hat sie allerdings alles abgestritten. Und ich … ich hatte das Gefühl, dass sie die Wahrheit sagt. Außerdem habe ich zeitgleich eine weitere Nachricht erhalten, während sie noch vor mir stand. Entweder hat sie einen Komplizen und ein echt gutes Pokerface oder sie ist wirklich unschuldig. Zumal ich nicht verstehe, warum sie ausgerechnet jetzt mit so etwas kommen sollte.«

»Um dir das beantworten zu können, muss ich mehr wissen«, bohrte er nach, während ich einen weiteren großen Bissen nahm. Das Gespräch war immer noch schwer, doch die Pancakes verliehen ihm zumindest einen Hauch Süße.

»Also gut«, seufzte ich erneut, »der Zeitungsartikel dieses

verfluchten Klatschmagazins hat den Kern richtig erfasst. Amelia und ich waren ziemlich eng. Sie war meine beste und einzige Freundin in dem Business, bis ein Video von ihr viral ging, in dem sie recht obszöne Sachen getan hat. Sie hatte davor einen Deal mit Disney für die Hauptrolle in einem neuen Marvel-Film unterschrieben, die ihr danach entzogen wurde. Weil jemand wie sie kein Vorbild sein konnte. Ich habe das Video von ihr zwar nicht veröffentlicht, doch die Wahrheit wäre für sie noch schlimmer gewesen. Also habe ich die Schuld auf mich genommen und dafür gesorgt, dass die andere Person sie nie wieder verletzt.«

In Wyatts Blick lag mit einem Mal so viel Schmerz, dass ich den Kopf senken musste. Ich ertrug es nicht, ihn so zu sehen. Ihn mich so anblicken zu sehen. So voller Mitleid und Trauer. Mir ging es gut. Ich kam klar. Irgendwie.

»Vielleicht hat sie sich erst jetzt gemeldet, weil du etwas hast, was sie nun ebenfalls zerstören kann? Ich meine, der Deal mit HBO ist schon eine große Nummer und irgendwo mit Marvel vergleichbar, oder? Sorry, die Filmbranche war noch nie meine Stärke. Meine Schwester hat mich früher zwar dazu gezwungen, Klassiker mit ihr zu schauen, weil das für sie zur Allgemeinbildung gehörte. Heißt jedoch nicht, dass ich irgendeine Ahnung habe.«

Ich wurde hellhörig und setzte mich auf. »Von welchen Klassikern sprechen wir denn?«

»Von den guten«, gab er zurück und aß ein weiteres Stück.

»Ich habe dir gerade den verwundbarsten Teil meiner Seele gezeigt und das gibst du mir im Gegenzug? Wow.«

Kurz wurde seine Miene ernst, ehe er meinte: »Vieles aus den Achtzigern. *Breakfast Club*, *Zurück in die Zukunft*, *Top-Gun* und *Ferris macht blau*. Außerdem hatte sie immer eine

Schwäche für *Sex and the City* – egal, ob die Serie oder die Filme, es lief täglich.«

»Mit *Breakfast Club* habe ich gerechnet, den Film kennt jeder. Aber *Ferris macht Blau*? Ich bin beeindruckt, Wyatt. Es ist mein liebster Film aus den Achtzigern. Meine Mom hat ihn ständig mit mir geschaut. Das ist eine der wenigen positiven Erinnerungen, die ich an sie habe. Wenn ich genauer darüber nachdenke, dann ist es sogar die einzige.« Ich zuckte mit den Schultern, als würde es die Aussage dadurch weniger traurig machen. »Ich muss deine Schwester unbedingt mal kennenlernen. Sie hört sich cool an. Auf jeden Fall cooler als ihr Bruder, aber das sind Schwestern ja immer.« Ich lachte und er lächelte. Zumindest mit dem Mund, denn seinen Augen fehlte die Wärme. Stattdessen waren sie völlig erstarrt. Als hätte ich ihn mit dieser simplen Aussage tief verletzt. Dabei war sie doch vollkommen wertfrei und positiv gewesen, oder? Gerade wollte ich nachfragen, da räusperte er sich.

»Du lenkst schon wieder vom Thema ab, Lewis«, sagte er trocken.

Ich runzelte die Stirn, meinte dann aber nur: »Sorry. Wo waren wir? Ach ja, die Rollen. Ja, ich denke, man kann HBO und Marvel schon miteinander vergleichen. Vielleicht hast du recht und sie steckt doch dahinter?« Kurz hielt ich inne und schluckte schwer. »Möglich wäre es auf jeden Fall, aber irgendwie … keine Ahnung. Wir haben seit zwei Jahren keinen Kontakt mehr, ich kann mir nicht vorstellen, dass sie es ist. Außerdem hören sich die Nachrichten ganz merkwürdig an. So als ob … als ob sie von Daisy selbst kommen würden. Dabei ist das absolut bescheuert.«

Ich weiß, was du mir angetan hast. Du hast mir diese Rolle ge-

stohlen. Die Wortwahl klang so sehr nach Daisy, was natürlich unmöglich war. Doch es verhärtete meinen Verdacht, dass der Nachrichtenschreiber jemand war, der über Daisy Bescheid wusste und mich absichtlich manipulierte.

»Uns bleibt keine andere Wahl, als jeden als Verdächtigen zu sehen und dein ganzes Leben auf den Kopf zu stellen. Und auch Menschen in Betracht zu ziehen, denen du vielleicht blind vertraust.«

Ich runzelte die Stirn, während meine Haut unangenehm zu kribbeln begann. Von wem zur Hölle sprach er?

Wyatt schien mir die Frage anzusehen, denn er erklärte: »Ich traue Griffin nicht. Er ist die einzige Person, die die Wahrheit kennt. Niemand außer ihm weiß Bescheid.«

Beinahe hätte ich aufgelacht. Seine Worte waren völlig absurd. »Griffin mag vielleicht manchmal etwas drüber und schleimig sein und wir sind nicht immer einer Meinung, aber er will nur mein Bestes. Er hat garantiert nichts damit zu tun.« Ich schüttelte den Kopf, denn nein, Wyatt irrte sich.

»Gibt es denn keinen, wirklich gar keinen Grund, warum dein Manager dich vielleicht in die Schranken weisen will?« Er schenkte mir einen viel zu eindringlichen Blick. Und seine hellen Augen, die so sehr im Kontrast zu den schwarzen Haaren und den vielen Tattoos standen, konnten wirklich, wirklich eindringlich sein.

»Nein, ich …« Mein Magen zog sich zusammen. Das konnte einfach nicht sein. Griffin stand auf meiner Seite. Immer. Oder?

»Hat er sich in letzter Zeit vielleicht anders verhalten als sonst?«

Ich starrte ihn an, während meine Gedanken sich überschlugen. »Ich … also, ja, vielleicht ein bisschen«, gab ich widerwillig zu, während sich ein bitterer Geschmack in meinem Mund breitmachte. »Er … er ist nicht zu meiner Premiere gekommen, obwohl er das sonst immer, ausnahmslos immer ist. Er hat dich eingestellt, obwohl ich das nicht wollte. Auch wenn es zu meinem Schutz war, trotzdem hat er damit etwas getan, womit ich mich nicht wohlfühle. Gefühlt habe. Keine Ahnung.« Ich vergrub das Gesicht in meinen Händen und wollte mich am liebsten verkriechen. Ich wusste doch selbst nicht, was los war. Vielleicht bildete ich es mir nur ein. Ich *wollte* es mir nur einbilden. Doch da war diese Stimme in mir, diese leise Stimme, die mir schon die letzten Tage wieder und wieder gesagt hatte, dass etwas nicht richtig war.

»Manchmal habe ich das Gefühl, er will mich zu jemandem machen, der ich nicht bin.« Ich löste die Hände von meinem Gesicht und wünschte mir fast, dass ich es nicht getan hatte. Denn kaum hatte ich meine Augen geöffnet, sah ich Wyatts Gesicht vor mir, das leise, aber nicht heimlich, »Wusste ich es doch« zu sagen schien.

Hätte der gestrige Abend nicht anders verlaufen können? Der Kuss zwischen uns war die eine Sache gewesen, die mich in den letzten Wochen, nein, Monaten, glücklich gemacht hatte. Weil es meine Entscheidung gewesen war. Etwas, das ich gewollt hatte. Und immer noch wollte, wie mir das Flattern in meinem Bauch verriet. Denn egal, wie ätzend unser Gespräch gerade auch war, Wyatts Anblick regte Gefühle in mir, die ich nicht unterdrücken wollte. Zu gerne hätte ich mich über den Tisch gebeugt und ihn einfach geküsst.

»Ich würde dich jetzt wirklich gerne küssen«, rutschte es mir heraus und Wyatt schnaubte.

»Weil du mich küssen willst oder weil du wieder ablenken möchtest?«

»Beides.« Schmollend schob ich meine Unterlippe hervor, was ihm ein raues Lachen entlockte und ein Ziehen in meinem Unterleib verursachte. Seine Stimme war so verdammt sexy, wie hatte ich ihn nur je loswerden wollen?

»Ich will dich auch wieder küssen, Lori. Aber wenn ich dich das nächste Mal küsse, dann will ich den Moment voll und ganz genießen können. Ohne böse Überraschung.« Er zwinkerte mir zu und sofort schoss mir Hitze in die Wangen. Etwas, das er natürlich bemerkte und ihn süffisant schmunzeln ließ. »Bevor wir das jedoch können, müssen wir dein Problem beseitigen.«

»So lange willst du warten? Dann kann ich ja auch direkt Abstinenz schwören«, murrte ich, was Wyatt erneut lachen ließ.

»Du bist so dramatisch, ehrlich.«

»Ich bin Schauspielerin, was erwartest du?«

Wyatt schüttelte amüsiert den Kopf und nahm einen Schluck seines Kaffees. Meinen eigenen hatte ich total vergessen. Vermutlich war er bereits kalt. Sosehr ich Iced Coffee auch liebte, normaler kalter Kaffee war eines der abscheulichsten Getränke.

»Also vertraust du Griffin selbst nicht mehr?«

Ich seufzte, während sich alles in mir gegen die Worte auflehnte. »Ja, nein, ich weiß nicht … Er verhält sich komisch, aber ich glaube nicht, dass er etwas mit diesen Nachrichten zu tun hat. Er ist mein Manager, er … er ist quasi meine Familie, das würde er mir nicht antun. Sicher nicht. Außerdem … warum sollte er mich bedrohen? Wozu? Damit ich … ja, damit ich was? Was wäre denn deiner Meinung nach sein Ziel?« Ich wollte Wyatt nicht ankeifen, doch die ganze Situation stieg mir zu Kopf. Es war zu viel von allem. Die Vorstellung, er könnte recht behalten und meine einzige Bezugsperson über all die Jahre tat mir das an, sorgte dafür, dass die Pancakes in meinem Magen rebellierten. Doch der Gedanke, dass es sich bei Person X um Amelia handelte, fühlte sich ebenso falsch an. Alles fühlte sich falsch an, das ganze Chaos, in dem ich mich befand.

»Das müssen wir noch herausfinden, aber das werden wir schon hinbekommen. Vielleicht will er dich nur etwas einschüchtern, damit du wieder mehr nach seiner Pfeife tanzt?«, schlug er vor.

»Ein normaler Mensch würde da einfach ein Gespräch suchen.«

»Läuft in diesem Business überhaupt etwas normal?«, fragte er und hob die Brauen.

Ich seufzte laut. »Touché. Hell, so hast du dir deinen Job bestimmt nicht vorgestellt, oder?«

Wyatt zuckte mit den Schultern, immer noch das Lächeln auf seinen Lippen. »Glaub mir, ich habe Schlimmeres erlebt. Und hier in Italien zu arbeiten, wo ich jetzt auch noch meinen Kindheitstraum als Detektiv ausleben kann, ist mehr als okay.«

Ein Lächeln schlich sich auf meine Lippen über die Art, wie er versuchte, mich zu beruhigen. Oder sich selbst. Oder uns beide zusammen. »Gut, was ist dann Ihr Vorschlag für das weitere Vorgehen, Herr Detektiv?«

»Also«, er räusperte sich, stellte seine Stimme tiefer, »ich werde einmal meine Kontakte spielen lassen und versuchen, über sie an wichtige Informationen zu gelangen. Vielleicht können sie die Nachrichten zurückverfolgen oder so. Wobei sie sich unauffällig verhalten sollten. Wir wollen schließlich keine Aufmerksamkeit auf uns ziehen.«

Ich lachte, bevor ich den Kopf schüttelte. Es war erstaunlich, wie Wyatt es selbst in dieser Situation schaffte, mich aufzumuntern. Es war genau das, was ich gerade gebrauchen konnte, bevor ich zu sehr in einen Gedankenstrudel verfiel. »Gut, dann lasse ich Sie mal mit Ihren Kontakten allein, während ich im Pool die Seele baumeln lasse. Ganz unauffällig eben.«

Ich erhob mich vom Tisch, bemerkte jedoch seinen Blick, der mir alles andere als unauffällig folgte. »Also dein Anblick im Bikini wäre jetzt auch nicht schlecht.«

»Der kommt erst, wenn die ganze Sache geklärt ist. Abstinenz für mich bedeutet auch Abstinenz für dich.« Ich zwinkerte ihm zu, während ich mich vom Tisch entfernte. Wohl darauf bedacht, Wyatt mit meinem Hüftschwung eine schöne Aussicht zu bieten.

31

The bitter sweetness of love

Loraine

Ich planschte mit meinen Beinen, während ich meinen Oberkörper am Rand des Pools abstützte und das Meer vor mir beobachtete. Wie die Wellen leicht an die Felsen schlugen und mit ihrem Rauschen mein Inneres beruhigten.

Bevor ich in den Pool gestiegen war, hatte ich einen Blick auf mein Handy geworfen. Etliche verpasste Anrufe von Lilah und Griffin, die ich erwartet hatte, sowie einzelne Nachrichten von Sami, die unerwartet kamen. Anscheinend hatte Lilah ihn auf mich angesetzt, nachdem ich ihr nicht geantwortet hatte.

Lilah
Wo bist du, Lori?

Bin gerade von meinem Telefonat zurückgekommen und du bist nicht am Tisch. Der Typ ist auch weg. Bitte sag nicht, du bist mit ihm verschwunden?

Dein Bodyguard ist auch wie vom Erdboden verschluckt – macht ja einen super Job 🙄

Lori?

Zehn verpasste Anrufe

Dein Auto ist nicht mehr da, wo steckst du???

Okay, ich habe gerade gezahlt und rufe mir ein Uber. Danke für den Abend, den ich allein verbracht habe, und die fette Rechnung.

Sorry, so war das nicht gemeint. Ich mach mir bloß Sorgen. Wo bist du??

Lori
Hey, Lilah, tut mir leid, dass ich nicht mehr zurückgekommen bin. Der Typ hat sich als Paparazzo entpuppt, der auf Schlagzeilen aus war. Wyatt kam zum Glück rechtzeitig dazwischen, bevor etwas passieren konnte, ich war aber danach ziemlich fertig. Bin erst mal offline. Das nächste Essen geht auf mich – du suchst das Restaurant aus. Egal, wie teuer. 😘

Was sie darauf geantwortet hatte, wusste ich nicht. Nachdem ich ihr die Halbwahrheit geschrieben hatte, war mein Handy ausgeschaltet in meiner Schublade gelandet. Dabei zerfraß mich mein schlechtes Gewissen von innen. Es war alles andere als nett gewesen, sie sitzen zu lassen und sie vor allem nicht mehr zu informieren, was passiert war. Doch viel schlimmer war, dass ich ihr immer noch das Wichtigste verschwieg. Allerdings war die ganze Situation schon chaotisch genug. Wüsste sie, was letzte Nacht wirklich vorgefallen war, stünde sie innerhalb der nächsten Stunde vor der Tür. Mit gepackten Taschen. Entweder würde sie mir nicht mehr von der Seite weichen oder mich zum nächsten Flughafen zerren. Beides war keine gute Option.

»Okay, ich habe weder Kameras in deinem Zimmer gefunden noch sonstige Einbruchsspuren.«

Ich zuckte zusammen und drehte mich zur Seite, wo Wyatt gerade auf den Pool zukam.

»Du hast vermutet, dass in meinem Zimmer Kameras installiert wurden?« Entsetzen breitete sich in mir aus. Lief mir wie ein eiskalter Schauer über den Rücken, nur um mich kurz danach in Flammen aufgehen zu lassen.

»Eigentlich nicht, trotzdem wollte ich sichergehen. Ich habe alles noch mal abgesucht, das ganze Gelände. Nichts. Ich habe auch die Kameras draußen gecheckt, doch auch auf den Aufzeichnungen ist nichts.« Wyatt verschränkte die Arme vor der Brust, sodass die Sonne, die wirklich heiß auf meiner nassen Haut brannte, auf seine Muskeln fiel. Erneut warf ich einen Blick auf die vielen Tattoos und ergänzte meine innere Liste um ein weiteres. Ein kleiner Drache, der sich um ein Schwert schlang.

»Derjenige muss also wirklich über das Meer gekommen sein.« Wyatt trat an die kleine Treppe, die zum Wasser führte. »Hast du hier draußen Kameras?«

»Nein«, gestand ich leise und verfluchte mich, dass ich es bisher nie geschafft hatte, sie anzubringen oder dafür zu sorgen, dass es erledigt wurde. Wären hier draußen auch welche gewesen, dann hätten wir jetzt vielleicht einen Hinweis, der uns weiterbringen würde. Egal, wie klein er auch wäre, er wäre ein Schritt nach vorne.

»Willst du nicht doch die Unterkunft wechseln?«

Hastig schüttelte ich den Kopf. Dass sich jemand Zugang zu meinem Zuhause verschafft hatte, war verdammt beängstigend. Die Tatsache, dass es vielleicht über das Meer erfolgt war, noch schlimmer. Aber ich würde es nicht zulassen, dass Person X mich von einem weiteren Ort vertrieb. Ich hatte schon London verlassen, hier würde ich mich nicht auch noch wegbewegen. Vielleicht war es naiv oder einfach nur dumm, aber ich wusste, dass ich bei Wyatt in Sicherheit war. Und wer konnte mir versprechen, dass in einem teuren Hotel nichts passierte? »Wir bleiben hier. Wenn ich untergehe, dann gebräunt und bei gutem Ausblick. Fehlt nur noch der Aperol.«

Wyatt schüttelte über meinen zugegebenermaßen kläglichen Versuch, die Stimmung zu lockern, den Kopf, doch was blieb mir noch außer meinem Humor? »Solange du weiterhin schlechte Witze machen kannst, schwimmt das Boot wohl noch.«

Während ich mich mit einer Hand am Rand des Pools festhielt, versuchte ich mit der anderen, Wyatt nass zu spritzen. Dass er heute ausnahmsweise mal ein weißes Shirt trug, hatte tatsächlich gar nichts damit zu tun.

»Hast du schon *deine Kontakte* erreicht?« Ich zog meine Augenbrauen in die Höhe. Wenn er so mysteriöse Sachen sagte, dann spielte ich halt mit.

Er schmunzelte leicht. »Habe ich. Sobald sie was gefunden hat, meldet sie sich. Ich habe mir übrigens dein Handy aus der Schublade geschnappt, ich hoffe, das war okay. Um uns helfen zu können, muss sie auf die Nachrichten zugreifen.«

Mir klappte der Kiefer herunter. Doch anstatt ihn wegen meines Handys zurechtzuweisen, rutschte mir etwas anderes heraus. »Sie?«

Belustigung erhellte seine Miene. Mist. »Eifersüchtig?«

»Pfff, in deinen Träumen, Wyatt. Zu schade nur, dass ich mir jetzt eine andere Begleitung für mein tolles Programm morgen suchen muss.«

Seine rechte Augenbraue zuckte nach oben. »Was hast du vor?«

Grinsend erhob ich mich aus dem Pool. Dass Wyatt meinen Körper dabei ganz genau musterte, genoss ich in vollen Zügen und verlieh mir noch mehr Strahlkraft. »Damit musst du dich bis morgen Abend gedulden. Und mir heute irgendwie beweisen, dass ich dich doch mitnehmen sollte.« Ohne ihn eines weiteren Blickes zu würdigen, ging ich an ihm vorbei zum kurzen Ende des Pools.

»Ach, Lori?«, rief er mir zu und ich drehte mich zu ihm. »Jetzt habe ich dich ja doch im Bikini gesehen.«

Ich funkelte ihn an. »Wer weiß, was der Tag noch so für Wunder mit sich bringt.«

Ohne seine Worte abzuwarten, machte ich einen Kopfsprung in den Pool und verlor mich in dem Gefühl des Wassers, das mich beruhigend kalt umhüllte.

Das Gewusel der Menschen legte sich in einem permanenten Surren über den Markt. Immer wieder drangen Gesprächsfetzen zu mir durch, wobei ich kaum verstand, worum es ging. Dass auf den Märkten hier an der Amalfiküste fast nur Italienisch gesprochen wurde, war mir bewusst gewesen. Trotzdem war es etwas ganz Eigenes, das Gefeilsche und die erhitzten Gemüter selbst zu erleben. Zum Glück mischte sich unter das energische Handeln jedoch genauso viel Gelächter der angeheiterten Besucher, die entweder mit einem Glas Wein, einer Flasche Bier oder auch nur einer Limonade in der Hand die Zeit genossen.

Diese Woche gab es einen Markt, der nicht wie üblich morgens, sondern abends stattfand. Und zwar die ganze Woche. Es war etwas Außergewöhnliches, weil alle Märkte in der Gegend normalerweise nur an einem Tag in den frühen Morgenstunden abgehalten wurden.

»Das ist so schön«, sagte ich, während ich versuchte, die vielen Eindrücke zu verarbeiten. Vor uns erstreckten sich Stände neben Ständen, mit dem unterschiedlichsten Sortiment. Während ein hölzerner Tisch mit orangem Schirm die frischen Zitronen verkaufte, für die Amalfi bekannt war, gab es am Nachbarstand eine große Auswahl an Gebäck. Zudem wurden auch Kleidungsstücke und Souvenirs angeboten, die vor allem die Touristen anlockten. Dass dieser Markt am Hafen Amalfis stattfand und sich hinter den unzähligen Ständen und Lichtern der perfekte Blick aufs Meer bot, rundete das Ambiente ab. Ich war erst ein Mal auf einem der morgendlichen Märkte gewesen, wusste jedoch trotzdem schon nach wenigen Minuten, dass das hier alles toppte.

»Das ist wirklich beeindruckend«, stimmte Wyatt mir zu, den ich natürlich trotz meiner Drohung mitgenommen hatte. Ich wandte mich zu ihm, nur um zu sehen, wie er ebenfalls die Kulisse in sich aufsog. Ich nutzte den Moment, um ihn zu mustern. Seine schwarzen Haare, die ihm leicht ins

Gesicht fielen. Nicht auf diese nervige Art, sondern auf diese absolut gewollte, die ihn noch attraktiver machte. Sein kantiges Gesicht, das ganz weich wurde, wenn er denn mal lächelte. Die typische schwarze Jeans, zu der er heute immerhin ein rotes Hemd trug. Ein unglaublicher Zufall, dass er genau nach der Farbe gegriffen hatte, die auch mein Kleid hatte. Und das obwohl er nie Farbe trug. Sein Blick huschte von einem Stand zum nächsten, wobei seine Augen immer stärker glitzerten. Dabei ahnte er nicht, was ich in Wahrheit für uns geplant hatte.

»Komm, wir müssen dort drüben hin.«

»Warte, ich würde mir gern ein paar Zitronen kaufen. Die müssen unfassbar schmecken, schließlich ist gerade Saison.«

Meine Lippen verzogen sich zu einem breiten Grinsen und Wyatt runzelte die Stirn.

»Was ist?«, fragte er, sichtlich verwirrt.

»Du wirst noch genug Zeit haben, um dir alles anzuschauen. Zumindest was die Lebensmittel betrifft.«

In Wyatts Augen standen hundert Fragezeichen. »Ich vertraue dir nicht, wenn du so in Rätseln sprichst.«

»Und ich dachte, du hättest eins und eins schon längst zusammengezählt. Immerhin bist du doch der Detektiv von uns beiden. Ehrlich gesagt habe ich da schon etwas mehr von dir erwartet.«

Wyatt schnaubte. Vermutlich bereute er es bereits, dass er sich selbst diesen Titel gegeben hatte. Damit würde ich ihn so schnell nicht in Ruhe lassen.

Dass Wyatt komplett ahnungslos war und sich auf mich verlassen musste, dass ich die Zügel in der Hand hatte, war eine schöne Abwechslung. Noch schöner war allerdings das Wissen, wie glücklich er in den kommenden Minuten werden würde. Alles in mir kribbelte, wenn ich nur daran dachte, ihn gleich vollkommen in seinem Element sehen zu können. Kaum etwas war so attraktiv, wie jemanden dabei zu beobachten, wie er etwas tat, das er liebte.

»Keine Sorge, ich werde dich nicht an einen der Händler verkaufen. Auch nicht im Tausch gegen den wirklich einmaligen frischen Fisch, den es hier gibt.«

»Die Tatsache, dass ich dir deine Worte nicht wirklich glaube, sagt mehr über dich aus als über mich.«

Ich zwinkerte ihm zu, bevor ich nach seiner Hand griff. Als ich seine warme Haut auf meiner spürte und er kurz danach den Druck um meine Finger verstärkte, überschlug sich mein Herz. Wer hätte gedacht, dass der Mensch, den ich am wenigsten bei mir hatte haben wollen, nun der war, nach dessen Nähe ich mich am meisten sehnte?

»Warte mal kurz.« Wyatt nutzte den Griff um meine Hand, um mich zum Stehen zu bringen. »Hier sind unfassbar viele Menschen. Bist du sicher, dass es eine gute Idee ist, sich hier herumzutreiben?«

Bei der Sorge in seinen Augen und der leichten Anspannung, die sich in seinem Körper ausbreitete, ging mein Herz auf. Ich nickte. »Ich wollte vor allem anonym bleiben, damit der Schreiber der Nachrichten mich nicht findet. Weil ich dachte, dass das Ganze dann aufhören würde. Aber derjenige weiß nun ohnehin, wo ich bin. Warum also sollen wir die Zeit hier nicht einfach genießen?«

»Und was ist mit der Presse? Noch ist deine Wohnung ein Geheimnis, aber wenn du hier gesehen wirst, werden sie bestimmt auch deine Villa finden.«

»Sollen sie doch. Ich habe keine Lust mehr, Wyatt. Ich habe keine Lust mehr, ständig Rücksicht auf die Paparazzi zu nehmen. Die eine Hälfte meines Lebens verbiege ich mich, damit ich gemocht werde und bloß nichts Schlechtes über mich gesagt werden kann, während ich die andere Hälfte damit verbringe, mich vor der Welt zu verstecken. Das muss aufhören. Hier und jetzt.« Ich hatte mich in Rage geredet und mit meinen Armen zu fuchteln begonnen, was die Aufmerksamkeit einiger Umstehender auf uns lenkte. Doch das war mir in diesem Moment egal. Vielleicht würde morgen ein Artikel über »Loraine Lewis, die auf dem italienischen Abendmarkt die Fassung verlor« die Runde machen. Vielleicht. Vielleicht aber auch nicht. Egal, was eintraf, es spielte keine Rolle. Wenn mir diese beschissenen SMS eines gezeigt hatten, dann, dass ich schon viel zu lange für andere lebte.

Wyatt zögerte. Hielt meinen Blick fest. Schaute mich eindringlich an.

»Ich brauche einfach etwas Ablenkungen. Von den Nachrichten. Dem Einbruch. Dem ganzen Chaos, das irgendwie zu meinem Leben geworden ist. Ein Abend Normalität.« Und dann tat ich etwas, was nicht zu mir passte. »Bitte, Wyatt.«

Bei meinem flehenden Blick wurde seine Miene ganz weich, bevor er nickte. Widerwillig, aber er stimmte mir zu. »Ich bin mir zwar nicht sicher, ob ein voller Abendmarkt der beste Ort ist, aber okay. Wenn es dir hilft, bleiben wir.«

Ich knuffte ihn in die Seite. »Warte ab, bis du erfährst, was ich vorhabe, dann siehst du das Ganze direkt mit anderen Augen.«

Ihm entwich ein weiteres Schnauben, ehe er sich von mir durch die Menge ziehen ließ. Vorbei an Ständen, die Gewürze verkauften, deren Düfte in meiner Nase kribbelten, und frischem Fisch. Auch wenn Wyatt nicht erneut fragte, wohin wir gingen, spürte ich ganz deutlich seine Verwirrung. Sicherlich hatte er damit gerechnet, dass wir lediglich über den Markt schlendern würden, allerdings ließen wir diesen schließlich hinter uns liegen. Die Geräusche drangen dennoch weiterhin zu uns, genauso wie das Leuchten der Lichterketten, die den ganzen Platz in ein warmes Licht tauchten. Erst, als ich endlich entdeckte, wonach ich gesucht hatte, blieb ich stehen.

»*Ciao*, Loraine«, begrüßte mich eine Italienerin mit schwarzem Hemd und schwarzer Hose, bevor sie mich in ihre Arme zog.

»Hi, Camilla, es ist so schön, dich wiederzusehen!«

»Gleichfalls, das letzte Mal ist ewig her! Wie geht es dir, *Stellina*?« Bei der Erwähnung des alten Kosenamens, den sie für mich nutzte, stieg mir Hitze in die Wangen. Camilla war bereits Mitte vierzig und hatte mich bei unserer ersten Begegnung direkt unter ihre Fittiche genommen.

»Camilla, das ist Wyatt, mein …« Kurz stoppte ich, weil sich die Bezeichnung »Bodyguard« irgendwie falsch anfühlte. Waren wir mittlerweile nicht mehr als Bodyguard und Schützling? »Er kümmert sich um meine Sicherheit.«

»Freut mich«, begrüßte sie ihn und er nickte bedacht.

»Camilla und ich kennen uns von den Dreharbeiten zu *Dear Sweet Innocence*«, erklärte ich ihm. »Sie ist eine Bekannte von Linnea Sandvik, meiner Filmschwester, und hat uns am Set mit dem besten Essen überhaupt versorgt.«

Die Verwirrung war noch immer nicht aus Wyatts Blick verschwunden, trotzdem nickte er erneut.

»Camilla ist eine ausgezeichnete Köchin. Wobei das noch untertrieben ist, schließlich hat sie einen Michelin-Stern. Und heute wird sie mit uns zusammen etwas zaubern.«

Da fiel bei Wyatt der Groschen. Sein Mund klappte auf. Und wieder zu. Dann wieder auf. Mehrfach blinzelte er, während seine Pupillen sich langsam weiteten. Ich gab mir größte Mühe, keine Miene zu verziehen, dabei war Wyatts Freude wirklich süß.

»Camilla Bianco?«, fragte er und ein leichtes Lächeln trat auf ihre Lippen.

»Erwischt«, antwortete sie. Ihr Akzent klang weich und gefährlich zugleich. Und genau das verkörperte auch Camilla. Sie war ein herzensguter, sanfter Mensch mit der Macht, dich mit nur wenigen Worten sprachlos zu machen.

»Du kennst eine der größten Köchinnen aus Italien und hast es nicht für nötig gehalten, mir davon zu erzählen?«, fragte Wyatt mich fassungslos und ich presste meine Lippen noch fester aufeinander, um nicht loszulachen. »Obwohl ich so begeistert von deinem Trüffelsalz und Aji-Charapita-Chili war und dich jeden Tag bekoche?« Er war ganz aufgebracht, was dazu führte, dass mein Magen sich genüsslich zusammenzog. Wyatts Leidenschaft war unglaublich attraktiv.

»Du bist also Koch?«, fragte Camilla nun an ihn gewandt, während er sich eine Strähne aus dem Gesicht strich. Zu gerne hätte ich meine Hand ausgestreckt, um es für ihn zu tun.

»Hobbykoch zumindest.«

»Sehr schön. Ich hatte mich schon gewundert, warum Loraine endlich mein Angebot eines Kochkurses angenommen hat. Ganz unter uns: Sie ist eine grauenvolle Köchin.« Camilla hob die Hand an ihren Mund, um ihre Worte vor mir zu verbergen. Was natürlich nicht gelang, da sie immer noch in ganz normaler Lautstärke sprach. Zumal »normal« bei Italienern immer noch etwas lauter war.

»Hey! Was soll das denn heißen?« Empört verschränkte ich die Arme vor der Brust.

»Das ist leider nichts Neues. Sie hat die Traumküche eines jeden Gastronomen und weiß nicht einmal, was für Schätze sich dort finden lassen.«

Erneut stieß ich Wyatt meinen Ellenbogen in die Seite, dieses Mal jedoch nicht so sanft wie noch zuvor. Er lachte leise, was mich meine Augen zu Schlitzen verengen ließ. »Ich nehme dich extra mit und das ist der Dank? Wow.«

Camilla schmunzelte. »Ich merke schon, wir werden einen amüsanten Abend haben. Bevor wir uns jedoch dem Kochen widmen können, brauchen wir die richtigen Zutaten. Und wo bekommt man diese besser als auf einem Wochenmarkt?«

»Der Markt ist wirklich unglaublich. Allein die wenigen Sachen, die ich im Vorbeigehen sehen konnte, waren faszinierend. Die Wochenmärkte in London sind ein Witz dagegen«, erklärte Wyatt.

Camilla lachte. »Das will ich ja wohl hoffen. Wenn wir in Italien bei einer Sache keinen Spaß verstehen, dann bei unserem Essen.«

»Das kann ich bestätigen«, murmelte ich und dachte an einen Restaurantbesuch mit Samuele, bei dem ich meine Pasta geschnitten hatte. Dass er mich nicht sitzen gelassen hatte, war geradezu ein Wunder gewesen. So viel geflucht wie an dem Abend hatte er noch nie. Selbst nicht bei dem Dreh einer Szene, die uns einfach nicht hatte glücken wollen.

»Weil ich weiß, wie schwer du dich manchmal mit dem Kochen tust, *mia piccola stella*, habe ich uns etwas sehr Simples, aber sehr Wichtiges zusammengestellt. Wir fangen mit Bruschetta an, der perfekten Vorspeise, machen dann eine frische und italienische Carbonara – nichts mit Sahne, wie ihr das in euren Restaurants oft habt.« Camilla schüttelte sich kurz und sagte etwas auf Italienisch, das ich zwar nicht verstehen konnte, sich aber nicht nett anhörte, bevor sie fortfuhr: »Und zum Nachtisch gibt es eine Limoncello-Zitronencreme. Alle einverstanden?«

»Das hört sich göttlich an. Ich finde sowieso, dass die einfachsten Gerichte die größte Kunst sind. Eine gute Carbonara oder ein klassiches ragù zu beherrschen, ist mehr wert, als ausgefallene Gerichte zu kreieren. Etwas mit Trüffel verzieren kann jeder, bei simplen Speisen alle Geschmacksnoten vernünftig hervorheben, die Wenigsten.«

Camilla nickte anerkennend. Wyatt und sie tauschten noch ein paar Worte über Gewürze und Geschmäcker aus, bei denen ich zugegebenermaßen auf Durchzug schaltete. Auch wenn ich gutes Essen liebte, war ich wirklich noch nie eine begabte Köchin gewesen. Vor allem weil ich es nicht gerne tat. Was auf Wyatt nicht zutraf. Dass ich Camilla nur geschrieben hatte, weil ich ihm eine Freude machen wollte, musste er jedoch nicht erfahren.

»Gut, dann schlage ich vor, dass wir uns auf den Markt begeben und uns für unseren Kochkurs eindecken. Ich kann dir gerne noch ein paar Rezepte mitgeben, falls du noch was für die nächsten Tage ausprobieren möchtest«, sagte sie immer noch an Wyatt gerichtet, der das Angebot sofort annahm. Da hatten sich wirklich zwei gefunden.

Gemeinsam mischten wir uns ein weiteres Mal unter das Gewusel der Menschen und ich war heilfroh, dass wir jemanden an unserer Seite hatten, der die Sprache beherrschte. Denn so schön ich sie auch fand, meine Italienischkenntnisse gingen gegen null. Wyatt griff wieder nach meiner Hand und drückte sie ganz sanft. Als ich zu ihm aufblickte, schaute er mich bereits an.

»Danke«, flüsterte er.

Vielleicht wusste er doch, dass ich das nur für ihn organisiert hatte.

32

The way to one's heart is through their stomach

Loraine

Nachdem wir alles besorgt hatten, was wir brauchten, machten wir uns bepackt mit Tüten auf den Weg in Camillas Restaurant. Heute war Ruhetag, weshalb wir ungestört waren und das ganze Lokal für uns hatten.

»Hier ist es einfach wunderschön«, sagte ich, kaum dass wir den Laden betreten hatten, der sich von außen recht unscheinbar in die Kulisse der Stadt integrierte. Von innen jedoch erwartete einen das traumhafteste Restaurant, das ich je gesehen hatte. Dunkelgrüne Stühle reihten sich an goldene Tische, wobei sich genau diese zwei Farben an den Wänden wiederfanden. An der Decke hingen hunderte kleine Glühbirnen, die auf den ersten Blick wie Sterne aussahen. Das Beste lag jedoch noch verborgen hinter dem großen, beinahe antik wirkenden Steinbogen, der nach draußen führte.

»Wow, das … es ist atemberaubend«, schloss auch Wyatt sich mir an und drehte sich langsam um sich selbst.

Camilla strahlte, wobei ein Strahlen von ihr einem leichten Schmunzeln der meisten Menschen glich. »Es ist immer wieder schön zu hören, dass es anderen genauso gefällt wie mir. Auch wenn es keinen Grund gibt, sich darüber Sorgen zu machen, schließlich sind wir ausgebucht. Permanent.«

»Wie weit im Voraus muss man bei euch reservieren? Einen Monat?«

Camilla lachte laut auf und griff sich an die Brust, woraufhin Wyatt verwirrt zu mir schaute.

»Versuch es lieber mit einem Jahr vorher. Wobei wir für Freunde immer einen Platz frei haben. Da solltest du nur wirklich eine Woche vorher Bescheid geben, am Abend selbst kann ich für nichts garantieren.«

Wyatt blinzelte und Camilla klopfte ihm auf die Schulter, was ihn vermutlich noch mehr in den Unglauben trieb. Nicht mal die Filmpremiere – eine Premiere! – hatte ihn so sehr begeistert und erstaunt wie ein Abend mit einer Sterneköchin. Die Tatsache, dass hier auch eine einfache Köchin hätte stehen können und vermutlich trotzdem die gleiche Begeisterung sein Gesicht erhellt hätte, sorgte dafür, dass mir ganz warm wurde.

»So, genug geplaudert. Es wird Zeit, dass wir uns an die Arbeit machen. Schließlich kocht sich das Essen nicht von allein und wir sind hier nicht zum Vergnügen.« Camilla klatschte so plötzlich in die Hände, dass ich vor Schreck zusammenzuckte. Fort war die freundliche Miene. Stattdessen setzte sie ihr Boss-Gesicht auf. Ich hatte ganz vergessen, *wie* streng sie sein konnte.

Etwas, an das sie mich schnell wieder erinnerte. Während wir die Bruschetta vorbereiteten, korrigierte sie jede meiner Techniken, die zugegebenermaßen überhaupt keine Techniken waren. Ich schnitt die Zwiebeln falsch, die Tomaten sowieso, der Knoblauch würde so niemals sein Aroma entfalten und sogar das Verrühren der Zutaten machte ich nicht richtig. Wyatt hingegen überhäufte sie mit Lob, als er bereits begann, den Nachtisch zu kreieren. Großartig. Die Bruschetta hatten wir direkt vernascht. Eine kleine Stärkung für den ersten Hunger.

Während wir Vor- und Nachspeise jeweils separat zubereitet hatten – wobei Wyatt mich viel zu oft beobachtet und mit einem amüsierten Funkeln bedacht hatte –, kochten wir die Carbonara zusammen.

»Mir tut jetzt schon das Handgelenk weh, morgen habe ich bestimmt Muskelkater vom Kochen«, jammerte ich, während ich die Zutaten verrührte, wobei ich leider nicht übertrieb.

»Du strengst dich viel zu sehr an. Es reichen wenige, aber dafür kräftige Bewegungen. Komm her.« Mit einem Mal stand Wyatt direkt hinter mir. Sofort spürte ich seinen Atem an meinem Hals und eine Gänsehaut kroch über meinen ganzen Körper. Als er dann auch noch mein Handgelenk umfasste, musste ich mir größte Mühe geben, mich aufs Kochen zu konzentrieren. Egal, wie leicht und unschuldig seine Berührung auch war, gegen die Hitze, die in mir aufwallte, konnte ich nichts tun.

»Schau mal, so geht es viel besser«, raunte er mir ins Ohr, während er mit seiner Hand meine eigene führte und wir das Ei mit dem geriebenen Käse vermengten. Ich vergaß, was unsere Hände taten, sondern nahm nur noch seine Präsenz wahr. Er war mir so nah und fuck, ich konnte doch auch nichts für die Gedanken, die plötzlich meinen Kopf fluteten.

Kurz ließ er mich los, um die Nudeln mit einer Zange aus dem Wasser zu holen und in die Pfanne zu geben, in der wir zuvor bereits den Speck angebraten hatten. Am liebsten hätte ich protestiert, riss mich jedoch zusammen.

»Komm mit der Schüssel zu mir, wir müssen jetzt schnell sein.«

Ich nickte bloß und folgte seinen Anweisungen. Kaum hatte ich die Soße über die Nudeln gekippt, war seine Hand auch schon wieder an meiner und wir vermengten alles gemeinsam. Seine Muskeln waren stark, das spürte ich trotz des sanften Griffs. Ich achtete gar nicht auf die Pfanne, nur auf seine Finger, die mich umschlossen. Ich hatte eine Schwäche für Hände und seine waren besonders schön. Vor allem seine linke, über deren Rücken sich filigran noch der Efeu schlängelte. Bestimmt unterdrückte ich den Impuls, über die Ranken zu fahren und ihn nach der Bedeutung zu fragen.

»Jetzt mischen wir noch das Nudelwasser unter und dann sind wir auch schon fertig.« Seine Stimme war ganz heiser und ich fragte mich sofort, ob er ähnliche Gedanken hatte wie ich. Ob auch er sich vorstellte, wie seine Hände nicht nur meine berührten, sondern alles von mir. Ob er an unseren Kuss dachte und das danach. Ob er sich auch danach sehnte, jetzt unter uns zu sein und da weitermachen zu können, wo wir aufgehört hatten.

Wyatt atmete aus, und als sein heißer Atem erneut auf meine Haut traf, schnappte ich zischend nach Luft.

»Alles okay?«, fragte er mich und ich wünschte mir, er würde aufhören zu sprechen. Denn seine tiefe Stimme machte mich wahnsinnig.

»Mhm.« Spürte er, wie heiß mir mit einem Mal war? Hörte er, wie schnell mein Herz schlug?

Wenn dem so war, dann ließ er sich nichts anmerken. Anscheinend völlig konzentriert holte er das Nudelwasser und goss eine gewisse Menge in die Pfanne, nur um kurz danach wieder mein Handgelenk zu nehmen und weiterzumachen.

»Das Wichtigste ist, die Soße nicht zu flüssig zu machen, weil sie sonst nicht gut an den Spaghetti haftet. Wir wollen, dass sie schön cremig ist und sich alles gut vermengt.«

Wieder nickte ich nur, weil ich befürchtete, dass ich lediglich ein Wimmern herausbringen würde.

»Et voilà, die perfekten Spaghetti Carbonara. Solange sie jetzt noch schmecken, haben wir alles richtig gemacht«, flüsterte Wyatt und ich nickte wieder nur.

»Gut gemacht«, schaltete sich nun auch Camilla ein. »Ich musste ja gar nichts sagen, du hast den Part des Kochs sehr gut übernommen, Wyatt. Du kannst Loraine bestimmt noch einiges beibringen mit deinen Techniken.«

Ich verschluckte mich und begann zu husten. Wyatt klopfte mir leicht auf den Rücken, ohne sich darüber bewusst zu sein, dass seine Berührung alles nur schlimmer machte. Warum musste Camilla auch so zweideutige Worte wählen? Fuck.

Zum Glück bemerkten die beiden meine Verlegenheit nicht und Camilla schickte mich und Wyatt mit dem Essen nach draußen. Also liefen wir durch den Steinbogen – Wyatt unsere Teller in der Hand und ich eine kühle Flasche Weißwein –, bis er abrupt innehielt. »Das ist ja der Wahnsinn«, murmelte er.

Ich hatte nicht gedacht, dass Wyatt zu so viel Staunen und kindlicher Freude in der Lage war, doch der heutige Abend bewies mir das Gegenteil. Auf der anderen Seite … Wem raubte diese Aussicht auch nicht den Atem? Die Terrasse des Restaurants befand sich auf einer Klippe und besaß Säulen aus sandfarbenem Stein, die das Dach hielten und die Ecken des weißen verschnörkelten Zauns bildeten. Der Tisch, der für uns eingedeckt war, befand sich am äußersten Rand. Eine Kerze sowie eine Lichterkette sorgten für angenehmes, warmes Ambiente. Von der Terrasse aus blickte man direkt auf den Hafen Amalfis sowie den Markt, der den Abendhimmel mit seinen vielen Lichtern zum Strahlen brachte. Tagsüber war man umgeben von türkisem Wasser, dessen Farbe man in der Dunkelheit nur erahnen konnte.

»Gefällt es dir?«

»Wie könnte es mir nicht gefallen? Von hier aus sieht die Stadt so friedlich aus und absolut malerisch.«

Ich schmunzelte. Das war noch ein Grund, warum ich hatte herkommen wollen, trotz allem. Für diesen Ausblick, die Ruhe, die absolute Idylle inmitten einer turbulenten Stadt. Nachdem ich uns beiden ein Glas eingeschenkt hatte – Wyatts protestierenden Blick ignorierte ich dabei einfach, schließlich war es für uns beide eine Auszeit –, ließ ich mich ihm gegenüber auf dem Stuhl nieder. Erst da realisierte ich: Wir waren allein. Und obwohl ich die meiste Zeit mit Wyatt allein war, schlug mein Herz urplötzlich zu schnell. Wir waren allein. Ganz allein. Auf einer Terrasse in einem edlen Restaurant. Kerzenlicht leuchtete uns an. Es war unfassbar romantisch.

»Cheers«, sagte ich mit belegter Stimme und hob mein Glas, woraufhin Wyatt sein eigenes an meins stieß. Kurz klirrte es, dann war es wieder still. Ich nahm den ersten Schluck, doch die Nervosität in mir ebbte nicht ab. Warum war ich mit einem Mal so aufgeregt? Vor mir war nur Wyatt.

Allerdings war er nicht mehr *nur Wyatt*. Ich begegnete seinen eisblauen Augen, die mich intensiv musterten. Meine Lippen öffneten sich leicht, ich wollte etwas sagen, aber wusste ich nicht, was. Sofort wanderte sein Blick zu meinem Mund. Ein Kribbeln schoss durch meinen Körper. Dieses Gefühl, das Wyatt in mir auslöste, hatte ich vor ihm so lange nicht mehr empfunden, dass ich es sogar verloren geglaubt hatte. Keine Ahnung, wann ich das letzte Mal verlieb–

Stopp! Shit. Was?

»Um deine Frage zu beantworten. Es gefällt mir sehr«, sagte Wyatt und durchbrach die Stille.

Mein Herz hämmerte gegen meinen Brustkorb, versuchte, dem Moment zu entfliehen. Ich war nicht in Wyatt verliebt. Aber scheiße, ich war auf dem besten Weg dahin.

»Diese Aussicht ist ja auch einmalig.«

Ein Schmunzeln trat auf seine Lippen. »Ich weiß ja nicht.«

Meine Augenbraue schoss in die Höhe.

»Ich genieße da gerade eine deutlich schönere Aussicht. Da kann kein Ozean und auch keine Stadt mithalten, egal, wie niedlich sie mit ihren bunten Häusern auch aussieht.«

Meine Mundwinkel verzogen sich und meine Wangen wurden heiß.

Da wurde er ernst. »Lori, ich … Was du hier heute Abend organisiert hast … das bedeutet mir so viel. Und streite erst gar nicht ab, dass du es für mich gemacht hast. Glaub mir, du bist durchschaubarer, als du denkst.«

Scheiße, war das süß. Wyatt war süß. Und heiß. Und viel zu gut zu mir. Meine Finger fuhren immer wieder über den Fuß des Weinglases und spielten dabei mit dem Goldring an meinem Daumen. Ob er mittlerweile wusste, dass das ein Zeichen meiner Nervosität war?

Als er das Weinglas beiseiteschob, um meine Hand mit seiner zu umschließen, atmete ich aus. Oder ein. Ich wusste es nicht. Ich senkte meinen Kopf. Blickte auf unsere Hände, die eine Einheit bildeten. Und verdammt, ich wollte diese Einheit mit ihm.

»Das hier macht mir Angst«, gestand ich leise. Ich klang so fragil. Ganz anders als die selbstbewusste Loraine, die vor jeder Kamera strahlte und jeden Menschen um ihren Finger wickelte. Doch diese Version war nur eine Fassade, die nichts mit meinem wahren Ich zu tun hatte. Wyatt dagegen gab mir nicht das Gefühl, mich verbergen zu müssen. Vielmehr hatte ich mittlerweile das Bedürfnis, ihm genau diese Loraine zu zeigen und nicht die Schauspielerin, die nur dann aufhörte zu spielen, wenn sie allein war.

»Es macht mir Angst, weil ... Wenn ich bei dir bin, fange ich an, so verletzlich zu sein. So ... ehrlich. Und ich habe Angst vor dieser Seite an mir und davor, was sie mit mir macht. Und vor dem, was zwischen uns ist ... davor habe ich noch mehr Angst. Ich habe keine Ahnung, wann ich das letzte Mal so empfunden habe, und ich wünschte, dass dieses Gefühl für immer anhalten könnte. Dieses Kribbeln ... dieses blöde Lächeln, das ich immer nur bei dir lächle. Aber mein Leben ist ein riesiges Chaos ... Ich ...«

Wyatt verstärkte seinen Griff um meine Hand. Drückte sie ganz sanft, aber dennoch so fest, dass ich meinen Blick hob und ihn anschaute. Wärme breitete sich in mir aus. Da war kein elektrisches Kribbeln mehr in meinem Körper, sondern pure Ruhe. Weil Wyatt es irgendwie schaffte, mich zu beruhigen. Vielleicht lag es an seiner generell gefassten Art, vielleicht aber auch daran, dass er so herrlich normal war. Normal. Ein Zustand, den ich immer mehr zurückwollte.

»Diese ganze Situation ... ich weiß einfach nicht weiter, Wyatt. Noch sind die Nachrichten nur Nachrichten, doch was, wenn sich das ändert? Wenn Handlungen folgen?«

Er drückte meine Hand erneut. »Sollte dieser Fall eintreten, werden wir vorbereitet sein. Wie gesagt, ich habe jemanden darauf angesetzt, sich um die Nachrichten zu kümmern. Den Sender auszumachen oder zumindest einen Standort zu finden. Vielleicht hilft uns das, den Verdächtigenkreis einzugrenzen. Und selbst wenn wir Person X nicht so schnell finden, wie ich hoffe – ich bin hier. Ich passe auf dich auf, Lori.« In seinen Augen blitzte es auf und er presste den Kiefer zusammen. Es bedeutete mir viel, dass er das sagte, doch …

»Was, wenn es Sachen gibt, vor denen du mich nicht beschützen kannst, Wyatt? Was, wenn niemand das kann?«, hauchte ich in die Nacht und wünschte mir so sehr, er würde mich vom Gegenteil überzeugen, obwohl ich nicht daran glaubte.

»Wovon sprichst du?« Wyatt runzelte die Stirn.

»Die Sache mit Daisy, die Schuldgefühle und all das, was das Business mit sich bringt … Davor kann mich niemand retten.«

Sofort schüttelte er den Kopf und nahm meine Hand. »Du musst nicht gerettet werden, Lori. Du musst dir nur endlich selbst vergeben.«

33

Kiss my scars and heal my broken mind

Loraine

Stunden später saßen Wyatt und ich in dem Auto des Fahrers, den wir kurz zuvor angerufen hatten. Nach dem Essen hatte Camilla uns zurück auf den Markt geführt, wo wir uns nicht nur durch das Angebot gegessen, sondern auch getrunken hatten. Auch wenn wir bereits ziemlich satt gewesen waren, wer konnte zu frischen *Cannoli* und *Amarettini* schon nein sagen? Neben den süßen Sünden testeten wir uns durch Limonaden, die mit den frischen Zitronen wirklich einmalig schmeckten. Der Abend, die Zeit mit Wyatt, erfüllte mich mit so viel Wärme und Ruhe, dass ich bis auf den Wein beim Essen nicht einmal das Bedürfnis nach Alkohol hatte – obwohl der Markt nur so vor selbst gemachten Limoncellos strotzte. Traurig, dass ein Griff zur Flasche manchmal das Einzige war, was mir noch half. Etwas, was sich definitiv ändern sollte. Und vielleicht … vielleicht könnte ich das auch schaffen.

»Bist du okay?«, flüsterte Wyatt mir zu, während wir auf der Rückbank des Wagens saßen. Es war ein schwarzer BMW, der mit seiner Größe gewiss für Aufmerksamkeit sorgte. Doch mir war es erstaunlicherweise egal, zu glücklich fühlte ich mich gerade. Aus dem Radio drang ein italienisches Lied zu uns, das ich nicht kannte.

»Alles super«, flüsterte ich und ließ meinen Kopf kurz darauf gegen Wyatts Schulter sinken, da mich langsam die Müdigkeit übermannte. Sofort legte er seinen Arm um mich und ich seufzte. »Vor allem weil du da bist.«

Er schnaubte und drückte mir einen Kuss auf den Scheitel. »Wenn die Loraine von vor knapp zwei Wochen wüsste, dass du jetzt so etwas behauptest …«

Ich drehte meinen Kopf und schaute zu Wyatt auf. Er grinste mich an und ich lächelte zurück. Ja, mit dieser Entwicklung hätte wohl niemand von uns gerechnet. Doch ich bereute sie kein bisschen. Wie auch, wenn Wyatt es schaffte, dass ich mich nicht ganz so falsch fühlte? Egal, wie verkorkst ich in Wahrheit auch war.

Unsere Blicke verhakten sich und ich verlor mich beinahe in dem Blau seiner Augen. Wie die Farbe wirkte an ihm alles so unnahbar und kalt, doch das war er nicht. Wyatt hatte genauso wie ich eine Fassade, nur während ich vorgab, immer glücklich zu sein, hielt er die Menschen auf Abstand, bis sie es verdienten, sein wahres Gesicht zu sehen.

Er streckte eine Hand nach mir aus und berührte leicht meine Wange. Wärme durchflutete mich, die langsam, aber sicher in Hitze umschlug, als seine Finger von meinem Gesicht über meinen Hals strichen. Seine Berührungen waren hauchzart, trotzdem ließen sie mich in Flammen aufgehen.

Ruckartig setzte ich mich auf. Der Anflug von Müdigkeit war wie weggeblasen. Ich war hellwach. Wyatt blickte mich fragend an und als Antwort legte nun ich meine Hand an seine Wange. Kurz verharrten wir so. Da war nur die Musik aus dem Radio und mein wild schlagendes Herz, bis ich die Distanz zwischen uns überbrückte und meine Lippen auf seine legte. Er erwiderte den Kuss sofort, schlang seine Hände um meine Taille und zog mich so nah an sich, wie es der Gurt zuließ.

Seine Lippen waren weich, dabei war der Kuss alles andere als zart. Wie zwei Verhungernde verloren wir uns darin und lösten uns nur voneinander, um nach Luft zu ringen. Seine Augen waren ganz dunkel geworden, die Lippen bereits leicht angeschwollen, obwohl wir gerade erst angefangen hatten. Meine Hand glitt von seiner Wange über seinen Brustkorb. Zitternd atmete er ein, während ich meinen Weg fortfuhr und erst an seinem Schritt stoppte. Er schluckte. Hart. In mir pulsierte es, und als ich spürte, dass es Wyatt genauso ging, konnte ich kaum mehr klar denken.

Da schnallte ich mich ab und hob mich mit einem Ruck auf Wyatts Schoß.

»Shit, Lori, das ist keine gute Idee«, raunte er mir ins Ohr.

Doch egal, wie schlecht die Idee war, die nächsten Minuten hier einfach nur zu sitzen, war eine schlechtere.

Anscheinend sah Wyatt das genauso, denn seine Hände hielten mich an Ort und Stelle. Als ich meinen Unterleib gegen seinen presste, atmete er scharf ein und verstärkte seinen Griff.

»Was hast du gesagt?«, raunte ich zurück. Unsere Stimmen waren bereits ganz kehlig. Klangen nach dem Sex, den ich am liebsten sofort hätte. Doch das war auf der Rückbank eines Taxis dann doch eine Spur zu viel. Trotzdem bewegte ich mich erneut, wobei ich meine Hände in Wyatts Haaren vergrub. Immerhin trennte uns eine abgedunkelte Glasscheibe vom Fahrer, so wie es in den luxuriöseren Wagen oft der Fall war. »Was hast du gesagt?«

»Scheiß drauf«, murmelte er und besiegelte seine Worte mit einem weiteren Kuss. Seine Lippen pressten sich auf meine, während seine Hände über meinen Körper strichen. Über meinen Rücken zu meinen Beinen, bis sie heiß auf meinen Oberschenkeln lagen. Ich versuchte, nach Luft zu schnappen, doch seine Lippen ließen es nicht zu. Als er mit einer Hand langsam über meine Haut wanderte und schließlich zwischen meinen Beinen ankam, stöhnte ich auf. Doch er verschluckte das Geräusch mit seinem Mund, während er quälend langsam über den Stoff meines Slips fuhr, zu dem er dank des Kleids direkten Zugang hatte.

»Wenn es nach mir ginge, solltest du immer Kleider tragen«, raunte er mir ins Ohr, nachdem er seinen Mund von meinem gelöst hatte, um mir einen Kuss auf den Hals zu drücken. Direkt unters Ohr, auf eine Stelle, die mich noch weicher werden ließ.

Um nicht laut aufzustöhnen, vergrub ich mein Gesicht in seiner Halsbeuge, während er mich weiter mit seinen Lippen und kreisenden Berührungen verwöhnte. Sie waren so langsam, so hauchzart, dass ich ewig in diesem Stadium der Lust bleiben würde, wenn Wyatt es wollte. Und das verschmitzte Grinsen, das ich sah, als ich meinen Kopf hob, verriet mir, dass genau das sein Plan war. Verdammt noch mal. Wobei ich ahnte, dass ihn das Ganze sämtliche Beherrschung kostete. Schließlich blieb ich nicht still auf seinem Schoß sitzen.

Als die Fahrt nach einer gefühlten Ewigkeit zu ihrem Ende kam, kribbelte die Vorfreude in mir. Und vielleicht auch die Erlösung, weil ich keine Ahnung hatte, wie lange ich mich noch hätte zusammenreißen können.

Der Fahrer erklärte mir noch, dass die Rechnung meinem Management gestellt werden würde. Ich nickte nur, hörte ihm aber gar nicht richtig zu. Hätte er versucht, mir eine Zitronenplantage zu verkaufen, wäre ich vermutlich drauf reingefallen.

Wir warteten erst gar nicht darauf, dass das Taxi losfuhr, da stolperten wir auch schon ins Innere. Als die Tür hinter uns ins Schloss fiel, waren wir nur noch zu zweit. Endlich.

»Du hast keine Ahnung, wie wahnsinnig du mich im Auto gemacht hast«, keuchte ich, während wir unsere Schuhe fortkickten und meine Finger sich an Wyatts Hemd zu schaffen machten. Zittrig, aber entschlossen, begann ich, die Knöpfe zu öffnen.

»Glaub mir, das beruht auf Gegenseitigkeit.«

Bevor ich den letzten Knopf erreichte, hatte Wyatt mich auch schon gepackt und an sich gezogen. Ich wollte ihn küssen. Doch Wyatt hatte andere Ideen. Zart strich seine Oberlippe über meine untere. Es war genug, um mich weiter um den Verstand zu bringen, aber lange nicht genug, um mich zu befriedigen.

»Weißt du eigentlich, wie schlimm es war, dich in diesem Wagen stöhnen zu hören? Ich habe es fast nicht ausgehalten. Aber wenn ich endlich in dir bin, dann sollen deine Geräusche nur mir gehören.«

Allein der Klang seiner Stimme machte mich so an, dass ich mich an ihm festklammern musste. Seine Hand wanderte von meiner Hüfte zu meinem Slip, wo er seine Finger erneut auf diesen verfluchten Punkt legte, der mich alle Kontrolle verlieren ließ.

»Fuck, Wyatt, bitte, ich«, stammelte ich und er verstärkte den Druck, nur um kurz darauf seine Hand von mir zu lösen.

Ich wollte protestieren, doch da hatte er mich schon an den Hüften gepackt und hochgehoben. Zielstrebig steuerte er sein Schlafzimmer an und ich betete stumm, dass nicht schon wieder eine Botschaft auf uns warten würde. Denn auch wenn ich größere Sorgen hatte, noch einmal vertröstet zu werden, hielt ich nicht aus. Ich wollte Wyatt so sehr, dass sich alles in mir zusammenzog.

In seinem Schlafzimmer war es dunkel, nur das Licht des Mondes schien leicht durch die Vorhänge ins Innere. Keine Nachricht. Keine Ablenkung. Nur wir und das, was folgen würde.

Wyatt zupfte an dem Reißverschluss meines Kleides und ich nickte knapp, woraufhin er ihn mit einem Ratschen öffnete. Als der Stoff zu Boden fiel, stand ich nur noch in Unterwäsche vor ihm und er ließ seinen Blick über meinen Körper wandern. Vielleicht hatte ich mich ja heute Morgen extra für die dunkelrote Unterwäsche entschieden, die meinen Kurven schmeichelte. *Wie sehr* sie mir schmeichelte, sah ich nun auf Wyatts Gesicht. Als er mir wieder in die Augen schaute, waren sie noch dunkler.

Bestimmend drückte er mich aufs Bett und ich ließ ihn. Genoss, die Kontrolle komplett in seine Hand zu legen. Er sah mich unverwandt an, während er sich das Hemd von den Schultern streifte und mir damit den Blick auf seinen Oberkörper präsentierte. Muskeln mischten sich mit Tattoos und für einen Moment musterte ich die vielen Zeichnungen fasziniert. Die Motive waren so unterschiedlich. Neben einer kleinen Waage befand sich ein Schmetterling und daneben wiederum das Abbild einer griechischen Statue – vielleicht einer Göttin. Ich wollte Wyatt nach all den Bedeutungen fragen, doch bevor ich den Mund aufbekam, war er auch schon zu mir aufs Bett gekommen. Er schob sich zwischen meine Beine und drückte sie leicht auseinander. Mit seinen federleichten Berührungen hinterließ er eine verdammte Feuerspur auf meiner Haut. Sofort waren die Tattoos vergessen.

»So heiß du auch in deiner Unterwäsche aussiehst, ich finde, sie sollte weg«, hauchte Wyatt und ich konnte nur nicken. Mit flinken Fingern öffnete er den Verschluss meines BHs, ehe er ihn achtlos zu Boden warf.

Kaum war der Stoff verschwunden, ersetzte er ihn durch seine Hände. Sie umschlossen meine Brüste, wobei seine Daumen mit dem richtigen Druck über meine Brustwarzen strichen. Lust schoss mir durch den Körper. Automatisch öffnete ich meine Beine noch weiter, während er uns beide in die Matratze drückte. Seine Erektion presste sich an meine Mitte. Durch den dünnen Stoff meines Slips spürte ich deutlich, wie hart er war. Wie sehr er das hier wollte. Mich. Obwohl er hinter meine Fassade geblickt hatte. Vielleicht aber auch genau deswegen.

»Sag mir, was du willst, Lori.« Seine Stimme war so dicht an meinem Ohr, während seine Finger nicht aufhörten, meine Brüste zu streicheln. Ich wand mich unter der Berührung, rieb mich weiter an seinem Schoß.

»Ich will, dass du dich ausziehst. Die Jeans muss weg.« Ich war völlig außer Atem, obwohl noch nichts passiert war, sodass es mir eigentlich hätte peinlich sein müssen. Nur war es das nicht. Weil vor mir Wyatt war und er der einzige Mensch war, bei dem ich kein Bedürfnis nach Perfektion verspürte. Meine Gefühle für ihn waren echt. Mit ihm war alles echt.

Er löste sich so weit von mir, dass er aus seiner Jeans schlüpfen konnte. Wie auch unsere restliche Kleidung wanderte sie achtlos auf den Boden.

»Und jetzt?«, fragte er, als er wieder über mir war. Nun, da uns nur noch der dünne Stoff unserer Unterwäsche trennte, verging ich beinahe innerlich. Vor allem, als Wyatt seine Hüften langsam, aber zielstrebig bewegte und mit seiner Spitze immer wieder über meine Mitte fuhr. Mich berührte, wo ich es so sehr brauchte. Mir den Slip von den Beinen strich und mich dabei mit seinen Fingern quälte. Mich überall berührte, außer da, wo ich es brauchte. Es war nicht genug. Das alles war nicht genug. Ich brauchte mehr. Mehr.

»Mehr«, stöhnte – oder eher: bettelte ich. »Bitte. Ich kann nicht … ich will nicht mehr warten. Bitte.« Meine Hand fuhr von seinem Rücken zu seiner Boxershorts. Leicht, aber trotzdem deutlich strich ich über seine Härte. Egal, wie sehr er auch versuchte, sich zusammenzureißen, sein zittriger Atemzug entging mir nicht. Genauso wenig wie der leise Fluch, der kurz darauf seine Lippen verließ.

Ein Grinsen breitete sich auf seinen Zügen aus, während er keuchend nach Atem rang. »Weißt du, eigentlich hatte ich geplant, dich so lange zu quälen, bis du den Verstand verlierst. Bis du nur noch meinen Namen sagen kannst. Bis ganz Amalfi von uns Bescheid weiß.«

Ich verdrehte die Augen über seine Überheblichkeit und schnaubte, was sich kurz darauf in ein weiteres Stöhnen verwandelte, als er seine Hüfte erneut hervorschnellen ließ. Mich erneut berührte.

»Aber fuck, ich will auch nicht mehr warten«, sagte er endlich und half mir dabei, ihn aus seiner Boxershorts zu befreien. Kurz erhob er sich vom Bett, vermutlich, um ein Kondom zu holen, doch ich hielt ihn fest. Fragend blickte er mich an.

»Ich habe die Spirale. Und ich bin sicher. Mein letzter

Partner ist schon eine ganze Weile her und ich war danach regelmäßig bei der Vorsorge.«

Wyatt schluckte und ich konnte spüren, wie sehr ihn der Gedanke, ohne Kondom in mir zu sein, anmachte. »Mein letztes Mal ist auch eine Weile her, ich bin ebenfalls sicher. Aber Lori, nur weil du die Spirale hast, heißt das nicht, dass ich nicht trotzdem ein Kondom holen kann. Du sollst dich wohlfühlen.«

Ich zog ihn zu mir, schlang meinen Arm um seinen Hals und küsste ihn. Küsste ihn zärtlich, weil seine Sorge alles war und sogar ein Gespräch über Konsens so verdammt heiß. Seine Zunge eroberte meinen Mund und unser zarter Kuss wurde immer verlangender. Wilder. Ungehemmter. Meine Hand fand erneut den Weg zu seinem Schritt. Als ich ihn ohne den Stoff berührte, keuchte er in unseren Kuss hinein, was dieses Mal mich grinsen ließ. Kurz strich ich über seine Härte, verwöhnte ihn so wie er mich, bis ich ihn an die richtige Stelle führte. Kurz zögerte Wyatt, doch ich reckte ihm meine Hüfte entgegen. Sehnsüchtig, ungeduldig.

Langsam drang er in mich ein. Ich stöhnte, weil er sich so verdammt gut anfühlte, obwohl ich einen Moment brauchte, um mich an seine Größe zu gewöhnen.

»Fuck, Lori«, keuchte er in mein Ohr. Mein Unterleib zog sich zusammen, was ihn erneut nach Luft schnappen ließ. Er begann sich zu bewegen, ganz langsam, bevor er das Tempo beschleunigte.

Wyatt stieß in mich und ich kam ihm entgegen. Begrüßte jede seiner Bewegungen mit meinen Hüften, weil ich es so sehr wollte. *Ihn* so sehr wollte. Doch es war immer noch nicht genug. Ich brauchte mehr, musste mehr spüren, weil ich sonst durchdrehen würde. Ich schob meine Hand zwischen unsere Körper und berührte meine empfindlichste Stelle. Mein Stöhnen wurde noch lauter, noch kehliger. Ich rieb mich, während Wyatt immer kräftiger stieß, bis er auf einmal innehielt.

Ich riss die Augen auf, schaute ihn perplex an. Doch bevor ich etwas sagen konnte, glitt seine Hand zwischen uns und packte mein Handgelenk. Sanft, aber bestimmt.

»Was tust du?«, fragte ich völlig außer Atem.

»Wenn du kommst, dann von meinen Berührungen und nicht von deinen«, hauchte er in mein Ohr, bevor er sich aus mir herauszog. Ich wimmerte protestierend, doch Wyatt legte seine Hände an meine Hüften und drehte mich mit einem Ruck um. Und ich keuchte ein weiteres Mal genüsslich auf. Er presste meinen Rücken an seinen Oberkörper, hielt mich an der Hüfte fest und drang erneut in mich ein.

Stöhnend krallte ich meine Hände in das Laken, während Wyatt immer härter zustieß. Härter und härter. Er löste eine Hand von meinen Hüften und fuhr mit ihr zu meiner Mitte, bevor er die Stelle erreichte, wo ich ihn am meisten brauchte. Ich hatte keine Ahnung mehr von irgendwas, weil es sich so gut anfühlte. Während er in mir immer wieder diesen verfluchten Punkt erreichte, berührten mich seine Finger und trieben mich weiter auf den Orgasmus zu.

»Wyatt, fuck.« Das Geräusch unserer Körper, die aufeinanderprallten, mischte sich mit unserem heißen Atem. Ich war kurz vor dem Höhepunkt.

»Was brauchst du? Sag mir, wie du es willst, Lori«, raunte Wyatt.

»Hör einfach nicht auf, bitte, ich … ich … ich…« Ein weiteres Keuchen entwich mir und Wyatt verstärkte den Druck, was schließlich mein Untergang war. Ich kam so heftig, dass sich mein ganzes Inneres zusammenzog. Der Orgasmus überrollte mich, doch Wyatt hörte nicht auf. Er hörte einfach nicht auf, mich zu reiben.

»Scheiße, Lori, du machst mich so an. Alles an dir. Vor allem, wenn du kommst. Kannst du noch mal kommen? Für mich?« So wie er es sagte, klang es viel zu unschuldig für das, was wir taten. Doch ich wollte es. Für ihn. Und für mich. Denn obwohl ich gerade noch die Wellen meines ersten Orgasmus spürte, bahnte sich bereits der nächste in mir an. Weil seine kehlige Stimme mich so sehr erregte, dass ich mich einfach fallen ließ.

»Hör einfach nicht auf«, wimmerte ich erneut, während seine Hand sich in meine Hüfte krallte und er mich immer fester nahm. Als ich schließlich die zweite Welle kommen spürte, wurden auch seine Bewegungen elektrisierter.

Und da kam ich noch mal. Wyatt löste seine Hand von meiner Mitte, nur um mich noch fester an ihn zu pressen, bevor er selbst den Höhepunkt erreichte.

Gemeinsam ließen wir uns fallen – ohne Masken, ohne Drehbuch, ohne ein Schauspiel. Da waren nur wir.

34

I hate you. I hate you! I HATE YOU!

Wyatt

Die Decke raschelte und kurz darauf spürte ich ein Gewicht auf meiner Brust. Verwirrung breitete sich in mir aus. Unser Kater war schon lange nicht mehr zu mir gekommen und hatte sich zum Schlafen auf meinen Oberkörper gelegt.

Ich öffnete die Augen und realisierte, dass ich nicht im Haus meiner Eltern, sondern in Italien war. Und auf meiner Brust lag definitiv nicht Whiskers, sondern Loraine, wie ich bei einem Blick nach unten begriff. Als ich ihren blonden Haarschopf sah und ihre tiefen Atemzüge hörte, kehrte der gestrige Abend mit einem Schlag zurück. Wie wir gemeinsam den Markt in Amalfi unsicher gemacht und danach einen exklusiven Kochkurs mit Camilla besucht hatten. Wie wir auf dem Weg zur Villa unsere Finger nicht voneinander lassen konnten. Wie ihr Stöhnen auf meinen Lippen geschmeckt hatte. Wie sie sich angefühlt hatte.

Allein bei dem Gedanken daran wurde ich wieder hart und mir entwich ein leises Fluchen, als Loraine ihr Gewicht verlagerte und mit ihrem Bein meine Mitte streifte. Schließlich hob sie ihren Kopf und schaute mich direkt an.

Auch wenn sie völlig verschlafen aussah und sich der Trubel der letzten Tage in den Schatten auf ihren Zügen spiegelte, war sie wunderschön. Ganz ohne Make-up, die Haare völlig verstrubbelt und mit diesem Glanz in ihren blauen Augen. Vollkommen unperfekt und genau deshalb so viel perfekter als mit der Maske, die sie jeden Tag trug. Mein Herz wurde weich und ich gab dem Drang nach, den Griff um sie leicht zu verstärken. Am liebsten hätte ich sie nie wieder losgelassen und für immer ganz eng an meine Brust gepresst.

»Guten Morgen«, sagte ich leise. Meine Stimme war noch ganz belegt.

»Morgen. Gut geschlafen?« Sie klang ebenfalls kratzig.

Ich grinste. »Sprichst du von dem bisschen Schlaf, der noch übrig geblieben ist?«

Ihre Wangen wurden rot, während sie schüchtern grinste. »Sorry, kommt nicht mehr vor. Am besten verschwinde ich direkt in mein Zimmer, damit du deinen Schönheitsschlaf nachholen kannst.«

Loraine machte Anstalten, sich zu erheben, doch ich hielt die Decke um sie fest und nutzte den Moment dazu, uns beide umzudrehen. Kurz darauf lag sie unter mir. Meine Arme stützte ich neben ihrem Kopf ab und ihre Hüfte presste ich mit meiner eigenen in die Matratze. Ich sah ihr in die Augen und ein spielerisches Funkeln erhellte ihr Gesicht. Als ich mir schließlich erlaubte, den Blick tiefer wandern zu lassen, merkte ich, dass sie immer noch nichts anhatte. Obwohl ich ihr gestern Abend mein Shirt angeboten hatte, war sie wohl nackt eingeschlafen. Bei dem Anblick ihrer Brüste stieg die Lust in mir noch weiter an.

Kurz glitt mein Blick zurück zu ihrem Gesicht, wo ich nach einem Zeichen suchte – und es fand. Langsam ließ ich mein Gewicht etwas auf sie sinken, und als sie vorfreudig die Luft einzog, legte ich meinen Mund auf die Haut zwischen ihren Brüsten. Sanft ließ ich meine Lippen zu ihrer Brustwarze gleiten und Loraine bäumte sich mir erwartungsvoll entgegen. Langsam fuhr ich mit der Zunge über ihre empfindliche Haut, was ihr ein Stöhnen entlockte. Der Klang feuerte mein Verlangen noch weiter an und ich massierte ihre andere Brust, bevor ich tauschte.

Abrupt löste ich mich von ihr, sodass sie entsetzt aufkeuchte. Ich beugte mich zu ihr. »Ach ja, du wolltest ja zurück in dein Zimmer gehen. Ich will dich nicht aufhalten, sorry«, flüsterte ich ihr ins Ohr und sie erschauderte, bevor sie ihre Finger in meinen Rücken presste.

»Wag es ja nicht aufzuhören«, fauchte sie beinahe und ich brachte sie mit meinen Lippen zum Verstummen. Ich küsste sie, tief und innig, während meine eine Hand langsam ihre Seite hinunterstrich, bis sie zwischen unseren Körpern lag. Und als ich meine Zunge in ihren Mund schob, berührte ich sie. Ihr entwich ein lautes Stöhnen, das ich mit meinem Kuss verschluckte. Vorsichtig fing ich an, sie zu liebkosen, achtete dabei auf die Reaktion ihres Körpers, bis ich das Tempo gefunden hatte, das sie wahnsinnig zu machen schien. Sie bäumte sich mir entgegen, um sich kurz darauf doch wieder zu winden. Ich genoss den Geschmack ihrer Lippen, bevor ich mich von ihnen löste und meinen Mund auf ihren Hals presste. Auf genau die gleiche Stelle wie gestern Abend.

»Oh Gott«, stieß sie aus und meine Lippen verzogen sich zu einem Grinsen.

»Wyatt reicht.«

Sie verpasste mir einen leichten Klaps auf den Rücken, den ich damit kommentierte, dass ich meinen Finger in sie hineingleiten ließ. Sie war so verdammt feucht und es kostete mich verdammt viel Mühe, nicht einfach in sie einzudringen. Vor allem, als sie ihre Finger fester in meinen Rücken krallte und ihrer Lust freien Lauf ließ.

Mein Telefon klingelte. Wir hielten beide in unserer Bewegung inne und warfen uns einen Blick zu. Als es schließlich verstummte, reckte Loraine sich zu mir nach oben. Sie suchte mit ihren Lippen wieder nach meinen, bevor sie mich mit ihren Händen weiter nach unten zog, bis ich ihre Brüste auf meiner Haut spüren konnte. Kurz darauf klingelte es erneut, doch dieses Mal stoppte ich nicht.

»Ignorier es einfach, ich kümmere mich später um den Anruf«, flüsterte ich leise und sie nickte. Ihre Hand glitt von meinem Rücken nach unten. Eine Gänsehaut kroch über meinen Körper, während Loraine sanft über meine Hüften fuhr und schließlich unterhalb meines Nabels stoppte. Dort strich sie ein paar Mal mit ihren Nägeln entlang, was mir langsam, aber sicher den Verstand raubte. Dann bewegte sie endlich ihre Hand. Und als sie sie schließlich um meine Härte schloss, war ich derjenige, der stöhnte.

Ein schrilles Klingeln ließ mich zusammenzucken. Loraine löste sofort ihre Hand von mir und richtete sich auf. »Das ist das Haustelefon.«

»Ich wusste nicht mal, dass du eins hast«, sagte – oder vielmehr: *keuchte* – ich.

»Diese Nummer hat auch wirklich niemand, außer Griffin.« Bei der Erwähnung ihres Managers gefror die Hitze in meinem Blut augenblicklich zu Eis.

»Er ist bestimmt nur gekränkt, weil du ihn ignorierst.«

Sie biss sich auf die Unterlippe. »Möglich, aber ich weiß nicht, ob er dann das Haustelefon anrufen würde. Vielleicht ist es wirklich etwas Wichtiges. Wir haben die Vereinbarung, dass er diese Nummer nur im Notfall wählt. Damit ich meine Ruhe hier habe.«

»Weil er sich ja so oft und gut an deine Grenzen hält?«, schnaubte ich, bereute es aber kurz darauf, als ich die Unsicherheit in Loraines Augen sah. In ihren schönen Augen, die gerade noch geglänzt hatten und jetzt ganz trüb wirkten.

Sie öffnete den Mund, stoppte jedoch, da das Haustelefon ein weiteres Mal klingelte.

»Sorry«, murmelte sie und rutschte von mir fort. Als ich ihre Wärme nicht mehr um mich spürte, begann ich sofort zu frösteln.

Loraine schnappte sich mein Shirt, zog es sich über und eilte ins Wohnzimmer, wo kurz darauf das Klingeln verstummte. Gedämpft drang ihre Stimme zu mir, doch wirklich verstehen konnte ich nichts.

Seufzend ließ ich mich zurück in die Kissen fallen und legte meine Hände auf mein Gesicht. Mein Herz schlug immer noch schnell, doch die Lust war abgeebbt. Denn mit der Erwähnung Griffins war die ganze Schwere der Situation wieder auf mich eingeprasselt. Nach dem gestrigen Abend und dem heutigen Morgen war mein Wunsch, Loraine zu beschützen, noch größer geworden. Und obwohl wir miteinander geschlafen hatten, war die Spannung zwischen uns keineswegs aufgelöst. Alles in mir sehnte sich nach ihrer Nähe, nach ihrem süßen Duft und ihrem Lachen. Ihrem echten Lachen, das sie nur mir schenkte. Vielleicht war es arrogant, das zu denken, doch bisher hatte sie mich nicht vom Gegenteil überzeugen können. Selbst bei ihrer besten Freundin war diese leichte Zurückhaltung dagewesen. Dieses Gefühl, dass sie immer auf der Hut war. Das hatte ihre gesamte Körpersprache verraten und meinem Job hatte ich es zu verdanken, ziemlich gut im Lesen der kleinsten Zeichen zu sein.

Ich muss ihr die Wahrheit sagen, schoss es mir erneut durch den Kopf.

Fuck. Wenn es ein Gespräch gab, das ich nur zu gerne bis ans Ende der Zeit hinauszögern wollte, dann dieses. Es würde nicht leicht werden, Loraine wäre mit Sicherheit ziemlich sauer. Aber nach gestern Nacht konnte ich dieses Geheimnis nicht mehr vor ihr verbergen. Ich musste einfach darauf vertrauen, dass sie mir verzeihen würde. Dass sie mich vielleicht verstehen und trotz ihrer Wut begreifen würde, warum ich das alles getan hatte.

Ich hörte ihre Schritte, wie sie zurück zu mir kam. Ich richtete mich auf.

»Loraine, ich …« Als ich ihr Gesicht sah, stockte ich. Es war kreidebleich. Fast so weiß wie das einzige weiße Shirt, das ich besaß und das gerade ihren Körper bedeckte. »Was ist los?«, fragte ich alarmiert und sprang aus dem Bett, wobei es mir egal war, dass ich keine Boxershorts trug. Bei ihr angekommen, nahm ich ihr Gesicht sanft in meine Hände. Sah ihr in die geweiteten Augen.

»Er ist in einer Stunde hier.« Ihre Stimme klang ganz kehlig. Nicht auf diese heiße Art wie noch vor wenigen Minuten. Eher wie die Ruhe vor dem Sturm. Wie das Zittern, bevor der Damm brach. Und wenn mir der Blick in ihr Gesicht eines verriet, dann dass in ihr bald endgültig etwas brechen würde.

Meine Finger krallten sich um den Henkel der Kaffeetasse, während ich Griffin aus dem Augenwinkel heraus beobachtete. Seine Anwesenheit kotzte mich an. Sein Grinsen, seine gebräunte Haut, sein angeblicher Charme, der lediglich aufgesetztes Geschleime war, seine gesamte Präsenz. Doch ich schwieg, wie ich es seit seiner Ankunft tat.

»Loraine, Liebes, ich weiß, dass die Situation zwischen uns momentan nicht die beste ist, aber bist du dir sicher, dass du nicht mit in mein Hotel möchtest? Dort sind die Sicherheitsmaßnahmen deutlich höher als hier und ich könnte selbst ein Auge auf dich werfen. Nichts gegen dich, Wyatt.« Er lächelte mich entschuldigend an, was ich nicht mal mit einem Nicken kommentierte. Dabei war es meine Standardgeste.

»Ganz bestimmt nicht, Griffin. Wyatt ist sehr wohl in der Lage, auf mich aufzupassen.« In ihrem Blick lag etwas Bedrohliches, doch die Art, wie sie die Arme um sich selbst schlang, verriet ihr Unwohlsein. Zu gerne hätte ich meinen Platz am Rande des Tisches verlassen, um zu ihr zu gehen. Sie zu halten. Doch ich blieb still sitzen, beobachtete in Ruhe. Das konnte ich immer noch am besten.

»Ich hatte gehofft, die Sonne in Italien würde dir guttun und dir helfen, dich endlich mal wieder zu entspannen. Aber anscheinend brauchst du noch ein paar Aperol mehr, um wieder runterzukommen.« Völlig ungerührt, als hätte er nicht gerade seine Klientin beleidigt, nippte Griffin an seinem Kaffee. Wie sehr hätte ich es ihm gegönnt, wenn er sich seine verdammte Zunge daran verbrannt hätte. Doch dieser Wunsch wurde mir leider nicht erfüllt.

»Warum bist du hier, Griffin?«, wollte Loraine wissen, wobei ich vor allem auf das lange Seufzen danach achtete.

»Das fragst du mich noch? Ihr habt mir doch erzählt, jemand wäre in dein Haus eingebrochen! Mal davon abgesehen, dass du dich seit Wochen absolut verantwortungslos benimmst. Erst die Sache in L. A., dann dein abrupter Abflug und jetzt das?« Seine Faust schlug auf den Tisch und sorgte dafür, dass Loraine heftig zusammenzuckte. Eine Reaktion, die in mir sofort alle Alarmglocken läuten ließ. Griffin strich über das graue Platzdeckchen, das vor ihm lag. »Loraine, ich mache mir Sorgen um dich.«

»Mir geht es gut, ich bin bloß müde. Außerdem haben wir die Situation im Griff. Vermutlich war es bloß ein blöder Scherz von jemandem, der mir einen Schrecken einjagen wollte.«

Ich schwieg immer noch, beobachtete das Schauspiel vor mir. Wie Loraine in Griffins Gegenwart so klein, so schwach wirkte, dass es mein Innerstes zum Kochen brachte. Wie Griffin mit ihr sprach. Als wäre sie ein Kind, dem man alles erklären musste.

»Das kann ja gut sein, trotzdem hättet ihr sofort die Polizei verständigen sollen. Für die Spurensicherung. Hast du mittlerweile immerhin eine Aussage vor Ort getätigt? Irgendwas unternommen, damit sich der Einbruch nicht wiederholt?« Loraine schüttelte den Kopf und an Griffins Kiefer zuckte ein Muskel.

»Wieso nicht? Ist noch etwas anderes vorgefallen, was du mir nicht erzählst?«

Unter seinem eindringlichen Blick spürte ich meinen Herzschlag. Wie es in schnellem Takt gegen meinen Brustkorb hämmerte. Doch ich verzog keine Miene. »Ich will die Sache einfach nur abhaken. Außerdem hat Wyatt das Gelände abgesucht und nichts gefunden. Es gibt keine verwendbaren Spuren.«

Griffins Blick wanderte zu Wyatt, den er mit gerunzelter Stirn musterte. »Ist das so?«

Wyatt nickte nur. Alles an ihm schrie Abneigung. Wie er mit verschränkten Armen dort saß und ein Pokerface trug, das aus Eis zu sein schien.

Stille legte sich über den Tisch. Selbst der Gesang der Vögel und das sanfte Rauschen der Wellen konnte die eisige Stimmung nicht auflockern.

Bis Griffin laut seufzte. »Trotzdem hätte ich dich für vernünftiger gehalten. Vielleicht hätte ich dich mit achtzehn doch eine Vollmacht unterschreiben lassen sollen«, murmelte er mehr zu sich als zu uns, doch leider hatte sie seine Worte trotzdem gehört. Wie sehr sie diese trafen, erkannte ich an der Art, wie sie sich kraftlos in den Stuhl fallen ließ und den Goldring an ihrem Zeigefinger immer schneller drehte.

Stille legte sich über den Tisch und sogar das Rauschen der Wellen im Hintergrund konnte die Anspannung nicht lösen.

»Okay, so kommen wir nicht weiter«, seufzte Griffin schließlich laut, bevor er wieder zu Loraine blickte. Ein Lächeln auf den Lippen, das nicht mal im Ansatz seine Augen erreichte. »Loraine, meine Liebe, kannst du uns einen Moment allein lassen?«

»Warum sollte ich?«, fragte sie provokant, was Griffin mit einem gereizten Stöhnen kommentierte und woraufhin er sich an die Nasenwurzel griff.

»Weil ich mit deinem Bodyguard unter vier Augen sprechen muss. Es geht um Geschäftliches.«

»Geschäftliches? Wirklich?«

»Ist schon okay, Lori. Vielleicht ist es tatsächlich besser, wenn wir das zu zweit klären«, sagte ich ruhig. Ich merkte sofort, dass ihr meine Antwort nicht gefiel. Doch ohne etwas zu sagen, stand sie mit einem Ruck auf und verließ den Tisch. Das Knallen einer Tür im Inneren hörte ich auch bis auf die Terrasse.

»Jetzt, wo wir unter uns sind, musst du bitte ehrlich sein. Warum ist sie nicht zur Polizei gegangen? Gibt es dafür vielleicht … einen triftigen Grund?«

Ich hob meine Brauen.

Er räusperte sich. »Weißt du, es ist nicht so unüblich für sie, sich in etwas reinzusteigern, was so gar nicht existiert. Es gab schon ähnliche Situationen … wenn der Konkurrenzkampf zu groß geworden ist, war Loraine sich immer sicher, überall böse Geister zu sehen, du weißt schon. Aber so schlimm war es bisher noch nie.« Er fuhr sich über die Schläfen und schloss die Augen. »Deshalb … bist du sicher, dass jemand eingebrochen ist und sie sich das nicht nur eingebildet hat? Dass sie deshalb nicht zur Polizei wollte?«

»Natürlich bin ich mir sicher, ich war schließlich dabei«, stieß ich aus und musste mich sofort selbst ermahnen. Ich musste gefasst bleiben, die Kontrolle bewahren.

»Vielleicht ist sie auch bloß geschlafwandelt und hat dabei die Tür geöffnet? Gerade ist so viel in ihrem Leben los, kann man es ihr da verübeln, dass sie etwas den Verstand verliert?« Griffin räusperte sich kurz, bevor er erneut anfing zu sprechen. Am liebsten wäre es mir gewesen, er hätte seinen Mund für immer gehalten: »Vielleicht wäre es gut, wenn jemand Neutrales ihr bestätigt, dass sie sich das alles nur eingebildet hat? Dann … dann könnten wir auch die nötigen Konsequenzen ziehen.«

Am liebsten wäre ich ihm an die Gurgel gesprungen. Denn anstatt uns zu helfen, *ihr* zu helfen, *seiner* Schauspielerin, versuchte er, sie für verrückt zu erklären. Nur konnte ich ihm schlecht sagen, dass Loraine bei mir gewesen war. Dass wir gemeinsam in ihr Zimmer gegangen waren. Dass sie nichts davon inszeniert hatte.

»Vielleicht hätte ich ihr doch einfach mal ein paar Xanax unterjubeln sollen. Dann wäre uns allen dieses Chaos erspart geblieben.« Griffin bemerkte meinen schockierten Blick und machte eine wegwerfende Handbewegung. »Jetzt schau mich nicht so an, Wyatt. So etwas ist nicht unüblich in unserer Branche. Weißt du, wie viele Celebrities Medikamente nehmen, um runterzukommen? Fast alle. Sosehr ich *Silver-Lake Actors* auch verabscheue, das ist die eine Sache, die sie richtig machen.«

Das Blut gefror mir in den Adern, alles in mir erstarrte, während die Galle in mir hochstieg.

Hatte Griffin gerade wirklich gesagt, dass *SilverLake Actors* ihren Klienten Medikamente unterjubelte, um sie gefügig zu machen?

Wenn das stimmte, dann … dann änderte sich alles für mich.

Schließlich war meine Schwester bei genau dieser Agentur unter Vertrag gewesen, bevor sie gestorben war.

scandalous secrets

Sommer, Sonne, Liebeleien: Das steckt wirklich hinter der Pause von Loraine Lewis!

Die Gerüchteküche um unsere hübsche Britin brodelt gerade extra heiß – erst der Unfall, dann die mysteriöse Pause und schließlich die Nachricht, dass sie das Skandal-Video ihrer besten Freundin veröffentlicht haben soll. Anscheinend ereilt auch die hellste Sonne mal eine Sonnenfinsternis und in Loraines Leben jagt gerade ein Skandal den nächsten. Damit macht sie fast schon ihrer Ex-Bestie Konkurrenz – zumindest wenn es so weitergeht.

Aber wie es aussieht, kümmern Loraine die Dramen um ihre Person wenig. Stattdessen lässt sie es sich in Italien gut gehen – mit einem uns noch unbekannten Gesicht an ihrer Seite! Gestern Abend wurden sie Hand in Hand an der Amalfiküste gesichtet und die Fotos sprechen für sich. Auch wenn wir leider keine Nahaufnahme haben – wirklich schade, den heißen Unbekannten hätten wir zu gerne genauer unter die Lupe genommen –, sind die verliebten Blicke nicht zu übersehen.

Für die Fans heißt es also: Entwarnung! Unserem Sonnenschein geht es mehr als gut. Auch wenn wir uns nicht ganz sicher sind, wie sehr sie diesen Spitznamen noch verdient. Liebe Loraine, vielleicht solltest du deine besorgten Fans nicht so viel im Dunkeln tappen lassen. Denn wer bist du ohne sie?

35

I know you hate me, XOXO

Loraine

Meine Hand krallte sich um mein Tablet und ich gab mir größte Mühe, es nicht einfach gegen die Wand zu schleudern. Dieses verfluchte Magazin mit seinem lächerlichen Getratsche. Natürlich war ich gestern bewusst das Risiko eingegangen, heute einen Artikel über mich im Internet zu finden. Und es war mir egal gewesen. Doch jetzt ließen mich die Worte brodeln. Warum musste ich mich dafür rechtfertigen, wenn ich mir eine Pause nehmen wollte? Warum durfte jeder über mein Leben urteilen, ohne auch nur einen Hauch von Ahnung zu haben?

Doch der Artikel war nicht einmal das, was mir am meisten an die Nieren ging. Ich switchte den Tab und starrte stattdessen die Nachrichten an. Auch Griffin hatte mir geschrieben, doch seine Nachrichten blieben ungeöffnet. Gleiches galt leider nicht für einen anderen Chat.

Unbekannt
Ich bin enttäuscht, Süße. Enttäuscht und schwer verletzt. Respektierst du mich so wenig, dass du meine Warnungen nicht ernst nimmst und dir stattdessen ein

schönes Leben machst? Hast du denn gar keine Angst?

Anscheinend nicht, aber das ist schon okay. Wenn du meinen Worten nicht glaubst, dann genieß meine Taten.

Erst veröffentliche ich die Wahrheit über Amelia. Jetzt auch noch deine Liebelei mit deinem Bodyguard … Welches Geheimnis ist wohl als Nächstes dran?

Schlaf gut, solange du noch kannst 😘

Wut und Angst und Hass und Verzweiflung durchfluteten mich. Hatte ich gestern Abend noch das Gefühl gehabt, Wyatt und ich würden das alles irgendwie schaffen, erwartete mich heute wieder die Realität. Immer wenn ich glaubte, dass es bergauf ging, tat sich der nächste Abgrund auf, um mich zu verschlucken. Und ich war es so verdammt leid.

Das Problem war jedoch: Es ging nicht mehr nur um mich. Die Presse hatte Wind von Wyatt bekommen. Person X hatte das auch. Und die Nachrichten, die sie mir daraufhin geschickt hatte, waren anders. Der Ton hatte sich verändert. War bedrohlicher geworden. Auf eine Art, die ich nicht einschätzen konnte. Der Schreiber fing an zu handeln. Wollte der Presse von mir und Daisy erzählen.

Ein Klopfen holte mich in die Gegenwart zurück.

»Komm ruhig rein«, antwortete ich. Meine Stimme war genauso kraftlos, wie ich mich fühlte.

Wyatt betrat sein Zimmer, in dem ich mich die letzte

Stunde aufgehalten hatte. Griffin hatte noch mal versucht, mit mir zu reden, doch ich hatte keine Lust darauf gehabt. Auf ihn und seine stillen Vorwürfe.

»Ich habe wieder Nachrichten erhalten. Und die verfluchte Presse hat einen Artikel über uns veröffentlicht. Ich könnte ausrasten. Ich …« Das iPad landete schwungvoll auf dem Bett und ich ballte die Fäuste. So fest, dass meine Nägel sich in meine Handflächen bohrten und sämtliches Blut aus meinen Fingern wich.

»Von den Nachrichten weiß ich bereits. Sie sind vor wenigen Minuten gekommen, richtig?«

Überrascht blinzelte ich ihn an. Woher wusste er das?

»Giulia, ich stelle dich jetzt auf laut, okay?« Erst da fiel mir das Handy in seiner Hand auf.

»Alles klar. Hört ihr mich?«, fragte eine liebliche Stimme.

Giulia? Wer war das? Warum telefonierte Wyatt mit ihr und stellte sie dann auch noch auf laut?

»Laut und deutlich«, antwortete Wyatt und ließ sich auf sein Bett fallen. Dann schob er das iPad beiseite und bedeutete mir, mich zu ihm zu setzen.

Immer noch irritiert folgte ich seiner Aufforderung.

»Ich kenne Giulia aus meiner Zeit als Polizist«, erklärte er an mich gerichtet. »Ich habe sie dabei erwischt, wie sie nicht ganz legale Dinge getan hat. Der einzige Grund, warum ich sie nicht festgenommen habe, war, weil ich mir sicher war, irgendwann ihre Hilfe gebrauchen zu können. Sie ist Hackerin.«

Und da fing ich an zu verstehen. Sein Kontakt, der sich um die SMS kümmern wollte – das war Giulia.

»Wenn du das so sagst, hört es sich viel schlimmer an, als es wirklich ist«, seufzte sie, bevor sie sich räusperte. »Aber ja, streng genommen hat er recht. Deshalb kann ich euch auch bei eurem Problem helfen.«

Mein Herzschlag beschleunigte sich und ich rutschte auf der Decke näher ans Telefon. »Heißt das etwa, du weißt, wer mir diese Nachrichten gesendet hat?«, fragte ich aufgeregt. Wenn sie wirklich hinter die Person gekommen war, dann änderte das alles.

»Noch nicht, aber ich weiß, wie ich es schaffen könnte. Keine Ahnung, ob euch der Begriff *Stille SMS* etwas sagt, aber genau das ist mein Plan. Sobald das Handy des Empfängers eingeschaltet ist, kann ich euch einen ungefähren Standort mitteilen. Es könnte nur leider etwas dauern.«

»Was heißt das? Wie lange dauert so was?«, fragte Wyatt, sichtlich angespannt.

»Und was heißt ungefähr?«, ergänzte ich und biss mir auf die Unterlippe. Mein Herz raste wie verrückt und mit jeder verstreichenden Sekunde wuchs die Übelkeit.

»Ich kann euch nicht genau sagen, woher die SMS stammen, sondern nur in welcher Mobilfunkzelle sich das Handy befindet. Wie lange es dauert, hängt davon ab, wann die Person es einschaltet. Da die SMS vermutlich über ein Burner Phone geschickt werden, ist es definitiv möglich, dass es gerade ausgeschaltet in einer Schublade liegt. Es könnten also ein paar Stunden oder ein paar Tage vergehen, bis ich den Standort habe.«

»Tage?«, brach es aus mir heraus, in dem Moment, in dem Wyatt laut fluchte.

»Ich hoffe es auch nicht, aber versprechen kann ich nichts.«

»Kannst du bitte aufhören, durchs Zimmer zu laufen? Das macht mich völlig wahnsinnig«, bat ich Wyatt.

Ich saß im Schneidersitz auf dem Bett und wartete gebannt darauf, dass Giulia sich endlich meldete. Die Anspannung bei Wyatt und mir war so hoch, dass das Anzünden eines Streichholzes vermutlich die Villa in die Luft sprengen würde. Natürlich hatten wir nichts anderes getan, als auf das Display zu starren.

Und da – endlich – vibrierte das Handy.

»Sie ruft an!«, sagte ich schnell und Wyatt ließ sich neben mich aufs Bett fallen. Sofort fand seine Hand meine, und auch wenn die allgegenwärtige Panik nicht stoppte, glaubte ich, sie etwas abklingen zu spüren.

»Hi, Giulia! Was hast du herausgefunden?«, meldete sich Wyatt sofort zu Wort, sobald wir den Anruf entgegengenommen hatten.

»Hi, ihr zwei! Das Handy wurde gerade eingeschaltet. Es befindet sich an der Amalfiküste. Wir haben Glück, denn in der Mobilfunkzelle gab es nicht wirklich viel Interessantes. Nur ein paar Hotels. Ich hab mich in die Datenbanken gehackt, um unter den Gästen nach Verbindungen zu dir zu suchen, Lori. Dabei bin ich im *Grand Hotel* auf einen Namen gestoßen, der passen könnte. Es ist –«

»Griffin West«, sagte ich, noch bevor sie den Satz vollenden konnte. Er übernachtete immer in diesem Hotel. Immer. Erst nach einem gemeinsamen Businesstrip nach Amalfi, währenddessen wir genau dort unsere Zimmer hatten, hatte ich mir hier eine Immobilie angeschafft. Alles in mir erstarrte.

»Ja, genau.« Die Stimme am Telefon kratzte leicht, doch ich nahm sie kaum mehr wahr. Zu laut dröhnten meine Gedanken.

Wyatt drückte meine Hand, doch meine blieb schlaff in seiner. »Danke, Giulia. Ich melde mich, wenn ich noch was brauche.«

»Okay«, Unsicherheit lag in ihrer Stimme, »passt auf, ja? Keine Ahnung, wie gefährlich dieser Kerl ist, doch Stalker können unberechenbar sein.«

»Das machen wir. Bis dann, Giulia.«

Sie verabschiedete sich noch von uns, da legte Wyatt auch schon auf.

Kaum waren wir wieder unter uns, ergriff ein Zittern von meinem Körper Besitz, das nicht mehr aufhören wollte. Griffin. War wirklich er derjenige, der mir diese Nachrichten schickte? Doch warum? Wieso würde er so etwas tun?

»Vielleicht ist er ja enttäuscht von mir? Vielleicht … vielleicht … er … «, murmelte ich. Mein Körper bebte immer noch.

»Das ist Schwachsinn. Wir müssen zur Polizei. Jetzt. Bevor er noch etwas Schlimmeres tut. Lori, wenn er wirklich dahintersteckt, dann müssen wir handeln.«

»Ich kann nicht zur Polizei gehen!«, schrie ich ihn an. Die Tränen liefen und meine Stimme zitterte. Vor Angst, vor Enttäuschung, vor Hass. Gegen niemanden außer mich selbst. »Du versteht das nicht, Wyatt, aber ich verdanke ihm alles. Griffin … Er … er hat mich unter Vertrag genommen, einfach weil er an mich geglaubt hat. Er hat mir meine Rollen besorgt, jede einzelne. Mit ihm war ich das erste Mal im Theater, er war immer für mich da. Selbst nach Daisys Tod ist er an meiner Seite geblieben und hat mir versprochen, dass er niemals darüber reden würde. Wir müssen falschliegen.« Das mussten wir einfach. Griffin war die einzige Familie, die ich hatte.

Wyatt sah mich voller Mitgefühl an. »Er manipuliert dich. Von Anfang an schon. Er macht es sehr schlau, das gebe ich zu, aber wer redet einer Achtzehnjährigen ein, sie müsse einen Streit für sich behalten, weil die andere Person danach bei einem Unfall gestorben ist? Damit hat er dir das Gefühl gegeben, die Schuld an dem Autounfall zu haben, ohne es wörtlich auszusprechen. Weil er daraus ein Geheimnis gemacht hat. Ein Geheimnis, das dich unter Druck gesetzt hat, das zu tun, was er will. Nicht weil er dich damit erpresst hat, sondern weil du ihm so dankbar warst, dass er trotz deiner ›Tat‹ an deiner Seite geblieben ist, dass du alles für ihn getan hättest. Aber du bist nicht daran schuld. Lori, du hast Daisy nicht vom Dach geschubst, du hast sie nicht in den Suizid getrieben. Und dass Griffin dich das hat glauben lassen, ist so viel grausamer als die Dinge, die Daisy und du euch an den Kopf geworfen habt.«

Kälte strömte durch meine Adern.

Er seufzte. »Ironisch, dass der Film, der dich groß gemacht hat, deine eigene Realität ist.«

Ich blinzelte. Immer wieder, bevor ich den Kopf schüttelte und schnaubte. Verzweifelt lachte. Erneut den Kopf schüttelte. »Das ist Blödsinn. Griffin ist nur mein Manager, wir hatten keine Beziehung. Der Vergleich ist Schwachsinn.«

»Aber hast du nicht selbst gesagt, dass er die erste Person war, die dir endlich die Aufmerksamkeit und Anerkennung geschenkt hat, die du nie hattest? Du hast immer alles in deine Karriere gesteckt, alles getan, was er wollte. Wieso? Nur für den Erfolg? Oder eher, um Griffin nicht zu verlieren? Um ihm zu zeigen, dass seine angebliche Loyalität berechtigt ist? Um ihn stolz zu machen? Du warst noch ein Kind, Lori.«

Du warst noch ein Kind.

Ich war sechzehn gewesen, als Griffin mich unter Vertrag genommen und mir die kleine Rolle in der Weihnachtskomödie besorgt hatte.

Du warst noch ein Kind.

Ich war siebzehn gewesen, als ich eine Nebenrolle spielte, die nicht sonderlich groß war, aber wichtig genug, um meine Karriere zu prägen.

Du warst noch ein Kind.

Ich war achtzehn gewesen, als Daisy anfing, gegen mich zu schießen, und mein Manager mich ermutigte, mich zu wehren. Sie aus dem Weg zu schaffen. Für die Rolle zu kämpfen. Griffin hatte mir nie gedroht, nicht, wie es die Manager bei *SilverLake* gerne taten. Doch … doch er hatte mich auf seine Art kontrolliert. Immer gewusst, welchen Knopf er drücken musste, damit ich gehorchte.

Du warst noch ein Kind. Du warst noch ein Kind. Du *warst* noch *ein* Kind.

Und Griffin hatte es ausgenutzt. Meine Naivität. Meinen Wunsch nach Liebe. Er hatte mich nie zu Rollen überreden, mich nie in eine Richtung drängen müssen. Weil er immer gewusst hatte, was ich für Aufmerksamkeit tun würde. Und für ihn.

»Oh mein Gott«, keuchte ich und presste mir die Hand auf den Mund. Versuchte, den Schluchzer nicht rauszulassen, der mir unaufhaltsam über die Lippen kam. Wieso hatte ich das nie gesehen? Wieso war ich so blind gewesen?

Als ich die Quinn in *Dear Sweet Innocence* spielte, hatte ich mich ihr unheimlich nah gefühlt. Schließlich war auch sie ohne Vater aufgewachsen und hatte diese verlorene Liebe in einem älteren Mann gesucht. Nur hatte ich nie begriffen, dass ich genau dasselbe getan hatte. Dass ich so sehr nach

Griffins Bestätigung gestrebt hatte, dass ich alles getan hatte, was er wollte.

Zumindest bis vor wenigen Wochen, als ich mich geweigert hatte, zum Disney-Casting zu gehen. Und dann unsere Auseinandersetzung wegen der Bodyguard-Sache, meine abrupte, nicht mit ihm abgesprochene Abreise nach Italien, seine heimliche Zusage der Tanz-Rolle, unser Streit danach … Fuck. Er hatte wirklich einen Grund, mir Angst zu machen. Weil ich nicht mehr, ohne zu zögern, nach seiner Pfeife tanzte.

»Dich trifft keine Schuld«, sagte Wyatt und strich mir besänftigend über den Arm, aber ich entzog mich ihm.

»Doch, mich trifft ziemlich viel Schuld. Vor allem, weil ich es zugelassen habe. Wieso war ich so naiv? Ich … ich habe mir so lange eingeredet, dass ich Daisy umgebracht habe, bis alles in mir es geglaubt hat. Sobald jemand über sie spricht, steigen Schuldgefühle in mir auf und ich würde am liebsten gestehen. Gestehen!« Ich lachte freudlos und schüttelte den Kopf, während ich aufstand. »Ich habe ihm geglaubt. Als er mir gesagt hat, diese Information könnte meine Karriere zerstören, habe ich ihm die Macht über mich gegeben. Aber damit ist jetzt Schluss.«

Wyatts Gesicht erhellte sich. »Also gehen wir zur Polizei? Mit den Nachrichten? Wir können ihnen erzählen, was wir wissen … ohne die Stille SMS zu erwähnen. Ich glaube, Giulia macht mich sonst einen Kopf kürzer.«

Ich schüttelte den Kopf.

Wyatt runzelte die Stirn. »Wenn du nicht zur Polizei willst, was ist dann dein Plan? Griffin konfrontieren?«

Ich grinste. »Besser. Viel besser. Wir brechen in sein Hotelzimmer ein.«

36

Use my weakness and taste my strength

Loraine

Mein Plan war großartig, sosehr Wyatt sich auch dagegen sträubte. Es war mir egal, dass er ihn als zu riskant und zu gefährlich und zu halsbrecherisch empfand. Alles, was ich wollte, war ein einziger Beweis. Eine Sache, die mir Griffins doppeltes Spiel offenlegte. Mehr wollte ich nicht.

Ich brauchte ihn nicht für die Polizei. Es kümmerte mich nicht, ob Griffin verhaftet wurde oder nicht. Doch für meinen Seelenfrieden, für die Gewissheit, dass meine Erkenntnis kein Hirngespinst war, sondern die Wahrheit.

»Erklär mir noch mal, was du vorhast. Vielleicht macht es ja dann endlich Sinn«, murmelte Wyatt und zog sich die Kappe tiefer in die Stirn. Unter dem dunklen Stoff waren seine Haare vollkommen verschwunden und ein Blick in sein Gesicht deutlich schwerer. Securitykameras würden uns dennoch aufdecken, aber darum ging es mir nicht. Wyatt sollte lediglich so lange wie möglich unerkannt bleiben, damit er für mich die Augen aufhalten konnte.

»Es ist ganz einfach«, fing ich an, während ich in die kleine Parklücke einbog. Dieses Mal war ich gefahren und hatte es genossen. Weil ich mich so mächtig gefühlt hatte. So siegessicher. Der warme Wind hatte mir durch die Haare geweht, die Sonne meine Haut geküsst und ich würde Griffin West mit einem gewaltigen Tritt in den Hintern aus meinem Leben werfen. Was gab es Besseres?

»Ich werde die Rezeption um den Finger wickeln, damit ich in sein Zimmer komme. Mit der richtigen Menge freundlichem Lächeln und verzweifelten Tränen wird das ein Kinderspiel. Oben angekommen mache ich mich auf die Suche nach … irgendwas. Du hältst währenddessen brav Ausschau, dass Griffin nicht kommt. Sobald ich alles habe, machen wir uns auf den Weg nach Hause.« Ich stellte den Motor ab und grinste Wyatt an. Ich stand völlig unter Strom, wobei sich unter das Adrenalin inzwischen auch wieder zunehmend Nervosität mischte.

Wyatt schüttelte bloß den Kopf. »Klingt nach einem richtig durchdachten und absolut wasserdichten Plan.«

»Ist nicht alles, was ich mache, absolut wasserdicht?«, fragte ich neckisch und stupste ihn in die Seite.

Erneut schüttelte er den Kopf. »Du bist echt ein Mysterium, Loraine. Wie kannst du so entspannt und gelassen sein?«

Ich schnaubte und zog mir dabei meinen Pferdeschwanz fest. »Ich bin Schauspielerin, Wyatt. Es ist mein Job, immer das Bild der glücklichen und stabilen Loraine aufrechtzuerhalten. Vertrau mir, in mir ist nichts gelassen, sondern in absolutem Aufruhr. Aber was bleibt mir übrig? Wenn ich mich in meinem Bett verkrieche und in Selbstmitleid suhle, bringt mich das auch nicht weiter. Alles, was mir jetzt hilft, ist, Griffin zu überführen.« Für mich. Für die kleine Loraine, die ihm vertraut hatte.

»Also gut, wenn du das wirklich durchziehen willst …«,

murmelte er und löste seinen Gurt. Er richtete sich im Sitz auf und drehte sich mit seinem ganzen Körper zu mir. Ich musste nicht in seine Augen schauen, um seine Anspannung zu erkennen.

»Mit Wollen hat das nichts zu tun. Aber ich *muss* das machen. Das … Griffin ist schon so lange Teil meines Lebens. Egal, was er getan hat, egal, was vorgefallen ist, ich habe nie den Cut gesetzt. Vielleicht hast du recht. Vielleicht stand die Beziehung zwischen ihm und mir von Anfang an nicht nur auf professioneller Basis, weil ich in ihm eine Vaterfigur sehen wollte und er diese Schwäche ausgenutzt hat. Deshalb brauche ich das jetzt. Ich muss mit ihm abschließen. Endgültig.«

Unsere Blicke trafen sich, Mitgefühl stand in seinen Augen. Sofort wandte ich den Kopf ab und betrachtete mich lieber im Rückspiegel. Ein strenger, hoher Zopf, wobei die vorderen Strähnen gewollt herausfielen und mein Gesicht rahmten. Wenig, dafür jedoch einschüchterndes Make-up. Ich sah erwachsen und einflussreich aus. Ein Status, den ich immer hatte besitzen wollen, der jedoch nie genug gewesen war. Weil kein Geld der Welt, keine Anerkennung Fremder, kein Ruhm in meinen Kreisen jemals reichen würde. Es spielte keine Rolle, dass ich jetzt alles hatte. Denn die kleine Loraine war trotzdem jeden Abend ohne Gute-Nacht-Geschichte eingeschlafen und ohne eine Umarmung aus dem Haus gegangen. Sie würde ich nie heilen können. Doch ich konnte versuchen, besser zu sein. Für sie. Ab morgen zumindest. Denn jetzt musste ich ein letztes Mal etwas Schlechtes tun, um endlich, *endlich* Gutes zu bewirken.

Ich kramte einen Lippenstift aus meiner Tasche – nudefarben und dezent – und trug ihn auf. Malte mir mit ihm vollere Lippen und größeren Mut. »Okay, bist du bereit?«

Wyatt, der mich die ganze Zeit beobachtet hatte, seufzte laut. »Na schön, lass uns das durchziehen. Und danach überlegen wir uns einen vernünftigen Plan für alle weiteren Schritte. Wenn ich vernünftig sage, dann rede ich davon, dass du kein Mitspracherecht hast. Das hier ist Irrsinn.«

Wir verließen den Wagen und blieben vor dem Eingang des luxuriösen Hotels stehen. Pompös erstreckte sich das Steingemäuer vor uns in die Höhe und wurde eins mit den Klippen. So bot es den Gästen einen einmaligen Ausblick auf das Meer und die berühmten bunten Häuser.

Mich überlief ein Schauer. Ich würde das hier durchziehen.

Um nicht doch noch vor Angst einen Rückzieher zu machen, konzentrierte ich mich lieber auf Wyatt. »Ich hätte gedacht, dass du als wahrer Meisterdetektiv für genau solche Aktionen zu haben bist. Was bringt das Gerede von deinen großen Talenten, wenn ich sie nie in Aktion erleben darf?«

Er legte den Kopf schief, bevor er sich nah zu mir beugte. Sein heißer Atem traf auf meinen Hals und ein Schauer rann über meinen Körper. »Ich glaube, du hast meine Talente schon deutlich genug in Aktion erlebt, nicht?« Er zwinkerte mir zu, doch seine Anspannung überspielte er damit nicht so gekonnt, wie er es vermutlich geplant hatte.

Wir betraten das Hotel, in dessen Innerem uns grauer Marmor empfing. Er zog sich über die Wände und spiegelte sich auch am großen Tresen wider, der den Empfang bildete. Stuck zierte die Decke und goldene Akzente verliehen dem Hotel so viel Prunk, dass ich mich am liebsten geschüttelt hätte. Ja, mein Haus schrie aufgrund der einmaligen Lage, dem direkten Zugang zum Meer und der Größe ebenfalls nach Reichtum. Jedoch hatte ich nicht alles so kitschig teuer eingerichtet, wie es hier der Fall war. Aber das war genau Griffins Geschmack. Schon immer.

Auf den spiegelglatten Fliesen klackten unsere Schuhe auffällig laut und ich räusperte mich leise. »Griffin denkt, dass wir uns in einer Viertelstunde in einem kleinen Restaurant in *Praiano* zum Essen treffen. Das heißt, wir haben mindestens fünfundvierzig Minuten Zeit, das müssten wir hinbekommen.«

Wyatt ließ seine Schulter kreisen. Er war wirklich nervös. »Das Restaurant ist also eine halbe Stunde entfernt?« Seine Stimme war gedämpft, wodurch sie noch viel tiefer klang. Hastig strich ich mir über die Arme, um die Gänsehaut loszuwerden.

»Richtig. Ich habe extra eins rausgesucht, das nicht zu nah an seinem Hotel liegt, eher bei uns in der Gegend. Er war zwar nicht übermäßig begeistert, aber da er unbedingt mit mir über den Artikel sprechen will, hatte er keine andere Wahl.« Ich grinste und Wyatt entwich ein Schnauben.

»Ich fühle mich nicht gut dabei, einfach hier unten zu warten. Sicher, dass ich dich nicht begleiten soll?«

Ich verharrte in der Bewegung, da wir schon fast bei der Rezeption waren. Das Risiko, dass die Angestellten unsere Worte hörten, war zu groß. Also ging ich nicht weiter, sondern drehte mich zu Wyatt und strich sein schwarzes Poloshirt glatt. Immerhin war es heute kein Hemd, trotzdem blieb er seinem All-Black-Look treu. Wofür ich ihn aber gar nicht mehr aufziehen wollte, denn ich mochte den Stil zu sehr. Er passte zu ihm.

»Ja, ich bin mir sicher. Falls Griffin doch früher auftauchen sollte, muss ich Bescheid wissen. Sonst habe ich keine Chance, unbemerkt zu verschwinden.«

Er verzog das Gesicht, bevor er tief einatmete. »Also schön. Ich bleibe in der Lobby und passe auf. Bitte, sei vorsichtig.« Wyatt presste die Lippen aufeinander und sah mich an. Seine Augen huschten zu meinem Mund, was mich sofort elektrisierte. Auch ich wollte ihn küssen, doch was ich noch mehr wollte, war, unentdeckt zu bleiben. Diese Mission hinter uns zu bringen. Danach würde uns alle Zeit der Welt für Küsse bleiben.

»Ich bin immer vorsichtig«, hauchte ich noch, bevor ich mich auch schon umdrehte und auf den Empfang zuschritt. Wyatts achtsamen Blick spürte ich dennoch auf mir, was mir sofort Sicherheit gab. Ich war nicht allein. Er war hier. Alles würde gut werden.

»*Buonasera*«, begrüßte ich die Rezeptionistin, die direkt ihren Kopf hob. Als sie mich sah, blinzelte sie ein paarmal, bevor sich ihr Gesicht erhellte.

»*Buonasera, signorina* Lewis. Was verschafft uns die Ehre Ihres Besuchs?« Ihre Stimme war ganz hell. Aufgeregt.

Sehr gut. Genau diese Freude hatte ich mir erhofft, um sie mir zu eigen zu machen.

»Mein Manager ist bei Ihnen im Hotel untergekommen … Griffin West?« Ich schenkte ihr mein süßestes Lächeln und strich mir dabei unschuldig eine Haarsträhne hinters Ohr.

»*Oh sì, sì.* Wollen Sie ihn sprechen? Er ist leider gerade außer Haus, aber ich kann ihm eine Nachricht von Ihnen hinterlegen. Ansonsten sind Sie natürlich auch herzlich eingeladen, an unserer Bar auf ihn zu warten. Wir haben einen der schönsten Ausblicke auf Amalfi und bei Sonnenuntergang mit einem Aperol in der Hand wird die Aussicht noch schöner. Das Getränk geht natürlich aufs Haus.« Sie zwinkerte mir zu und versuchte, ihre zitternden Hände vor mir zu verbergen. Sosehr mir ihre Nervosität gerade auch in die Karten spielte, ich hasste es, diesen Einfluss auf Menschen zu haben. Immerhin war ich auch nur eine ganz normale Person, egal, wie viele Filme ich gedreht hatte.

»Das ist sehr lieb von Ihnen, aber ich habe eine andere Bitte.« Ich räusperte mich und lehnte mich näher zu ihr.

Sofort setzte sie sich aufrecht hin und kam mir ihrerseits entgegen. »Wobei können wir Ihnen behilflich sein? Brauchen Sie ein Zimmer? Wir haben definitiv noch eine wunderschöne Suite frei, die wir Ihnen sofort zur Verfügung stellen können.«

Hastig schüttelte ich den Kopf. »Nein, das ist es nicht. Es … also … Gott, es ist mir so peinlich.« Meine Stimmlage veränderte sich, wurde unsicherer und ich schlug mir eine Hand vor den Mund. »Meine Assistentin hat ihm gerade eben eine Mail geschickt, die nicht an ihn gerichtet war. Darin ging es um seine Geburtstagsfeier in wenigen Wochen. Er wird fünfzig und wir planen seit Monaten die perfekte Überraschung, doch jetzt hat Karla alles gefährdet, weil sie ihn aus Versehen in CC gesetzt hat.«

Die Frau runzelte die Stirn.

»Wenn er diese Mail sieht … Gott, das darf nicht passieren. Bitte, Sie müssen mir helfen. Es sollte ein Dankeschön für all seine großartige Arbeit sein und die gesamte Agentur steckt mit drin. Alle haben sich auf mich verlassen und jetzt hat meine Assistentin es vermasselt. Ich weiß, dass er diese Mailadresse nur auf seinem Laptop hat – Sie wissen schon, Berufliches und Privates muss getrennt werden, deshalb nimmt er seinen Laptop auch in jeden Urlaub mit.« Ich lachte schrill auf, was der Frau ein überfordertes Lächeln entlockte.

»Könnten Sie mich in sein Zimmer lassen? Bitte? Es geht auch ganz schnell und er wird nie merken, dass ich da war.«

Ihre Augen weiteten sich, bevor sie hastig den Kopf schüttelte. »Das kann ich leider nicht, tut mir wirklich leid. Aber unsere Hausordnung … «

»Bitte«, flehte ich sie an. Ich hatte aufgehört zu blinzeln, wofür ich jetzt belohnt wurde. Hinter meinen Augenlidern begann es zu brennen und ich schloss sie kurz, nur um eine Träne wegzuwischen, als ich sie wieder öffnete. Und es zeigte Wirkung. »Sie müssen verstehen … Griffin ist wie ein Vater für mich. Wir arbeiten bereits so viele Jahre zusammen und … und … er hat so viel für mich getan! Ich verdanke ihm meine ganze Karriere und nur wegen ihm bin ich zu der Frau geworden, die ich heute bin. Es war so ein dummer Fehler, wirklich. Deshalb darf nicht all unsere Mühe umsonst gewesen sein.« Ein Schluchzen drang aus meiner Kehle, dabei war mir eher nach Würgen zumute. Meine Worte widerten mich an. »Entschuldigen Sie. Ich weiß nur, wie sehr er sich immer eine Überraschungsparty gewünscht hat, und jetzt haben wir seit Monaten eine geplant und ruinieren ihm kurz vor seinem Geburtstag seinen großen Tag.«

Mitleid breitete sich im Gesicht der Frau aus, während sie sich nervös umschaute. »Also gut, wenn Sie mir versprechen, schnell zu sein!«

»Ja, natürlich! Oh Gott, Sie sind meine Rettung«, flüsterte ich und schlug mir erneut die Hand vor den Mund, um scheinbar ein weiteres Schluchzen zu unterdrücken.

»*Signore* West ist in Suite 803 untergebracht. Sie benötigen die Karte, um nach oben zu kommen. Legen Sie sie einfach auf den Kartenleser im Fahrstuhl und er bringt Sie direkt zu Ihrem Ziel.«

»Sie wissen nicht, wie dankbar ich Ihnen bin. Wirklich. Vielen, vielen Dank.« Ich griff mir mit einer Hand an die Brust, als ich die Karte entgegennahm, und lächelte die Frau an. Diese lächelte zurück, woraufhin ich mich von ihr abwandte und meinen Blick kurz zu Wyatt gleiten ließ. Ich zwinkerte ihm zu, bevor ich auf den Aufzug zuging.

Ein Grinsen nahm meine Lippen ein. Es war so einfach zu lügen, wenn man es jeden einzelnen Tag tat.

37

What if I can't save you?

Wyatt

Mein Bein wippte unkontrolliert, während ich immer wieder auf meine Uhr starrte. Loraine war keine zehn Minuten weg, doch die Nervosität in mir kochte immer weiter auf. Dieser Plan war wirklich bescheiden. Nein, er war absolut beschissen. Schließlich hatte sie überhaupt nicht bedacht, dass einige Variablen ganz anders laufen könnten als in ihrem Kopf vorhergesehen. Es gab so viele Dinge, die schiefgehen könnten, und alles, was ich machen konnte, war, hier zu sitzen und zu warten.

Und ich hasste es zu warten. Dafür war ich einfach nicht gemacht. Nie. Aber vor allem nicht in so einer Situation. Die Unruhe ergriff immer weiter Besitz von mir und ich wusste wirklich nicht, wie ich es noch länger aushalten sollte. Gegen einen Whiskey Cola hätte ich jetzt wirklich nichts einzuwenden. Doch meine Aufgabe war es, Wache zu stehen – oder wie in meinem Fall: zu sitzen – und uns sicher wieder nach Hause zu bringen.

Nach Hause. Was für eine komische Bezeichnung für einen Ort, der mir nach wie vor fremd war, doch durch Loraine etwas Vertrautes bekommen hatte. Ich war noch nie in Amalfi gewesen und ab jetzt würde die Küste für mich immer mit Loraine verbunden sein. Im Rauschen der Wellen sah ich ihre aufbrausende Art, die für mich nur süß war. In der Sonne sah ich ihr Lächeln, weil sie genauso strahlte, wenn sie wirklich glücklich war. Und im Nachthimmel, der durch Sterne oder warme Lichter erhellt wurde, sah ich all ihre Dunkelheit, durch die trotzdem Hoffnung schimmerte. Loraine war überall, egal, wohin ich schaute. Und die Tatsache, dass mir das keine Angst machte, sondern mir Ruhe schenkte … diese Tatsache, machte mir wiederum Angst.

Mein Blick war immer noch auf den Eingang des Hotels gerichtet, als mein Handy in meiner Hosentasche vibrierte. Kurz überlegte ich, es einfach dort zu lassen, doch was, wenn es Loraine war?

Caden hat einen Link zu einem Artikel geteilt

Bitte sag mir, dass das nicht wahr ist.

Bitte sag mir, dass du nicht etwas mit Loraine angefangen hast.

Fuck. Fuck! So hatte mein bester Freund definitiv nicht von dem erfahren sollen, was zwischen Loraine und mir passiert war. In dem Trubel der letzten Tage hatte ich keine Sekunde daran gedacht, ihn über die neusten Geschehnisse aufzuklären. Wie auch, wenn nach jeder Offenbarung eine weitere Frage aufgetaucht war? Doch jetzt hatte er den Artikel gelesen und ich war offiziell der schlechteste Freund der Welt.

Wyatt
Es ist nicht so, wie es aussieht.

Seine Antwort ließ nicht lange auf sich warten.

Caden
Alle hier bei *SilverLake* reden über den Artikel. Was ist passiert?

Ich biss mir auf die Unterlippe. Während ich mich seit Daisys Tod auf meine Karriere fokussiert hatte, eine Laufbahn als Polizist eingeschlagen hatte, nur um irgendwann als Bodyguard arbeiten zu können, hatte mein bester Freund einen anderen Plan gehabt. Er war als Manager bei *SilverLake* eingestiegen, um die Welt zu verändern. Zumindest war das sein Ziel. Er glaubte wirklich, dass er einen Beitrag leisten könnte, wenn er ein guter Manager unter vielen schlechten war. Ich sah das anders.

Ich sah mich kurz in der Lobby um, ehe ich schrieb:

Wyatt
Loraine ist unschuldig. Sie und Daisy hatten auf der Party einen heftigen Streit. Loraine glaubt, dass sie sich deshalb betrunken hat, was sie sich selbst nie verziehen hat. Aber wenn es so war … dann war es Daisys freie Entscheidung.

Caden
Scheiße. Also gut, dass sie unschuldig ist, aber … Wyatt, ich weiß nicht, was ich sagen soll. Das heißt, Loraine weiß jetzt, wer du bist?

Wyatt
…

Caden
Wyatt?? Du hast doch mit ihr geredet … ODER?

Wyatt
Nein, ich habe noch nicht mit ihr geredet. Also nicht darüber. Sie denkt weiterhin, dass ihr Manager mich ausgesucht hat und nicht andersherum.

Caden
Das kann doch nicht dein Ernst sein? Du lügst sie immer noch an? Bitte sag mir, dass der Artikel überspitzt war und da nichts zwischen euch läuft.

Fuck. Mein bester Freund war alles andere als begeistert, und das absolut zu Recht. Ich hatte mich so weit in die Scheiße geritten, dass ich keine Ahnung hatte, wie ich da wieder rauskommen sollte. Aber das war jetzt auch nicht wichtig. Lori. Sie war wichtig.

Immer noch den Eingangsbereich im Blick antwortete ich:

Wyatt
Ich würde es gerne verneinen, aber dann würde ich dich anlügen. Was ist dir lieber?

Caden
😩😩😩
Oh scheiße, Wyatt. Deine Schwester würde dich jetzt so hart dafür auslachen, was du dir da eingebrockt hast, ist dir das eigentlich bewusst?

Ein Schnauben entwich mir und zum ersten Mal seit so langer Zeit lächelte ich bei dem Gedanken an Daisy.

Wyatt
Sie fehlt mir.

Caden
Mir auch. In einem Monat ist es zehn Jahre her, dass wir zusammengekommen sind.

Wyatt
Wow, das habe ich total verdrängt. Geht es dir gut?

Caden
Sie wird mir immer fehlen, aber … aber ich komme klar.

Kurz starrte ich auf das Display und die Worte meines besten Freundes, der schon immer wie ein Bruder für mich war. Von einer kleinen Pause mal abgesehen. Als ich erfahren hatte, dass er sich in meine Schwester verliebt hatte und die beiden sich hinter meinem Rücken trafen, war das wie ein

Schlag ins Gesicht gewesen. Doch Daisy, die ein Jahr älter gewesen war als ich, hatte mir ziemlich schnell die Hölle heißgemacht. Danach waren wir wieder das unzertrennliche Trio gewesen wie vorher, nur dass wir nicht mehr alles zu dritt machten.

Wyatt
Ich muss Loraine die Wahrheit sagen, oder?

Caden
Ja. Ja, das musst du.

Wyatt
Ich mag sie. Wirklich.

Caden
Dann musst du ihr noch dringender die Wahrheit sagen. Wenn du eine faire Chance mit ihr willst, dann klappt das nur, wenn du mit offenen Karten spielst. Sie wird wütend auf dich sein, aber vielleicht könnt ihr es klären.

Wyatt
Ich hasse es, dass du recht hast.

Caden
*Die ganze Zeit recht hattest.

Hat Loraine denn sonst noch etwas erzählt? Über sie und Daisy?

Ich löste meinen Blick vom Handy und schaute mich noch mal in der Lobby um, bevor ich anfing zu tippen.

Wyatt
Nur dass sie wirklich Konkurrentinnen waren, was aber nicht von Loraine ausging … Ich wollte es nie wahrhaben, aber ich glaube wirklich, dass Daisy sich verändert hatte.

Aber da ist noch eine andere Sache …

Ich hielt inne. Denn seit Griffin die Worte gesagt hatte, hatten sie mich nicht mehr losgelassen – auch wenn ich mir nicht sicher war, ob ich mich nicht wieder in einer Sackgasse verrannte.

Caden
Was?

Wyatt
Loraines Manager meinte, dass *SilverLake* seinen Klienten Drogen verabreicht. Was, wenn … wenn Daisy gar nicht betrunken war? Sondern unter Drogen stand? Ohne es zu wissen?

Caden
Was?! Das ist nicht dein Ernst, oder?

Doch ich kam nicht mehr dazu, meine Gedanken weiter auszuführen.

»Sir? Darf ich Sie nach Ihrer Zimmernummer fragen?« Ein Mann in dunklem Anzug blickte grimmig auf mich herab. Von der kleinen Couch im Eingangsbereich, auf der ich es mir gemütlich gemacht hatte, fühlte ich mich ganz winzig.

Mist. Ich hatte keine Ahnung, in welchem Zimmer Loraine sich jetzt aufhielt.

»Meine Freundin ist nur kurz was holen, wir wollten zum Strand, aber sie hat natürlich ihre Sonnencreme vergessen. Klassiker.« Ich lachte nervös auf und zuckte mit den Schultern.

Doch leider ließ das den Mann vollkommen kalt. »Und auf welchem Zimmer sind Sie und Ihre Freundin? Ich brauche die Nummer.«

»Die Nummer ... Verdammt, ich wusste sie eben noch. Wir haben erst gestern Abend eingecheckt und der lange Flug steckt mir noch ziemlich in den Knochen. Meine Freundin kümmert sich immer um alles, ich bin bloß das Taxi.« Ein weiteres Lachen, das noch viel nervöser klang. Schweiß bildete sich auf meiner Stirn.

»Wenn Sie mir Ihren Namen nennen, kläre ich es mit der Rezeption ab. Dann können Sie sich von Ihrem *langen* Flug von England ausruhen.«

Ich schluckte schwer und seine Augen verengten sich. Theoretisch hätte mein Akzent mich nicht verraten müssen, schließlich war es trotzdem möglich, dass wir nicht aus England, sondern von weiter her angereist waren. Doch meine schuldbewusste Miene, meine Anspannung und meine fehlende Schlagfertigkeit bestätigten seinen Verdacht. Fuck, ich war nicht fürs Schauspielern gemacht. Wie hatte Loraine das bloß so souverän gemacht? Ja, es war ihr Job, aber trotzdem!

»Diese Lobby ist nur für Gäste, nicht für Touristen. Ich möchte Sie nun bitten zu gehen.«

»Es tut mir leid, Sir, meine Freundin holt gerade wirklich etwas. Wenn sie zurück ist, dann sind wir auch direkt weg. Versprochen.« Ich versuchte es mit einem Lächeln, doch es erreichte ihn nicht. Er war genauso kalt und standhaft, wie ich es in so einer Situation auch wäre. Verdammte Securitymänner und ihre Auflagen.

»Sie sind nicht der erste Mann, der hier versucht, an einen unserer Gäste ranzukommen. Ich bitte Sie noch einmal zu gehen, bevor ich die Polizei rufe.«

Scheiße, keine Polizei. Wenn die hier auftauchen würde, dann wäre das viel zu viel Aufmerksamkeit. Dann würde Griffin von unserer Aktion Wind bekommen. Ich musste dem Mann nachgeben, auch wenn es mir völlig widerstrebte.

»Ist ja gut, ich gehe.« Sofort erhob ich mich und machte Anstalten, zum Ausgang zu laufen. Mein Plan war es, kurz nach draußen zu verschwinden, um dann wieder reinzuhuschen. Nur leider dachte sich der Herr das vermutlich schon und begleitete mich. Bis zur Tür. Eine Tür, durch die gerade jemand ins Innere trat.

Griffin West. Oh fuck. Ich verbarg mein Gesicht unter meiner Kappe. Zum Glück sah er mich nicht. Was jedoch auch daran liegen konnte, dass er überhaupt nicht auf mich achtete. Mit kräftigen Schritten ging er Richtung Aufzug, wurde jedoch von der Rezeptionistin zurückgehalten.

Verdammt. Würde sie ihm erzählen, dass Loraine auf seinem Zimmer war?

»Wenn ich Sie noch einmal hier erwische, dann sorge ich dafür, dass die Polizei Sie so schnell nicht gehen lässt. *Maledetti paparazzi.*«

Der Securitymann gab mir einen leichten Schubs und ich taumelte nach draußen. Als ich mich umdrehte, sah ich noch, wie er den Eingang abriegelte. Ich würde nur noch mit Schlüsselkarte reinkommen. Scheiße, scheiße, scheiße.

Wyatt
Griffin ist hier. Du musst verschwinden.
Sofort!!!

38

Oh crap, it … was … a … trap …

Loraine

Natürlich hatte Griffin sich eines der besten Zimmer für seinen Aufenthalt rausgesucht. Passend zum Eingangsbereich gab es viele Details aus Marmor, alles wirkte edel und vom Balkon aus blickte man direkt aufs Meer. Das konnte mir jedoch egal sein. Ich brauchte bloß einen Beweis für sein doppeltes Spiel.

Sein Zimmer war ordentlich und wie unbewohnt. Doch sein Geruch, dieses teuer-süße Parfüm, das er im normalen Alltag trug und von dem ich schon immer Kopfschmerzen bekommen hatte, hing jedoch bereits im Raum. Alles roch nach ihm und ich schüttelte mich.

Als Erstes schaute ich mich im Wohnbereich um, der aussah, als wäre er einem Katalog entsprungen. Sessel, die alles andere als gemütlich wirkten. Kleine Beistelltische, die vermutlich noch nie benutzt worden waren, so klar wie das Glas war. Ich steuerte den Schreibtisch an, der schräg vor dem großen Fenster platziert war, neben dem sich der Ausgang zum Balkon befand. Und auf dem Tisch wurde ich direkt fündig.

Griffins Laptop lag ganz unschuldig auf der Holzplatte. Sofort öffnete ich ihn, wurde jedoch von der Passwortsperre abgehalten. Mist. Damit hätte ich rechnen müssen, hatte es aber natürlich nicht. Wie auch, wenn alles ein einziger Strudel aus Fragen war, der jeden Tag weiterwuchs und mich immer mehr verschlang?

Ich lachte. Gott, ich war so dämlich. So unfassbar dämlich.

Es gab jedoch eine Lösung. Auch wenn ich damit riskierte aufzufliegen – aber was blieb mir anderes übrig?

Also zückte ich mein Handy und wählte Karlas Nummer. Sie ging schon nach dem ersten Klingeln ran.

»Loraine! Ist alles okay? Ich habe so lange nichts mehr von dir gehört und mir schon Sorgen gemacht. Vor allem nach diesen blöden Artikeln. Griffin meinte, dass es auch noch einen Vorfall in Italien gab, weshalb er sofort los ist. Was ist passiert?«

»Ich erkläre dir alles in Ruhe. Jetzt brauche ich aber deine Hilfe. Und dein Versprechen, mit niemandem, *niemandem*, darüber zu reden!« Ich sprach leise und hastig, verschluckte Wörter und verlor langsam die Nerven. Wyatt hätte mitkommen sollen. Denn je länger ich in diesem Zimmer allein war, umso unwohler fühlte ich mich. Ich wollte so schnell wie möglich von hier verschwinden.

»Natürlich, alles, was du brauchst. Was ist los? Steckst du in Schwierigkeiten?«, fragte sie alarmiert.

Es tat mir leid, sie in diese Sache mit reinziehen zu müssen. Vor allem, nachdem ich sie seit Tagen mit Schweigen bestrafte. Doch ich brauchte sie. Und das war ihre Chance zu beweisen, dass sie auf meiner Seite stand.

»Du hast doch das Passwort für Griffins Laptop, richtig?«

Stille. Kurz nahm ich mein Handy leicht vom Ohr, um

sicherzugehen, dass Karla noch dran war. War sie. Sie schwieg bloß.

»Karla?«

»Ich habe dich gehört. Ich frage mich nur, warum du das Passwort für den Laptop deines Managers brauchst. Und warum es sich so anhört, als ginge es dabei um Leben und Tod.«

»So dramatisch ist es nicht, aber ... aber es ist wichtig. Sehr wichtig. Ich kann dir nichts Genaueres sagen, tut mir leid, du musst mir jetzt einfach vertrauen. Bitte. Ich brauche deine Hilfe.«

Karla seufzte, bevor ich es im Hintergrund rascheln hörte. Als Griffins Assistentin hatte sie Zugang zu allen wichtigen Daten. Indem sie mir das Passwort verriet, würde sie allerdings nicht nur ihren Job riskieren, sondern ihre ganze Karriere.

»Ich verspreche dir, es wird keine Konsequenzen für dich haben.«

»Das kannst du mir nicht versprechen. Aber egal, was es ist, du würdest mich nicht anrufen und danach fragen, wenn es nicht wirklich wichtig wäre.«

Ich nickte, was sie jedoch nicht sehen konnte, und hielt den Atem an, als sie mir das Passwort durchgab. Sofort tippte ich die Buchstaben ein und der Laptop entsperrte sich.

»Oh Gott, danke, Karla, danke, danke, danke! Du hast was gut bei mir.«

»Ich möchte nur die Wahrheit wissen«, sagte sie ernst und ich schluckte. Die würde sie auch bekommen. Später.

»Ich erzähle dir alles, wenn ich zurück bin, versprochen! Du bist die Beste.« Ich drückte noch einen Kuss in den Hörer, bevor ich auflegte und auf den Stuhl vor den Schreibtisch sank. Mit zittrigen Fingern machte ich mich auf die Suche nach irgendetwas Hilfreichem.

So ordentlich wie sein Zimmer und sein Büro war auch sein Laptop. Alle Dateien waren säuberlich benannt und sortiert. Etwas, das mir hätte helfen müssen, doch dafür hätte ich erst mal wissen müssen, wonach ich suchte. Sorgsam klickte ich mich durch Ordner und hielt dabei nach meinem Namen Ausschau. Und tatsächlich fand ich ihn.

Mit pochendem Herzen öffnete ich den Ordner. Meine Finger zitterten, doch ich ließ mich nicht aufhalten. Verträge, Ausschnitte aus Interviews, sogar Mailverläufe waren dort ordentlich gespeichert.

Verzweifelt stöhnte ich auf. In dem Ordner war absolut nichts Verdächtiges zu finden. Hatte ich mich in Griffin getäuscht? War mein Gehirn nur so verzweifelt gewesen, dass es sich so dringend an eine Lösung klammerte, so irrational sie auch war?

Nein, das konnte nicht sein. Ich war mir sicher, so, so sicher. Ich musste weitermachen. Mit meinem Namen war ich nicht fündig geworden, doch was, wenn …

Ich öffnete erneut die Suchleiste, tippte dieses Mal jedoch ein anderes Wort ein. *Sonnenschein.* Kaum hatte ich die Enter-Taste betätigt, erschien ein Ordner, der hinter mindestens zehn weiteren versteckt gewesen war. Niemals hätte ich ihn entdeckt, wenn ich es nicht genau darauf angelegt hätte.

Mein Herz raste. Meine Finger schwebten zitternd über dem Mauspad. Ich schluckte schwer. Das war es, da war ich mir sicher. Doch wollte ich es wirklich wissen? Was mein Manager hinter meinem Rücken getrieben hatte?

Mit zwei schnellen Klicks öffnete ich den Ordner, in dem sich wieder weitere befanden. *AOS, FYA, SAA.* Ich runzelte die Stirn. Alle Ordner hatten kryptische Kürzel, die keinen Sinn ergaben. Ging es hier wirklich um mich? Und wenn ja: Welchen verdammten Ordner sollte ich zuerst öffnen? Kurz schwappte eine heiße Welle durch mich, die mich zu lähmen drohte. Doch dann klickte ich einfach auf *FYA*. Und dann auf einen weiteren Ordner. Und einen weiteren.

Mir lief es eiskalt den Rücken runter. Das alles waren keine wahllosen Wörter, sondern Abkürzungen. *FYA* stand für *Family Young Agreement*. Dort war der Verschwiegenheitsvertrag abgelegt, den sie damals nach dem Zwischenfall unterzeichnet hatten. Nur war das nicht alles. Es gab weitere Absprachen, von denen ich nichts gewusst hatte. Zum Beispiel die, dass zwar weder Amelia noch ich über die Gründe unseres Freundschafts-Aus sprechen durften, das dies jedoch nicht für die restliche Familie galt. Für diesen Vertrag hatten sie Griffin eine fucking Million Dollar gezahlt, die er sich einfach eingesteckt hatte. Ohne mit mir darüber zu reden. Ohne dass ich davon wusste.

Hitze breitete sich in mir aus. Fraß sich durch meine Adern. Brachte mein Blut zum Kochen. Mein Herz zum Rasen. Immer schneller, immer heftiger, immer, immer mehr.

Ich verließ den Ordner, öffnete einen neuen. *AOS. All Our Sanity.* Der Psychothriller, bei dem ich Lilah kennengelernt hatte. Ein abgespeicherter Mailverlauf erschien – in dem Griffin einem der Produzenten gedroht hatte, seine Affäre mit einer ehemaligen Praktikantin öffentlich zu machen, wenn ich die Rolle nicht bekäme. Schwarze Punkte tanzten vor meinen Augen. Die Welt wurde dumpfer. Alles, wirklich alles, war eine Lüge gewesen.

Mein ganzer Körper zitterte, als ich den letzten Ordner öffnete. *SAA. SilverLake Agency Agreement.* Ein ungutes Gefühl hatte sich in mir ausgebreitet und kroch wie Gift langsam durch meine Venen. Und als ich die Bestätigung vor mir sah, verschwand alles unter einer dicken Schicht Nebel.

An: alexander.silverstone@silverlake-actors.uk
Von: g.west@west-actors.uk
Betreff: Sunny NYC

Ich habe dem Angebot mit Disney soeben zugestimmt. Sie ist mit den drei Tanzfilmen und der Fortsetzung von *SoW* also gut ausgelastet und wird dir nicht in die Quere kommen. Lionsgate gehört dir.
Danke auch für die Rolex, die macht sich sehr gut an meinem Handgelenk und hat das Unterschreiben noch viel leichter gemacht. 😉

An: g.west@west-actors.uk
Von: alexander.silverstone@silverlake-actors.uk
Betreff: Re: Sunny NYC

Super, danke, Griffin. Es ist immer wieder eine Freude, mit dir Geschäfte zu machen.

Ich schloss die Augen. Eine heiße Träne rann über meine Wange. Doch ich würde nicht zusammenbrechen. Nicht jetzt. Nicht wegen ihm. Auch wenn ich damit niemals gerechnet hatte. Dass mein Manager mich von Anfang an hintergangen hatte und ein falsches Spiel spielte … dass er mit seiner angeblichen Konkurrenz krumme Deals aushandelte … dass er Rollen annahm, die ich nicht wollte, weil ihm Geld mehr wert war als ich. Ich konnte es nicht glauben. Ich wollte es verdammt noch mal nicht wahrhaben.

Doch es stand vor mir. Brannte sich in den flackernden Bildschirm. Also tat ich die eine Sache, die ich konnte. Ich kopierte den ganzen Ordner *Sonnenschein* – allein bei dem Namen musste ich würgen – auf den USB-Stick, den ich aus meiner Tasche kramte. Gott, ich hoffte, darauf auch Beweise für seine Nachrichten zu finden. Dafür, dass er mich unter Druck gesetzt hatte, damit ich wieder nach seiner Pfeife tanzte.

Ich startete den Kopiervorgang, der viel zu lange dauerte. Mir blieb zwar noch etwas Zeit, aber ich hatte keine Ahnung, wie viel.

Meine Fingernägel klackten auf die Holzplatte, während der Laptop laut pustete. Anscheinend war er genauso überfordert wie ich selbst.

Mein Handy klingelte. Wyatt.

Wyatt

Griffin ist hier. Du musst verschwinden.
Sofort!!!

Ich wurde aus dem Hotel geschmissen,
ich kann nicht zu dir kommen.
Du bist auf dich allein gestellt.
Und das macht mir eine Scheißangst.

Die Panik, die langsam, aber sicher angestiegen war, schlug mit einem Mal voll zu. Fuck. Wenn Griffin im Hotel war, dann wäre er in wenigen Minuten hier oben. Und ich konnte nicht gehen. Noch nicht. Nicht ohne die Daten. Das Wissen, wozu er in der Lage war, war meine Bestärkung. Er würde alles vernichten … bevor er mich vernichtete.

> **Loraine**
> Ich habe was gefunden. Du wirst es nicht glauben. Ich brauche nur noch einen Moment. Starte das Auto. Sei bereit.

Ich tippte, so schnell es meine zitternden Hände zuließen. Senden.

Noch zehn Minuten würde der Kopiervorgang dauern. Zehn Minuten! Das musste doch irgendwie machbar sein. Vielleicht würde die Rezeptionistin ihn ja aufhalten. Oder einweihen, dass ich hier war. Den Mythos mit seinem Geburtstag auffliegen lassen. Sicherlich wäre er gekränkt darüber, dass ich ihn fünfzig gemacht hatte, wo er doch gerade einmal dreiundvierzig war. All das würde mir mit viel Glück einige Minuten verschaffen. Minuten, die ich sinnvoll nutzen musste.

Fuck, okay, ich würde das schaffen.

Ruckartig erhob ich mich vom Stuhl, der sofort umkippte. Mein Körper stand unter Strom und befand sich in einem Stadium zwischen absolutem Adrenalinrausch und kurz vor dem Totalausfall. Mein Herz hämmerte so wild, so schnell, dass ich nichts anderes hörte. Aber ich musste mich zusammenreißen.

Einen Moment schloss ich die Augen und atmete tief durch. Ich dachte an einen Charakter. An eine starke Frau in einer Dystopie, deren nächste Handlungen über das Schicksal der Welt entscheiden würden. Nicht auf diese kitschige Art, sondern auf die wahrhaftige. Weil sie in ihrer Hand das Heilmittel für den Virus hatte, der die Welt langsam zugrunde richtete und Arm und Reich noch weiter spaltete. Ein Heilmittel, das geheim gehalten und nur den Reichen zur

Verfügung gestellt worden war. Es gab nicht genug für alle und die oberste Schicht hatte es für sich behalten wollen. Doch die Frau würde alles ändern. Wenn sie es in den nächsten Minuten schaffte, sich nicht von ihrer Panik leiten zu lassen, sondern nur auf ihren Verstand zu hören. Ihren Verstand, auf den sie sich immer verlassen konnte. Ausnahmslos.

Ich schlug die Lider auf und fing an. Öffnete die Balkontüren, sowohl die im Wohnzimmer als auch die im Schlafzimmer. Nur vom dritten Zimmer nicht, in dem sich ein weiteres Bett befand. Dafür schob ich den Hocker, der sorgsam in einer Ecke stand, so vor die Tür, dass man glauben würde, jemand versperrte sie von innen. Dann trat ich auf den Balkon, zog die Glastüren hinter mir zu, ohne sie zu schließen, und ging zurück in den Wohnbereich. Dort schnappte ich mir den Laptop und huschte ins Ankleidezimmer, das ans Schlafzimmer grenzte.

Wenn alles wie gedacht lief, würde Griffin sich zunächst an den offensichtlichen Orten umschauen. Wie in dem scheinbar abgesperrten Raum. Wie auf dem Balkon, dessen Türen zwar zugezogen waren, aber nicht versperrt, als wäre jemand noch draußen. Und der lächerlich groß war und hinter einigen Pflanzen gewiss ein Versteck bot. Wie im Badezimmer. Jedoch nicht im Ankleidezimmer, dessen Tür immer noch so offen stand wie beim Verlassen der Wohnung. Seine Anzugjacke hing an der Tür. In der hintersten Ecke zu hocken und zu beten, er würde mich nicht so schnell finden, war mein Plan.

Es ist ein beschissener Plan, hörte ich Wyatts Stimme in meinem Kopf und ich wünschte mir, er wäre jetzt hier. Er hätte auch nichts tun können. Außer vielleicht auf mich aufpassen. Ein lächerlicher Gedanke, schließlich hielt ich nichts von dem Bild, dass Männer Frauen aus Gefahren retteten. Doch vielleicht … vielleicht dachte ich daran, weil ich mir das immer gewünscht hatte. Dass mein Vater zurückkommen würde und meine Mutter für ihre Fehler zur Rechenschaft zog. Dass ich geliebt werden würde, ohne etwas geben zu müssen, einfach nur für mich. Dass nicht ich mich retten musste, sondern jemand anderes es tat, weil ich so müde war, auf mich selbst aufzupassen. Weil ich das schon getan hatte, als ich noch nicht einmal gewusst hatte, was das alles bedeutete.

Eine weitere Träne lief mir übers Gesicht und ich wischte sie fort. Hielt die Luft an, als ich das Öffnen der Appartementtür hörte. Und Schritte.

»Loraine!« Griffins Stimme drang dumpf zu mir, während ich weiterhin auf den Bildschirm starrte. Die Helligkeit war gedämmt, doch ich erkannte die Laufzeit. Es waren nur noch wenige Minuten, dann hätte ich alles, was ich brauchte. Wie ich hier rauskommen sollte? Das würde ich improvisieren. Ich brauchte keinen Plan. Niemanden, der mich rettete. Verdammt, ich war Loraine Lewis, Meisterin der Täuschung und der Improvisation, weil es mein verdammter Job war. Mein Job und meine ganze Existenz.

Seine Schritte waren schwer und kräftig. Hallten von den Fliesen wider.

Noch zwei Minuten. Zwei verdammte Minuten.

Er riss eine Tür auf, die achtlos gegen die Wand knallte. Ich zuckte zusammen.

»Ich weiß, dass du hier bist, Loraine. Hör mit diesen Spielchen auf und erzähl mir endlich, was in dich gefahren ist.« Seine Stimme kam näher. Er war im Schlafzimmer.

Ich presste mir die Hand auf den Mund. Hörte auf zu atmen. Doch seine Schritte entfernten sich wieder.

Sechzig Sekunden.

»Das ist doch wirklich lächerlich. Ich habe keine Ahnung, was du dir einwirfst, dass du so drauf bist …«

Fertig! Ich riss den USB raus – ohne darauf zu achten, dass er säuberlich getrennt wurde – und stand auf. Meine Beine zitterten, doch mein Wille war stärker. Ich schob den Stick in meinen BH zwischen meine Brüste, damit ich ihn bloß nicht verlor. Kurz überlegte ich, in meinem Versteck zu verharren, bis Griffin aufgab. Doch das Risiko, dass er mich trotz meiner Maßnahmen fand, war zu hoch. Ich musste den Überraschungsmoment zu meinen Gunsten nutzen, wenn ich hier heil rauskommen wollte.

Also nahm ich all meinen Mut zusammen, trat ins Wohnzimmer und fragte: »Wie konntest du nur?«

Griffin zuckte zusammen, ehe er sich zu mir umdrehte.

Ich knallte den Laptop mit so viel Wucht auf den Couchtisch, dass ich kurz glaubte, das Glas würde springen. »Wie. Konntest. Du. Nur?« Ich wurde lauter. Verlor die Fassung.

»Sollte *ich* das nicht lieber *dich* fragen? Du lockst mich in ein Restaurant und dann erfahre ich, dass du dir Zutritt zu meinem Zimmer beschafft hast?«

»Du hast irgendeinen Deal mit *SilverLake* am Laufen! Du hast bei Disney unterschrieben, weil dir Geld geboten wurde? Was zur Hölle?« Meine Stimme brach. So schrill sie auch klang, alles, was ich hörte, war der verzweifelte Schluchzer, den ich nicht zurückhalten konnte.

Griffin blinzelte. Ließ seine Schultern fallen. Seufzte. »Das war doch bloß in deinem Sinne. Der Pitch von Lionsgate war sowieso nicht gut, außerdem sind die Chancen mit Disney riesig. Weißt du, was ein Erfolg mit ihnen für dich bedeutet? Wir reden hier von Rollen bei Marvel.«

»Aber du hast unterschrieben, weil du bezahlt wurdest! Und dabei war dir egal, dass ich die Rolle gar nicht wollte!«, schrie ich beinahe. Meine Stimme bebte vor Wut und brach vor lauter Tränen. Ich war völlig aufgelöst und jede Sekunde drang eine andere Emotion an die Oberfläche.

»Du hast keine Ahnung, was es bedeutet, einer der erfolgreichsten Agenten Hollywoods zu sein. Das ist alles Teil des Geschäfts, nur so kommt man nach oben.«

»Ich bin mir sicher, dass es ganz viele andere Wege gibt. *Legale* Wege. Und was ist mit dem Vertrag mit Familie Young? Ist der auch Teil des Geschäfts? Das Geld, das du dir in deine Tasche gesteckt hast? Auf meine Kosten?«

»Jetzt komm mal runter. Alles, was ich getan habe, hat deine Karriere gepusht. Wäre ich nicht gewesen, hätte ich nicht bei den richtigen Menschen die richtigen Knöpfe gedrückt, wärst du der Niemand geblieben, der du dein Leben lang warst. Ich hab dich da rausgeholt. Wo bleibt die Dankbarkeit?«

Seine Worte schlugen in mich ein wie eine Bombe. Alles in mir explodierte und die Granatsplitter vermischten sich mit meinem Herzen, das einen endgültigen Bruch erlitt. *Ich habe dich da rausgeholt. Der Niemand, der du dein Leben lang warst.* Ich hatte Griffin vertraut.

Während die Tränen meine Wangen benetzten und mir immer weiter die Sicht versperrten, zuckte er bloß mit den Schultern. »Du schickst eine Schauspielerin in den Tod und ich mache fragwürdige Deals. Wir sorgen beide auf unsere Art für den Erfolg.«

»Es ist nicht meine Schuld, dass Daisy tot ist. Wenn jemand Schuld trägt, dann du. Nicht ich. *Das alles* ist deine Schuld. Aber es reicht. Mir reicht es. Das war's, Griffin. Ich kündige.

Mit sofortiger Wirkung. Und solltest du dich irgendwie querstellen, landet all das im Internet. Überlege es dir gut.«

Seine Augen weiteten sich. Angst breitete sich auf seiner Miene aus, jedoch hielt die Regung nicht lange an. Panik schlug in Wut um, Unsicherheit in Hass.

Ich machte einen Schritt nach hinten, doch da war Griffin auch schon vor mir. Packte meinen Arm. Zwang meine Handflächen auseinander. »Wo ist der Stick? Gib mir einfach den Stick und alles ist gut.«

Natürlich gab ich ihm gar nichts. Außer einen kräftigen Tritt gegen sein bestes schlechtes Stück. Sofort taumelte er zurück. Hielt sich mit schmerzverzogener Miene.

»Du Miststück! Du …«

Mehr hörte ich nicht, denn da war ich auch schon aus dem Zimmer gestürmt.

39

Start the getaway car and bring us somewhere far, far, far

Loraine

Ich stoppte erst, als ich die Lobby passiert und dieses verfluchte Hotel verlassen hatte. Wyatt wartete – wie abgesprochen – mit laufendem Motor auf mich.

»Fahr los«, sagte ich, sobald ich in den Wagen gesprungen war und die Tür verriegelt hatte.

»Wie lief es?« Sein Blick heftete an mir. Scannte mich von oben bis unten. Kurz verharrte er an meinem Unterarm, auf dem Griffins Finger einen Abdruck hinterlassen hatten. »Was zum Teufel? Ich drehe ihm den Hals um, wenn ich ihn sehe, ich –«

»Wenn du nicht gleich losfährst, dann wird er das zuerst mit dir tun. Ich erzähle dir gleich alles in Ruhe – fahr!« Ich wandte mich zur Seite und beobachtete durch das Fenster, wie sich hinter der Hoteltür eine Gestalt näherte. Wie Griffin am Empfang vorbeilief und auf den Ausgang zustürzte. Doch er bekam keine Chance, denn Wyatt trat aufs Gaspedal und fuhr mit quietschenden Reifen davon.

Ich sah noch, wie Griffin versuchte, uns zu folgen. Doch wir waren schneller und er gab auf. Fluchend und wild mit den Armen fuchtelnd. Ehe der Impuls mich verließ, hob ich meine Hand und zeigte ihm den Mittelfinger. Das sollte das letzte Bild sein, das er von mir im Kopf hatte. Wie ich ihn besiegt hatte.

»Bloody hell«, sagte ich und ließ meinen Kopf gegen die Lehne sinken. Ich atmete ein. Tiefe, gleichmäßige Atemzüge, um meinen Herzschlag zu beruhigen. Das Blut rauschte mir in den Ohren, durch meinen ganzen Körper. Das Adrenalin brodelte.

Und mit einem Mal fing ich an zu lachen. Ich hatte keine Ahnung, woher es kam, warum von allen Emotionen ausgerechnet ein Lachen aus mir herausbrach. Doch ich lachte. Völlig unkontrolliert und hysterisch, aber dennoch ehrlich.

»Scheiße. Das ist gerade nicht wirklich passiert, oder?« Ich schaute zu Wyatt, der mir einen kurzen, verwirrten Seitenblick zuwarf. »Bin ich gerade echt in das Zimmer meines Managers eingedrungen und habe es unbeschädigt und mit wichtigen Informationen herausgeschafft? Oh mein Gott.« Eine Träne lief mir über die Wange. Schon wieder. Doch dieses Mal wischte ich sie weg und lachte dabei weiter. Immer noch vollkommen ungehalten. »Hast du sein Gesicht gesehen? Als er dort stand? Wie er gezappelt hat? Ich wünschte, ich hätte es gefilmt. Das wäre mal eine Schlagzeile gewesen.« Mein Lachen wurde noch lauter, noch ungehemmter, noch tränenreicher.

Wyatt schaute mich weiterhin an. Leicht besorgt und ziemlich verwirrt. Doch dann hoben sich seine Mundwinkel und er stieg mit in mein Lachen ein. »Das wird uns niemand glauben.«

»Eben! Ich kann mir vorstellen, was er für eine Szene machen wird. Beim nächsten Mal müssen wir die Lobby vorher mit Wanzen versehen, damit wir mithören können. Es wird vermutlich pures Comedy-Gold sein.«

»Beim nächsten Mal?«, fragte Wyatt belustigt und schüttelte den Kopf.

»Ja, natürlich. Wir sind ein super Team. Wie Bonnie und Clyde.« Ich stupste ihn in die Seite.

Er lachte kehlig. »Alles klar, Nancy Drew. Auch wenn ich sagen muss, ich bin beeindruckt. Du hast das ziemlich souverän durchgezogen. Zwar war der Plan nicht wasserdicht, aber es ist weniger schiefgegangen als befürchtet.«

»Nancy Drew«, sagte ich und zog den Namen in die Länge. Seine Augenbrauen schossen in die Höhe, während er mir kurz einen Blick zuwarf und sich danach wieder auf die Straße vor uns konzentrierte. Besser so, bei den vielen engen Kurven hier in Amalfi. »Ich wäre eine ziemlich heiße Detektivin.«

»Das bist du jetzt schon«, sagte Wyatt, ohne die Miene zu verziehen oder mich anzuschauen.

Das Grinsen auf meinen Lippen wurde noch breiter.

Meine Finger fanden Wyatts Gürtel und öffneten ihn, während unsere Lippen aneinanderklebten. Kaum waren wir zu Hause angekommen, hatten unsere Körper ihren Weg zueinander gefunden.

Hastig entfernte ich nun den Gürtel und war schon dabei, seine Hose zu öffnen, während Wyatt sich an meiner zu schaffen machte. Da war keine Vorsicht, keine Zärtlichkeit, bloß pures Verlangen. Keine Ahnung, ob es noch immer das Adrenalin war oder unsere generelle Anziehung. Es spielte jedoch auch keine Rolle, Wyatt machte mich so verdammt an und ich wollte ihn. Jetzt. Hier.

Ich löste mich kurz von ihm, um meine Schuhe loszuwerden und meine Hose auszuziehen. Er tat es mir nach. Als unsere Jeans achtlos aufeinanderlagen, fanden seine Lippen wieder meine. Nicht mal mehr unser Kuss war sanft, sondern genauso gierig wie alles von uns. Wir waren ineinander verschlungen, während Wyatts Finger ihren Weg zu meinem Slip fanden. Kaum berührte er den Saum an meinem Bauch, erschauderte ich. Er grinste an meinen Lippen und drängte mich mit seinem Körper nach hinten. Vermutlich wieder in Richtung seines Schlafzimmers oder auf die Couch, was auch immer näher war. Doch als ich kurz darauf die harte Wand in meinem Rücken und seine Härte an meiner Mitte spürte, wusste ich es besser.

Wir stöhnten gemeinsam in den Kuss, während Wyatts Hüfte immer wieder gegen meine stieß. Unsere Münder verschlangen sich gegenseitig. Nichts daran war romantisch oder ästhetisch, aber trotzdem perfekt. Weil ich es liebte zu spüren, wie sehr er mich wollte und dass er seine Hemmungen fallen ließ. Es fühlte sich so verdammt gut an, so verdammt heiß. Sanft biss er meine Unterlippe, als sein Finger über die Stelle in meinem Slip fuhr, an der ich ihn brauchte. Ich keuchte, doch er gab weder meine Lippe noch meinen Körper frei, während er quälend langsam kleine Kreise zog. Meine Hand krallte sich in den Stoff seiner Shorts, in seinen Po, um ihn noch fester an mich zu ziehen.

»Ich hab keine Lust auf Spielchen«, brachte ich hervor und zog am Saum seiner Boxershorts.

»Ich mag es eigentlich ziemlich gerne, wenn du dich so

unter mir windest.« Wie zur Bestätigung glitt sein Finger unter den Stoff meines Slips und berührte mich, ohne dass uns etwas trennte.

»Fuck«, dachte und stöhnte ich.

»Doch so toll das ist, auch ich habe keine Lust auf Spielchen. Ich halte es nicht mehr aus.«

»Ich auch nicht.« Meine Stimme war so kehlig, so bettelnd. Also verhakte Wyatt seine Finger in meinen Slip und zog ihn mit einer schnellen Bewegung herunter, während ich das Gleiche mit seinen Boxershorts tat.

Mit einem Ruck hob er mich hoch, drückte mich an die Wand und drang fest in mich ein. Ich wollte meinen Kopf in den Nacken werfen, doch die Wand ließ es nicht zu. Also schlang ich bloß meine Arme und Beine um ihn und ließ ihn machen. Empfing seine Stöße mit einem Stöhnen und versuchte, irgendwie mit ihm mitzuhalten.

»Weißt du eigentlich, was für Sorgen ich mir um dich gemacht habe? Dass dir etwas geschieht?«, raunte er mir ins Ohr. Seinen Worten folgte ein Keuchen.

Ich schüttelte nur den Kopf, weil ich nicht sprechen konnte. Oder wollte.

»Ich könnte es nicht ertragen, wenn dir was passieren würde, Lori.«

Wir stöhnten beide, während er sich enger an mich presste. Ich war gefangen zwischen seinem Körper und der Wand und fand es viel zu gut, um etwas daran ändern zu wollen.

»Ich werde nicht zulassen, dass dir irgendjemand wieder wehtut. Ich passe auf dich auf.«

Wäre es nach mir gegangen, hätten wir den restlichen Tag auf der Couch gelegen. Nur wir in unserer Unterwäsche, zwischen Küssen und Gesprächen, wie wir es die letzte Stunde getan hatten. Doch irgendwann hatte mein Magen geknurrt und Wyatt war der festen Überzeugung gewesen, dass wir etwas essen. Ich fand ja, dass Essen überbewertet wurde – zumindest in Momenten wie diesen, wenn wir uns hatten –, trotzdem hatte ich eingewilligt.

Als wir fertig waren, stellte Wyatt unsere Teller auf den Couchtisch und suchte meinen Blick. Ich wollte mich an ihn schmiegen, doch seine Hand fand meinen Arm und hielt mich sanft auf. »Lori … ich muss mit dir über etwas sprechen. Das will ich schon eine ganze Weile, aber irgendwie war der Moment nie passend. Doch ich kann so nicht weitermachen.«

Mein Herz stolperte. Nicht auf die schöne Art, sondern auf die, bei der man kurz glaubte, selbst zu fallen.

Mein Handy vibrierte und sofort drückte ich den Anrufer weg. Ich musste nicht auf das Display schauen, um zu wissen, wer er war. Allerdings gab Griffin nicht so schnell auf. Eine Nachricht traf ein. Und obwohl ich gerade nur wissen wollte, was dieser ernste Ausdruck auf Wyatts Gesicht zu bedeuten hatte, öffnete ich sie.

Griffin
Vielleicht solltest du wissen, wem du da dein Vertrauen geschenkt hast. Wyatt Carter ist der Bruder von Daisy Moore. Wie fühlt es sich an zu ertrinken, wenn niemand dir die Hand reicht?

40

Maybe all my enemies were once my friends

Loraine

Das durfte nicht sein. Es durfte einfach nicht wahr sein.

Ich starrte auf die Nachricht, die Griffin mir geschickt hatte. Und die Fotos, die danach gefolgt waren. Noch nie hatte ich mir so sehr gewünscht, mich in einem Albtraum zu befinden wie jetzt gerade. Das durfte einfach nicht stimmen. Ich konnte mich nicht so sehr getäuscht haben, ich konnte nicht so falschgelegen haben, ich …

»Lori, bitte gib mir eine Chance, dir das zu erklären«, flehte Wyatt mich an und versuchte, nach meinem Arm zu greifen. Wie vom Blitz getroffen zog ich ihn fort und sprang auf. Runter von der Couch und fort von ihm. Er sollte mich nicht berühren. Das würde ich nicht ertragen.

Ich hielt ihm das Handy vor die Nase. Wollte dabei mächtig wirken, doch meine Hand zitterte verräterisch. »Sag mir, dass das nicht du bist! Sag mir, dass Griffin lügt! Sich etwas Lächerliches ausgedacht hat, um mich zu verunsichern?« Meine Stimme bebte wie meine Hände, wie mein Körper, wie mein Herz.

Auf dem Bild war eine jüngere Version von Wyatt zu

sehen, er war darauf vielleicht zwölf, dreizehn. Er sah viel kindlicher aus, die harten Konturen waren noch weich. Doch trotz der etwas runderen Wangen hatte ich ihn sofort erkannt. An seinen eisblauen Augen, die schon damals so ausdrucksstark gewesen waren. An den vollen Lippen, der schmalen Nase und diesen tiefschwarzen Haaren.

Und an seiner Seite war Daisy. Auch ein paar Jahre jünger, doch es war sie. Damals waren ihre Haare noch blond gewesen. Wyatt und sie saßen Arm in Arm auf einer Bank, in deren Hintergrund man die Universal Studios sah.

Wyatt schloss die Augen und fluchte. Und als ich sah, wie Schuldgefühle sein Gesicht einnahmen, brach mein Herz. Es zersprang nicht in tausend Teile. Fiel nicht wie Glas zu Boden. Es war ein kleiner Riss, der alles entzweiteilte. Unaufhaltsam. Endgültig.

Ich schwankte leicht und griff nach der Lehne der Couch, um nicht das Gleichgewicht zu verlieren. Wyatt machte Anstalten aufzustehen, mir zu helfen, hielt dann aber zögerlich inne. Zum Glück. Sonst hätte ich für nichts mehr garantiert.

»Daisy war deine Schwester?« Die Worte schmerzten. Beim Lesen, beim Denken, beim Aussprechen. Liefen wie Säure durch mich hindurch und verätzten mich von innen.

»Lass es mich bitte erklären«, wiederholte er. Auch wenn er versuchte, ruhig zu klingen, ließ die Angst seine Stimme zittern. Flehend blickte er mich an. Doch ich konnte bloß wegschauen. Wegschauen, damit er nicht die Tränen sah, die hinter meinen Augen brannten. Allerdings konnte ich sie nicht mehr vor ihm verbergen, als schließlich ein Schluchzen über meine Lippen kam.

»Wie konntest du nur? *Wie* … wie *konntest* du nur?« Meine Stimme wurde lauter, bevor sie brach. So wie ich. Wie alles in mir.

»Hinter alldem steckt so viel mehr, bitte, hör mir einfach zu.« Wyatt hatte sich erhoben und stand nun vor mir. Doch ich wich einen Schritt zurück. Und dann noch einen. So weit, dass die Couch uns trennte und mir genug Sicherheit gab. Wobei ich mich fragte, wie sicher ich wirklich war, wenn ich mich in den Stoff der Lehne krallen musste, um nicht umzukippen. In meinem eigenen Haus. Aus dem ich nicht entkommen würde, weil Wyatt zu nah am Eingang stand.

»Was gibt es da zu erklären? Du hast es mir verschwiegen. Die ganze verdammte Zeit. Daisy Moore war deine Schwester. Deine verfluchte Schwester! Du hast mir zugehört, wie ich über sie geredet habe, über sie, ihre Taten und die Nacht, in der sie gestorben ist. Wie konntest du da nichts sagen?« Ich schämte mich für meine Tränen, weil ich stark sein wollte. Allerdings war es verdammt schwer, stark zu sein, sich zusammenzureißen, wenn die ganze Welt um einen mit einem Mal explodierte. Erst mein Manager und jetzt auch noch Wyatt?

»Ich habe dir vertraut, Wyatt. Ich habe dir Sachen erzählt, von denen niemand weiß, niemand! Und du … du hast dir das alles angehört, um … um was? Willst du dich rächen? Die Informationen an die Presse verkaufen? Planst du eine gute Story? *Wie Loraine Lewis meine Schwester tötete* – wäre doch ein schöner Titel, oder?«

»So ist das nicht, bitte, hör mir einfach zu. Ja, die Gründe, warum ich für dich arbeiten wollte, waren nicht ganz ehrlich. Ich wollte dich kennenlernen, weil ich geglaubt habe, dass du etwas mit ihrem Tod zu tun hattest.« Als er die Worte aussprach, riss mein Herz noch mehr, obwohl ich gedacht hatte, es wäre nicht möglich. Doch ich hatte mich geirrt. Wie in allem. »Ich wollte die Wahrheit herausfinden. Gerechtigkeit. Aber ab dem Moment, als sich alles zwischen uns verändert hat, habe ich aufgehört, gegen dich zu arbeiten. Viel früher schon. Du bist mir unter die Haut gegangen und ich wusste es. Ich wusste, dass du es nicht warst. Bitte, Lori, du musst mir glauben.«

»Wie soll ich dir jemals wieder glauben? Wie, Wyatt? Heißt du überhaupt so? Wyatt Carter? Oder bist du Wyatt Moore oder … wer bist du?« Meine Stimme überschlug sich und ich wusste nicht, ob Angst, Wut oder Trauer die Überhand besaßen.

»Das ist mein richtiger Name, Moore war der Künstlername meiner Schwester, weil er eleganter klang … Ich bin immer noch ich, Lori. Ich bin der gleiche Mensch wie vorher. Alles, was ich wollte, war die Wahrheit.« Trotz der Tränen in seinen Augen empfand ich kein Mitleid.

»Du hast mich ausspioniert, egal, aus welchen Gründen. Du hast zugelassen, dass ich mich dir öffne, dir vertraue. Meinst du nicht, auch ich hätte die Wahrheit verdient gehabt? Wäre nicht nach unserem ersten Kuss ein guter Zeitpunkt gewesen, mir alles zu erzählen? Oder nachdem wir miteinander geschlafen haben? Zweimal? Gott, ich kann das alles nicht. Ich bin so dämlich, so verdammt naiv.« Ein weiteres Schluchzen, wobei ich gar nicht wusste, warum ich überhaupt weinte. Wegen des Vertrauensmissbrauchs? Wegen meiner Dummheit? Oder weil ich den einzigen Menschen verlor, der mir wirklich etwas bedeutete? Der nicht nur mein Strahlen, sondern vor allem meine pechschwarze Nacht gesehen hatte und trotzdem geblieben war? Ich hatte ihm alles gegeben, während er mich belogen hatte.

»Ich wollte es dir sagen, immer wieder. Aber es ist jedes Mal etwas dazwischengekommen. Und ich hatte Angst. Angst, dass du mich wegstößt, während da draußen jemand ist, der dich bedroht, der sogar bei dir einbricht … Wie hätte ich es dir da erzählen können? Wie hätte ich dich einweihen sollen, wenn ich damit riskiert hätte, dass du mich wegschickst und dir etwas passiert?«

Bei seinen Worten brach mein Herz erneut. Nicht mal mehr die zwei Teile blieben übrig.

Ich werde nicht zulassen, dass dir irgendjemand wieder wehtut. Ich passe auf dich auf. Ich *passe auf dich auf.* Passe auf dich auf. *Ich werde nicht zulassen, dass dir irgendjemand wieder wehtut.* Wieder wehtut. Wieder wehtut. **Ich passe auf dich auf.**

»Du hast gesagt, du wirst nicht zulassen, dass mir irgendjemand wieder wehtut. Aber was, wenn du die Person bist? Was, wenn du mir mehr wehgetan hast als irgendjemand anderes?« Meine zitternde Stimme verlor die Kraft. *Ich* verlor die Kraft.

»Ich wollte dich nie verletzen.«

Ich hob den Kopf. »Wirklich nie? Nicht einmal, als du geglaubt hast, ich wäre die Mörderin deiner Schwester? Schau mir in die Augen und sag mir, dass du immer nur die Wahrheit wolltest und sie nie gegen mich verwendet hättest. Sag mir, dass du zu mir gestanden hättest, selbst wenn ich die Schuld an ihrem Tod getragen hätte.«

Wyatt schluckte. Er öffnete den Mund und schloss ihn wieder. Wie ein Fisch auf dem Trockenen. Wie ein Ertrinkender. Sollte er ertrinken. Er hat sich schließlich sein eigenes Grab geschaufelt.

»Das kann ich nicht.«

Sobald er diese Worte gesprochen hatte, löste ich meinen

Griff um die Couch und ging in mein Zimmer. Ich holte meinen Koffer hervor, den ich tatsächlich nie ausgepackt hatte. Wie lange waren wir eigentlich schon hier? Zwei Wochen? Drei? Oder doch nur eine? Wie lange war Wyatt in meinem Leben? Die Tage und Wochen waren verschwommen, die Ereignisse hatten sich überschlagen, sodass ich nicht mehr wusste, wo oben und unten war. Meine Bluse, die immer noch nach ihm roch und nach allem, was wir getan hatten, tauschte ich gegen einen zu großen Hoodie und schlüpfte in eine enge Leggings. Danach starrte ich auf die Bluse. Auf gar keinen Fall wollte ich sie mit nach Hause nehmen. Also schmiss ich sie kurzerhand in den Müll.

Die Rollen meines Koffers kratzten auf dem Parkett, aber das war mir egal. Ich suchte gerade nach dem Autoschlüssel, da tauchte Wyatt vor mir auf.

»Was hast du vor?« Angst lag in seinen Augen. In seiner Stimme. Gut so. Er sollte mich fürchten.

»Verschwinden. Ich werde keine Sekunde länger mit dir unter einem Dach bleiben.« Als ich den Schlüssel gefunden hatte, schloss ich meine Hand ganz fest um ihm. Gleich wäre ich hier weg. Gleich würde alles gut werden.

»Lori, du kannst nicht gehen. Wir wissen noch gar nicht sicher, ob wirklich Griffin hinter den Nachrichten steckt oder doch jemand anderes! Was, wenn die Person noch dort draußen ist und bloß darauf wartet, dass du allein bist? Bitte, du darfst nicht gehen. Wenn dir etwas passiert, könnte ich mir das niemals verzeihen«, flehte er mich an. Seine Hand streckte sich nach mir aus, wollte mich an der Schulter berühren, doch ich riss mich los.

»Daran hättest du denken sollen, bevor du mich hintergangen hast. Weißt du, Wyatt, du warst die erste Person, für die ich so empfunden habe. So viel. So ehrliche Gefühle. Ich habe noch nie jemandem so vertraut wie dir, mich bei einem Menschen so zu Hause gefühlt wie bei dir. Doch das war wohl alles nur eine Illusion.«

Ich spürte die Träne regelrecht, die Wyatts Wange hinabrann.

»Aber sieh es positiv, jetzt hast du eine gute Story, mit der du dich dumm verdienen kannst. Die Welt wird dich lieben, wenn du ihr die echte Loraine zeigst. Wobei es die gar nicht mehr gibt. Sie ist nämlich zusammen mit dem, was zwischen uns war, gestorben.« Ohne mich noch einmal umzusehen, öffnete ich die Tür und verließ mein Haus in Italien. Mein Haus, das immer nur ein Gebäude gewesen war, bis Wyatt es zu einem Zuhause gemacht hatte. Mit seiner Anwesenheit. Mit seiner Art. Mit allem, was ihn zu ihm machte. Ich würde nie wieder auf der Terrasse essen können, ohne an ihn und seine Kochkünste zu denken. Nie wieder im Pool schwimmen, ohne ihn vor mir zu sehen. Nie wieder in meinem Bett schlafen, dass seins geworden war.

Ich würde das Haus verkaufen müssen. Doch was spielte das schon für eine Rolle? Es war bloß ein Gemäuer, das zu viel Geld gekostet hatte. Ich würde etwas anderes finden. Etwas, das genauso wenig ein Zuhause war wie dieses noch zuvor. Vielleicht war das mein Schicksal. Vielleicht hatte ich diese Lektion lernen müssen. Egal, wem ich vertraute, ich wurde enttäuscht. Ich war auf mich allein gestellt. Schon immer.

Nachdem ich meine Sachen im Auto verstaut hatte, fuhr ich los. Weg von dem Ort, an den ich nie wieder zurückkehren wollte. Passenderweise tobte ein Unwetter über mir. Regen fiel in Sturzbächen auf die Straße, während meine Augen

Ozeane weinten. Ein Schluchzer nach dem anderen überkam mich, die Tränen liefen und liefen, sodass die Straße langsam, aber sicher vor mir verschwamm. Ich konnte nicht weiterfahren.

Doch zum Glück gab es noch einen Menschen in meinem Leben, der mich nie hintergehen würde. Der immer da gewesen war. Immer da sein würde.

Als ich vor Lilahs Wohnung ankam, rief ich sie an, da ich keine Kraft hatte zu klingeln. Nach einer gefühlten Ewigkeit klopfte sie an meiner Autotür. Sobald ich ausstieg, zog sie mich in ihre Arme. Ich weinte, der Himmel weinte und irgendwann fing auch sie an zu weinen.

»Was brauchst du?«

»Ich will einfach nur nach Hause.« Nicht mal ihre Wohnung war genug Abstand. Ich wollte einfach nur weg von allem. Weg aus Italien. Weg aus meinem eigenen Körper.

»Das bekommen wir hin. Steig auf der anderen Seite ein. Ich fahre.«

41

I'll just mess it up again and again and again

Wyatt

Fuck. Fuck. Fuck.

»Fuck!«, schrie ich, doch Loraine hörte mich nicht. Sie war weg. Ich hatte ihr Herz gebrochen. Sie litt. Wegen mir.

Draußen schüttete es wie aus Eimern, trotzdem war sie in ihr Auto gestiegen. Kalter Schweiß lief mir über den Rücken. Ich suchte nach meinem Handy, das irgendwo auf der Couch lag, und rief sie an. Einmal. Zweimal. Doch sie ging nicht ran. Natürlich ging sie nicht ran.

Die Angst fraß sich durch mich, ließ mich frösteln. All das erinnerte mich nur zu gut an einen anderen Abend in meinem Leben. An den letzten Abend, an dem ich Daisy gesehen hatte. Beim Familienessen an Weihnachten, das völlig eskaliert war. Weil meine Mutter sich um sie gesorgt hatte, ihr die Veränderungen, die meine Schwester durchzog, Angst gemacht hatten. Die beiden hatten sich gestritten, hatten mich und meinen Vater mit reingezogen. Und auch wenn ich immer, wirklich immer, zu Daisy gehalten hatte, egal, was passiert war, war ich dieses eine Mal auf der Seite meiner Eltern gewesen. Weil ich meine ältere Schwester, zu der ich stets aufgeschaut hatte, selbst nicht mehr erkannt hatte. Mit ihren roten Haaren, der lässig-coolen Art, die nie zu ihrer quirligen Natur gepasst hatte. Nichts hatte mehr an die Person erinnert, mit der ich aufgewachsen war. Die ich mehr geliebt hatte als sonst einen Menschen auf dieser Welt. Wir waren immer ein Team gewesen, bis es plötzlich geheißen hatte: *sie gegen uns.*

Damals war sie einfach gegangen. Im Schneeregen war sie weggelaufen, um einen spontanen Flug nach London zu nehmen. Unseren Streit hatten wir zwar irgendwann klären können. Über Facetime. Mehr oder weniger. Doch wiedergesehen hatte ich sie nicht. Ich hatte im Sommer zu ihr nach London gewollt. Sie hatte mir versprochen, sich für die Tage freizunehmen. Doch dazu war es nie gekommen. Deshalb blieb meine letzte richtige Erinnerung an sie dieser fatale Weihnachtsabend. Wo wäre sie heute bloß, wäre dieser Abend anders gelaufen? Oder wenn ich früher nach London gegangen wäre? Hätte ich ihr helfen können?

Ich sah Loraine vor mir, wie sie aus der Tür stürmte, ihren Koffer in der Hand. Blonde Haare wurden rot, Regen wurde zu Eis, Maiwärme zur Dezemberkälte. Die Bilder verschwammen ineinander, während ich zu Boden ging. Ich hatte sie verloren. Sie beide. Und es war meine Schuld. Immer nur meine Schuld.

Stumm betete ich, Lori würde umkehren. Zu mir zurückkehren. Doch sie kam nicht wieder. Durch die Tür, die immer noch offen stand, wehte der Regen herein, aber nicht sie. Ich musste sie finden, mit ihr reden. Sie anflehen, mir zu vergeben. Scheiße, ich hatte das alles doch nicht gewollt. Ich hatte herausfinden wollen, was mit meiner Schwester passiert war, weil die Ungewissheit mich jeden Tag mehr zerrissen hatte. Doch war es das wert gewesen? Das alles hier? Die ganze Wahrheit über jenen Abend kannte ich immer noch nicht mit Gewissheit, dafür hatte ich jedoch Loris gesehen. Und ihre Wahrheit hatte mir das Herz gebrochen. Bevor ich ihres gebrochen hatte. Vielleicht war es lächerlich, doch ich glaubte, den Moment gesehen zu haben, in dem ihr Herz brach. Ich hatte es in ihren Augen erkannt. Wie das Strahlen einfach erloschen war und da nur noch dieser tiefe, endlose Schmerz gewesen war.

Ich hatte diesen Schmerz verursacht.

Ich.

Und jetzt war sie allein da draußen, während Griffin immer noch frei war. Oder wer auch immer sonst hinter den Nachrichten steckte. Immer mehr sackte die Schwere der Situation zu mir durch. Angst durchzuckte mich. Schloss sich um meine Lunge und drückte zu. Aber ich durfte jetzt nicht in Panik verfallen, sondern musste irgendwie einen klaren Kopf bewahren. Ich musste etwas tun. Irgendetwas, um ihr zu helfen.

Da kam mir eine Idee. Meine Hände fuhren in meine Hosentasche, wo sie auf ein kleines Stück Plastik trafen. Der USB-Stick, den Loraine mir im Auto zugesteckt hatte.

Mein Herz beschleunigte sich. Vielleicht hatte ich doch noch eine Chance, sie zu beschützen. Mich packte eine neue Welle von Energie und ich erhob mich mit einem Ruck vom kalten Fliesenboden. Kurz überkam mich Schwindel, aber ich ignorierte ihn und ging mit schnellen Schritten in mein Zimmer, wo mein Laptop wartete. Bewaffnet mit meinem Equipment und neuer Entschlossenheit ließ ich mich zurück auf die Couch sinken. Sofort strömte Loraines Duft in meine Nase. Die Decke roch nach ihr. Mein Pulli roch nach ihr. Alles in ihrem Haus erinnerte mich an sie. Doch anstatt der Verzweiflung nachzugeben, nutzte ich sie als Ansporn.

Ich klickte mich durch die Ordner mit den merkwürdigsten Kürzeln, fand jedoch nichts. Bis ich auf einen mit der Bezeichnung *DSI* stieß. *Dear Sweet Innocence.* Vielleicht lag darin die Lösung, schließlich spielten die Nachrichten auf genau diesen Film an. Also öffnete ich ihn … und entdeckte einen Ordner mit dem Namen *Primula.*

Mein Herz setzte einen Schlag aus und mein Blick fiel auf das Tattoo, das sich über meinen Unterarm zog. Auf die zarten Efeuranken, durch die sich kleine Gänseblümchen schlängelten. Daisies. Insgesamt waren es zwanzig Stück. Die schwarze Farbe war unter meine Haut gestochen, damit ich sie niemals vergaß. Dann schaute ich wieder auf den Ordnernamen, während sich eine Erinnerung vor meine Augen schob.

»Von allen Blumen dieser Welt, warum haben Mom und Dad mich nach dem Gänseblümchen benennen müssen?«, stöhnte Daisy und ließ den Kopf in ihre Hände sinken.

»Gänseblümchen sind doch schön«, antwortete ich mit gerunzelter Stirn, während ich mich neben sie auf die kleine Holzbank an unserem Küchentisch fallen ließ.

»Sie sind langweilig und absolut gewöhnlich. Und weißt du, was das Schlimmste ist? Wir haben im Lateinunterricht eben einen Text übersetzt, in dem diese blöden Blumen vorkamen. Primula. Was ist das für ein Wort? Alle aus meiner Klasse nennen mich jetzt Primula, das ist doch ätzend!«

Primula. Der lateinische Begriff für Gänseblümchen.

Mit zitternden Fingern klickte ich auf den Ordner. Mehrere Dateien erschienen, darunter auch abgespeicherte E-Mails. Voller Anspannung begann ich zu lesen.

An: alexander.silverstone@silverlake-actors.uk
Von: g.west@west-actors.uk
Betreff: primula difficile

Alexander,
ich dachte, wir hätten eine Vereinbarung. Daisy verbreitet die ganze Zeit Gerüchte über Loraine, das muss sofort aufhören. Ich habe dich nicht bezahlt, damit sie zwar die Rolle bekommt, ihre Karriere aber vor dem richtigen Anfang durch dein Tratschweib von Schauspielerin ruiniert wird. Kümmere dich darum oder das war's mit der Zusammenarbeit.

An: g.west@west-actors.uk
Von: alexander.silverstone@silverlake-actors.uk
Betreff: Re: primula difficile

Griffin,
entschuldige die Umstände. Die Gerüchte stammen nicht von Daisy, sondern von einer anderen Person. Anscheinend wollte sie die beiden gegeneinander aufhetzen. Aber wir klären die Situation intern.

An: alexander.silverstone@silverlake-actors.uk
Von: g.west@west-actors.uk
Betreff: Re: Re: primula difficile

Ich will, dass diese Person entlassen wird, wenn es nicht sofort aufhört. Oder unsere ganze Zusammenarbeit hört auf. Wenn das hier an die Öffentlichkeit gerät, dann schadet es dir mehr als mir.

An: g.west@west-actors.uk
Von: alexander.silverstone@silverlake-actors.uk
Betreff: Re: Re: Re: primula difficile

Ich kümmere mich darum. Delia kann nicht entlassen werden, dafür sehe ich zu viel Potenzial in ihr. Aber sie wird nicht mehr gegen Loraine hetzen, du hast mein Wort. Wer weiß, vielleicht können wir die zwei ja mal zusammen in einen Film stecken? Glaube, da könnten wir wieder gut voneinander profitieren.

Da war ein Gefühl. Ganz winzig. Doch innerhalb von Sekunden wurde aus dem kleinen Funken ein Großbrand, der alles verschlang. Meine Hände zitterten, mein ganzer Körper bebte, als ich den Internetbrowser öffnete.

Daisy Moore Delia. Es brauchte nur drei Worte und mein Herz hörte auf zu schlagen, meine Lunge arbeitete nicht mehr und ich war mir sicher, dass die Welt einen Moment stehen blieb.

Ich entdeckte ein Foto, das auf einer Feier der *SilverLake Agency* vor einigen Jahren aufgenommen worden war. Darauf war meine Schwester zu sehen, doch sie zog nicht meine Aufmerksamkeit an sich. Denn da war noch jemand. Die roten Haare, der fransige Pony, der leicht ihre Brauen bedeckte, die hellblauen Augen. Sie war wie ein Ebenbild von Daisy, trug exakt die gleiche Frisur, hatte die exakt gleiche Augenfarbe – was Zufall sein könnte. Nur wusste ich, wie sie inzwischen aussah. Mit ihren blauen Augen, die viel dunkler als auf dem Bild waren, und den langen blonden Haaren. Sie war immer noch ein exaktes Ebenbild. Nur nicht mehr von Daisy, sondern von Loraine.

Delia. Delilah D'amelio. Lilah. Loraines beste Freundin.

42

Lori, oh Lori, you're so fucking clueless

Loraine

Mein Kopf lehnte an der kühlen Glasscheibe und mein Blick klebte auf der Straße. Beobachtete, wie der Regen die Welt in seinen grauen Mantel hüllte, während die Sonne unterging. Sie hatte ihr letztes Licht gestrahlt, und als es endgültig dunkel war, fühlte auch ich mich, als hätte ich selbst mein letztes Leuchten verbraucht. Als wäre da nichts Helles mehr in mir, sondern nur noch diese Finsternis, die alles einnahm. Ich hatte Wyatt verloren, die einzige Person, für die ich je so etwas wie Gefühle empfunden hatte. Jede Beziehung, die ich bisher eingegangen war, war mehr Promotion gewesen als wahre Liebe. Gemocht hatte ich sie alle, geliebt jedoch nie. Wir hatten Berührungen getauscht, aber nie Zärtlichkeiten. Worte, aber nie Wahrheiten. Wyatt hatte alles bekommen. Ein Fehler, den ich nie wieder begehen würde.

»Hier, trink deinen Tee, das hilft.« Lilah strich mir zart über den Arm und deutete auf einen Becher im Getränkehalter. Keine Ahnung, wie sie daran gedacht hatte, doch genau dafür liebte ich sie. Wir hatten die letzten Tage kaum gesprochen, seit unserem Restaurantbesuch – seit ich sie hatte sitzen lassen – hatten wir uns nicht gesehen. Trotzdem war sie gekommen. Ohne zu zögern. Und hatte mir dann auch noch etwas mitgebracht, was mir beim Runterkommen half.

Sofort nahm ich einen Schluck. Heiß war der Tee nicht mehr, dennoch wärmte er mein Inneres. Ein süßer Geschmack legte sich auf meine Zunge.

»Es tut mir so leid, Lilah, ehrlich. Dass ich dich sitzen gelassen habe. Dass ich Wyatt mehr vertraut habe als dir. In meinem Kopf herrscht so ein Chaos, ich will einfach nur nach Hause.« Weitere Tränen flossen über meine Wangen. Wirklich aufgehört zu weinen hatte ich nie. Mein ganzes Gesicht schmerzte von den vielen Tränen, meine Augen brannten.

Ich nahm noch einen Schluck. Doch statt der Süße schmeckte ich nun etwas anderes. Ein bitterer Nachgeschmack breitete sich auf meiner Zunge aus. Ich schmatzte kurz, in der Hoffnung, der Geschmack würde verschwinden. Stattdessen wurde die Note stärker. Metallisch, als hätte ich mir auf die Zunge gebissen.

»Was ist das für ein Tee?«, fragte ich. Warum klang ich so merkwürdig? So benommen? Warum fühlte sich alles so schwer an?

»Einer, der hilft.«

Ich hob den Kopf, blickte meine beste Freundin an. Auf ihren Lippen lag ein Lächeln, doch irgendwas war falsch. Die Welt um mich verschwamm in tiefer, endloser Schwärze.

Alles drehte sich, wackelte. Eine Hand schüttelte mich. Ganz sanft, doch trotzdem viel zu grob. Warum wurde ich geweckt? Mitten in der Nacht? Warum war mir so schlecht und warum tat alles so weh? Mein Kopf, mein Körper. Nichts gehorchte mir mehr.

»Es wird Zeit, dass du aufwachst, Lori.« Eine helle Stimme drang zu mir durch. Streng und ganz klar.

Krampfhaft versuchte ich, die Augen zu öffnen, blinzelte mehrfach, bis sich langsam die Welt vor mir visualisierte. Lilah saß neben mir, ihr Gesicht nahm mein Sichtfeld ein. Nur hatte ich keine Ahnung, wo wir waren. Ich erkannte die Umrisse nicht, kannte die Möbel nicht. Das Sofa, auf dem ich lag. Der kleine Raum, der sporadisch eingerichtet war und nichts von Lilahs üblichem Charme besaß.

Ich wollte etwas sagen, sie fragen, was passiert war und wo wir waren. Ich versuchte, mich zu drehen, doch jede Bewegung brachte meine Welt erneut ins Schwanken. Lilah reichte mir ein Glas Wasser, bevor sie kurz verschwand.

Das Glas zitterte, der Inhalt lief mir über die Hand und auf die kratzige Wolldecke. Ich wollte sie wegstrampeln, aufspringen, doch mein Körper folgte keiner dieser Anweisungen. Vielleicht weil mein Verstand immer noch nicht da war, weil ich immer noch nicht begriff, was hier vor sich ging.

»Was ist hier los?«, fragte ich mit rauer Stimme, als Lilah zurück in den Raum kam. Warum hatte ich geschlafen? Ich war doch gar nicht müde. Ich … »Was war das für ein Tee?«

»Nur Kräutertee. Mit etwas Schlafmittel, damit du nicht noch mehr Chaos verursachst.« Sie lächelte, doch es war nicht freundlich.

»Was? Warum? Ich verstehe gar nichts, ich … wo sind wir hier? Das ist doch nicht deine Wohnung, was …?« Ich richtete mich auf, versuchte hochzukommen, doch Lilah drückte mich zurück ins Laken. Mit aller Kraft flehte ich meinen Körper an, sich zu wehren. Nur reagierte er kaum.

»Na, na, bleib liegen.« Ihre ganze Haltung, wie sie da mit verschränkten Armen stand und mich missbilligend musterte, schrie nach Abneigung. Einer Abneigung, die niemand für seine beste Freundin empfinden sollte. Egal, wie sehr man sich vielleicht gestritten hatte.

»Wovon sprichst du?«

»Ach, Süße. Du bist einfach so unfassbar naiv. Deshalb hat es auch so viel Spaß gemacht, mit dir zu spielen.«

Mir wurde heiß und kalt. Ein Impuls schoss durch mich und ich richtete mich erneut auf. »Zu spielen? Was meinst du damit, Lilah? Warum hast du mich hierhergebracht? Und mich unter Drogen gesetzt? Kannst du mir bitte erklären, was hier vor sich geht?«

»Ich sorge dafür, dass du endlich das bekommst, was du verdienst«, sagte sie schulterzuckend. Beinahe gleichgültig, und ich begann, bei der Kälte in ihrer Stimme zu zittern.

»Was?« Die Verzweiflung kochte in mir hoch und ich wollte weinen. Oder schreien. Allerdings fehlte mir die Kraft für beides.

»Hast du es immer noch nicht verstanden, Loraine? Ich habe dir die Nachrichten geschickt, die Informationen an die Presse verkauft! *Ich* war das!« Ihre Stimme wurde lauter und ich zuckte heftig zusammen. Vor dem Ton und den Worten, die alles einfach zerbrechen ließen. Wie eine Glaskugel, die auf dem Boden aufprallte.

»Du?«, platzte es aus mir heraus und ich versuchte, von ihr wegzurutschen. Doch in meinem Rücken befand sich die Wand und das Bett war zu klein.

»Du hattest wirklich keine Ahnung, oder? Ach Lori. Süße, naive Lori.« Sie schenkte mir einen höhnischen Blick.

In mir tobten so viele Gefühle, so viele Instinkte, dass ich keinem folgen konnte. Wie erstarrt, wie versteinert verharrte ich.

»Eigentlich hatte ich all das schon viel früher vor. Schon damals. Nach Daisy. Nachdem du mir die Rolle in *Dear Sweet Innocence* weggeschnappt hast.«

Ich blinzelte, kam nicht mehr mit. »Du wurdest für die Rolle doch gar nicht in Betracht gezogen.«

Anscheinend waren meine Worte genau die falsche Reaktion, denn Lilah funkelte mich wütend an. »Richtig. Weil es unserer Managerin immer nur um Daisy ging, und das, obwohl sie so kompliziert war. Ich hätte jede der Rollen angenommen, die sie abgelehnt hat, weil sie sich für etwas Besseres hielt. Ich war genauso talentiert wie sie, trotzdem wurde ich nicht mal für *Dear Sweet Innocence* vorgeschlagen. Doch das hätte sich geändert – wenn du nicht gewesen wärst.«

Ich starrte sie an, verstand immer noch kein Wort. »Wovon sprichst du?«

Lilah stöhnte beinahe genervt auf. »Hast du es etwa noch nicht kapiert? Ich habe Daisy ausgeschaltet. Ich dachte mir: Wenn sie weg ist, dann werden die Produzenten erkennen, dass ich perfekt für den Film bin. Und die Welt wird sehen, dass ich besser bin, als Daisy es je hätte sein können. Ich wollte ihren Platz einnehmen. Aber dann hast du mir die Rolle weggenommen, bevor ich ihnen überhaupt zeigen konnte, was in mir steckt.« Sie schnaubte und schüttelte den Kopf, als hätte sie nicht gerade gestanden, Daisy etwas angetan zu haben.

»Du … du hast was?« Panik schnürte mir die Kehle zu. Nahm mir die Kraft zu atmen. Zu denken. Lilah hatte Daisy getötet? Aus Eifersucht? Aus Konkurrenz? Obwohl sie nicht mal in der engeren Auswahl für den Film war und alle wussten, dass die Entscheidung entweder auf Daisy oder mich fallen würde? Das alles ergab überhaupt keinen Sinn. Nicht im Geringsten.

Doch in Lilahs Augen war klar zu erkennen, dass sie das anders sah. In ihrer Vorstellung hätte ihr Plan funktionieren müssen, weil sie geglaubt hatte, dass Daisy das Einzige war, was ihr im Weg stand. Sie war so sehr auf sie fokussiert gewesen, dass sie die Tatsachen in ihrem Kopf völlig verdreht hatte.

Ich wollte hier weg. Wieso war ich bloß gegangen? Wieso hatte ich nicht auf Wyatt gehört, als er mich gewarnt hatte, der Täter könnte noch draußen sein?

Weil ich wütend auf ihn gewesen war. Immer noch war. Nur verschwand das gerade unter dem Chaos, das meine eigentlich beste Freundin kreiert hatte. Ich hätte alles dafür gegeben, jetzt bei ihm zu sein. Denn sein Vertrauensbruch war nichts gegen das, was Lilah getan hatte. Lilah, die … die wohl nie meine Freundin gewesen war.

Langsam begann sie, in dem kleinen Zimmer auf und ab zu laufen. »Erst wollte ich Daisy psychisch brechen, indem ich die Konkurrenz zwischen euch angekurbelt habe. Deshalb habe ich Gerüchte über dich verbreitet und sie Daisy angehängt. Ich hatte gehofft, sie würde aufgeben, wenn die Spannungen zwischen euch zu stark würden. Dass ich damit auch deinem Ruf schaden würde, war ein netter Bonus. Aber Daisy ist nicht eingeknickt und ich habe eine andere Lösung gebraucht. Also habe ich ihr auf der Party etwas ins Getränk gemischt. Sie hat von sich aus nie Alkohol getrunken, wusstest du das? Entweder hatte sie das Glas bloß als Alibi in der Hand oder sie hat sich alkoholfreien Sekt an der Bar organisiert. Zum Glück hat sie daraus ein Geheimnis gemacht, weshalb niemand irritiert war, als sie den Unfall hatte. Und zum Glück ist es wirklich kein Hexenwerk, hinter eine unterbesetzte Bar mit überfordertem Personal zu huschen und jemandem etwas ins Getränk zu mischen. Vor allem, wenn du in einer Agentur bist, in der Drogen wie Smarties umhergehen.« Sie schnaubte und verdrehte die Augen. »Mich danach in die Daten der Gerichtsmediziner zu hacken und den toxikologischen Bericht zu manipulieren, damit davon keine Spuren, sondern zu viel Alkohol gefunden wurde, war ebenfalls ein Kinderspiel. Schließlich bin ich ein Informatik-Genie, sonst hätte all das hier nicht so funktioniert, wie ich das wollte. Eigentlich wollte ich auch mit eurem hübschen Streit an die Öffentlichkeit, was das Bild des tragischen Unfalls noch unterstützt hätte. Doch dann hast du die Rolle bekommen und ich habe mir dieses Geheimnis lieber noch etwas aufgespart. Für den richtigen Moment.«

Meine Hände krallten sich in die Decke, während ich mich vorsichtig erneut umschaute. Ein kleiner Tisch. Ein Fenster, durch das kein bisschen Licht eintrat. Ich sah keine Tür, doch irgendwo musste eine sein. Vielleicht in meinem Rücken? War das hier der einzige Raum oder gab es noch mehr? Scheiße …

»Weißt du, was wirklich traurig ist?«, fragte sie plötzlich, woraufhin ich wieder zu ihr schaute. Der Ausdruck in ihren Augen war fast schon bedauernd. »Eigentlich wollte ich dich damals schon vernichten. Ich war mir nur nicht sicher, ob der Streit mit Daisy reichen wird. Deshalb habe ich mich mit dir angefreundet. Um an deine Geheimnisse zu kommen und deinen Ruf zu ruinieren. Doch du warst netter als gedacht und ich dachte, wir könnten tatsächlich Freundinnen werden. Aber dann hast du mir, ohne mit der Wimper zu zucken, noch eine Rolle weggeschnappt und nicht einmal den Mumm gehabt, mir davon zu erzählen.«

»Wie bitte?«, flüsterte ich, dabei durchsickerte mich bereits eine Ahnung.

»Du gibst es immer noch nicht zu? Dass du mir die Rolle von Disney gestohlen hast? Obwohl ich sie so sehr brauchte? Du warst meine Freundin und hast mir die eine Sache genommen, die ich unbedingt wollte!«, schrie sie, und als die erste Träne über ihre Wange lief, wollte ich sie in den Arm nehmen. Ein absolut widerliches Bedürfnis, doch wie sollte mein Herz verstehen, dass es sich nicht mehr um Lilah sorgen durfte?

»Ich habe mit den Nachrichten angefangen, weil ich dir eine Chance geben wollte. Ich wollte wissen, ob du mir von dir aus die Wahrheit sagen würdest. Deshalb habe ich dir auch nichts von der Absage erzählt, die ich bereits kurz nach dem Casting erhalten habe. Oder davon, dass mir jemand bei *SilverLake* gesteckt hat, dass du die Rolle stattdessen bekommen hast. Doch egal, wie viele Möglichkeiten ich dir gegeben habe, mir das Ganze zu beichten, egal, wie sehr ich dich psychisch unter Druck gesetzt habe, du hast mich angelogen. Die ganze Zeit. Du bist durch meinen letzten Test durchgefallen. Also habe ich die Artikel veröffentlicht, um langsam deinen Ruf zu ruinieren. Deine Karriere sollte an dem Tiefpunkt anlangen, an dem meine deinetwegen bereits war.« Sie schüttelte den Kopf, atmete tief durch. Und als sie ihren Fokus wieder auf mich richtete, sah ich den Zorn in ihren Augen.

Mein Herz raste und ich krallte mich in den Stoff der Decke. Völlig hilflos. »Ich wollte diese Rolle doch nie! Bis vor ein paar Tagen wusste ich nicht mal, dass mein Manager dem

Ganzen zugestimmt hat. Obwohl er wusste, dass ich sie ablehnen wollte. Als ich davon erfahren habe, habe ich ihm klar gemacht, dass ich sie nicht annehmen würde. Eben weil du die Rolle wolltest. Die Konsequenzen einer Absage waren mir egal, mir ging es nur um dich! Weil unsere Freundschaft mir wichtiger als irgendeine Rolle ist.« *War.* Sie war mir wichtiger gewesen. Doch das Einzige, was mir noch blieb, war, so gut es ging, an ihre Gefühle zu appellieren. Sie musste mir einfach glauben. Eine andere Chance hatte ich nicht. Zumal alles davor der Wahrheit entsprochen hatte.

»Denkst du wirklich, ich falle auf deine Tränen rein? Lori, ich habe genug Filme von dir gesehen und vor allem genug Zeit mit dir verbracht, um zu wissen, wie leicht du weinen kannst. Und selbst wenn es so gewesen wäre, denkst du echt, das ändert noch etwas? Meine Karriere ist vorbei. Diese Rolle war meine letzte Chance. Meine Managerin hat unseren Vertrag aufgelöst – wegen dir!«

»Das … das wusste ich nicht! Warum hast du mir das nie erzählt? Wenn ich das geahnt hätte, ich … ich hätte dir irgendwie helfen können … ich …«, stammelte ich vor mich hin. Denn da war immer noch Mitgefühl in mir für das Leid, das Lilah widerfahren war.

»Dann was? Dann hättest du mir nicht meine letzte Chance gestohlen? Oder aus Mitleid versucht, für mich eine Nebenrolle zu bekommen? *Arme kleine Lilah, alleine schafft sie es nicht, deshalb muss Lori ihr immer helfen.*« Ihre Stimme wurde schrill, während sie belustigt den Kopf schüttelte. »Nein, danke, ich brauche deine Hilfe nicht. Dafür ist es zu spät. Du bist eine Verräterin, so wie ich es dir an die Wand geschrieben habe. Und nicht mal da bist du auf die Idee gekommen, mir endlich die Wahrheit zu sagen.«

»Also bist *du* bei mir eingebrochen? Aber … aber wie?«

»Ach Lori, ich kenne deine Villa doch fast so gut wie du. Mit dem Boot kommt man da easy rein. Und wenn es eins in Amalfi gibt, dann Boote.«

Ich erschauderte, so kalt klang ihre Stimme. »Und das mit Griffin? Wie hast du das gemacht? Die Nachrichten wurden aus seinem Hotel gesendet.«

»Weißt du eigentlich, wie unfassbar leicht es ist, jemanden auszuspionieren? Ein kleiner Stick, den ich in dein Handy gesteckt habe, als du es mir zum Laden gegeben hast, und schon hatte ich Zugriff. Konnte sehen, mit wem du schreibst, mit wem du telefonierst oder auch einfach nur zuhören, wenn dein Handy bei dir war. Als ich von eurem Plan mit der Stillen SMS gehört habe, war es wirklich keine Kunst, kurz in Griffins Hotel zu fahren und das Handy dort anzuschalten.«

Ich versuchte, das alles irgendwie zu verarbeiten. All die Informationen, all die Geständnisse. Bis sich mir plötzlich eine ganz andere Frage aufdrängte. Mein ganzer Körper begann zu zittern. »Warum … warum erzählst du mir das alles?« Warum weihte sie mich in ihre Straftaten ein? Ich zitterte am ganzen Körper, während Kälte und Hitze mich im Wechsel durchliefen.

Sie legte ihren Kopf schief. »Eigentlich wollte ich dir einfach bei deinem Untergang zuschauen und dann deinen Platz einnehmen, aber die Artikel haben dich ja nicht mal gestört, weil du viel mehr damit beschäftigt warst, etwas mit deinem Bodyguard anzufangen. Weißt du … ich habe nachgedacht: Wie kann ich dich für deine Taten bestrafen und dich gleichzeitig endgültig loswerden, um dich zu ersetzen?«

Sie ließ sich wieder auf das Bett fallen, und obwohl uns gut ein Meter trennte, stieg mir ihr vertrautes Parfüm in die

Nase. Der Duft, der sonst immer eine beruhigende Wirkung hatte, löste nun die blanke Angst aus. Vor dem, was sie als Nächstes sagen würde.

»Es gibt eine ganz einfache Lösung für all meine Probleme. Erst veröffentliche ich zwei weitere Artikel, die schon in den Startlöchern stehen und in Kürze online gehen. Die Wahrheit über dich und Daisy. Über euren Streit, nach dem sie sich betrunken hat. Hätte ich es direkt damals veröffentlicht, wer weiß, vielleicht hätte die Presse noch einen Weg gefunden, dich zum Opfer zu machen. Aber jetzt? Nach all der Zeit, die du diese wichtige Wahrheit einfach verschwiegen hast? Oh, Lori, das macht dich leider ganz schön unsympathisch. Und dann der letzte Schachzug: einen über deine Familiengeschichte, nur müssen dafür die Fakten so gedreht werden, dass du deine Mutter zurückgelassen hast, als du reich wurdest. Deine arme, kranke Mutter, die alles für dich getan hat und die du einfach verlassen hast. Das wirft leider gar kein gutes Licht auf dich. Und wer würde unter all der schlechten Presse und dem Hass der Gesellschaft nicht zerbrechen? Ich sehe den Titel schon vor mir: *Nach dramatischen Enthüllungen und Liebesdrama: Schauspielerin nimmt sich das Leben.*«

Lilah malte Anführungszeichen in die Luft, bevor ihr Blick wieder meinen fand. Und zum ersten Mal realisierte ich, dass ihre Augen gar nicht blau waren. Sie waren grau und füllten sich langsam mit Tränen, die sie sich hastig wegwischte.

»Es ist tragisch, was mit Lori passiert ist. Ich wünschte mir, sie hätte mit mir geredet. Mir vertraut. Wenn ich es nur geahnt hätte.« Ein Schluchzen drang über ihre Lippen, *»Aber sie hätte sowieso nicht auf mich gehört. Schließlich habe ich sie auch vor dem Personenschützer gewarnt, an dem mir irgendwas komisch erschienen*

war. Doch … doch sie wollte es nicht wahrhaben. Er hat sie für Publicity benutzt, all ihre Geheimnisse der Presse verraten und jetzt … jetzt ist sie fort.« Kaum hatte sie zu Ende gesprochen, schniefte sie noch einmal, bevor ihre Miene wieder ganz kalt wurde. »Als trauernde beste Freundin werden mir Millionen zuschauen. Dein Suizid wird die Welt erschüttern, aber ich bin da, um dich zu ersetzen. Keine Sorge, sie werden schnell über dich hinwegkommen.«

»Das kann doch nicht dein Ernst sein!«, schrie ich und versuchte, mich zu erheben. Mich irgendwie zu bewegen. Doch ich hatte keine Kraft. Meine Glieder gehorchten mir nicht.

43

I will turn the world upside down to find you

Wyatt

Ich war wie ein Roboter. Jede meiner Bewegungen maschinell gesteuert. Ich dachte nicht nach, sondern handelte einfach nur. Ein Schritt nach dem nächsten.

Lilah hatte Daisy und Lori gegeneinander aufgehetzt. Sie hatte Gerüchte über Lori erzählt und sie Daisy angehängt. Doch war das schon alles? Was hatte sie noch getan? Könnte es sein, dass … dass sie etwas mit Daisys Tod zu tun gehabt hatte? Offensichtlich war ihr meine Schwester ein Dorn im Auge gewesen …

Und was war mit Lori? Immerhin waren die Gerüchte über sie gewesen. Wie passte das damit zusammen, dass Lilah jetzt ihre Freundin war? War sie das überhaupt … oder war das alles nur Show? War es vielleicht möglich … konnte es sein, dass gar nicht Griffin, sondern sie hinter den Nachrichten steckte? Wollte sie Lori zerstören, so wie sie es vielleicht mit Daisy getan hatte? Aber wieso?

Doch der Grund war jetzt egal. Ich musste zu Loraine. Sofort. Denn was, wenn sie nach ihrem Streit direkt zu Lilah gefahren war? Und sollte Lilah wirklich bereits eine

Konkurrentin aus dem Weg geschafft haben, was hielt sie davon ab, das noch mal zu tun? Ich wurde einfach das Bild nicht los: Delia mit roten Haaren, als sie mit Daisy konkurrierte, und jetzt Lilah mit blonden Haaren, als beste Freundin von Lori. D wie Daisy und L wie Lori. Das war … ich fand gar kein Wort dafür. Sie war eine Bitch. Kaltherzig, grausam, aber leider auch verdammt schlau.

Was sie jedoch nicht bedacht hatte, war, dass ich mein eigenes Spiel gespielt habe.

Ich suchte mein iPhone, das in all dem Chaos zwischen die Kissen des Sofas gefallen war, und öffnete die App mit dem grünen Suchkreis. Die eigenen Geräte orten zu können, war unfassbar praktisch, vor allem wenn man sie dazu nutzen konnte, jemandem zu folgen.

Ich erkannte, wie das kleine Schlüsselsymbol sich immer weiter von mir entfernte. Loraine war also noch mit dem Auto unterwegs. Vielleicht lag ich mit meiner ersten Angst, sie könnte Lilah kontaktiert haben, ja doch falsch? Doch da kam das Symbol plötzlich zum Stehen. Irgendwo im Nirgendwo.

»Fuck«, fluchte ich und sprang auf. Falls Lilah doch bereits bei ihr war … was, wenn sie meinen kleinen Peilsender entdeckt und nun entsorgt hatte? Eiskalter Schweiß lief mir die Wirbelsäule herunter, während ich den Schlüssel für die kleine Vespa schnappte und nach draußen stürmte. Ich hatte keinen Helm, keine Jacke griffbereit, doch das war mir scheißegal. Dann würde ich eben ohne fahren. Ich konnte keine Sekunde mehr vergeuden.

Die Reifen rasten über den Asphalt und der Wind peitschte mir ins Gesicht. Der Tacho zitterte bereits warnend, doch ich ignorierte ihn. Ich musste so schnell es ging zu dem angezeigten Ort, bevor es zu spät war.

In meinem Kopf entstand ein Szenario nach dem nächsten. Eines schlimmer als das andere. Was, wenn ich zu spät kommen würde? Wenn Lilah bei ihr war? Wenn sie bereits gehandelt hatte? Wenn der Wagen gegen eine der Schluchten gekracht war oder gar von ihnen gestürzt war?

Das Aufheulen des Motors wurde vom prasselnden Regen verschluckt, während ich versuchte, auf der nassen Straße nicht die Kontrolle zu verlieren.

Ich musste sie finden. Ich musste sie finden. Ich. Musste. Sie. Finden.

Ich empfand einen Hauch von Erleichterung, als mein Airtag mich nicht zum Rand einer Klippe oder dem Wrack eines Autos führte. Jedoch kochte das Adrenalin erst richtig hoch, sobald ich den kleinen babyblauen Fiat vor einem winzigen Haus entdeckte. Von Loraine keine Spur. Warum sollte sie in irgendein abgelegenes Haus fahren, wenn sie doch wusste, dass jemand es auf sie abgesehen hatte?

Die Antwort war einfach, schmerzhaft einfach: Lilah hatte sie hierhergebracht.

Ich sandte stumme Gebete zu wem auch immer, dass ich mich täuschte. Dass alles gut ausgehen würde. Ich durfte sie nicht verlieren. Nicht auch noch sie. Schwindel packte mich, als die Panik mich überrollte. Aber ich durfte jetzt nicht nachgeben.

Was würden die Charaktere aus den Krimis, die meine Eltern früher so gerne mit Daisy und mir geschaut hatten, wohl tun? Mein erster Impuls war es zu schreien. Nach Lori zu rufen, meinetwegen so lange, bis meine Stimme nachgab. Ich würde ganz Italien durchsuchen, wenn es nötig wäre.

Der vernünftige Gedanke war jedoch, mich leise dem Haus zu nähern. Mir erst mal einen Überblick zu verschaffen. Wie lange diese ruhige Vernunft halten würde, war eine Frage für sich. Mein rasender Puls ließ mich nichts Gutes hoffen.

Meine Schuhe knirschten auf dem steinigen Boden, was mich unwillkürlich das Gesicht verziehen ließ. Trotzdem schaffte ich es anscheinend ungesehen bis zur Tür, an der ich lauschte. Erst vernahm ich nur das Rauschen in meinen Ohren. Mein wild schlagendes Herz. Dann atmete ich bedacht ein und aus und hörte auf einmal Stimmen. Ganz dumpf. Ganz leise. Doch ich erkannte sofort, dass es sich um zwei Frauen handelte.

»… dein Suizid wird die Welt erschüttern, aber ich bin da, um … werden schnell über dich hinwegkommen.«

»Das kann doch nicht dein Ernst sein!« Loraines Schrei ging mir durch Mark und Bein. Erschütterte mein Inneres und sorgte dafür, dass ich nur noch rot sah. Scheiß auf Vorsicht. Scheiß auf den Plan, den Überraschungsmoment zu nutzen.

Mit all meiner Kraft – meinem Trainer an der Polizeiakademie sei Dank – trat ich gegen die Tür, bis sie unter der Gewalt aufbrach. Das Holz knackte.

»Lori!«, schrie ich, als ich ins Innere stürmte.

Lilah starrte mich mit aufgerissenen Augen an. Doch wo war Loraine? Ich sah sie nicht. Und es gab keine Tür, die irgendwohin führen konnte. Nur ein kleiner Holztisch in der winzigen Küche und das alte Sofa. Das Sofa, auf dem ich endlich Loraine entdeckte – in sich zusammengesunken. Mit geweiteten Augen starrte sie mich an. Angst und Dankbarkeit und Trauer schwammen in ihnen um die Wette.

»Was tust du denn hier?«, fragte Lilah, während sie sich hektisch nach etwas umsah. Hatte sie eine Waffe? »Ich habe doch extra dafür gesorgt, dass Loraine dich endlich loswird!«

»Hast du etwa Griffin gesteckt, dass ich Daisys Bruder bin?«, fragte ich sachlich und war selbst ganz erstaunt über mein ruhiges Auftreten. Doch jetzt war keine Zeit mehr für undurchdachte Aktionen.

»Natürlich habe ich das!«, fauchte sie. »Oder glaubst du wirklich, er wäre intelligent genug gewesen, selbst darauf zu kommen? Er hat deine makellose Akte gesehen und das hat ihm gereicht. Ich hätte es doch selbst fast übersehen. Aber weil du das größte Hindernis in meinem Plan warst, habe ich recherchiert. Clevedon. Was ein Zufall, dass du aus derselben Stadt wie Daisy stammst. Kaum habe ich eure Namen und die Stadt eingegeben, kam ein Foto von euch beiden.«

»Welchen Plan?« Ich blieb immer noch ruhig. Denn während Lilah offensichtlich in Panik geriet, näherte ich mich ihr ganz langsam. Ein Schritt nach dem anderen. Ich musste nur nah genug rankommen.

Lilah stöhnte genervt, bevor sie auflachte. »Es war so klar, dass du alles zerstören wirst. Wie die Schwester so der Bruder, was? Daisy habe ich bereits vor Jahren zahlen lassen, sicher, dass du das auch willst?«

In mir knackte es. Ganz kurz, doch es war ohrenbetäubend laut. Wie der Bruch eines Knochens. Oder das Brechen eines angerissenen Herzens. Ich hatte es geahnt. Doch die

Erkenntnis zerriss mich beinahe. Vor mir stand die Mörderin meiner Schwester. Und als mein Blick zu Loraine glitt, sah ich, wie sie sich in die Lehne des Sofas krallte. Wie sie aufstehen wollte. Wie mein Schmerz sich in ihren Zügen spiegelte.

Bevor sie noch etwas sagen oder, viel schlimmer noch, etwas tun konnte, stürzte ich nach vorne. Lilah reagierte genau, wie ich erwartet hatte. In der Überraschung blieb ihr keine Zeit, eine mögliche Waffe zu ziehen, stattdessen versuchte sie, meinen Arm wegzudrücken. Doch ich nutzte den Moment, um meinen eigenen unter ihre Schulter zu führen. Binnen Sekunden stand ich hinter ihr, hielt ihren Arm in einer für sie schmerzhaften Position und ließ sie zu Boden gehen. Ihr entwich ein qualvoller Schrei, doch ich ignorierte ihn.

»Dachtest du wirklich, du hättest eine Chance gegen mich? Ich war nicht ohne Grund der Beste meines Jahrgangs«, flüsterte ich ihr ins Ohr, während ich meinen Gürtel dazu nutzte, ihre Hände zu sichern.

»Es ist vorbei, Delilah«, war das Letzte, was ich zu ihr sagte, während ich mir die Decke vom Sofa schnappte und so um sie schlang, dass sie keine Chance hatte aufzustehen.

Meine Aufmerksamkeit lag nun vollkommen auf Lori, die ihre Arme fest um mich schlang, kaum war ich bei ihr angekommen.

»Lori, ich bin hier, Süße«, flüsterte ich ihr zu, während ich sie an mich zog und einfach nur hielt.

Während ich Polizei und Krankenwagen rief und auf sie wartete, hielt ich Loraine fest an mich gedrückt. Strich ihr über die zerzausten Haare und das verschwitzte Gesicht. Wohlwissend, dass es das letzte Mal sein könnte, dass sie in meinen Armen lag.

44

You will haunt me forever but you cannot hurt me anymore

Loraine

»Ich wusste, dass ich dich hier finden würde.« Wyatts Stimme, die die Stille durchbrach, hätte mich zusammenzucken lassen müssen. Doch ich hatte keine Energie mehr für irgendeine körperliche Reaktion. Nicht nach gestern.

Die Polizei hatte Lilah festgenommen und abgeführt. Ich hatte bloß beobachtet, wie der einzige Mensch, der mir geblieben war, in Handschellen fortgeführt worden war.

»Ihr habt keine Ahnung, was wirklich bei *SilverLake* abgeht. Das hier ist nicht das Ende«, waren ihre letzten Worte an uns gewesen. Doch sie hatten mich völlig kaltgelassen, zu tief saß der Schmerz ihres Verrates.

Da es sich um eine Entführung gehandelt und ich noch von dem Geständnis eines Mordes berichtet hatte, hatte die Polizistin mir bereits versichert, dass Lilah lange weggesperrt würde. Dass ich mich nicht mehr sorgen müsste. Dass alles gut war. Doch war es das wirklich? War es vorbei?

Nein, nichts war gut.

Gar nichts. Ich hatte alles verloren, außer meiner Karriere.

Doch was brachte mir eine strahlende Zukunft, wenn ich allein war? Vollkommen allein.

Die Ärzte hatten mich vor Ort durchgecheckt und darauf beharrt, mich mit ins Krankenhaus zu nehmen. Ich hatte mich geweigert.

»Stur wie eh und je«, hatte Wyatt zu mir gesagt, während sein Arm um mich lag. Keine Sekunde hatte er mich aus den Augen gelassen. Und ich war dankbar für seine Nähe gewesen, dafür, nicht allein zu sein. Geredet hatten wir trotzdem nicht. Obwohl er die Nacht bei mir geblieben war, wir beide kein Auge zugemacht hatten und im Schweigen versunken waren. Nach dem Aufstehen war ich unter die Dusche gegangen, in der ich bestimmt eine Stunde verbracht hatte. Nur um mich direkt danach in den Regen zu begeben.

»Ertappt«, sagte ich leise und fragte mich, ob er mich durch den Regen überhaupt hören konnte. Laut prasselte er auf das Wasser des Pools, kreierte Hunderte kleine Löcher und zerstörte die Oberfläche, so, wie die letzten Stunden mein Herz zerfetzt hatten.

»Magst du nicht reinkommen? Du holst dir hier draußen eine Erkältung.«

Ich zuckte bloß mit den Schultern. Das war mir egal. Es war mir egal gewesen, als ich mich im schüttenden Regen nach draußen begeben hatte, und auch dann, als die Wassertropfen über mein Gesicht liefen.

Neben mir ertönte ein Rascheln und ich blickte zur Seite, nur um Wyatt zu sehen, der sich neben mich an den Rand des Pools setzte. Seine Beine baumelten jetzt ebenfalls im Wasser und der Regen durchnässte erst seine schwarzen Haare und dann das dunkle Grau seines Hoodies, bis der Stoff schwarz wirkte. Er trug immer Schwarz. Immer.

»Trägst du wegen ihr immer Schwarz?«, flüsterte ich. Meine Stimme war ganz rau von den Tränen und allem, was passiert war.

»Ich war noch nie der bunte Typ, aber nach Daisys Tod … nachdem meine Schwester gestorben war, war alles nur noch schwarz. Meine Welt hatte ihre Farbe verloren, warum sollte ich da noch welche tragen?« In seiner Stimme war der Schmerz nicht zu überhören. Er war immer noch roh, obwohl Daisy schon so lange fort war.

»Wieso hast du nicht mit mir geredet? Wieso hast du es mir nicht erzählt? Wieso musstest auch du mich hintergehen?« Meine eigene Stimme brach erneut und ich lachte leise. Man hätte meinen müssen, dass ein Körper irgendwann nicht mehr weinen konnte. Meiner sah das wohl anders.

»Es tut mir so leid, so unfassbar leid, bitte, das musst du mir glauben.« Wyatt rutschte näher, drehte seinen Oberkörper ganz zu mir und griff nach meiner Hand. Seine Haut war warm, anders als meine eigene, die bereits völlig unterkühlt war. Ich hatte keine Kraft zu streiten, meine Hand wegzuziehen. Wie auch, wenn alles in mir taub war?

»Lori, ich … Scheiße, ich weiß, dass alles, was ich jetzt sage, wie eine dämliche Ausrede klingen wird, aber ich wollte das nicht. Ja, ich bin hergekommen, um die Wahrheit herauszufinden, und als ich noch glaubte, dass du hinter ihrem Tod steckst, da … da wollte ich dich ruinieren. Und für diesen Gedanken, für diesen verfluchten Fehler werde ich mich für immer hassen. Aber ab dem Moment, als ich dein wahres Gesicht gesehen habe … nein, eigentlich ab der ersten Sekunde, wusste ich, dass ich dir niemals wehtun könnte. Doch alles ging so schnell. Und dann kamen die Nachrichten und ich wusste, wenn ich dir die Wahrheit sage, wirst du mich wegschicken. Ich konnte es nicht riskieren, weil ich Angst hatte, dass dir etwas passiert.«

Er atmete zittrig ein. Und obwohl ich immer noch so verletzt, so wütend, so … so … enttäuscht war, wollte ich ihn nicht leiden sehen.

»Ich habe versagt, Lori. Auf jeder Ebene. Das alles wäre nicht passiert, wenn ich es nicht ruiniert hätte. Du wärst nie in ihre Arme gelaufen. Sie hätte dir nie wehtun können. Ich hasse mich dafür, dich belogen zu haben. Was heute Abend geschehen ist, ist allein meine Schuld.«

»Wenn du nicht gewesen wärst, dann … dann weiß ich nicht, wo ich jetzt wäre. Und ich spreche nicht nur von der Sache mit Lilah. Du … du warst der erste Mensch, der mich für mich gesehen hat. Der nicht nur das Geld und den Ruhm, sondern wirklich *mich* gesehen hat. Ich empfinde Gefühle für dich, die ich noch nie gespürt habe. Ich empfinde so viel für dich und habe dabei kein einziges Mal gedacht, dir etwas beweisen zu müssen. Deine Liebe erst verdienen zu müssen«, gestand ich leise und ließ zu, dass er meine Hand fester drückte. Ich löste den Blick von unseren verschlungenen Fingern und schaute hoch. Der Regen lief über sein Gesicht und trotzdem sah ich die Tränen ganz deutlich. Sah, wie sie seine verquollenen Augen verließen und über seine zitternden Lippen liefen.

»Ich habe auch noch nie so empfunden wie für dich. Was das Ganze noch viel schlimmer macht. Weil ich dich verletzt habe, obwohl ich dabei war, mich in dich zu verlieben. Ich wollte doch bloß die Wahrheit über meine Schwester herausfinden. Sie … sie wurde mir genommen. Einfach so. Bei unserer letzten Begegnung haben wir uns auch gestritten. Und dann … dann war sie fort. Für immer. Und die ganze

Welt hat dieses Narrativ über sie entwickelt, das nicht stimmte. Alle haben in ihr nur noch eine alkoholsüchtige Versagerin gesehen und … und ich habe das nicht ertragen. Ich wollte Gerechtigkeit, für sie!«

Ein Schluchzen verließ seine Lippen und ich konnte nicht anders: Ich löste unsere Hände und schlang meine Arme um ihn. Sofort krallte er sich in den Stoff meines Hoodies und weinte. Er weinte so hemmungslos, dass mein Herz für ihn mit brach. Doch vor allem sorgten seine Tränen dafür, dass etwas in mir heilte. Ich war wütend auf ihn, aber meine verletzte Seele, die sich immer nur nach Liebe gesehnt hatte, verstand ihn. Er hatte mir für das verziehen, was zwischen Daisy und mir passiert war. Nur durch ihn, durch seine Worte, hatte ich angefangen, auch mir selbst zu verzeihen. Mich nicht mehr für einen Abend zu hassen, der unter Druck und vor vielen Jahren meinem jüngeren Ich passiert war.

»Ich werde dich nicht um Vergebung bitten, das kann ich nicht, weil es zu viel verlangt ist. Aber ich will einfach, dass du weißt, wie leid es mir tut. Wie sehr ich jede einzelne Entscheidung bereue, die ich in den letzten Wochen getroffen habe. Es tut mir leid. Alles.«

Ich konnte ihm auch verzeihen. Wenn ich es wollte. Es war meine Entscheidung.

»Ich … ich würde dir so gern vertrauen. Aber ich weiß nicht, wie.« Mittlerweile weinte auch ich. Um Daisy. Um Lilah. Um Amelia. Um die kleine Loraine, die sich selbst verloren hatte.

»Ich würde alles tun, damit du es wieder kannst. Aber ich verstehe, wenn du mich nie wieder sehen willst.« Seine sonst so starke Stimme klang völlig schwach.

»Dann beweis es mir.«

Er blickte mich an. Mit diesen wunderschönen Augen, in denen ich mich für immer verlieren könnte. Weil ich ihn nicht aufgeben wollte. Ich konnte die eine Sache, den einen Menschen, bei dem ich mich wie ich selbst fühlte, nicht verlieren. Es würde dauern, bis wir den Bruch zwischen uns repariert hätten, doch ich wollte es versuchen. Wollte. Musste. Denn wenn ich selbst Vergebung wollte, musste ich ihm das Gleiche gewähren.

»Was?«

»Beweis mir, dass ich dir vertrauen kann. Dass du es bereust. Dass es ein Fehler war. Dass du mich liebst. Beweis es mir«, hauchte ich. »Jeden einzelnen Tag. Bleib bei mir und zeig mir, dass du es ernst meinst. Dass ich dir vertrauen kann. Dass du immer noch du bist.«

»Jeden einzelnen Tag. Ich werde es dir beweisen, versprochen.« Sein Gesicht war plötzlich ganz nah und ich griff nach dem Kragen seines Pullis, während seine Hand ihren Weg in meinen Nacken fand. Und ehe ich michs versah, lagen meine Lippen auf seinen. Ich küsste ihn und mein kaputtes Herz schlug etwas schneller. Er küsste mich zurück und ich wusste, dass es das Richtige war.

scandalous secrets

Eilmeldung: Mordgeständnis und Nervenzusammenbruch von *SilverLake*-Schauspielerin

Heute Morgen erreichte uns eine schockierende Nachricht: Schauspielerin Delilah D'amelio soll für den Tod von Daisy Moore verantwortlich sein! Anscheinend erlitt Delilah während ihres Urlaubs in Italien einen vollkommenen Nervenzusammenbruch, bei dem sie den Mord gestanden hat. Das Motiv war das wohl älteste dieser Welt: Eifersucht. Weil sie ihrer Kollegin den Erfolg nicht gönnte, soll Delilah diese unter Drogen gesetzt haben, woraufhin Daisy tödlich verunglückte. Jahrelang ging man von einem Unfall unter Alkoholeinfluss aus. Unsere Gedanken sind bei Daisys Familie und Freunden, die all die Zeit mit einer Lüge leben mussten.

Nach ihrem Zusammenbruch wurde Delilah sofort ins Krankenhaus eingeliefert, von dem aus sie inzwischen in eine psychiatrische Anstalt überwiesen wurde.

Zeugin des Zusammenbruchs war laut einer Quelle Delilahs beste Freundin Loraine Lewis. Diese möchte sich jedoch nicht zu dem Vorfall äußern und meidet sämtliche Interview- und Kontaktversuche. Auch ihr Management blockt alle Anfragen ab. Gerüchten zufolge soll es in Italien auch zwischen den beiden Schauspielerinnen zu einem Zwischenfall gekommen sein. Es wird sogar von einer Entführung gesprochen, durch die Delilah die Vernichtung ihrer jetzt wohl Ex-besten-Freundin herbeiführen wollte. Leider werden sämtliche konkreten Informationen zum Schutz der Beteiligten unter Verschluss gehalten. Sicher ist aber, dass die Karriere von Delilah D'amelio vorbei ist. Wobei wir uns nicht sicher sind, ob diese je begonnen hat.

Karriere-Aus des Manager-Titanen Griffin West

Griffin West, Schauspielagent und Inhaber des Managements *West Actors*, wurde aus seinem eigenen Unternehmen geworfen! Die genauen Gründe dafür sind noch unbekannt, doch Insidern zufolge sollen schwere Vertrauensbrüche und der Verkauf von Informationen eine Rolle gespielt haben. Sogar Loraine Lewis, seine wichtigste Klientin, sei von den Machenschaften ihres Managers betroffen. Die junge Schauspielerin schweigt allerdings. Doch wer kann es ihr verübeln, nachdem sie gerade ein schockierendes Ereignis nach dem nächsten jagt? Wir auf jeden Fall nicht!

Was *West Actors* betrifft, wird Wests direkte Agenturassistenz Karla Lopez vorerst die Leitung des Unternehmens übernehmen und sich um alle Geschäfte kümmern. Wir sind gespannt, ob die junge Managerin ihren neuen Aufgaben gewachsen ist – schließlich ist sie mit ihren fünfundzwanzig Jahren noch jünger als Griffin West zur Gründung seines Imperiums. Es bleibt auf jeden Fall spannend, wie sich die Lage auf dem Londoner Schauspielmarkt durch diese Neuigkeiten verändern wird!

Sunny Days in Paradise

Kaum aus ihrem Italien-Urlaub zurück verkündet Hollywood-Ikone Loraine Lewis in einer Story, dass sie die nächste Zeit weiterhin von den sozialen Medien verschwinden wird. Kein Wunder, nach all dem Trubel der letzten Monate! Sie verspricht jedoch, dass sie sich immer wieder melden wird, und bedankt sich bei ihren Fans, für ihre ganze Loyalität.

Es besteht aber kein Grund zur Sorge, Loraine scheint es gut zu gehen. Erst heute Morgen wurde sie Hand in Hand mit dem gleichen Kerl gesichtet wie vor Wochen noch in Italien. Auch wenn wir immer noch nicht herausfinden konnten, wer der mysteriöse Mann an ihrer Seite ist, wissen wir eins: So glücklich haben wir unseren Sonnenschein noch nie gesehen. Und ist das vielleicht sogar der Ansatz eines Babybauchs, den wir da erahnen? Zwar streitet die erfolgreiche Britin diese Schwangerschaftsvermutung regelmäßig ab und kritisiert die Spekulationen der Presse – aber vielleicht will sie uns damit nur länger zappeln lassen?

Wir wünschen den beiden jedenfalls nur das Beste und hoffen natürlich, dass wir irgendwann mehr über ihren mysteriösen Lover erfahren können.

Epilog

I never knew how much I needed you

Loraine

Drei Monate später

»Darling«, sagte Wyatt, während er mir die Tür des Ladens aufhielt, in dem wir die letzten Stunden verbracht hatten. Bei dem Kosenamen verdrehte ich bloß die Augen, konnte jedoch nichts gegen das Lächeln unternehmen, das meine Lippen einnahm. Das immer da war, wenn Wyatt in meiner Nähe war.

Kaum war ich nach draußen getreten, ergriff er meine Hand und zog mich an sich, um mir einen sanften Kuss auf den Scheitel zu drücken. In seiner anderen Hand schwang die kleine Plastiktüte, in der sich der Inhalt unseres heutigen Dates befand. Seit wir aus Italien zurückgekehrt waren, hatte Wyatt sein Bestes gegeben, damit ich ihm wieder vertraute. Er hatte sich um alles gekümmert, wirklich alles. Wenn mich ein Albtraum aus dem Schlaf riss, lag er neben mir, hielt mich fest und versicherte mir, dass er nicht gehen würde. Er war immer da, hörte mir zu, hielt mich, wenn ich zu zerbrechen drohte, und fing mich auf, wenn ich fiel.

Außerdem organisierte er regelmäßig ein besonderes Date

für uns. Den heutigen Tag hatten wir damit verbracht, Keramik zu bemalen – superkitschig, aber genau das Richtige für mich. Ich sehnte mich nach Ruhe und Geborgenheit und irgendwie schaffte Wyatt es, genau für dieses Gefühl zu sorgen. Egal, ob wir in einem abgelegenen Park bei Sonnenuntergang picknickten, einen Wellness-Tag im Spa genossen oder in einen Horrorfilm gingen, bei dem ich mehr Zeit damit verbrachte, mich in Wyatts Pulli zu verstecken, als den Film zu schauen. Es war diese Normalität, diese simplen Dinge, die mir die Welt bedeuteten. Insgesamt ging es mir viel besser als noch vor Monaten. Ich hatte nicht mal mehr das Bedürfnis, meine Sorgen und Gedanken in Wein zu ertränken. Selbst die Boulevardpresse, die mir mal wieder einen nicht vorhandenen Babybauch andichtete, ließ mich erstaunlich kalt.

Hand in Hand liefen wir durch die Straßen Londons und ich genoss die Sonne auf meiner Haut. Die Angst war immer noch da, doch sie wurde zunehmend leiser. Lilah war seit Monaten in einer Klinik in Amerika, wo sie auf ihren Prozess wartete. Eigentlich hätte sie in U-Haft sitzen müssen, doch dank ihres schauspielerischen Talents war sie vorerst in einer Psychiatrie. Der Prozess würde darüber entscheiden, ob sie wirklich unzurechnungsfähig war. Sicher war jedoch, dass sie ihr Leben hinter Gittern verbringen würde.

Was Griffin betraf … er hatte alles verloren. Seine eigene Firma hatte ihn rausgeschmissen, als seine Machenschaften ans Licht gekommen waren, und Karla war eingesprungen. Mit ihr an meiner Seite konnte ich endlich wieder atmen. Gerade genehmigte ich mir weiterhin eine Pause. Keine neuen Projekte, keine Verträge. Da waren nur Wyatt und ich, wie wir versuchten, mit diesem Chaos von Leben klarzukommen.

Bald würde die Pressetour zu *Smoke of Water* beginnen, doch mir zuliebe war sie bereits radikal gekürzt worden. Bloß ein paar Auftritte in London, keine Reise durch die Welt.

Keine Ahnung, wann ich das nächste Mal in eine Rolle schlüpfen würde, im Moment genoss ich es, einfach ich zu sein.

Vor uns tauchte das orangefarbene Backsteingebäude auf, in dem meine Wohnung lag, die nicht mehr nur mir gehörte. Offiziell waren Wyatt und ich nicht zusammengezogen, trotzdem verbrachte er jede Sekunde bei mir. Vielleicht weil er auf dem Papier immer noch mein Bodyguard war. Vielleicht aber auch aus anderen Gründen.

»Ich habe übrigens heute Morgen eine spannende Mail von Karla bekommen«, flötete ich und drückte seine Hand.

Wyatt blickte zu mir, runzelte die Stirn. »Okay? Und was stand drin?«

»Sie hat eine wunderbare Immobilie gefunden. Sie wäre absolut perfekt.«

»Perfekt wofür?«

»Für dein eigenes Restaurant.«

Wyatt hielt sofort inne und starrte mich an. Ich strahlte bloß. Dass Wyatt fürs Kochen lebte, war kein Geheimnis. Dass er in Wahrheit immer Koch hatte werden wollen und davon geträumt hatte, einen eigenen Laden zu öffnen, hatte er mir vor einigen Wochen offenbart. Er hatte all seine Pläne aufgegeben, sich selbst komplett vernachlässigt – für seine Schwester. Doch damit war jetzt Schluss.

»Was … du … was?« Seine Augen waren riesig.

»Wir können es uns morgen anschauen«, sagte ich, während wir unser Zuhause betraten.

»Du bist wirklich unglaublich.«

»Danke, danke«, sagte ich zwinkernd, bevor ich mir einen Kuss stahl.

Gerade als wir zum Fahrstuhl gehen wollten, hörte ich eine Stimme. Eine Stimme, die mir einst so vertraut wie meine eigene gewesen war. Und da entdeckte ich ihre schmale Figur, die schwarzen Haare und die unverkennbare Haltung.

»Amelia?«, fragte ich ungläubig. Bei der Erwähnung ihres Namens drückte Wyatt meine Hand fest.

»Loraine Lewis, so sehen wir uns wieder«, sagte Amelia Young, nachdem sie sich zu mir umgedreht hatte. Auf ihren dunkelroten Lippen lag ein kaltes Lächeln und unter ihrem einnehmenden Blick begann ich unwillkürlich zu frösteln.

»Was tust du hier?« Ich reckte meine Brust nach vorne, streckte mein Kinn in die Luft. Versuchte alles, um nicht so verängstigt zu wirken, wie ich es eigentlich war.

»Ich wohne ab jetzt hier. Meine Eltern haben mich rausgeschmissen, nachdem der Artikel online ging … Du weißt bestimmt, wovon ich rede. Also dachte ich mir, warum nicht einen kleinen Neuanfang in London wagen und es dem Menschen heimzahlen, der alles ruiniert hat?« Ihr Lächeln wurde breiter, während mein Inneres erstarrte. Sie schnaubte. »Keine Sorge, ausnahmsweise bist nicht du damit gemeint. Aber wer weiß, vielleicht ändere ich meine Meinung auch noch?«

Danksagung

Da ist es nun also. *Before the Sun Shatters.* Das Buch, das wie ein zweites Debüt für mich ist und mir bewiesen hat: Nein, ich bin kein One-Hit-Wonder. Nein, mein erstes Buch beendet zu haben, war nicht nur Glück. Ja, ich bin wirklich Autorin. Und nichts liebe ich mehr.

Der größte Dank gilt Loewe Intense. Danke, dass ihr mich als Autorin zu euch geholt habt. Danke für alles, was ihr für mich und meine Bücher tut. Danke für das krasseste Cover und dass ich bei euch das Gefühl habe, gesehen zu werden.

Elena und Mareike, die Gespräche mit euch vorab waren Gold wert. Dir, Elena, danke ich für dein unglaublich freundliches Wesen und die Versorgung mit Süßigkeiten auf den Messen – meine persönliche Rettung.

Und bei dir, Mareike, meiner wundervollen Lektorin, weiß ich gar nicht, wo ich anfangen oder aufhören soll. Also verweise ich einfach auf den Refrain von Taylors *Long Live*, denn mit dir bekämpfe ich am liebsten die Logik-Drachen dieser Geschichten. Freue mich jetzt schon auf die Zusammenarbeit an allen kommenden Projekten und die vielen Taylor-Swift-Lyrics, die wir uns um die Ohren hauen werden. Danke, dass du auch meine chaotischen Ideen immer verstehst und noch vor dem ersten Satz Fan bist.

Danke an Lena für die ganze Unterstützung im Marketing und eine absolute Traumbetreuung.

Danke auch an meine talentierten Kolleginnen, die mich

so lieb aufgenommen haben. Es ist eine Ehre, mit so begabten und starken Frauen zu erscheinen.

Des Weiteren möchte ich mich bei meinen Agentinnen Lisa Managottera und Annette Wolf bedanken. Auch wenn unsere Zusammenarbeit nur kurz war, danke ich dir, Lisa, dass du in meinen Geschichten genug gesehen hast, um mich vertreten zu wollen. Ich kann es kaum erwarten, dass unsere Wege sich erneut kreuzen. Danke dir, Annette, dass du mich aufgenommen und dazu ermutigt hast, diesen Weg zu gehen.

Danke an Lui, Mandy, Lena (hello again!), Danica und Pia, dass ihr die Geschichte vorab gelesen und sie auf die beste Art geformt habt. Eure Kommentare waren alles – auch wenn sie in 50 Minuten Audios kamen oder damit gedroht wurde, eine Schaufel zu besorgen!

Danke an Hannah K. Dafür, dass du seit so vielen Jahren an meiner Seite bist. Keine Sorge, du kriegst dein Fantasy-Buch von mir!

Danke an Aleyna, dass du mit mir auch beim Arbeiten an der Theke diese Geschichte geplant hast – vermisse die Zeit mit dir sehr, aber unsere Sushi-Dates sind sowieso wertvoller. Es ist zwar nicht die Gefängnisstory geworden, aber ich hoffe, diese hier gefällt dir auch.

Danke an Hannah L., dass du nicht nur für all meine Sorgen, sondern vor allem für all meine wirren Ideen ein offenes Ohr hast. Egal ob ich dir erzähle, welchen Charakter ich wieder wie umbringe, oder wir in einem Café lautstark über Dämonen in Aachen diskutieren.

Danke an meine Eltern, dass ihr mich bedingungslos unterstützt und alles dafür tut, dass ich meinen Traum leben darf. Danke M., dass du du bist und ich bei dir ich sein kann. Dass wir ein Team sind, auch wenn es manchmal schwer ist.

Beim Schreiben dieses Buches musste ich nach fast sechzehn Jahren meinen Kater Tinto gehen lassen. Selbst wenn er noch hier wäre, würde er diese Worte nicht lesen können, aber dennoch ist dieses Buch für ihn. Weil er die ganze Zeit bei mir war und mich auf eine Art unterstützt hat, wie nur er es konnte.

Früher habe ich für mich geschrieben, aber mittlerweile tue ich das für euch, meine Leser*innen. Weil ihr mir nach meinem Debüt geschrieben habt, wie sehr ihr euch auf neuen Lesestoff freut, mit mir mitgefiebert habt, wie es weitergeht, und mich mit Nachrichten und Kommentaren aufgefangen habt, als ich das erste Kapitel beenden musste. Ich danke euch für alles. Für die langjährige Unterstützung als Bloggerin und dass ihr auch jetzt bleibt, wo ich meinen Weg als Autorin gehe. Ich hoffe, meine Geschichten können euch immer ein Lächeln ins Gesicht zaubern – auch wenn sie meistens dramatisch traurig sind, SORRY!

Hoffentlich lesen wir uns bald wieder, wenn Amelia und Caden ihre Geschichte erzählen und die Machenschaften von *SilverLake* aufdecken.

Content Note

Liebe Leser*innen,

in Loraines und Wyatts Geschichte kommen Themen vor, die auf ganz unterschiedliche Art und Weise emotional belasten können. Diese sind Stalking, Gewalt, Freiheitsberaubung, Trauer um Familienangehörige, Mord, Machtmissbrauch, Daddy Issues, Drogenmissbrauch und ungesunder Alkoholkonsum.

Ihr solltet das Buch also nur lesen, wenn ihr emotional mit diesen Themen umgehen könnt. Falls es euch mit diesen genannten oder auch anderen Themen nicht gut geht, findet ihr unter der Nummer der Telefonseelsorge rund um die Uhr kostenlose und anonyme Hilfe.

08 00-1 11 01 11/08 00-1 11 02 22
www.telefonseelsorge.de

Wir wünschen euch das bestmögliche Leseerlebnis.

Eure Franka und das Team von Loewe Intense